청어소설선 ◊ 003

달아, 밝은 달아

임재학
소설집

도서출판
청어

달아, 밝은 달아

임재학 지음

발행처 도서출판 청어
발행인 이영철
영업 이동호
홍보 천성래
기획 육재섭
편집 이설빈
디자인 이수빈 | 구유림
제작이사 공병한
인쇄 두리터

등록 1999년 5월 3일
(제321-3210000251001999000063호)

1판 1쇄 발행 2025년 5월 31일

주소 서울특별시 서초구 남부순환로 364길 8-15 동일빌딩 2층
대표전화 02-586-0477
팩시밀리 0303-0942-0478
홈페이지 www.chungeobook.com
E-mail ppi20@hanmail.net

ISBN 979-11-6855-342-2(03810)

이 책은 2025년 부산광역시, 부산문화재단 〈부산문화예술지원사업〉으로 지원을 받았습니다.

달아, 밝은 달아

임재학 소설집

작가의 말

『평촌댁, 집으로 돌아가다』 발표 이후, 몇 년간 차곡차곡 쟁여 둔 글들을 모아 보았다. 어느새 원고지 1,300매가 넘는 분량이었다. 책으로 묶어낼 자신이 없어 던져두었다가 주변의 격려로 용기를 내었다.

의도하지는 않았지만, 처음 쓴 글들은 예전의 기억에서, 그 후에는 살아오면서 부딪혔던 일상의 흔적에서, 최근에는 시야를 멀리하여 미래의 삶을 소재로 하고 있다. 그래서 전체 구성도 과거의 기억, 현재의 삶, 미래의 기대 등으로 편성하였다.

원고 완성 후 몇 번에 걸친 크고 작은 수정을 거쳤음에도 눈에 거슬리는 문장과 내용이 많이 보인다. 미처 인식하지 못한 오류는 얼마나 될지 두렵다. 그리고, 엉뚱한 구성에 대한 부정적인 반응을 생각하면 몸을 움츠리게 된다.

그럼에도 하나도 빼지 않은 이유는 미숙하고 모자란 글도 내 땀이 어린 결실이기 때문이다. 미숙하면 미숙한 대로, 모자라면 모자란 대로 받아들이기로 했다. 엉뚱한 구성도 새롭고 신선한 시도로 여기기로 했다. 아무리 못난 놈이라도 자식은 자식이기 마련이다. 자식 같은 원고를 내팽개칠 수는 없었다.

글을 쓴다는 것이 거대한 성벽처럼 느껴진다. 그 벽을 넘어선 사람들은 얼마나 대단한 존재인지 두려울 정도이다. 몇 편의 글로 그 성벽에 조금이나마 다가가고 있는 것일까.

좁은 지구를 벗어나 달로, 달에서 화성을 거쳐 태양계로, 태양계를 넘어 우리은하로, 우리은하를 건너 광활한 우주로까지 시야를 넓히고 싶다. 그럼에도 그 중심에는 인간의 삶이 있음을 잊지 않겠다.

무분별하고 감각적인 글들이 각종 매체에 흘러넘치고 있다. 이 책이 그 범주에만은 포함되지 않았으면 하는 바람뿐이다.

목차

제3편

미래의 기대

제1편

과거의 기억

평촌댁, 집으로 돌아가다

쑥

울음소리

검은 반점

어스러진 달빛

붉은 보따리

평촌댁, 집으로 돌아가다

평촌댁을 병원으로 모셨다. 작년 가을 진료받았던 종합병원의 응급실이었다. 이미 예상되었던 일이었고, 마음의 준비도 했었다. 그런데도 가족들이 받은 충격은 작지 않았다.

지난해 10월은 예년과 달리 차가운 바람이 일찍 불어왔다. 갑작스러운 추위에 평촌댁의 산발적인 기침은 호흡이 어려울 정도로 심해졌다. 계절이 바뀔 때면 빠지지 않는 감기가 조금 일찍 시작된 줄 알았다. 평촌댁이 몸이 좋지 않을 때마다 찾곤 하던 집 근처 내과에 들렀다. 예전과 같이 링거로 영양제나 한 팩 맞고 나면 거뜬하게 일어날 줄 알았다. 하지만, 혹시나 해서 찍어 본 흉부 X-ray가 심상치 않았다. 일반인들도 알아볼 수 있을 정도의 심각한 폐암 징후가 뚜렷했다. 내과 의사는 정밀진단을 위해 종합병원의 CT와 내시경 검사를 권했다.

종합병원에서의 여러 가지 의료 검사는 평촌댁의 육체적인 고통과 더불어 마음마저 지치게 했다. 기초적인 혈액검사 때부터 딱딱하게 굳어지던 얼굴이 CT를 앞두고는 사색이 되어있었다. 촬영 장비 위에 누워 대기하는 잠깐에도 연신 주변을 두리번거리며 불안한 기색을 감추지 못했다. 원통형의 설비 속으로 상반신이 들어갈 때는 비명을 질러대어 몇 번이나 주의를 받기도 했다. 촬영을 마쳤을 때는 제대로 서 있을 수조차 없을 정도로 다리를 후들거렸다. 마지막 검사를 마치고 늦은 점심으로 나온 죽그릇은 쳐다보지도 않았다. 공복 상태 유지를 위해 아침을 걸렀음에도 시장한 줄을 모를 정도로 기진맥진한 상태였다.

평촌댁의 폐는 절반 이상이 이미 기능을 상실하였고, 암세포는 림프관을 타고 다른 장기로까지 번지고 있었다. 암세포의 확산 정도로 보아 당장의 수술은 어렵다고 했다. 항암치료를 통해 상태가 호전되면 수술을 시도해 보자는 것이 종합병원의 의견이었다.

여든을 훌쩍 넘긴 노인네의 몸은 한 움큼이나 되는 여러 종류의 약으로 지탱해 온 지 오래였다. 최근에는 아파트 주변의 상가에 다녀오는 외에는 대부분의 시간을 집 안에 머물 정도로 힘겨워했다. 평촌댁이 병원에 가기를 극히 싫어한다는 것도 문제였다. 평소에도 병원을 외면하던 평촌댁이 종합병원을 다녀온 뒤로는 말도 꺼내지 못하게 했다. 노인들이 병원에만 가면 다시는 볼 수 없다는 것을 주변에서 너무도 많이 보았기 때문이었다.

크든 작든 병의 치유는 본인의 의지에 많은 영향을 받는다고 한다. 육체적으로 고갈된 노인네의 체력이 이미 한계에 도달했다는 것을 가족들 모두가 느끼고 있었다. 이런 상태로는 한창때인 사람들도 견뎌내기 힘들다는 항암치료의 효과를 기대하기는 어려웠다. 가슴을 여는 수술은 더 감당할 수 없을 것이 분명했다. 남은 시간을 고통 속에서 보내고, 짧은 시간을 더 단축할 뿐이었다.

가족들이 한자리에 모였다. 조용히 보내드리는 것이 최선이라고 의견을 모았다. 예민한 성격이라서 사실을 알게 되면 병세를 악화시킬 수 있었다. 감기가 심해졌다고 둘러 됐으나, 본인도 사태의 심각성을 어느 정도 짐작하는 것 같았다. 소멸이라는 생명체 본연의 두려움에 맞설 수도 있지만, 차라리 외면하는 것도 자연의 이치일 수 있었다. 병원에서는 주어진 시간이 6개월 정도라고 했다. 나이가 들면 신체 기능도 느려져 병의 진전도 지연될 수 있다는 위안이 그나마 작은 기대였다.

그해 겨울을 무사히 넘길 수 있을지조차 염려되었다. 모두가 노심초사하던 겨울을 보내고, 봄을 지나, 여름을 맞이하는 6월을 넘어서고 있으니 그나마 많은 시간을 버틴 셈이었다.

새파랗게 변했던 평촌댁의 입술은 응급실에서 산소호흡기를 씌우고 나서야 붉은색으로 돌아오기 시작했다. 혈중 산소포화도가 한때는 위험수치 아래까지 떨어졌으나 안정을 되찾고 있었다. 지난해의 진료기록을 토대로 몇 가지 추가적인 검사가 있었다. 예상했던 바와 같이 손을 쓸 수 없는 상태였다.

일반적으로 한 달 정도가 한계라는 것이 병원의 의견이었다. 아직 정신은 온전하지만, 쇠약한 몸 상태를 감안하면 며칠이 될지 알 수 없었다. 폐암 말기의 극심한 고통을 생각하면 차라리 놓아 버리는 것이 나을 수도 있겠지만 아직은 아니었다. 그동안 스쳐왔던 생의 흔적과 온전한 상태에서 인사를 나누어야 했다.

평촌댁을 호스피스 병동으로 옮기기로 의견을 모았다. 그곳에서는 당장 눈앞에 닥친 육체적인 고통은 줄일 수 있었다. 그러나 호흡이 안정되자 집으로 돌아가자고 소란을 떠는 평촌댁을 진정시키는 것이 우선이었다. 응급실에서의 야단법석이 이만저만이 아니었다.

"승우야, 인자 집에 가자."

의료진의 응급조치를 지켜보던 승우가 겨우 한숨을 내쉬는 순간이었다. 산소호흡기에 의지한 채 가슴에 고인 물을 빼니 의식이 돌아오는가 보았다. 자신이 병원에 있다는 것을 알아차린 듯 비명을 지르며 몸을 일으키려 했다. 산소호흡기가 얼굴에서 떨어져 나뒹굴고, 앙상한 다리는 침대를 벗어나 허공에서 버둥거렸다. 손등에 꽂힌 링거는 뽑힐 듯 흔들거렸고, 링거줄은 피가 역류하여 붉게 변하고 있었다. 두려움에 질린 분명하지 않은 외침 속에서도 "집에 가자."는 소리만은 유난히 선명했다. 승우가 어깨를 감싸안으며 진정시키려 했지만 막무가내였다.

"모두 어데 갔노? 집에 가자 캐라."

평촌댁의 울음 섞인 목소리가 응급실을 가득 채웠다. 승우를 밀어내려 안간힘을 다하는 팔이 무척이나 버거웠다. 온종일 아무것도 입에 대지 못한 몸에서 어떻게 그런 힘이 나오는지 몰랐다.

"지금 일어나시면 큰일 납니다. 몸이 좋아지면 집에 모시고 갈게요. 며칠만 병원에 계시면 괜찮아진다고 했어요."

승우의 다급한 목소리도 들리지 않는 모양이었다. 평촌댁의 몸부림은 계속 이어졌다. 조금 전 구급차로 실려 온 환자를 돌보던 간호사가 평촌댁의 병상으로 쫓아 왔다. 땀방울이 맺힌 앳된 얼굴에 안타까움이 가득했다.

"할머니, 지금은 안 됩니다. 조금 있다가 보내드릴게요."

"안 된다. 집에 가야 된다. 내 쫌 집에 보내주라."

애처로운 목소리가 울음으로 바뀌어 갔다. 온몸을 감싸안은 승우를 밀어내려 다시 팔다리를 허우적거렸다. 응급실의 소란에 달려온 의사가 진정제를 놓고 나서야 평촌댁의 발버둥은 끝났다. 며칠 동안을 호흡곤란으로 뜬 눈으로 보낸 평촌댁의 몸은 그제야 깊은 잠 속으로 빠져들었다. 그 틈을 이용하여 평촌댁을 호스피스 병동으로 옮길 수 있었다.

일반 병동과 분리된 호스피스 병동은 생의 마지막을 보내는 환자들을 배려한 듯 아늑한 분위기였다. 병원에서 인정한 사람들의 접근만 허용되어 번잡함은 찾을 수 없었다. 의료진의 따듯한 미소는 중환자실 특유의 침울한 분위기도 느낄 수 없게 만들었다. 이따금 임종을 맞이하는 환자의 가족들이 터트리는 갑작스러운 울음소리가 복도를 흔들다가 이내 제자리로 돌아가곤 했다.

담배 때문이라고 했다. 몇 년 전까지만 해도 한두 잔씩 즐겼던 술의 영향도 무시할 수 없다고 했다. 그렇지 않더라도 여든 중반을 넘어선 노인네의 몸이 성한 곳이 있으면 오히려 이상했다.

술이 없었으면 거친 세월을 버티지 못했을 것이라고 했다. 몸으로만 감당해야 했던 고된 농사일은 술이 없으면 엄두를 내지 못했다. 한두 잔의 농주에서 시작된 술이 한때는 제법 주사를 부릴 정도로까지 취하곤 했다.

시골에서는 더 이상 자식들 배를 채울 수 없어 떠나온 도시에서 시장 바닥의 막일로 가족을 부양할 때도 술이 큰 힘이 되었다. 전쟁 속에서도 버텨왔던 남편을 도시에서 보낸 후의 외로움을 달래는 것은 술밖에 없었다. 노년에 손주를 돌보며 지내고 있을 때도 한두 잔의 술은 큰 위안이 되곤 했다. 그런 평촌댁의 술을 탓하는 사람은 아무도 없었다. 조금만 줄이라고 면박을 주는 것이 자식들이 할 수 있는 최선이었다.

담배는 새색시 시절부터 피우기 시작했다고 했다. 꽃다운 열여덟의 나이에 시집이라고 왔었다. 모두가 궁핍하였던 시절에도 비교적 여유가 있었던 친정이었다. 평촌댁이라는 택호가 정해질 정도로 넓은 강변 들판 한가운데에 자리 잡은 집이었다. 가난한 산골 마을로 보낸 것은 시댁이 그나마 양반의 끄트머리라도 유지하고 있다는 이유 때문이었다. 시동생과 시누이가 손가락으로 세어야 했다. 시부모와 시할머니까지 살아계신 종손 집안의 맏이 자리였다.

"시집온 지 얼마 안 돼서 애들 증조할매가 세상을 버리셨지. 그때 풍습으로는 삼 년을 하루도 안 빠지고 조석을 올렸어. 그때마다 시조모가 좋아하시던 곰방대도 놓아 디렸지. 하루는 담뱃불이 시원치 않아서 불을 키울라고 곰방대를 빨다 우짜다 한 모금 삼켰는데 우찌 그리 맛이 좋든지. 그때부터 한두 모금 빨던 버릇이 고마 끊을 수 없게 되었어. 요새처럼 담배가 좋기나 했나. 밭에서 따온 담뱃잎 말린 거를 그대로 태우니 독하기는 얼매나 독했다고."

새색시가 어떻게 담배를 배웠는지 주변에서 모두 궁금해했다. 그때마다 부끄러워하는 평촌댁의 얼굴은 언제나 그리움에 젖어 있었다.

"그렇게 독한 거를 목에 넘기니 참말로 미련한 짓이었어. 여자가 담배 피우면 이상한 애가 나온다고 하던데, 내 새끼 중에는 그런 자식이 하나도 없는 거를 보면 조상이 돌보신 기 맞아."

예순의 중반을 넘어설 즈음에는 그렇게 좋아하던 담배도 단숨에 끊었다. 술은 끊어도 담배는 도저히 안 되겠다고 고개를 흔들던 평촌댁이었다. 심한 몸살로 한동안 자리에서 일어나지 못하던 차에, 약간의 폐기종 증상까지 보이는 것을 빌미로 한 자식들의 과장된 엄포 때문이었다.

그러고는 이십여 년을 큰 병 없이 무던하였다. 최근에는 한 번 감기를 앓으면 회복되는 기간이 길어졌고, 기침도 겨우내 계속되었으나 날씨가 풀리면 멈추었기에 노환으로 여기고 별다른 염려를 하지 않았다. 이태 전에는 거주하는 아파트 단지 내 노인정의 제주도 유채꽃 나들이도 다녀왔기에 아흔을 넘기기는 무난할 것이라 기대했었다.

그러나 평촌댁의 폐는 아무도 모르는 사이에 서서히 기능을 잃어가고 있었다. 암세포는 폐를 둘러싼 흉막 사이에 삼출액을 만들어 숨을 쉴 수 없게 하였고, 갈비뼈로 전이되어 극심한 통증까지 유발하고 있었다. 가족들이 그 사실을 알았을 때는 이미 늦어 있었다.

말기 환자에게 투여하는 약물 때문인지 평촌댁은 며칠은 숙면을 이루는 듯 보였다. 깊은 잠 속에서도 얼굴을 덮은 산소호흡기가 답답한지 무의식적으로 걷어내곤 했다. 이를 다시 씌우느라 승우는 밤새 잠을 이루지 못하여, 다음 날에는 피곤이 온몸을 짓눌렀다. 매일 밤을 돌아가면서 평촌댁을 돌보는 다른 형제들도 마찬가지였다. 그러나 아침이면 평촌댁을 다시 볼 수 있다는 것만으로도 가슴이 벅찼다.

오후부터 가까운 분들이 병실을 다녀가기 시작했다. 평촌댁의 입원 사실을 알리면서 당부한 것처럼 모두 아무런 내색도 하지 않았다. 평소와 다름없이 한참을 웃으며 떠들다가, 건강이 회복되면 집에서 보자며 돌아서곤 했다. 그러나 병실을 나와 복도를 돌아가서는 배웅나온 가족들을 부여잡고 눈물을 흘렸다. 평촌댁은 호스피스 병동의 편안한 분위기와 문병객들의 가장된 호들갑에 며칠 동안 지루한 줄 모르는 것 같았다. 첫날 응급실에서 그렇게 소란을 떨며 소리치던 "집에 가자."는 말도 잊어버린 듯했다.

하루를 함께 했던 가족들이 각자의 집으로 돌아가고, 문병객 몇 분도 떠난 늦은 저녁 시간이었다. 병실 문이 요란한 소리를 내며 열렸다. 평촌댁의 여동생이었다. 팔 남매 중 평촌댁의 바로 손 아래 동생으로 두 살 터울이었다. 유년기 시절을 같이 붙어 다녀 다른 형제들보다 도타운 정을 지녔었다. 평촌댁이 사는 도시와는 멀리 떨어져 있기에 왕래가 잦을 수 없었다. 어쩌다 한번 다녀가면 걸쭉한 입담으로 온 집안의 흥을 돋우곤 했다. 괄괄한 목소리에 적절한 농담과 익살스러운 몸짓은 그녀에게 집중하지 않을 수 없게 만들었다. 몇 해 전 그녀가 평촌댁을 찾아와 함께 머문 며칠은 더 그랬다. 형부의 기일에 맞추어 먼 길을 달려온 그녀의 입담에 모두 박장대소하지 않을 수 없었다. 제사상을 앞에 두고도 여운은 사라지지 않아 어른들의 핀잔을 들어야 할 정도였다.

그날도 여전하였다. 병실을 들어서자마자 침대 곁에 앉아 언니를 부둥켜안으며 큰 소리로 떠들기 시작했다. 동네에서 유명한 말썽꾸러기였던 그녀가 언니를 시샘한 이야기는 신나는 우스갯소리 중의 하나였다. 일제에 의해 강요되던 '히라가나'를 빨리 배우는 평촌댁을 괴롭혔던 입담이 아직도 구수하였다. 승우가 어릴 때부터 많이 들은 이야기지만 한 번도 지루한 적이 없었다. 평촌댁도 예전처럼 눈을 흘기며 웃음을 감추지 못했다.

호스피스 병동에 어울리지 않는 요란한 웃음소리가 병실 밖으로 번져나갔다. 깜짝 놀란 간호사가 병실 문을 열어보고는 빙긋이 웃으며 돌아섰다. 자신이 언니 같은 머리만 있었으면 크게 성공하였을 것이라고 조카를 볼 때마다 떠벌렸다. 그것이 평촌댁을 치켜세우는 말이라는 것을 모르는 사람은 없었다.

그녀가 지나온 삶은 평촌댁보다 더 험난하였다. 부모가 정해준 남자와 혼인하여 세 명의 자식을 낳고 살 때까지는 무던한 시간이었다. 남편이 갑작스러운 사고로 떠나자 아직 삼십 대 초반에 불과한 그녀는 생계를 책임지지 않을 수 없었다. 자식들을 위해 할 수 있는 모든 일을 해야 했다. 소도시의 장터 모서리에 대폿집을 열었다. 인근을 흐르는 강의 물길 공사를 하던 공사판 인부들에게 국밥과 술을 팔았다. 얼마 후, 현장 감독과 살림을 차렸고, 공사가 계속되는 몇 년 동안 아들까지 하나 보았다. 공사가 끝나자 현장 감독은 아무런 주저 없이 그녀를 떠나갔고, 감독의 본처가 당연하다는 듯이 아들을 데려가도 아무 말도 할 수 없었다. 아이가 굶주리지 않고 떳떳하게 자랄 수 있기만을 바랐다.

그 후에도 몇 명의 남자들이 잠시 머물다 갔지만 그뿐이었다. 객지의 고단함을 잊기 위해 그녀를 찾았던 남자들은 집으로 돌아가자 떠나갔고, 그들을 잡을 생각도 못 하고 한잔 술로 잊어버리곤 했다. 그들이 곁에 있을 때는 그나마 생계에 얼마간 도움이 되었다는 사실에 만족했다. 그녀를 험담하는 사람들도 있었지만, 가까운 이들은 아무도 비난할 수 없었다. 어떻게 해서라도 살아남아야 했고, 자식들의 입을 채워야 했음을 알기 때문이었다. 어려운 시기에 험한 세상을 견뎌왔고, 자식들을 키웠다는 사실 만으로도 성공한 삶이 분명했다.

늦은 시간에도 불구하고 한참을 떠들다 병실을 나서는 그녀의 뒷모습이 작아 보였다. 복도 저편의 승강기 앞까지 배웅 나온 조카를 쳐다보며 그녀는 굵은 눈물을 감추지 못했다.

"승우야, 우리도 인자 다 된 거 같다. 엄마 잘 보내디리라."

애써 눈물을 삼키려 하였지만 그렇게 하지 못했다. 누가 먼저라 할 것도 없이 서로의 어깨를 부여안았다. 한동안 그렇게 어깨만 들썩였다.

"엄마 보내드리고… 이모 자주 찾아뵐게요. 오래 건강하셔야 합니다."

그렇게 말했지만, 그녀의 주름진 얼굴과 굽은 허리는 많은 시간을 허락할 것 같지 않아 보였다. 승강기 문이 열리고, 마치 시공간을 가르는 듯이 그녀는 사라졌다. 병실로 돌아오니 평촌댁은 애써 한숨을 감추고 있었다.

"아이고, 쟈도 참말로 험한 세상 살았네. 고생만 죽도록 하다가 조카들이 자리를 잡아 살 만하니까 저래 늙어 뿟네."

나이 든 동생이 안쓰러운 듯했다. 하지만 정작 애처로운 사람은 따로 있다는 것은 모르는 것 같았다. 많이 늦었지만, 승우는 평촌댁에게 꼭 묻고 싶은 것이 하나 있었다.

평촌댁이 예순 중반을 넘어설 무렵 심한 병치레를 한 적이 있었다. 이후 건강을 회복하여 아파트 단지의 노인정에도 왕래하고, 인근 복지관의 요가도 거뜬하게 소화한다고 자랑할 때였다. 맏이인 진우의 집에서 손주들을 돌보는 평촌댁을 찾아뵈니 얼굴이 불그스레 상기된 채 혼자 소주잔을 기울이고 있었다. 얼마 전 심하게 앓았던 생각에 핀잔부터 하는 승우에게 평촌댁은 부끄러운 듯 말했다.

"노인정의 영감 하나가 날 좋다고 자꾸 따라댕기네. 인물도 뻰듯하고 옷도 잘 입고 댕기는 노인네야."

혼자 된 후에도 많은 세월이 흘렀다. 남편이 가기 전에도 병으로 고생하여 부부간의 애틋한 정을 나눈 지는 오래였다. 평촌댁은 손주들의 할머니였지 한 사람의 여자는 아니었다. 그러고 보니 머리 모양도 변해 있었고, 옅으나마 얼굴에 화장기도 보이는 것이 평소와 달랐다.

"그 영감님이 좋다고 따라다니면 같이 살면 되잖아요."

무심결에 나온 말이었다. 평촌댁이 다른 남자를 마음에 두고 있다고는 짐작조차 못 했다.

"그라도 되겠나?"

그러면서 승우를 돌아보며 진지한 얼굴로 말했다.

"그라마 저승에서 너거 아부지 얼굴을 우째 보노. 옛날 어른들 말씀에 여필종부라 했는데."

"그런 말이 어디 있어요. 그렇게 애를 먹인 아버지를 저승에서 또 본다고요. 나 같으면 보란 듯이 다른 사람을 만나겠어요."

승우의 진심인지도 몰랐다. 평촌댁은 살아생전 남편 덕은 눈곱만치도 못 보았다고 넋두리하곤 했다. 자식들 키우는 것은 여자들 몫이라고 내팽개친 것이 그 시절의 남자들이라고 원망했다. 오죽했으면 무덤에 돈이나 많이 넣어 달라고 농담처럼 중얼거리곤 했다.

"그래도 그라마 되겠나. 남들한테 부끄럽기도 하고, 자슥들 보기에 추잡키도 하고. 그라면서도 마음이 희한하네. 여필종부가 뭐라고 한평생을 그리 살아왔는지."

이어지는 말은 퇴근한 진우의 저녁을 챙기느라 끊어졌고, 그 후로 아무런 내색도 하지 않았지만, 승우는 무척이나 궁금했었다.

"옛날에 따라다녔다는 노인정의 영감님 생각나세요. 그 뒤에 어떻게 되었어요? 이모가 다녀가시니 갑자기 그때 일이 생각나서요."

잠이 오는 듯 눈을 감는 평촌댁에게 짓궂게 물었다. 졸린 얼굴에 아련한 미소가 떠올랐다.

"그 영감하고 안 살기를 참말로 잘했제. 너거들한테 얼매나 부끄러웠을 끼고. 그라고 이 집안에 우째 무덤을 쓸 수 있겠노. 좀 있으마 나도 저승에 갈 낀데, 너거 아부지는 또 우예 보라고…."

평촌댁의 잠든 얼굴이 편안해 보였다. 산소호흡기의 투명 용기가 숨을 내쉴 때마다 습기에 가려졌다가 맑아지는 것이 애처로웠다. 불을 끄고 간이침대에 누운 승우는 한동안 잠을 이루지 못했다.

"어젯밤 꿈에 촌집이 보이더라. 그란데 지난가을에 댕기온 집이 아니고, 너거 할매 모시고 살던 옛날 집이 나타나네. 참말로 이상도 하지."

아침 식사가 들어오는 소리도 아랑곳하지 않고 잠들어 있었다. 불안한 생각에 가만히 얼굴을 살피니 새근새근 고른 숨소리를 보였다. 그러고도 한 시간 이상을 더 주무시고 깨어나 승우를 보며 하는 말이었다.

몇 년 전 장마에 대문간이 내려앉아 황량한 모습의 시골집이었다. 사랑채도 반쯤 무너져 내려 본채만 비스듬히 명맥을 유지하는 실정이었다. 가족들이 도시로 떠나간 후 타지에서 들어온 사람이 잠시 지내다 그 후에는 비어 있던 탓이었다. 아래 윗동네 이십여 가구가 집성촌을 이루는 산골 동네에서 그나마 사랑채와 대문간이라도 있는 집이었다. 하지만 그 많은 식구가 그런 집에서 어떻게 살았는지 신기할 정도로 좁고 작았다.

작년 가을 평촌댁이 폐암 말기라는 진단을 받고, 시골집도 마지막이라는 생각으로 모시고 갔었다. 매년 돌아오는 시사를 맞아 친척분들도 뵐 겸 해서 무리해서 다녀온 것이었다. 그때의 황폐한 시골집이 아닌 새색시 시절의 옛집이 보였다는 말에 승우의 가슴이 무너져 내렸다.

신랑 될 사람의 얼굴도 보지 못하고, 꽃가마도 없이 시집을 왔다고 했다. 대소변을 수발해야 하는 시할머니에, 어렵게만 보이는 시부모에, 시동생과 시누이는 몇 명인지 셀 수도 없었다. 일곱 살의 막내 시동생은 형수 앞에서 고추를 꺼내놓고 오줌을 싸는 것이 예사였다. 대소변 수발에 정신까지 혼미하셨던 시할머니가 얼마 후 돌아가신 것이 그나마 다행이었다. 3년 동안 돌아가신 시

할머니의 조석을 마련하는 것도 평촌댁의 일이었다.

전쟁이 일어나자, 산골 동네까지 들이닥친 인민군을 피해 부산 인근까지 마을 사람 모두가 피란길을 떠났다. 큰애를 임신해 배가 불러오던 평촌댁으로서는 견디기 힘든 어려움이었다. 연로한 집안 어른들까지 묵묵히 견디는 모습에 힘들다는 소리는 입 밖에 꺼내지도 못했다. 모두가 힘든 시기라 생각했고 어려움 속에서 오히려 가족들의 정은 깊어졌었다.

전쟁이 끝난 후 몇 년간 경찰에 몸담아 지리산 인근에서 근무하던 남편은 어느 날 훌쩍 사표를 내 던졌다. 집으로 돌아와서도 장손이라는 허세로, 밖으로만 나돌았다. 남편을 대신하여 집안의 대소사와 농사일은 평촌댁이 도맡아 하지 않을 수 없었다. 자식들은 주렁주렁했지만, 남편의 몸은 시름시름 앓는 기간이 길어졌다. 손바닥만 한 논밭은 병구완을 위한 약값으로 하나둘 사라져갔다. 하루가 다르게 커가는 자식들을 위해 평촌댁이 나서지 않을 수 없었다. 모두 먹고 살기 위해 도시로 떠나던 시기였다. 도시로 떠나와 자식들을 먹이느라 온몸으로 부딪히는 사이에 병이 깊어진 남편을 손 쓸 틈도 없이 보내야 했다. 지난 세월 동안 자식들이 무탈하게 자라나고, 기반이나마 잡은 것이 꿈만 같았다.

평촌댁에게는 몸서리쳐지는 시골집이었다. 가끔 선산에 모신 남편의 산소를 보러 가는 외에는 그동안 얼씬도 하지 않으려 했다. 그런 시골집이 꿈에 보인다고 했다. 아침 식사로 나온 미음을 숟가락으로 세듯 몇 모금 뜨더니 평촌댁은 이내 시선을 아래로 향했다.

"그때, 너거 아부지가 지리산에서 산사람들하고 싸울 때 거기까지 찾아간 적이 있었지."

몇 번이나 들었던 이야기였다. 전쟁이 끝난 후 경찰에서 근무하던 남편은 지리산의 한 줄기에서 빨치산과 대치하고 있었나 보았다. 지금이야 승용차로 한두 시간이면 휭하니 다녀올 수 있는 거리였다. 그 당시는 좁은 비포장도로를 벌목한 나무를 실어 나르는 화물차만 겨우 통행하던 시절이었다. 평촌댁의 산골 마을에서 지리산까지 가는 길은 엄두도 내기 힘든 엄청난 거리였다.

어찌어찌 진주까지는 갔다고 했다. 그곳에서부터 지리산까지는 화물차를 얻어 타고도 반나절을 걸어서야 갈 수 있었다. 이미 세력은 많이 줄었다고 하지만 산사람들이 종종 마을까지 내려오던 시절이었다. 그렇게 찾아가 지낸 며칠이 얼마나 좋았는지 몰랐다. 아직 그 동네의 구석구석까지 생생히 기억한다고 하였다. 남편이 거처하던 집의 동네 사람들이 아직 살아있는지 궁금해했다. 눈을 감기 전에 한 번이라도 찾아갔으면 했다.

"산사람들한테 잡혀가면 어쩌려고 겁도 없이 찾아갔어요. 아버지가 그렇게 좋았던 모양이지요."

그 이야기를 들을 때마다 승우가 평촌댁을 놀리던 말이었다.

"지금도 우째 그런 맘이 들었는지 모르겠어. 한 열흘 남짓을 거기에서 보냈는데, 마침 그때는 산사람들도 잠잠했고, 시댁을 벗어나 신랑과 둘이 지내는 기 얼매나 좋았는지. 그 때문에 그 뒤로 너거 아부지가 아무리 애를 믹이도 같이 살 수 있었던 거 같아."

그때를 회상하는 평촌댁의 얼굴은 언제나 귀여운 모습이었다.

"몸이 괜찮아지면 그곳에 한번 갑시다. 휴가를 내어서라도 모시고 갈게요. 병이 나으려면 지금은 많이 드셔야 합니다."

숟가락을 가져갔지만, 미음은 대부분 입 밖으로 흘러내리고 있었다. 그렇게 원하면서 왜 가지 못했는지 알 수 없었다. 며칠만이라도 건강한 시간이 주어진다면 먼저 찾아가야 할 곳이지만 기회가 주어지지 않을 것은 분명했다.

입원한 지 두 번째 주가 절반을 넘어서고 있었다. 사람을 알아보지 못하는 횟수가 잦아졌다. 입원 초기에는 낯선 환경과 막연한 두려움에 따른 간헐적인 발작 증상이 이어져 마음을 놓지 못하였다. 그 이후 약물에 의존하여 잠을 이루고, 링거를 통해 다소나마 기력을 되찾는 듯도 했다.

며칠 전부터는 그것도 한계에 달했는지 산소호흡기를 통한 가쁜 숨결만이 느껴졌다. 눈에는 지친 기색이 역력했다. 문병객도 끊어져 적막한 시간은 길어졌고, 그때마다 "집에 가자."는 말만 되풀이했다. 병원에서는 고통이나마 줄일 수 있지만, 집에서는 내일을 장담할 수 없었다.

오후가 한창인 시간에 병실 문이 가만히 열리며 아주머니 한 분이 고개를 내밀었다. 승우와 눈이 마주치자, 고개를 숙였다.

"처음 뵙는 분이네요. 들어가도 될까요?"

승우의 대답을 기다리지도 않고 병실 문을 들어섰다. 평촌댁에게 다가가 얼굴을 살펴보며 말을 걸었다.

"어르신, 차도는 어떠세요. 식사는 많이 하시고요?"

평촌댁이 들으라는 듯한 큰 목소리였다.

"건너편에 있는 교회에서 나왔습니다. 며칠 전부터 어르신을 찾아뵙고 좋은 말씀을 전해 드리고 있습니다."

병원에서는 보이지 않지만, 언젠가 편의점을 찾아가던 골목 안쪽에 작은 교회를 본 것 같았다. 평촌댁의 눈길이 방문객을 향하여 움직였다. 아주머니가 평촌댁의 두 손을 잡았다. 목소리는 들리지 않지만, 입술이 들썩이는 것으로 보아 기도를 하는 것으로 보였다. 조금만 있으면 집으로 갈 수 있을 거라 안심시키던 승우에게 아주머니의 거리낌 없는 말이 염려스러웠다.

"아주머니, 지금은 모친께서 너무 기운이 없으신 것 같으니, 다음에 들르시면 안 될까요."

평촌댁이 이해할지는 모르지만, 더 이상 자극하는 말이 나와서는 안 되었다. 아주머니가 승우를 돌아보았다.

"몇 년 전부터 여기 계시는 분들을 찾아뵙고 있어요. 어르신은 이번 주 월요일부터 만나 뵈었고요. 교회에 대한 어머님의 생각을 형님으로부터 전해 들었어요. 저는 믿음을 전하기보다 어르신과 잠시 놀아 드리기 위해 방문하고 있어요. 염려하지 않으셔도 될 겁니다."

아침이면 맏이인 진우 내외는 직장으로, 아이들은 학교로 빠져나가 집안이 텅 비게 된 지가 오래였다. 혼자 점심 드시는 것이 안타까워 집 근처 교회에서 운영하는 무료 급식소에 나가 이웃 노인들과 함께 식사하기를 권하곤 했었다. 어울려 식사하면 입맛도 좋아지고, 외로움을 극복하는 데도 도움이 될 것이었다.

주변의 기대와는 달리 평촌댁은 교회라면 거부감이 앞섰다. 무료 식사 한 끼로 노인들을 꾀어 교회로 나오게 만들고, 결국에는 어려운 노인들의 얄팍한 주머니를 털고 있다고 비난하였다. 이러한 적대감은 교회만이 아니었다. 독실한 불심은 아니라도 연중

놀이 삼아 전국의 유명 사찰을 순례하는 노인정 행사도 기피하는 것이 다반사였다.

그날은 예전의 평촌댁이 아니었다. 오랫동안 친분이 있는 것처럼 아주머니의 이야기를 귀담아듣고 있었다.

어려서부터 병약했던 남편은 자식을 몇이나 두고서도 여전하였다. 장손은 글만 읽어야 한다는 구실로 힘든 농사일은 뒷전이었다. 변화의 시대를 살아온 사람들이 그러하듯이 이곳저곳에 잠깐씩 몸을 담았으나 한곳에 오래 머물지 못했다. 사십을 넘어 주렁주렁한 자식들을 보고서야 농사에 뛰어들었으나 약한 체력은 거친 일을 견뎌낼 수가 없었다. 고단한 농사일을 힘으로만 부딪히다 몸은 망가져 원인을 알 수 없는 병이 그를 덮쳤다.

인근은 물론이고 멀리 대도시까지 용하다는 병원을 찾아 헤맸으나 차도를 보이지 않았다. 마지막으로 농촌에 파고들어 세력을 확장하던 신흥종교에 들어가 신앙의 힘을 빌려 치료코자 하였으나 어림없는 노릇이었다. 그렇지 않아도 줄어든 재산이 그곳의 제단에도 적지 않게 들어갔다. 그런 아픈 기억들이 종교에 대한 강한 거부감으로 나타난 것이었다.

제사를 인정하지 않는 교회에 대한 반발은 더 심했다. 제사를 모시는 것은 평촌댁에게 남은 마지막 자존심이었다. 새벽부터 저녁 늦게까지 이어지는 도시의 고된 노동에도 제사는 한 번도 빠뜨리지 않았다. 늦은 시간에도 제사상을 마련하는 정성은 부족함이 없었다. 제사는 먼저 가신 분들과의 대화였고, 가족의 길흉사가 조상에 대한 정성에서 비롯된다는 믿음을 버리지 못했다. 제사를 인정하지 않는 교회는 상상할 수 없는 곳이었다.

그런 평촌댁에게 그날은 전혀 뜻밖이었다. 한 시간이 넘도록 아주머니의 이야기에 귀를 기울이며, 고개를 끄덕이기도 했다. 평촌댁의 기력을 염려한 승우의 재촉에 병실을 나서는 아주머니에게 인사도 빠뜨리지 않았다.

"집에 가면 그 아주머니가 다니는 교회에 한 번 나가보시겠어요?"

평소와는 다른 모습에 승우는 진지하게 물었다. 큰 기대를 하고 한 말은 전혀 아니었다.

"그라는 것도 나쁘지는 않은 것 같은데…."

한참을 망설이다 한숨을 내쉬면서 말했다. 평촌댁의 눈가가 잠시 떨리더니 이내 평정을 되찾았다.

"내는 안 되겠다. 교회에 나가면 시할매, 시어매는 우째 만날낀데. 그라고 너거 아부지도 못 보잖아."

가족들의 생계를 책임지지 못한 남편을 그렇게 원망했었다. 시할머니 대소변 수발에, 그렇게 많던 식구들을 보살펴야 했던 힘든 시집살이가 진저리가 난다고 넋두리했었다. 그런 남편과 시집 식구들을 다시 만나고 싶은 모양이었다.

세 번째 주에 접어들자, 평촌댁은 곡기를 끊었다. 억지로 떠먹이는 물조차도 입술 밖으로 흘러내리기만 했다. 링거의 수액에 의지하여 가늘게 호흡은 유지하고 있지만, 의식은 몸을 떠나있었다. 그동안 정신이 잠깐 돌아올 때면 혼자 중얼거리곤 했던 말문도 닫혀 버렸다.

가족들 누구도 알아보지 못하는 시간이 계속되었다. 눈은 뜨고 있었지만, 초점은 허공을 향하였다. 가끔 메마른 입술이 무엇을 찾는 듯 미세한 움직임을 보였다. 그것의 의미를 알아차리기는 어렵지 않았다. 평촌댁이 혼미한 의식 속에서도 마냥 되풀이하던 "집에 가자."는 말이 분명하였다. 가족들 모두가 평촌댁의 간절한 소망을 공감하였다.

의료진의 도움을 받아 간이 산소호흡기를 착용시키고 집으로 모셨다. 문을 들어서자, 평촌댁의 눈길이 집안을 둘러보는 듯 작은 움직임을 보이더니 이내 초점을 잃었다. 하지만 병원에서는 그렇게나 불안해 보이던 얼굴이 평온을 되찾고 있었다. 고단했던 몸이 따듯한 잠자리에 든 것 같은 아늑한 표정이었다.

집으로 돌아온 지 사흘 만에 평촌댁은 이승의 끈을 놓았다. 잠든 평촌댁의 얼굴이 편안해 보였다. 마지막 한 달여 동안의 육체적인 고통을 생각하면 너무나 고운 얼굴이었다.

평촌댁의 자리는 삼십여 년 전 먼저 떠난 남편 옆에 마련되었다. 마을 뒤편 가느다란 골짜기 사이에 버려진 묵밭의 한 모퉁이였다. 시부모와 선대 어른들을 모신 선산의 가장자리에 봄이면 유난히 참꽃이 붉게 피던 곳이었다. 산소를 덮은 잔디가 뿌리를 내리려면 시간이 더 필요할 것으로 보였다.

그 위의 산 중턱에는 예전 한창 커가는 평촌댁의 아이들이 집에서 기르는 소를 풀어놓고 뛰어놀던 황소 바위가 있었다. 상층부의 소머리 형상과는 달리 하단부는 주변의 평평한 초지와 맞물려 동네 아이들의 놀이터가 되던 바위였다. 소가 신나게 배를 채울 동안 아이들은 고구마를 구워 먹거나, 개울에서 주워 온 조약돌로 공기놀이를 즐겼다. 혈기 왕성한 머슴애들은 바위의 등에 올라타 꺾어온 나뭇가지를 장검인 양 휘두르기도 했다. 놀이에 지친 아이들이 바위 등에 올라 장에 간 어른들이 언제 돌아오는지 목을 뽑고 바라보던 곳이기도 했다.

산소 옆으로는 무성한 풀에 덮여 윤곽도 알아보기 힘든 묵밭이 소나무 가지에 가려져 있었다. 그토록 뜨거웠던 한여름의 땡볕에서도 평촌댁이 어린 자식을 업고 김을 매던 곳이었다. 젊은 평촌댁이 땀과 한숨으로 가꾸었던 밭이었다. 저 멀리 마을의 시골집이 보이는 곳이기도 했다.

그렇게 평촌댁은 집으로 돌아갔다. 그토록 가기를 원했던 집이 노년을 보냈던 큰아들의 집이었는지, 열여덟에 시집와 부대꼈던 시골집이었는지, 남편과 시집 어른들이 먼저 가 있는 저편 너머의 집인지는 알 수 없지만, 평촌댁이 집으로 돌아간 것만은 분명하다.

쑥

읍내 장터거리 건너편에 빛바랜 지붕의 재래시장이 보였다. 공사장 인부 차림의 몇 사람이 시장 건물 모퉁이의 허름한 식당으로 들어가고 있었다. 입구에 걸린 간판으로 보아 언젠가 주호가 말하던 국밥집이 분명했다. 인근의 지리산 고산지대에서 기른 흑돼지로 가마솥에서 오랜 시간 끓여낸 진한 육수가 입맛을 당기게 한다고 했다. 부드러운 수육도 괜찮지만, 여분의 찬도 알아서 챙겨주는 주인아주머니의 인심은 더 좋다며 칭찬을 아끼지 않았다. 제법 소문난 맛집으로 근처에 다녀갈 일이 있으면, 꼭 한번 들러보라고 주호는 몇 번이나 권하곤 했었다.

출입문 왼편의 흙벽돌 화덕에 걸린 큰 가마솥에서 뽀얀 국물이 부글부글 끓으며, 하얀 김을 내뿜고 있었다. 무쇠솥과 이어진 안쪽의 주방에서는 조리용 두건을 쓴 여자가 국밥을 말아내고, 반찬을 챙기느라 분주하였다. 뜨거운 열기 때문인지 주방 여자의 통통한 얼굴이 땀으로 범벅이 되어있었다.

식당 안으로 들어서니 대여섯 개의 식탁이 먼저 눈에 들어왔다. 점심시간이 지나서인지 식사를 마친 손님들이 일어서고 있었다. 안쪽 구석으로는 접이식 앉은뱅이 식탁 몇 개가 놓인 작은 방도 보였다. 방안의 왁자지껄한 소리가 출입문까지 들려왔다. 그곳에는 방금 들어온 인부들이 막 내어온 국밥에 숟가락을 가져가고 있었다. 얕은 잔에 가득 따라진 막걸리가 진하게 보였다.

실내의 소란스러운 분위기에 상욱은 잠시 쭈뼛거렸다. 널찍한 사각 얕은 쟁반에 음식이 담긴 접시를 받쳐 들고 방으로 들어가던 여자가 눈길을 주었다. 입구에서 머뭇거리는 상욱이 의아했던 모양이었다.

"다른 일행분 있으신가 보죠?"

이 지역의 투박한 말투와는 달랐다. 여자의 부드러운 억양이 돌아서려던 상욱의 발길을 잡았다. 고개를 흔들며 장터거리가 보이는 창가에 자리를 잡았다. 회색 벽에 걸린 서툰 글씨의 차림표가 눈길을 끌었다. 방안에서 먹고 있는 국밥이 구미를 당기게 했다. 돼지국밥을 시키고, 막걸리 한 통도 주문했다. 주방에서 국밥을 준비하는 동안 알맞게 익은 김치와 함께 걸쭉한 막걸리가 먼저 나왔다.

삼월 말인데도 오후가 되니 봄 같지 않게 더웠다. 업무용 점퍼에 넥타이까지 맨 상욱의 얼굴은 막걸리 한잔에 벌써 붉어졌다. 어제저녁 늦어진 술자리 때문인지 불쾌하던 속도 진정되고, 지끈거리던 머리도 맑아졌다. 두툼한 수육을 얹은 국밥이 차려지고 찬도 종류를 달리하여 다시 나왔다. 진한 국물을 몇 숟갈 들이키니 그제야 국밥집 바깥의 장터거리가 눈에 들어왔다. 식사를 마친 방안의 손님들이 자리를 뜨자 식당에는 상욱 혼자 남아있었다. 따끈한 국물을 안주로 막걸리 몇 잔을 더 마셔도 될 것 같았다. 점심시간 동안 분주하던 주방도 이제는 여유를 찾고 있었다.

상욱의 건너편 주방 가까운 식탁에 따뜻한 밥과 반찬 몇 가지가 차려졌다. 막 데운 듯이 보이는 순대도 보였다. 순대 접시 위로 따뜻한 김이 모락모락 피어올랐다. 식당의 두 여자가 늦은 점심을 시작하고 있었다. 주방 여자가 땀으로 젖은 얼굴을 수건으로 연신 닦아 내었다. 상욱을 안내하던 여자가 그런 주방 여자를 다독이는 것으로 보아 주인으로 보였다. 주인 여자의 갸름한 얼굴이 눈길을 끌었다.

두 사람의 식사가 거의 끝나갈 무렵 시장 거리를 내다보던 주방 여자가 수저를 놓고 밖으로 쫓아 나갔다. 누가 찾아왔는지 다급한 걸음이었다.

막걸리 한 잔에 쓰린 속이 진정되니 상욱의 마음도 느긋해졌다. 오후에 방문할 곳이 읍내 인근이라 시간도 충분하였다. 푸근한 마음으로 남은 국밥을 비우고 막걸리도 몇 잔 더하니 살 것 같았다. 이미 포만감은 느껴졌으나, 두 여자의 식탁에 놓인 순대가 상욱의 식탐을 부추겼다. 몇 점 손대지 않고 그대로 남아있는 접시가 아직 따뜻해 보였다. 주호는 국밥도 좋지만, 순대는 꼭 먹어보라고 했다. 옛 방식으로 주인이 직접 만든 순대라고 자랑하였다.

"아주머니, 식사 다하셨으면 순대 몇 점만 맛볼 수 있을까요. 국밥으로도 배는 부른데 이 집 순대가 맛있다는 소문을 들으니 그냥 갈 수가 없네요."

여유를 되찾은 마음이 염치를 몰랐다. 주방 여자는 식당 밖에서 어떤 노파와 이야기를 나누고 있었다. 억세고 요란한 억양이 간간이 상욱의 귀에까지 들려왔다. 주방 여자의 호들갑에도 노파는 아무런 반응도 보이지 않고 있었다.

"어머, 그러세요. 조금만 기다리세요."

상욱이 말을 끝내기도 전에 주인 여자는 주방으로 향했다. 곧바로 돌아온 주인 여자의 손에는 따끈한 순대 접시가 들려 있었다.

"천천히 드세요. 이것은 맛보시라고 그냥 드리는 거예요. 진작 말씀하셨으면 챙겨드렸을 텐데요."

상욱이 지나치듯 한 말로는 너무 많았다. 먹음직스러운 모양새만큼 맛도 달랐다. 처음 입에 넣었을 때 느껴지는 약간의 비릿한 맛이 쫄깃하면서도 부드러운 당면과 어울려 묘한 식감을 느끼게 했다. 처음부터 순대국밥을 시키지 않은 것이 후회되었다. 몇 점만 맛보고 남길 요량이 어느새 접시가 비워졌다.

"순대가 정말 맛있네요. 그런데, 조금 전에 보니 엄청 바쁘시던데요."

재래시장 모퉁이의 작은 식당치고는 많은 손님이었다. 맛집이 괜한 소문은 아니었다. 두 사람으로 꾸려가기가 처음 보는 상욱에게도 벅차 보였다.

"평소에는 두 사람으로도 충분해요. 주방 동생과 워낙 손발이 잘 맞아서요. 장날에는 도와주는 사람이 따로 있어요."

조금 전 식사를 마친 식탁을 정리하는 주인 여자의 손놀림이 재빨랐다. 항상 따라다니는 듯한 미소도 신선했다. 누구에게나 호감을 주는 얼굴이었다. 식당 주인의 마음 씀씀이는 더 좋다는 주호의 말이 새삼스럽게 느껴졌다.

식당 밖에서 노파와 이야기를 나누던 주방 여자가 한 손에 검은 비닐봉지를 무거운 듯 들고 와 빈 탁자 위에 놓았다. 무엇이 담겨있는지, 제법 큰 비닐봉지가 손잡이 부분까지 불룩했다.

"세상에! 이 쑥을 어제 온종일 뜯었다는 거야. 국밥집에 쑥이 왜 필요하겠어요. 그런데 저 점촌 노인네 그대로 보낼 수 없잖아요?"

주방 여자가 동의를 구하는 눈빛으로 주인 여자를 바라보았다. 막 허리를 펴던 주인 여자가 깜짝 놀라 밖을 쳐다보았다. 상욱의 눈길도 따라갔다.

"아니, 점촌 할머니가 오셨어? 진작 말하지 않고. 나는 손님하고 이야기한다고 바깥에는 신경도 쓰지 못했네."

말을 마치기도 전에 주인 여자의 몸이 먼저 밖으로 나가고 있었다. 잠시 후, 다시 들어온 주인 여자가 당혹스러운 얼굴을 감추지 못했다.

"아무리 들어오시라 해도 듣지 않네. 내가 주방에서 음식 조금 챙겨올 테니 동생은 할머니 못 가시게 잡고 있어."

주방 여자가 들고 온 것이 쑥인가 보았다. 상욱은 난감해하던 아내의 얼굴이 떠올랐다. 쑥국을 좋아하는 아내는 얼마 전 집 근처 재래시장에 나온 쑥을 손에 들었다가 너무 비싸 그냥 왔다고 했다.

"그것이 쑥인가 보네요. 제가 사도 될까요?"

주방 여자가 반색하며 손으로 바깥을 가리켰다. 이른 더위에도 두툼한 겨울 점퍼를 껴입은 노파가 보였다. 작은 체구에 하얗게 센 머리카락은 흐트러져 있으나 눈매는 예사롭지 않았다.

노파는 음식이 든 보따리를 한사코 마다하다가 주인 여자가 억지로 떠안기니 마지못해 받아서 들었다. 식당 밖으로 나와 쑥

값을 건네주는 상욱을 매서운 눈으로 힐끗 쳐다보고는 말없이 돌아섰다.

"저 노인네가 저렇다니까. 시장 바닥에 널린 게 쑥인데 손님이 사 주셨으면 고맙다고 인사라도 해야지."

시골 마을의 평범한 노파는 아니었다. 시장 거리를 저만치 걸어가는 발걸음이 가냘픈 체구에도 흔들림이 없었다.

"가족들은 아무도 없나 보죠?"

"무당이었던 할머니인데 나이도 많고 혼자된 지 오래되어 지금은 끼니조차 힘들어요. 한창때는 굿이 용하다고 소문이 자자했다는데 안 됐지요."

예전의 명성을 듣고 많은 돈으로 굿을 청하는 사람도 있지만 돌아보지 않은 지가 오래되었다고 했다. 언제부터인가 마음이 모이지 않아 천지신명의 목소리를 들을 수 없다는 이유였다. 정성이 깃들지 않은 굿은 몇 번을 해도 효험이 없다며 아무리 부탁해도 듣지 않는다고 했다.

무당이라는 말에 상욱은 갑자기 악몽 같은 어릴 적의 기억이 떠올랐다. 몇 달째 자리에 누운 할머니의 병을 고친다며 집안에서는 무당을 불렀던 모양이었다. 잡귀를 몰아내는 굿을 해야 병이 낫는다고 했다.

붉은 저고리에 남색 치마의 무복을 입고, 오색 고깔을 쓴 무당이 방울을 요란스럽게 흔들고 있었다. 할머니 몸에 붙은 귀신을 쫓아낸다고 했다. 양손에 든 방울은 어느새 시퍼렇게 날이 쓴 신검으로 바뀌어 있었다. 무당이 날카로운 칼날에 물을 뿜고, 음험한 안광을 쏟아내며 어두운 마당을 맴돌기 시작했다. 무당이 가까이 올 때마다 칼이 심장을 겨누는 것 같았다. 어른들 틈에 끼어 이를 지켜보던 어린 상욱은 새파랗게 질려갔었다.

그때의 섬뜩한 잔상이 떠오를 때마다 상욱은 몸서리를 쳐야 했다. 자신도 모르게 온몸이 떨리며, 식은땀으로 흥건히 젖곤 했다.

예전에 무당이었던 노파가 뜯은 쑥이라고 했다. 조금 전 상욱을 노려보던 매서운 눈빛이 스쳐 갔다. 어릴 적에 본 무당의 시퍼런 눈과 닮아 있었다. 무당의 섬뜩한 기운이 쑥에도 스며든 것 같았다. 머리가 하얗게 비는 느낌은 점심 후의 나른함과 막걸리 두어 잔 때문만은 아니었다. 노파의 쑥을 산 것이 마음에 걸렸다.

식사를 마치고 일어서려는 상욱에게 주인 여자가 커피를 권했다. 두 여자도 종이컵을 들고 있었다. 인스턴트커피 향이 강하게 코를 찔렀다. 상욱이 막 컵을 입으로 가져가는 순간 식당 안으로 한 사람이 들어왔다. 주인 여자가 앉은 자리에서 일어서며 반갑게 맞이하였다.

"스님, 어서 오세요. 시장 보러 오셨어요?"

낡은 승복 차림의 비구니였다. 갑자기 더워진 날씨 탓인지 이마에 굵은 땀이 보송보송 맺혀 있었다. 주름진 얼굴에는 웃음이 가득했다.

"그래요. 암자에 쓸 물건 몇 가지 사러 왔어요. 보살님들 얼굴도 보고, 물도 한 잔 마시고요."

주인 여자와 마주 앉은 스님의 시선이 탁자 위의 쑥 봉지로 향했다. 비닐봉지 밖으로 여린 쑥잎 몇 개가 삐져나와 보였다. 국밥집 특유의 냄새와 뒤섞여 진한 쑥 향기가 느껴졌다.

"쑥인가 보네. 그렇지 않아도 쑥을 샀으면 했는데."

주인 여자와 이야기하는 스님을 보며 상욱은 속으로 쓴웃음을 지었다. 마시고 있던 커피가 목에 걸리는 느낌이었다.

'스님이 시장 거리의 국밥집에는 왜 오시나. 설마 고기가 든 국밥을 드시러 온 것은 아니겠지.'

상욱이 생각하는 일상의 모습은 아니었다. 언젠가 떠들썩했던 출가인 들의 일탈을 직접 목격하는 듯했다. 고기 안주를 놓고, 술을 마시며, 도박까지 하던 TV 화면 속의 그들은 모두를 실망하게 했다.

"그 쑥은 여기 계신 손님이 산 것이에요. 스님이 필요하시면 다시 구해 드릴게요. 우리 마을 점촌 노인네 있잖아요. 요즘 형편이 어려운 모양인데 며칠 쑥을 뜯으라고 하면 좋아하실 거예요."

주방 여자의 말에 주인 여자도 고개를 끄덕였다. 두 사람을 바라보는 스님의 입가에도 웃음이 배어 나왔다.

"그 보살님 암자에 와서 지내라고 그렇게 말해도 듣지 않더니만, 인제 나이 더 들어 움직이지 못하면 어떻게 하려는지 모르겠어."

"저희도 몇 번이나 말씀드렸는데도 완고하시네요. 그런데 정작 할머니는 전혀 걱정하지 않아요. 당신이 자리보전하기 전에 천지신명이 데려간대요. 한동안 보이지 않으면 그리된 줄 알고 찾지 말래요."

주인 여자의 표정이 묘하게 변했다. 아쉬움과 안타까움이 겹친 얼굴이었다. 스님이 헛웃음을 지으며 화제를 돌렸다.

"보살님은 가게 잘되시고. 애들이 몇이더라? 생활비가 만만치 않을 텐데 우리도 많이 도와주지는 못하고."

"무슨 말씀이세요. 저희는 얼마나 감사히 여기는데요."

스님의 얼굴이 붉어지고 있었다. 숙제를 못 해 선생님에게 야단맞는 어린 학생 같았다. 상욱은 혼란스러웠다. 스님도 그렇지만 식당의 주인 여자는 더 궁금했다. 주방 여자가 탁자 위의 전화기 옆에서 스님에게 큰소리로 물었다.

"스님, 쑥 뜯으라고 전화할까요? 암자에 필요한 만큼 뜯으려면 며칠 걸릴 텐데. 다음 장날에 가져오라면 되겠네요."

스님이 고개를 끄덕이자, 잠시 후 요란하게 통화하는 주방 여자의 목소리가 들려왔다. 점촌 노인네가 도착하면 잊지 말고 전하라고 누군가에게 당부하고 있었다. 나른한 오후를 깨는 주방 여자의 목소리가 유난히 크게 울려왔다.

상욱도 자리에서 일어섰다. 주인 여자에게 눈인사하고 가게 문을 나섰다. 손에 든 쑥 봉지가 제법 묵직하였다. 나무 그늘에 주차했던 승용차는 때 이른 더위를 피할 수 있게 해주었다. 차창을 활짝 열고 넥타이를 느슨하게 푼 상욱은 잠시 눈을 감았다. 며칠 동안의 늦은 퇴근으로 인한 피로가 사라지는 것 같았다.

오랜만의 대량 발주에 전 부서가 급박하게 돌아갔다. 일부 품목은 납기가 빠듯하였다. 외주 물량 확보를 위해 상욱이 책임자로 있는 조달 부서도 밤늦게까지 움직여야 했다. 저녁도 잊은 채 일한 직원들을 위해 식사를 겸해 가볍게 시작한 한잔이 길어졌다. 야근에다 늦어진 술자리에도 직원들은 흥이 났다. 몇 개월째 이어진 물량 감소로 조업단축 이야기가 나오는 중에 떨어진 수주 물량이었다. 주요 외주업체에 대해서는 현장 점검이 필요했다. 상욱은 제대로 눈을 붙이지도 못하고 집에서 바로 J시 근처의 S읍으로 출장을 나왔다. 인근 몇 곳에 먼저 들렀다가 읍내 식당에서 늦은 점심을 먹고 주호의 공장을 방문한 것이었다.

주호는 천장 크레인으로 가공물을 조심스럽게 대형 선반에 올리고 있었다. 이 지역에서 대형물 가공설비를 갖춘 곳은 주호의 공장을 비롯해 몇 곳이 되지 않았다. 산업용 발전설비의 핵심부품을 가공하는 작업이었다. 1차 가공을 거쳐 다른 가공설비로 옮겨 2차 가공까지 마친 후 상욱의 회사로 납품되었다.

대형물 가공은 고가의 가공설비 외에도 작업자의 오랜 숙련이 필요했다. 작업 중 조금의 실수도 있어서는 안 되었다. 작은 실수라도 심각한 영업 손실로 나타날 뿐만 아니라 안전사고로도 이어질 수 있었다. 주호가 사업을 시작한 이래 주요 작업에는 가능한 한 직접 참여하였다. 자신의 오랜 경험을 중시하였다.

주호가 현장에서 작업 중이라는 사무실 여직원의 말을 듣고 상욱은 곧바로 공장 동으로 들어갔다. 이백여 평에 달하는 공장 내부는 각종 생산설비가 공정별로 배치되어 움직이는 가운데 한편에서는 절단기로 철판을 자르는 소리도 요란했다. 현장 직원 몇 명의 바쁜 움직임이 눈에 들어왔다. 대형 설비 앞에서 천장크레인에 의해 서서히 조작 중인 가공물에 집중하고 있는 주호에게 곧장 다가갈 수는 없었다. 작업이 끝날 때까지 지켜보아야 했다.

평소 외주업체 회의가 있을 때나 C시에 있는 상욱의 회사 사무실에서 보던 그들이었다. 비슷한 연령대로 마음이 통했던 두 사람은 회의를 마친 후 근처 식당에서 함께 어울리곤 했었다. 상욱이 주호의 공장을 찾은 것은 몇 개월 만이었다. 작업을 마친 주호가 상욱을 알아보고 당황한 듯 다가왔다.

"며칠 후에 오시기로 하지 않았습니까. 무슨 일이 있습니까?"

상욱은 생산 공정 전반을 꼼꼼히 확인하고 사무실로 향했다. 옆을 따라다니는 주호의 불안한 얼굴이 더 짙어졌다.

"부장님, 혹시 저희 제품에 무슨 문제라도 생겼습니까?"

외주업체 가공품의 하자는 발주업체 생산 공정에 심각한 문제가 될 수 있었다. 주호가 경영하는 신우산업과 같은 중소업체는 존폐가 좌우될 수도 있었다. 상욱은 사무실에 들어와서야 늘어난 물량에 대하여 설명하였다. 조바심을 내던 주호의 얼굴이 밝아졌다. 잠시 후, 현장 책임자를 불러 함께 머리를 맞댔다. 주문 물량의 납기를 제때 맞출 수 있을지가 관건이었다.

"지금 같은 경기에 저희야 물량이 늘어난 것만 해도 어딥니까. 전 직원이 밤을 새우더라도 맞추어 내겠습니다. 걱정하지 마십시오."

현장 책임자가 대표인 주호에 앞서 자신 있게 말했다. 상욱은 마음이 놓였다. 요즘 생산 현장은 대표 혼자 의지로 되는 일이 아니었다. 직원들과 마음이 맞지 않으면 납기는 물론이고 품질에도 문제가 생기기 마련이었다.

현장 직원을 돌려보내고 주호와 마주 앉았다. 중요한 업무를 처리하고 난 후의 안도감에 상욱의 마음이 편해졌다.

"부장님, 이렇게 저희를 믿고 맡겨주시니 감사합니다. 다시 말씀드리지만 걱정하지 않으셔도 됩니다. 저희가 언제 한 번이라도 실수를 한 적이 있습니까?"

그것은 사실이었다. 그만큼 주호의 현장 관리는 철저하였다. 주호와 함께 일하는 직원들도 믿을 수 있었다.

"그런데 점심은 어디서 드셨습니까. 여기 오시는 길에 제가 전에 말씀드린 국밥집에서 같이 했으면 좋았을 텐데요."

주호는 상욱이 읍내의 그 식당에서 식사한 것을 아는 듯이 말했다.

"재래시장 모퉁이의 국밥집 말이죠. 사장님 말씀처럼 정말 괜찮더군요. 그런데 그 집 주인아주머니는 자녀들이 한둘이 아닌 모양이죠?"

느닷없는 상욱의 말에 주호의 입가에 웃음이 번졌다.

"저도 정확히는 모릅니다. 그런데 대단한 것은 자녀들 모두가 입양한 애들이라는 겁니다. 식당을 하면서 주변의 부모 없는 애들을 하나둘 데려왔대요. 요즘 같은 세상에 정말 보기 드문 일이죠."

주호는 아직도 감동스럽다는 듯 숙연한 말투였다. 지역 교회에서 독실한 신앙인으로 소문난 주호로서는 당연히 그럴 수 있었다. 묻지 않아도 주호는 자랑스럽게 다음 말을 이어갔다.

"서울에서 만난 남편이 이곳에서 병으로 세상을 떠나자, 그 아주머니는 심한 우울증에 빠졌다고 합니다. 남편이 잠든 곳에서 마지막을 보내려 했답니다. 그런데 남편의 무덤 입구에 추위에 지쳐 쓰러진 아이가 있었대요. 자신을 생각할 겨를이 없었답니다. 그 녀석이 지금은 고등학교에 들어간 큰놈이에요. 그 후 나머지 애들도 하나둘 데려왔답니다."

인근에서는 모르는 사람이 없단다. 주호와 같은 교회는 아니지만, 아주머니의 독실한 신앙은 다른 사람들이 흉내조차 낼 수 없다고 했다.

"정말 대단하신 분이네요. 그런데, 스님이나 무당 할머니는 어떻게 되는가요? 제가 보기에 식당에 자주 들르는 것 같던데."

"무슨 말씀인가요. 나는 지금까지 그 아주머니의 식당을 종종 이용하지만, 그런 사람들 이야기는 처음 듣습니다. 그곳에서 무슨 일이 있었습니까?"

주호도 모르고 있었다. 상욱은 식당에서 보고 들은 것을 전해주었다. 노파에게서 산 쑥이 마음에 걸린다는 말도 덧붙였다.

"왜 그러실까. 그런 사람들과 어울린다고는 전혀 생각 못 했어요. 조금이라도 도움이 되려고, 나는 일부러 그 식당에서 직원들과 회식도 하곤 했어요. 이제는 그 아주머니를 달리 보아야 하겠네요."

주인 여자에 대한 주호의 생각이 바뀌어 있었다. 괜한 말로 주호를 혼란스럽게 했다는 자괴감으로 마음이 편하지 않았다. 하지만 스님과 노파의 출현이 상욱의 머리에 꺼림칙한 무엇을 불러일으켰다는 것은 부인할 수 없었다. 무당이었다는 노파의 존재는 더 그랬다. 무당에게서 산 쑥에 아내가 어떤 반응을 보일지도 알 수 없었다. 승용차에 실린 쑥이 상욱의 머리를 다시 스쳐 갔다.

오후 시간이 늦어지고 있었다. J시에 있는 다른 외주업체 한 곳에 들렀다가 회사로 돌아가려면 서둘러야 했다. 상욱은 자신도 모르게 좁은 도로에서 속도를 내었다. 저 멀리 왼쪽으로 재래시장이 있는 읍내가 보였다. 상욱이 점심을 먹었던 식당이 있는 곳이었다. 완만한 곡선을 그리는 하천이 읍내 주변을 에워싸듯 감싸 안으며 도로를 따라 흐르고 있었다.

아무래도 쑥을 버려야 했다. 둑길 어디에 차를 세우고 하천가 우거진 풀숲에 버리면 될 것 같았다.

작은 언덕을 내려가는 오른편으로 촌락 하나가 지나가자, 읍내로 들어가는 길목이 보였다. 간이 시외버스 정류장으로 보이는 곳에서 버스를 기다리는 몇 사람이 눈에 들어왔다. 사람들 사이에 낯익은 얼굴이 보인 것 같았다. 무심코 지나치던 상욱이 급히 차를 멈추었다. 국밥집의 주인 여자였다.

버스가 오는 방향으로 눈길을 주고 있던 주인 여자는 상욱의 인사에 잠시 기억을 더듬는 듯 머뭇거렸다.

"아! 점심때 쑥 사 가신 손님이네요. 어디 다녀오시나 보네요."

"인근에 출장 갔다가 이제 J시로 들어가는 길입니다. 그곳으로 가시면 제가 태워 드리겠습니다."

저만치 앞에 멈추어 비상등을 깜박이는 상욱의 차를 가리키니 주인 여자는 당황한 기색으로 손사래를 쳤다.

"혹시 제가 불안하시면 타셔도 괜찮은 사람입니다. 상촌에 있는 신우산업 김주호 사장 아시죠. 지금 김 사장을 만나고 오는 길입니다. 김 사장에게서 아주머니 말씀 많이 들었습니다."

"그러세요. 요즘은 바쁜지 한동안 안 오시던데."

그제야 짐을 들고 차를 향해 움직였다. 보자기에 싸인 플라스틱 용기가 무거워 보였다. 상욱이 받아 들고 성큼성큼 걸음을 옮겼다. 아주머니가 뒷자리에 앉는 것을 보고 차를 출발시켰다.

"오늘 엄청나게 바쁘신 것 같던데 J시에 볼일이 있나 보네요?"

"J시에서 고등학교에 다니는 큰애로부터 저녁에 보자는 전화가 왔어요. 그러고 보니 애들 반찬도 다 되었고, 이제는 파장이라 손님도 많지 않고요."

하천은 읍내를 휘감고 돌아 나와 들판을 가로지르며 흘렀다.

좁은 도로가 하천과 나란히 이어지고 있었다. 반대 방향의 차량 몇 대가 상욱의 차를 드문드문 지나칠 뿐 도로는 한적했다.

"서울분이 남편 때문에 이곳에 자리 잡았다 들었습니다. 아무도 없는 타지에서 혼자 식당 꾸려나가기가 힘드시죠?"

상욱과 같은 오십 대 초반으로 서울에서 태어나 자랐다고 했다. 무뚝뚝한 말투에 반해 경상도 남편과 결혼했단다. 미처 신혼의 재미를 알기도 전에 무서운 병이 남편을 덮쳤다고 했다. 애잔한 사연을 남의 일처럼 말하는 차분한 목소리가 깊은 인상을 남겨주고 있었다. 햇볕에 알맞게 탄 얼굴이 건강해 보였다.

"산골 촌사람이 뭐가 좋았는지 모르겠어요. 남편의 병 때문에 요양차 이곳에 왔으나 소용이 없었어요. 그 사람이 잠든 이곳을 떠날 수 없더라고요. 남편이 좋아하던 음식이라 국밥집도 차렸고요."

"애들을 키우게 된 사연도 들었습니다. 모두 대단한 일이라고 칭찬이 자자하더군요. 애들은 모두 몇 명이죠?"

"다섯이네요. 셋은 읍내에서 초등학교와 중학교에 다니고, 위로 고등학생 둘은 J시에서 공부하고 있어요."

"그렇군요. 식당이 제법 괜찮다는 말은 들었으나, 그래도 그 많은 아이를 키우기가 쉽지는 않을 텐데요."

"주변의 도움이 큰 힘이 되고 있어요. 저는 밥 먹여주는 것밖에 없는걸요. 애들은 스스로 큰다는 말이 있잖아요."

최근에 개설된 자동차 전용 도로는 차량으로 홍수를 이루고 있었다. 어디서 사고가 난 듯 도로는 움직일 줄 몰랐다. 삼십여 분이면 갈 수 있는 J시에는 언제 도착할 수 있을지 알 수 없었다.

도로 상황을 지켜보다 늦어지면 들르기로 한 외주업체에 전화해야 할 것 같았다.

"점심때 식당에 들렀던 스님과 할머니가 예사롭게 보이지 않던데요. 아주머니와 잘 아는 분들인 모양이죠?"

말을 꺼내면서도 상욱은 굉장히 조심스러웠다. 주인 여자의 표정을 살피기 위해 백미러를 통해 뒷좌석을 흘깃거리기까지 했다.

"스님은 참 고마운 분이지요. 암자 살림도 어려운데 매번 저희에게 적지 않은 도움을 주고 있어요. 그런데 점촌 할머니는 참 딱해요. 여든이 넘은 나이로 식사는 제대로 하시는지 모르겠어요."

상욱의 염려와는 달리 주인 여자는 아무런 거리낌이 없었다. 혼자 끼니를 때우는 노인에 대한 안타까운 마음이 그대로 전해져 왔다.

"아주머니는 독실한 신앙으로 그간의 어려움을 극복했다고 들었습니다. 그 사실을 자랑스럽게 여기는 교회의 기대도 엄청나고요. 그런데 그런 사람들과 어울린다고 걱정하는 목소리도 있는 것 같습니다."

다른 사람을 핑계로 상욱은 일부러 말을 에둘렀다. 주인 여자에 대한 태도가 돌변하던 주호의 얼굴이 스쳐 갔다.

"무슨 말씀인지?"

주인 여자가 이해할 수 없다는 표정으로 반문하다가 이내 옅은 웃음을 지으며 고개를 끄덕였다.

"나는 전혀 몰랐는데요. 다른 사람들에게 하는 것과 다름없이 그분들을 대하고 있는데… 왜 그럴까요?"

"그 사람들과는 서로 신앙이 다르잖아요. 그 때문에 상대방을 부정하고, 미워하며, 시기하는 것이 엄연한 사실이잖아요."

"그렇더라도 꼭 그래야만 할까요. 자신의 믿음이 소중하듯이 다른 사람의 종교도 존중해 준다면 다툴 이유가 없는 것 아닌가요?"

누구든지 말은 쉽게 할 수 있었다. 하지만 그런 사람을 찾기가 쉽지 않다는 것이 현실이었다. 상욱은 주인 여자의 말이 오히려 억지스럽게 들렸다. 아이들을 돌보아야 하는 어려운 형편에 주변의 도움을 받고자 자신을 합리화하는 듯했다. 주인 여자의 말을 가로채며 상욱은 퉁명스럽게 내뱉었다.

"그렇게 말씀하시면 정말 실망스럽군요. 교회보다는 차라리 스님이 계신 암자나 할머니의 신당에 가는 것이 맞지 않을까요."

자신도 모르게 불쑥 나온 말이었다. 너무나 자연스러운 주인 여자의 말에 대한 반발인지도 몰랐다. 주인 여자는 아무 말도 없이 차창 밖으로 시선을 돌렸다. 갑작스러운 상황에 상욱도 어쩔 줄 몰랐다.

막혔던 도로가 풀리고 있었다. 서행하는 상욱의 차를 빠르게 추월하는 옆 차선의 엔진 소리가 요란하게 들렸다. 두 사람은 한동안 서로의 생각에 잠겨있었다. 저 멀리 J시로 들어가는 도로의 신호등 불빛이 보였다.

주인 여자가 그곳을 가리켰다. 교차로에서 우회전하여 조금 더 가면 주인 여자가 내릴 곳이었다. 읍내와는 다른 번잡스러운 거리에 시선이 빼앗겨 있던 상욱의 귀에 나지막한 목소리가 들려왔다.

"스님은 읍내에서 조금 떨어진 작은 암자에 계셔요. 저와는 서울에서 같은 학교를 나왔다는 사실을 알고부터 자주 만나게 되었고요."

"제가 애들을 데려오려고 했을 때 스님은 많이 말렸어요. 하지만 그 뒤로는 저희의 든든한 후원자가 되었어요. 스님은 읍내에 오실 때마다 필요한 것이 없는지 꼭 확인하고 가셔요. 자신이 할 일을 우리가 대신한다고 얼마나 미안해하시는데요."

주인 여자에게 오히려 부끄러워하던 스님의 얼굴이 떠올랐다. 출가인 들의 일탈 행동만 각인되어 있던 상욱으로서는 상상할 수 없는 모습이었다.

"스님이 계시는 암자는 작은 법당과 요사채 하나가 전부에요. 암자에 오시는 불자 중 간혹 거액을 시주하는 분들이 있는데 그때마다 그 돈을 주변의 어려운 사람들을 위해 사용해요. 덕분에 우리도 많은 도움을 받았고요."

스님의 암자는 외연의 확장에만 힘쓰는 사찰과는 다른 것 같았다. 식당으로 들어서던 스님의 낡은 승복이 새롭게 다가왔다. 주인 여자의 말이 계속되어도 상욱은 아무런 대꾸도 할 수 없었다.

"할머니도 대단한 분이에요. 전쟁 전후로 지리산 인근에는 서로 생각이 다르다는 이유로 죽은 사람들이 한두 명이 아니잖아요. 그 와중에 죽는 이유조차 모르고 죽임을 당한 순박한 농민들은 또 얼마나 많았어요. 그 사람들의 넋을 달래고 극락왕생을 기원하는 할머니의 굿은 멀리까지 모르는 사람이 없었다고 해요."

"굿을 손에서 놓은 지가 오래인 지금도 새벽 기도를 드리는 할머니의 정성은 누구에게도 못지않다고 해요. 항상 어려운 사람들을 먼저 생각하라는 할머니의 말씀이 다른 신앙의 가르침과 무엇이 다를까요?"

신호등을 돌아가자, 주인 여자의 아이들이 있다는 동네가 저만치 보였다. 최근에 들어선 것으로 보이는 대단지 아파트 옆에 낡은 단층 주택들이 도심 속에 고립된 섬처럼 모습을 드러내고 있었다.

"저는 영생을 얻고 천상에 간다는 말은 실감 나지 않아요. 하지만, 분명한 것은 기도를 통해 제가 지금 살아있고, 앞으로도 열심히 살아가야 한다는 것은 깨달을 수 있다는 거죠."

상욱에게만 하는 말이 아니었다. 주인 여자의 시선은 차창 밖 먼 곳에 있었다. 하나둘 켜지는 도심의 불빛 사이 검은 어둠 속의 누군가에게 말하는 듯했다. 주인 여자가 옆자리의 짐을 챙기며 저만치 내릴 곳을 가리켰다. 오른쪽으로 좁은 골목길이 캄캄한 입을 벌리고 있었다.

"다른 무엇보다 사랑이 중요하다는 것은 틀림없어요. 하지만 말로만 떠드는 사랑은 소란스럽기만 할 뿐이지요. 그분들은 목소리만 높이는 사람들보다 더 참된 사랑을 실천하고 있는 것이 분명해요."

골목으로 들어가는 입구가 보이는 대로변에 차를 멈추었다. 승용차에서 내리며 주인 여자는 언제 그랬느냐는 듯이 환한 미소로 말했다.

"곧 부활절이네요. 매년 그랬던 것처럼 올해도 스님이 축하해주시러 교회를 다녀가실 거예요. 사실은 스님이 저희보다 부활절을 더 기뻐하시는 것 같아요. 먼 길 태워주셔서 감사합니다."

주인 여자가 짐을 들고 인도로 내려서는 것이 보였다. 상욱은 도와줄 생각도 못 하고 그대로 앉아 있었다. 주인 여자의 말이 머리에서 떠나지 않았다. 무슨 말이든 해야 할 것 같은데 아무 말도 할 수 없었다. 잘 가라는 인사조차 잊었다. 무거운 짐을 들고 허름한 주택가로 걸어가는 주인 여자의 뒷모습을 한참 동안 지켜보았다.

비상등도 켜지 않고 대로변에 정차한 차를 향해 울리는 옆 차선의 경적에 상욱은 문득 정신이 돌아왔다.

시간이 너무 지체되었다. J시에서 들르기로 한 외주업체는 다음 날로 미룰 수밖에 없었다. C시에 있는 상욱의 회사로 돌아가는 고속도로는 이제 차량의 불빛이 하나둘 보이기 시작했다. 사무실로 들어가기에는 많이 늦은 시간이었다. 그래도 가야 했다. 늦은 시간까지 급한 물량에 매달려 있는 직원들과 자리를 함께해야 했다. 상욱의 회사에 납품하는 신우산업 직원들은 며칠 동안 꼬박 밤을 새울지도 몰랐다.

그러고 보니 쑥을 버리지 못했다. 어두워지는 고속도로 갓길에 차를 세울 수도 없었다. 하지만, 주인 여자의 뒷모습에서 그럴 필요가 없다는 것은 분명했다. 트렁크에 실린 쑥의 진한 향기가 상욱의 코끝을 스쳐 갔다.

울음소리

소나기가 쏟아졌다. 유월의 막바지에 접어드는 하늘이 한여름의 장대 같은 빗줄기를 퍼부었다. 막 잠에서 깨어나 기지개를 켜고 있던 대지가 요란한 빗소리에 놀라 벌떡 몸을 일으켰다. 창고 건물의 양철 지붕을 두드리는 빗방울이 흐드러진 드럼 음향처럼 집안을 흔들었다.

새벽을 깨트리는 울림에 김 노인은 화들짝 깨어났다. 무슨 놈의 비가 이렇게 세차게 내릴까. 그렇지 않아도 밤새 뒤척인 무거운 몸이 굵은 비에 눌려 꼼짝할 수 없었다. 온몸이 땀에 젖어 있었다.

눈을 뜨고서도 주변을 알 수 없었다. 눈이 어둠에 적응되기 시작하자 사물이 조금씩 다가왔다. 새벽빛에 희미한 형체를 드러낸 불 꺼진 형광등이 천정에 보였다. 화려한 자태를 잃어버린 자개장롱이 장승처럼 우두커니 벽에 기대어 있었다. 앉은뱅이 수납장 위에서 불빛을 깜박이는 낡은 TV도 눈에 들어왔다. 오랫동안 김 노인과 함께한 물건들이었다. 그제야 이곳이 시골집 안방이라는 것을 알았다.

작은 창으로 어둑한 하늘빛이 스며들고 있었다. 잠자리에서 일어날 시간이었다. 아무리 농사일에 지쳐도 지금쯤이면 일어나지 않을 수 없었다. 농번기가 아니더라도 집 안팎에 할 일은 태산 같았다.

조금이라도 소홀하면 할멈의 성화가 말도 아니었다. 젊을 때부터 하루도 빠지지 않던 잔소리였다. 그런데 아무런 인기척이 없었다.

'비가 이래 오는데도 할마이는 와 아무 기척이 없노.'

마당에 말려놓은 곡식은 없는지, 빨랫줄에 걸어놓은 옷은 거두었는지, 소막의 문은 닫혀있는지… 하지만 꼼짝할 수 없었다. 어서 일어나야 하는데 몸이 말을 듣지 않았다. 지난밤의 꿈자리가 머릿속을 휘저으며 떠나지 않았다. 하루이틀이 아니었다. 매일 밤 되풀이되는 꿈이었다.

어디선가 울음소리가 들리고 있었다. 숨죽여 흐느끼는 울음이 아니었다. 어린아이가 심술을 부리듯 숫제 고함을 지르는 소리였다. 근처에 아무도 없는 모양이었다. 누가 알아주라는 듯 아우성은 귀청을 울렸다.

"우앙, 우아앙, 우아~악…."

가만히 있을 수 없었다. 소리 나는 곳으로 향했다. 희미한 어둠 속에 어떤 여자가 땅바닥에 주저앉아 있는 것이 보였다. 한쪽 팔을 늘어뜨리고 있는 것으로 보아 어디를 다친 모양이었다. 팔등을 동여맨 하얀 천에서 붉은 피가 배어 나오고 있었다. 핏빛이 점점 흘러내려 손등으로까지 번져나가고 있었다.

여자 곁으로 다가갔다. 쪽 찐 머리가 눈에 익었지만, 누군지 알 수 없었다. 얼굴을 확인하려고 가까이 가자, 여자가 몸을 일으켜 움직이기 시작했다. 어느새 거리는 저만치 멀어져 있었다.

아무리 좇아가도 따라잡을 수 없었다. 숨이 턱까지 차올랐지만, 걸음은 좁혀지지 않았다. 다급한 마음과 달리 몸은 꼼짝하지 않았다. "같이 가"라는 연이은 외침은 외마디 비명으로 흘러나올 뿐이었다.

김 노인이 고함에 놀라 깨어난 것은 한두 번이 아니었다. 이번에는 누구인지 알 수도 있었다. 그런데 몹쓸 놈의 소나기 때문에 또 놓쳐버린 것이다. 아쉬움에 다시 눈을 감아보지만, 꿈속의 아련한 잔영은 찾을 수 없었다.

한참 동안 기다려도 집안은 조용하기만 했다. 김 노인은 그제야 천천히 몸을 일으켰다. 두꺼운 내의가 땀에 젖어 으스스 한기가 느껴졌다. 이부자리 곁에 벗어놓은 겨울 바지와 긴 팔 상의를 꿰입었다. 한쪽 벽 모서리에 걸린 두툼한 겨울 점퍼를 찾아 입는 것도 잊지 않았다. 유월이 한창이어도 팔순을 넘은 김 노인에게는 새벽 날씨가 아직은 차가웠다.

마루로 나가려고 미닫이문을 열었다. 낡은 문의 덜컹거리는 소리가 집안에 크게 울렸다. 안방의 인기척에 옆방의 불이 켜졌다. 그 방에서 나온 사내가 전등 스위치를 올리자, 마루가 환해졌다.

"벌써 일어났소. 좀 더 안 자고요."

투박한 목소리를 듣고서야 사내가 눈에 들어왔다. 그의 푸석한 얼굴이 김 노인의 흐릿한 시야로 몽롱하게 다가왔다. 낯익은 모습이지만 누군지는 알 수 없었다. 사내가 나온 방으로 다가가 반쯤 열린 문으로 고개를 디밀었다. 이불 속에 머리를 파묻고 있던 여자가 깜짝 놀라 몸을 일으켰다. 여자가 빠져나간 방에는 이

부자리만이 덩그러니 펼쳐져 있었다.

다시 부엌방으로 향했다. 이 시간이면 할멈이 아침을 준비하느라 분주하던 곳이었다. 어둠에 덮인 싱크대의 정적만이 스산하게 김 노인을 맞이했다. 부엌과 이어진 세면장의 쪽문이 바람에 덜컹거리고 있었다.

할멈은 어디 가고 이 사람들이 왜 여기 있는지 알 수 없었다. 졸린 얼굴로 하품을 멈추지 않는 여자에게 김 노인은 버럭 소리를 질렀다.

"할마이는 어데 갔노. 꼭두새벽부터 와 안 보이노?"

여자는 눈을 똥그랗게 뜨다가, 새벽하늘에 점차 윤곽을 드러내는 집 앞의 낮은 산 중턱으로 눈길을 가져갔다. 해마다 유월이면 하얀 밤꽃이 산허리를 둘러싸고 있어 밤산이라 불리는 곳이었다.

김 노인은 현관문으로 다가갔다. 마당으로 나가는 낡은 알루미늄 새시 문이 바람에 덜렁거리고 있었다. 옆구리가 해어진 운동화를 구겨 신고, 신발장에 기대놓은 네발 지팡이를 집어 들었다. 문을 나서니 새벽바람이 차게 느껴졌다. 몇 개의 인조대리석 계단 아래로 마당의 거친 시멘트 바닥이 모습을 보였다. 한 손으로 난간을 부여잡고, 다른 손은 지팡이에 의지한 채 조심조심 계단을 내려갔다.

마당에 내려서니 집안이 한눈에 들어왔다. 단층 슬래브 주택을 가운데 두고 오른쪽으로는 낡은 철제 대문이, 왼쪽으로는 오래된 옛집이 흐릿한 모습을 보였다. 주택과 마당을 사이에 두고 마주한 낡은 창고가 어둠에 싸여 있었다. 중문 옆에 서 있는 감나무의 앙상한 가지가 바람에 흔들리고 있었다. 한동안 요란하던 빗줄기는 어느새 기세를 멈추고, 동녘 하늘의 여명이 시작되고 있었다.

대문을 여니 한결 마음이 놓였다. 저녁이면 잠금쇠를 걸었다가 아침이면 어김없이 열어두는 문이었다. 철 대문의 빗장걸이 잠금 장치가 오랜 세월 비바람에 녹이 슬어 잠금쇠를 빼어내기가 점점 힘들었지만, 나들이로 집을 비우는 며칠 외에는 거르지 않는 중요한 행사였다. 동네 사람들은 열린 대문을 보고서야 김 노인이 하루를 시작한다는 것을 알았다.

집 앞의 팽나무는 밤새 유난히도 많은 잎을 뿌려놓고 있었다. 대빗자루로 마당을 쓸고, 소막도 살펴보아야 했다. 하지만, 김 노인의 눈에는 아무것도 보이지 않았다. 할멈을 찾는 것이 먼저였다. 이렇게 마당이 어질러져 있는 것을 보니 할멈이 화덕 뒤편 흙담에 세워놓은 대빗자루를 가지러 갔는지도 몰랐다.

마당 한 귀퉁이에 설치된 화덕으로 걸음을 옮겼다. 부엌과 이어진 서너 평 남짓한 공간에 메주콩을 삶거나 곰국을 고는 가마솥을 걸어 둔 곳이었다. 실내에 세면장이 없을 때는 그곳에서 끓인 물로 겨울을 나기도 했다. 할멈은 텃밭에서 거둔 채소를 화덕 옆의 수돗가에서 씻었다. 화덕에는 부옇게 먼지를 뒤집어쓴 가마솥만 보이고, 수돗가에는 찌그러진 양철 세숫대야만 나뒹굴고 있었다.

화덕과 이어진 뒷마당으로 돌아갔다. 뒷집과 경계를 이루는 흙담 아래 예닐곱 평의 공간은 잡동사니 물건들을 던져두는 곳이었다. 주택에 가려져 그늘진 곳에는 한 해 동안 먹을 김장독을 묻어두기도 했다. 뒷마당의 흙담이 군데군데 무너져 붉은 속살을 드러내고 있었다. 흙담 아래에는 텃밭에서 날아와 스스로 싹을 틔운 더덕이 한창 몸을 불리고 있었다. 더덕 줄기가 뒷담을 덮을 기세로 무성하게 뻗어가고 있었다. 흙담 아래의 엄나무 몇 그루는 한 번도 손을 거치지 않았는지 여린 마디가 무성해져 있었다. 향긋한 맛에 날카로운 가시조차 겁내지 않았던 엄나무였다. 억세어진 새순이 김 노인의 마음을 어둡게 했다.

김 노인의 발걸음이 무거워졌다. 마당으로 돌아 나오자, 반대편 모퉁이에 있는 가정용 정미기에서 무슨 소리가 들려왔다. 옥상으로 오르는 계단 아래에 비바람을 피할 수 있도록 설치되어 있는 기계였다. 스무 마지기 남짓한 논에서 거두어들인 벼를 인근 재래시장이나 지인들에게 알음알음 팔기 위해 쌀을 찧는 설비였다. 지금은 출가하여 도시로 흩어진 자식들에게 택배로 보낼 쌀도 이것으로 찧었다. 곧바로 먹을 적정량을 백미든 현미든 종류별로 찧을 수 있어 요긴한 물건이었다.

'그라마 그렇지, 새벽바람에 지가 어데 가겠노!'

할멈이 정미기를 돌리고 있는 소리였다. 정미기의 윙윙대는 소리가 김 노인이 서 있는 마당 한가운데까지 울려왔다. 자식들에게 보낼 쌀을 찧고 있는 모양이었다. 그러고 보니 며칠 전 서울에 있는 작은아들이 전화한 것 같기도 했다. 김 노인의 입가에 괜스레 웃음이 흘러나왔다.

정미기로 발걸음을 옮겼다. 대문 근처 두엄더미의 음식물 찌꺼기를 노리는 들고양이가 빠르게 지나갔으나 김 노인은 안중에도 없었다. 할멈을 보면 야단치고 싶은 생각뿐이었다. 어떻게 혼자서 힘든 일을 하느냐고 혼꾸멍을 내고 싶었다. 할멈이 곧 보일 것 같아 걸음이 빨라졌다.

할멈은 그곳에도 없었다. 정미기는 오랫동안 사용하지 않은 듯 온통 거미줄을 뒤집어쓴 황량한 모습으로 숨을 죽이고 있었다. 외부 철판은 군데군데 녹이 슬어 조금만 건드려도 부서져 내릴 것 같았다. 왕겨를 담는 빈 마대 몇 개가 묶음 줄이 풀려 바람에 흩날리고 있었다.

윙윙대는 소리는 정미기 뒤편 보일러실에서 나고 있었다. 유월이 한창이지만 시골의 새벽은 아직 싸늘해 보일러를 돌리는 중이었다. 보일러실의 낡은 문이 바람에 덜커덩거리고 있었다.

'기름값이 얼매나 비싼데 안즉도 보일러를 돌리노.'

버럭 역정이라도 내고 싶었지만, 듣는 사람이 없었다. 김 노인을 놀리기라도 하듯 보일러가 더 요란한 소리를 내었다. 벽에 기대어 마음을 달래고 있을 때 어디에선가 들고양이 울음소리가 들려왔다. 창고 옆의 두엄더미에서 나는 소리였다. 김 노인의 눈이 크게 떠졌다.

'그래, 저 있는 갑다. 할마이가 뒤엄을 디빌라고 하는구마.'

두엄더미는 한때 오십여 마리가 넘는 돼지를 길렀던 양철 지붕의 낡은 창고 한 모퉁이에 쌓여 있었다. 커다란 환풍기 세 개를 머리에 올린 창고 건물은 몇 칸으로 쪼개어져 실외 화장실, 농자재 창고로 활용되고, 나머지는 소막으로 사용되고 있었다. 소막은 몇 해 전 마지막 남은 몇 마리 소를 처분한 후부터 비어 있었다.

두엄더미에서는 소여물로 줄 볏짚에서 털어 낸 부스러기와 채소 부산물이 뒤섞여 퇴비로 만들어졌다. 가족들이 먹다 남긴 음식물 찌꺼기도 던져두는 곳이었다. 논두렁의 풀이 기승을 부릴 때면 아침나절 베어낸 풀을 경운기에 싣고 와 함께 묵히기도 했다. 갖가지 재료들이 딱딱하게 뭉쳐지면 뒤집어 주어야 했고, 그 일은 새벽에 일어난 할멈의 신나는 놀이였다. 손주들은 역한 냄새에 기겁하며 뒷걸음질 치지만 할멈은 그것만큼 구수한 것이 없다며 그 일을 즐겼다.

보일러실에서 몇 걸음 되지 않았지만 김 노인에게는 힘들어 보였다. 큰 소리로 할멈을 부를까, 하다가 듣지 못할 것 같아 그만두기로 했다. 할멈은 한번 일에 집중하면 누가 옆에 와도 모를 만큼 빠져들었다. 가만히 다가가 깜짝 놀라게 하는 것도 괜찮을 것 같았다. 김 노인은 조심조심 발걸음을 옮겼다.

두엄더미에도 할멈은 보이지 않았다. 어제저녁 던져놓은 음식물 찌꺼기를 뒤지던 들고양이 한 마리가 물끄러미 김 노인을 쳐다보았다. 그러고는 김 노인은 안중에도 없다는 듯 다시 앞발로 퇴비 더미를 뒤집기 시작했다.

"이 노무 짐승, 저리 가지 몬하겠나!"

사람을 아랑곳하지 않는 들고양이를 향해 김 노인은 버럭 고함을 질렀다. 그때야 들고양이는 무거운 엉덩이를 들고 어슬렁거리며 자리를 떴다. 아쉬운 듯 돌아보는 짐승이 너무 얄미워 김 노인은 몇 번이나 발을 굴렀다.

이번에는 옛집 뒤편의 텃밭에서 무슨 소리가 들렸다. 중문을 지나 흙담을 돌아간 곳에 마련된 스무 평 남짓한 텃밭이었다. 옛집 지붕 위로 가지를 뻗고 있는 감나무가 텃밭으로 가는 김 노인을 반겨 주었다. 오늘은 밤새 떨어진 아기 감이 마당을 메우고 있어도 마음이 가지 않았다. 텃밭에서 나는 소리가 우선이었다. 할멈이 잡초를 뽑고 있는 것이 틀림없었다.

조금의 틈만 생겨도 할멈은 텃밭으로 달려가곤 했다. 작물들 사이 잡초가 미처 뿌리를 내리기 전에 싹부터 여지없이 뽑아내었다. 반찬거리 채소를 거두러 갔다가도 밤새 얼굴을 내민 여린 잡초가 보이면 조금의 인정도 두지 않았다. 호미가 없으면 아예 손으로 잡아챘다. 사람의 손길이 며칠만 가지 않아도 풀숲이 되지만 할멈의 부지런함에는 텃밭의 무성한 풀도 맥을 추지 못하였다.

매년 이맘때의 텃밭은 대여섯 고랑에 고추와 가지가 턱 하니 자리 잡은 주위에 상추, 쑥갓, 들깨 등이 서로 이랑을 차지하려 다투던 곳이었다. 주택과 경계를 이루는 흙담 아래에는 취나물, 곰취, 머위 등이 풍성하던 밭이었다. 하지만, 올해는 예전과 같지 않았다. 텃밭에는 씨앗도 뿌리지 않았는지 잡초만 무성하였다. 고추 몇 그루가 흙담의 더덕 넝쿨 사이에서 고개를 내밀고 있었지만, 사람의 손길이 가던 때와는 천지 차이였다. 미처 자라다 만 가지는 벌레로 새까맣게 타들어 가고 있었다.

그곳에도 할멈은 보이지 않았다. 밭고랑의 찢어진 멀칭 비닐을 요란하게 흔들던 새벽바람이 김 노인의 귓전을 어지럽히며 지나갔다. 우거진 잡초들은 오랜만의 인기척에 깜짝 놀라다 김 노인을 보고는 안도의 표정으로 다시 몸을 솟구쳤다.

'용소뜰 논에도 가보자. 그어 밖에 갈 데가 없어. 와 그리 먼 용소뜰까지 가서 사람을 걱정하게 만드노.'

마을 가까운 논에서 일하는 사람이 보였다. 들일을 시작해도 될 시간이었다. 이제 할멈이 갈 곳은 저수지 밑 용소들 논밖에 없었다. 새벽에 내린 소나기로 할멈이 물꼬를 잡으려 논에 간 것이 틀림없었다. 저수지에서 내려오는 물이 빗물과 합쳐지면 막 뿌리를 내리는 벼를 휩쓸기 마련이었다. 논으로 들어오는 저수지 물은 수로로 돌려놓아야 했다. 위 논의 물이 아래로 빠질 수 있도록 물길을 잡아주어야 했다.

젊을 때는 용소들 논도 경운기를 몰고 아침 먹기 전에 둘러보던 곳이었지만, 지금은 생각할 수 없는 거리였다. 누가 데려다주지 않으면 힘든 곳이지만 기운을 내어야 했다. 창고에 있는 경운기가 생각났으나 오랫동안 손대지 않아 엄두가 나지 않았다. 오늘은 걸어서라도 가야 했다.

하늘이 다시 흐려지고 있었다. 먼 하늘 한편의 구름이 짙은 색을 더하고 있었으나 김 노인은 눈길조차 주지 않았다.

용소들 논은 동네를 가로질러 마을 외곽의 논길에 접어들어서도 한참을 더 가야 했다. 아름드리 팽나무가 마을 길을 따라 양옆으로 이어지고 있었다. 마을 집들이 무성한 나뭇가지에 묻혀 지붕만 드러나 보였다. 나무들이 얼마나 오랫동안 이 마을에 자리 잡고 있는지는 아무도 몰랐다. 김 노인이 어릴 적부터 팽나무는 지금처럼 우람찬 모습이었다. 김 노인의 집 앞 나무는 유독 굵기를 더해 어른 두 사람이 팔을 벌려야 닿을 정도의 밑동을 자랑하고 있었다.

유월이 무르익고 있었다. 팽나무 가지 사이로 새벽의 밤꽃 향이 바람에 실려 왔다. 옆 마을에서 시작된 밤꽃은 김 노인의 마을을 지나 다음 마을까지 하얗게 산 중턱을 물들이고 있었다. 매년 이맘때면 온 동네가 밤꽃 향기로 몸서리를 쳤다. 시큼한 꽃향기가 시집 못 간 노처녀의 마음을 흔들어 가을이 오기도 전에 마을은 혼사로 떠들썩하곤 했다.

이렇게 밤꽃 향이 동네를 덮고 있던 날에 할멈은 시집을 왔다. 막 스물이 넘은 아리따운 얼굴에 웃음이 가득했다. 마당에 모인 하객들의 감추는 듯한 귀엣말에도 처녀는 미소를 거둘 줄 몰랐다. 밤꽃 향이 그렇게 좋았다고 했다. 처녀가 살아온 오룡골과 너무 닮아 시집에 온 줄도 몰랐단다. 다섯 마리의 용이 살았다는 깊이를 알 수 없는 소沼를 품은 골짜기 아래 산골 마을 처녀였다. 오룡골에도 이 계절에는 밤꽃이 기승을 부리고 있었다.

동네 사람들의 수군거림이 무색할 정도로 오룡댁은 아들 둘을 보란 듯이 낳아 늙은 부모를 기쁘게 했다. 자식 욕심 많은 김 노인의 마음을 알기라도 하듯이 다음에는 딸을 둘이나 더 낳아 주었다. 김 노인의 입이 다물어질 줄 몰랐다. 손이 귀한 집안이라 어른들의 귀여움은 엄청났다. 자식들을 먹이느라 새벽부터 밤늦게까지 들에서 일해도 힘든 줄을 몰랐다. 내외간에 열심히 일한 덕분인지 초가집이 있던 자리에 번듯한 슬래브 주택도 동네에서 처음으로 지었다.

앞산의 밤꽃 향이 마을 길을 지나는 김 노인의 코끝을 간지럽혔다. 유난히도 밤꽃을 좋아했던 할멈이었다. 이 세상을 떠나더라도 밤꽃 향은 잊지 못할 것이라 웃음 짓던 할멈이었다.

마을이 끝나는 지점에 접어들자 길이 두 갈래로 갈라졌다. 왼편으로, 용소들로 가는 논길이 꼬불꼬불 이어져 보였다. 반대편으로는 마을 앞산으로 오르는 산길이 산허리를 감싸는 안개에 묻히고 있었다. 갈래 길의 중간지점에 동네와 어울리지 않는 하얀 이층 양옥이 자리 잡고 있었다.

그 집에서 새벽 운동을 나오던 노파와 마주쳤다. 김 노인과 동네 동갑계를 같이 하던 박 노인의 안사람이었다. 박 노인은 몇 해 전 먼저 갔지만, 안사람인 신평댁은 이전부터 살아오던 낡은 집을 헐어버리고 현대식 양옥을 새로 지어 보란 듯 살고 있었다. 도시에서 사업을 하는 아들이 잘 된 덕분이었다.

"오룡댁이 양반 아니오. 요새 몸이 안 좋다 카던데… 괜찮소? 비가 올 거 같은 데 새벽같이 어데 가요?"

몇십 년을 보아 온 신평댁이지만, 김 노인은 누구인지 몰랐다. 말을 걸어온 여자가 동네 사람이라는 것만 알 수 있었다. 아무도 보이지 않는 새벽에 물어볼 수 있는 사람을 만났다는 것만으로도 반가웠다.

"몸이 시원치 않아서 큰일이오. 정신도 쪼매 흐려지는 거 같고요. 그란데 쫌 전에 우리 할마이 지나가는 거 봤소? 집에 없는 거로 봐서 저기 저수지 밑에 있는 우리 논에 간 거 같은데…."

이른 새벽부터 지팡이를 짚고, 다리를 질질 끌며 걸어오는 김 노인을 의아한 눈으로 쳐다보던 신평댁이었다. 그러고 보니 초여름임에도 겨울 바지에 두꺼운 점퍼까지 껴입은 모습도 예사롭지 않았다. 김 노인의 느닷없는 말에 신평댁은 혀를 찼다.

"아이고, 이 양반아. 이 세상에 없는 사람을 어데서 찾는단 말이오. 자식들 걱정시키지 말고 얼릉 집에 가소."

신평댁이 길을 막아서며 손사래를 쳤다. 김 노인을 돌려세워 등이라도 떠밀 기세로 두 팔을 들어 올렸다.

"아니 이 여편네가 실성을 했나. 꼭두새벽에 일어나 논에 일하러 간 사람한테 무슨 말을 하노."

잔뜩 화가 난 김 노인이 때릴 듯이 지팡이를 치켜들었다. 신평댁이 깜짝 놀라 얼른 한걸음 옆으로 비켜서며 안타까운 소리를 내었다.

"아무리 정신이 없어도 그렇지…, 저기 보이는 앞산도 모리겠소?"

신평댁의 손끝으로 마을 앞산이 보였다. 앞산 중턱의 밤나무숲이 어둠 속에서 서서히 윤곽을 드러내고 있었다.

용소들로 가는 논길은 새벽에 내린 비로 많이 파여 있었다. 울퉁불퉁한 논길을 따라 김 노인은 힘든 걸음을 내디뎠다. 처진 어깨와 구부정한 허리에도 고개는 저수지를 향해 곧추세우고 있었다.

새벽부터 무리한 몸이 지쳐오기 시작했다. 김 노인의 앙상한 다리가 걸음을 옮길 때마다 가냘프게 흔들렸다. 하지만, 용소들이 눈앞에 빤히 보이고 있었다. 용소들을 품어 안은 저수지 제방도 멀리 모습을 드러내고 있었다. 저기 제방 아래 논에 할멈이 있을 것이었다. 조금만 더 힘을 내면 되었다.

얼마 전 모심기를 끝낸 용소들은 막 뿌리를 내리기 시작한 벼들이 키 재기를 하듯이 하루가 달리 푸르게 변하고 있었다. 김 노인의 논은 이 넓은 들 가운데 저수지 제방 아래 한 면을 둘러싸듯 접하고 있었다. 봄이면 모심기로 온 가족이 이 논에 매달렸다. 작은 물웅덩이 주변의 돌미나리는 여윈 봄 식탁을 차지게 했다.

저녁에 던져놓은 통발에서는 살찐 미꾸라지가 하룻밤 사이에도 가득했다. 여름철 논둑의 풀은 왜 그렇게 빨리 자라는지 몰랐다. 가을이 한창이면 뽀얀 먼지를 뒤집어쓰면서 벼를 타작했다. 소여물로 사용하기 위해 논에 쌓아 두었던 볏짚을 집으로 옮겨놓아야 한해의 벼농사가 마무리되곤 했다.

제방 안쪽 비탈길 아래에는 작은 밭도 만들어 두었다. 텃밭으로는 부족한 채소를 가꾸기 위해 논 한 귀퉁이를 밭으로 만든 곳이었다. 밭에서는 마늘의 씨알이 유독 굵었다. 양파도 온 가족이 한 해 동안 먹기에 부족함이 없었다. 밭 가장자리를 돌아가면 매실나무도 몇 그루 보였다. 매실장아찌는 입맛 없는 여름에 가족들의 요긴한 찬거리가 되었다. 이 밭에서도 할멈은 특유의 부지런함을 발휘했다. 용소들 논에 올 때마다 매서운 손길을 거두지 않았다. 풀이 그렇게 기승을 부리는 한여름에도 밭에는 잡풀 하나 남아 있지 않았다.

저수지는 용소들의 넓은 들을 채우기에는 부족함이 없는 규모였다. 인접한 산에서 흘러내린 물은 항상 저수지를 가득 채웠다. 저수지를 끼고 있는 덕분에 김 노인의 논은 아무리 가물어도 제일 먼저 저수지 물을 끌어올 수 있었다. 벼농사로는 최고인 논이었다. 무성한 수초는 살찐 붕어를 키워내어 농한기에는 소일삼아 낚싯대를 드리우던 곳이기도 했다.

젊은 시절 어려운 살림에도 힘들게 사들여, 김 노인 내외가 함께 가꾸어 온 분신 같은 땅이었다. 자식들 공부로 한꺼번에 목돈이 들어갈 시기에도 이를 악물고 지켜온 논이었다. 그때 받은 학자금 대출을 정리하느라 몇 년 동안 허리띠를 졸라매야 했지만,

땅을 팔지 않고 자식들 모두 대학까지 보낸 것은 마을에서 김 노인이 유일했다. 김 노인에게는 크나큰 자부심이었다.

몇 해 전까지만 해도 김 노인 내외가 이 논에 직접 농사를 지었다. 논에서 나온 수확으로 자식을 키우고, 공부도 시켰다. 지금은 그럴 수 없었다. 벼농사로 자식들 공부는 생각도 할 수 없었고, 생활조차 힘들었다. 인근 공장에서 일하는 수입이 농사와 비교가 되지 않았다. 젊은이들이 떠난 시골에서 일할 수 있는 사람도 없었다. 마을의 노인들이 농사일을 감당하기는 무리였다. 트랙터를 가진 대규모 기계농에게 마을 논의 대부분을 맡긴 지 오래였다.

논길은 어느새 용소들로 접어들고 있었다. 까마득하던 저수지 제방이 손에 잡힐 듯 가까워지고 있었다. 제방 아래 논에서 일하는 할멈의 모습이 보이는 듯했다. 새벽에 많은 비를 쏟아내고 잠시 주춤하던 하늘이 다시 어두워지기 시작했다. 먼 산에 걸려 있던 검은 구름이 어느새 들판으로 자리를 옮겨 온 들녘을 뒤덮고 있었다. 짙은 구름 사이로 빗방울도 비치고 있었다.

논에 있는 할멈이 걱정이었다. 아무런 채비도 없이 집을 나선 할멈은 속절없이 비를 맞을 수밖에 없을 것이었다. 하루만 들일로 무리해도 며칠씩이나 뜨끈한 아랫목에서 몸을 지져야 하는 할멈이었다. 비를 맞으면 무슨 탈이 날지 알 수 없었다. 어서 가서 데리고 와야 했다.

다급한 걸음을 재촉했지만 마음 같지 않았다. 몇 발짝 가지 않아 다리가 휘청거리기 시작했다. 천근이나 되는 추를 단 듯 움직이기 힘들었다. 빗속에서 허둥대는 할멈의 모습이 보이는 듯했다. 미련한 할멈은 세찬 비를 맞으면서도 일을 마쳐야 집으로 돌아갈 것이었다.

"할마이, 어데 있노. 인자 일 고마하고 집에 가자."

용소들 논을 향해 팔을 흔들며 소리쳤지만 마음뿐이었다. 목에서만 맴돌던 소리는 거친 숨결로 뿜어져 나올 뿐이었다.

빗줄기가 굵어지기 시작했다. 그렇지 않아도 질펵했던 논길에 빗물이 더해지자, 발걸음은 더 옮기기 힘들었다. 빗물에 젖은 낡은 운동화가 걸음을 옮길 때마다 아우성을 쳤다. 진흙 길은 빙판길을 걷는 듯 미끄러웠다.

머리를 적신 빗줄기가 이마를 타고내려 눈을 가려왔다. 눈앞의 용소들이 새벽어둠에 쌓인 것처럼 아무것도 보이지 않았다. 가까이 다가왔던 제방 언덕도 짙은 비구름 속에 희미해져 버렸다.

그때도 이렇게 비가 왔었다. 김 노인이 용소들 논을 사고 한 해가 지난 때였다. 새로 산 논에서 일하는 재미가 얼마나 좋았던가. 새벽에 논을 둘러보러 나온 참에 한창 자라는 볏 잎 사이에 섞인 피가 거슬렸다. 눈에 보이는 몇 줄기만 솎아내고 가려던 것이 아침도 잊을 정도로 빠져버렸다. 알토란 같은 쌀알이 쏟아지는 벼의 생장을 방해하는 피는 뽑아도 뽑아도 끝이 없었다. 논일에 몰두하여 날씨가 바뀐 줄도 몰랐다. 갑자기 하늘이 캄캄해지며 소나기가 온 들판에 쏟아졌다.

그 빗속에 할멈이 찾아왔었다. 새벽에 나간 사람이 기별도 없는 데다 비까지 내리니 걱정이 되었단다. 빗속에 왜 왔냐고 큰소리를 쳤지만 얼마나 반가웠는지 몰랐다. 오늘은 할멈이 이렇게 굵은 빗속에 내팽개쳐져 있었다.

논길 옆 시멘트 수로를 따라 흐르는 물소리가 세차게 들렸다.

걸음을 멈추고 수로 축대에 엉덩이를 걸치고 주저앉았다. 빗줄기는 김 노인의 주름진 이마를 계속 타고 내렸다. 겨울 점퍼를 얼굴까지 끌어 올렸으나 젖어 드는 몸은 어쩔 수 없었다. 더는 무리였다. 집으로 돌아가 누구와 같이 와야 할 것 같았다. 김 노인은 안타까운 눈길을 저수지 쪽으로 가져갔다.

그때 저수지 제방 위에 희미한 형상이 어른거리는 것이 보였다. 시야를 가리는 빗물 때문에 흐릿한 모습이지만 사람의 움직임이 분명하였다. 할멈이 비 때문에 일을 마치려는 모양이었다. 돌아서려던 김 노인의 발길이 다시 저수지로 향했다. 다행히 빗줄기도 가늘어지고 있었다.

저수지에 도착했을 때는 언제 그랬냐는 듯 비가 그쳤다. 제방으로 올라서자, 저수지를 가득 채운 수면 위에 물안개가 피어오르는 것이 보였다. 누구에게 손짓이라도 하듯 너울거리며 저수지를 메우고 있었다.

김 노인은 제방 위에서 용소들을 내려다보았다. 마을 외곽에서 시작하여 저수지까지 이어지는 넓은 들판이 훤히 보였다. 하지만 어디에도 사람의 모습은 찾을 수 없었다. 마을에서 멀리 떨어진 이곳까지 새벽일을 나오기에는 아직 이른 시간이었다. 김 노인의 논에서는 새벽의 부지런한 바람이 푸르름을 더해가는 벼잎을 간질이는 소리만이 스치듯 들려왔다.

제방 안쪽 밭을 향하여 걸음을 옮기기 시작했다. 물기를 가득 머금은 풀잎이 걸음을 한층 무겁게 만들어도 신경 쓰지 않았다. 비에 젖어 온몸이 떨려오고, 제방 길이 온통 질퍽거렸지만 김 노인은 아랑곳하지 않았다. 저수지를 채우는 물안개가 초라한 방문객을 신기한 듯 쳐다보고 있었다.

비탈길 아래 밭에 내려서자, 김 노인은 풀숲에 누가 숨어있기라도 하듯이 구석구석을 살펴보았다. 흙탕물로 온통 잠겨버린 밭고랑에 발이 움푹 빠지면서도 멈출 줄을 몰랐다. 밭 저쪽 가장자리에 심어진 매실나무까지 다가가 장대 같은 풀 속을 샅샅이 헤쳤다.

오랫동안 돌보지 않은 밭은 온갖 잡초로 숲이 되어있었다. 매실나무가 풀숲에서 숨이라도 쉬려는 듯이 겨우 고개만 내밀고 있었다. 이제 막 꽃망울을 영글기 시작하는 나팔꽃 줄기에 속절없이 몸을 내맡긴 매실나무가 괴로운 듯 숨을 헐떡이고 있었다. 올해는 매실장아찌를 생각도 못 할 것 같았다.

그곳에서도 할멈을 찾을 수 없었다. 이제는 더 가볼 곳도 없었다. 제방으로 오르는 비탈길 입구에서 김 노인은 아쉬운 눈으로 뒤를 돌아보았다. 불안한 눈길이 중심을 잃고 흔들렸다. 마지막 남은 끈을 놓쳐버린 듯 얼굴이 점점 어두워지고 있었다. 미끄러운 언덕길이 김 노인의 발걸음을 더 힘들게 만들었다.

이제 저수지는 물안개로 가득 차 있었다. 수면 위에 낮게 깔린 물안개 속에서 몇 곳은 작은 구름처럼 뭉쳐졌다가 바람이 불면 흩어지곤 했다. 물기를 잔뜩 머금은 제방 길도 물안개로 덮이고 있었다. 안개 속에 희미한 흔적만을 남기며, 가느다란 꼬리를 감추고 있었다.

집으로 돌아가야 했다. 김 노인은 꿈길을 걷듯 무거운 발걸음을 옮기기 시작했다. 길지 않은 제방길이 끝없이 이어지는 듯했다. 지나가던 새벽바람이 물안개를 흩어내자, 마을 집들이 잠시 지붕을 드러내었다. 마을 맞은편에는 짙은 밤꽃으로 치장한 앞산도 희뿌연 모습을 보이고 있었다. 올해의 앞산은 밤산이라는 말이 무색하지 않게 유난히도 탐스러운 자태를 뽐내고 있었다.

김 노인의 눈길이 한동안 앞산 중턱에 머물러 있었다. 지난해 겨울 그 일이 있고 난 후부터 본능적으로 외면하던 행동과는 다른 모습이었다.

몇십 년 만에 처음이라는 강추위로 전국이 꽁꽁 얼어붙던 때였다. 저녁을 먹고 마을회관을 다녀오던 할멈이 빙판길에 미끄러져 머리를 다쳤다. 정신을 잃고 쓰러진 할멈을 동네 사람이 발견했을 때는 너무 많은 시간이 지난 뒤였다. 급히 병원으로 옮겼으나 몸은 싸늘히 식어 있었다. 앞산 중턱에 할멈의 자리를 마련하던 날에, 그동안 약간의 치매 증상을 보이던 김 노인의 눈은 영영 초점을 잃고 말았다.

앞산 자락을 바라보던 김 노인의 눈이 크게 떠졌다. 그리고 무슨 생각이 머리를 스친 듯 깊은 한숨을 내쉬며, 고개를 끄덕였다. 형언할 수 없는 슬픔이 얼굴에 스며 있었다. 움푹 들어간 눈 주변이 촉촉이 젖어 들었다.

갑자기 김 노인의 숨소리가 가빠지기 시작했다. 발걸음을 바꾸어 제방 아래 수면을 향해 돌아섰다. 그곳에서 무슨 소리가 들리고 있었다. 물 위를 가득 메운 사람 형상의 물안개에서 들리는 음성이었다. 한 걸음 다가서며 귀를 쫑긋 세웠다. 하지만, 한 줄기 바람이 구름을 흩트리자, 그것은 이내 사라져 버렸다.

김 노인은 다시 발길을 옮기기 시작했다. 하지만 몇 걸음 지나지 않아 멈추지 않을 수 없었다.

"우앙, 우아앙, 우아~악…"

매일 밤 들리던 울음소리였다. 물안개 속의 구름이 울부짖고 있었다. 꿈속에서 보던 여자와 똑 닮아 보였다. 넋을 잃고 바라보는 김 노인의 코끝에 새벽바람이 진한 밤꽃 향을 실어 왔다. 그 속에 노란 저고리에 빨간 치마를 입은 여자가 담겨있었다. 다친 팔을 부여잡고 서럽게 우는 새색시였다.

할멈이 시집온 지 얼마 되지 않았을 때였다. 논에 일하러 갔다가 집으로 돌아오니 웬 울음소리가 동네 한가운데까지 들려왔다. 온 마을을 울리는 소리가 할멈의 울음이라고는 생각도 못 했다. 시집온 지 한 달도 되지 않는 새색시가 마당에 퍼질러 앉아 통곡하고 있었다. 점심을 준비하다 넘어져 팔을 삐었다고 했다. 동네 사람들은 어떻게 할지 몰라 주위에서 웅성대기만 하고 있었다. 집 안에 있던 낡은 천 조각으로 팔을 싸매고, 병원으로 데려가서야 할멈은 울음을 그쳤었다.

'매일 밤 꿈에 찾아오는 여자가 할마이였구나. 그러케 목 놓아 우는 거를 보니 또 어데를 마이 다친 모양이네. 무심한 사람! 아프면 아프다고 말이라도 하지, 와 자꾸 도망가기만 하노.'

할멈이 어서 오라는 듯 손짓하고 있었다. 서둘러야 했다. 할멈이 달아나 버리기 전에 따라잡아야 했다. 이번에는 결코 놓쳐서는 안 되었다. 할멈을 향해 한 걸음 한 걸음 다가가는 김 노인의 얼굴에는 웃음이 떠나지 않았다.

지난해 유난히 차가웠던 겨울바람이 할멈을 데려간 후로는 찾아볼 수 없었던 따듯한 미소였다.

검은 반점

정신이 드니 빛이라고는 보이지 않는 짙은 어둠 속에 내팽개쳐져 있었어. 혼미한 의식 중에서도 침착해야 한다는 생각이 앞섰지. 불확실한 상황에서 선부른 행동은 더 나쁜 결과를 초래할 수 있음을 잘 알고 있었지.

눈이 어둠에 적응되도록 한참 동안 기다렸어. 대여섯 평의 공간 한쪽 구석에 내가 있고, 건너편에는 물품 박스로 보이는 골판지 상자가 어깨높이까지 쌓여있는 것이 어렴풋이 느껴졌어. 발밑쪽으로 가느다란 바람기가 전해지는 것으로 보아 그 방향에 문이 있다고 짐작했어. 창문 하나 없는 밀폐된 곳이었어.

오랫동안 하수구에 찌던 듯한 비릿한 냄새가 지독했어. 몸이 느끼는 고통보다 메스꺼운 냄새가 더 힘들게 여겨질 정도였어. 내가 감금된 곳이 어느 건물의 지하실인 것 같았어. 언젠가 몇 번 들른 적이 있는 도심 외곽의 네 회사 물류 창고가 떠올랐어. 지하실이 있는 곳은 그 건물밖에 없었지.

내 싸늘한 반응이 답답한 듯 가슴을 치던 네가 갑자기 쓰러졌어. 폭파 공법에 의해 해체 작업 중인 건물이 무너지듯 순식간의 일이었어. 정신을 잃고 쓰러진 너를 도심 외곽의 창고까지 옮기는 것은 보통 일이 아니었어.

축 늘어진 네 몸을 바퀴 달린 의자에 앉히고, 등받이를 밀어 승용차까지 가야 했어. 술에 취한 사람처럼 뒷좌석에 비스듬히 기대 앉혔는데도 여간 신경 쓰였던 것이 아니었어. 엉망으로 취한 몸으로 삼십여 분이나 걸리는 도로를 운전할 때는 제정신이 아니었어. 늦은 시간이라 거리의 차량 통행이 뜸하여서 다행이었어.

겨드랑이를 뒤에서 끼고 창고 건물까지 끌고 갈 때는 네 구두와 양말이 벗겨지는 줄도 몰랐어. 지하실 방에 너를 옮겨놓고 나니 기진맥진해 버렸어. 그래도 위험한 순간은 지났다는 생각에 마음이 놓였어.

다음 행동으로 들어가야 했어. 박스 포장용 노끈을 가져와 네 팔을 묶었어. 손을 뒤로 돌려 먼저 묶고, 허리에 노끈을 다시 감아 이중으로 단단히 조였지. 입에는 골판지 상자를 포장할 때 쓰는 산업용 테이프를 붙였어. 그래도 불안하여 발목도 노끈으로 몇 번이나 돌려 감았어. 네가 형틀에 올려진 죄수처럼 꼼짝 못 하게 된 것을 확인하고서야 안심이 되었어.

사십여 년이나 나를 속여 왔다는 것이 괘씸해 견딜 수 없었어. 가증스러운 녀석! 구둣발로 어깨와 옆구리를 몇 번 걷어차고 일 층으로 올라갔어. 밖으로 나와 건물 뒤편 잡자재 더미 속에서 굵은 각목 몇 개를 주워들었어. 문 안쪽 모서리에 나뒹구는 낡은 작업용 안전화도 가져왔어. 구두를 갈아 신고, 각목을 곁에 두니 준비가 다 된 것 같았어.

내 몸 상태를 확인했어. 팔이 등 뒤로 돌려져 묶인 자세로 웅크려 있었어. 손목은 억센 노끈으로 허리춤에 단단히 묶여 있고, 발목도 단단히 조여 있어 온몸이 꼼짝할 수 없었어. 목뒤까지 돌려 감아 붙여진 포장용 테이프 때문에 입으로는 신음조차 내기 힘든 상황이었어.

무엇에 부딪혔는지 어깨와 옆구리가 쑤셔왔어. 추위로 온몸이 얼어붙는 것 같았어. 시멘트 바닥과 맞닿은 한쪽 어깨와 무릎으로 차가운 냉기가 그대로 파고들어 왔어. 구두는 벗겨져 없고, 양말은 발끝에 걸려있었어. 차가운 밤공기에 맨살로 노출된 발 때문에 추위가 더했어.

침착해야 한다고 몇 번이나 되뇌었지만 엄습하는 공포는 어쩔 수 없었어. 네 입장을 생각하면 그럴 수 있다고 여겼어. 언제부터인가 각오는 하고 있었지만 이런 식은 아니었어. 나도 할 말은 많았어.

내가 당한 그대로 돌려주고 싶었어. 정신을 차린 너는 깜깜한 어둠 속에서 죽음의 공포에 몸부림치겠지. 아무것도 보이지 않는 암흑의 공간에서 결박된 채 꼼짝 못 하는 자신을 발견하면 누구든지 극한의 공포에 빠질 것이 분명하지.

그때 나는 저승사자처럼 네 앞에 나타날 거야.

먼저 각목으로 찜질을 시작할 거야. 팔다리가 부러지고, 갈비뼈가 몇 대 나갈 때까지 멈추지 않을 거야. 사십여 년 전 네가 나에게 그랬던 것처럼.

거친 안전화 발로 무자비한 발길질도 계속할 거야. 이미 각목으로 찢어진 머리를 발로 다시 짓밟을 거야. 깨어진 머리뼈 사이로 골수가 비어져 나올 때까지 절대 그만두지 않을 거야. 그때 네가 나에게 그랬던 것처럼.

오늘 밤 하루로는 부족하지. 마지막 순간까지 며칠을 두고 너를 괴롭힐 거야. 그때의 상처로 나는 삼 개월이나 깨어나지 못하고 생사의 갈림길에서 헤맸어. 그 후에도 삼 년 이상을 치료받아야 했어. 그에 비하면 네가 겪는 며칠간의 고통은 아무것도 아닌 거야.

우리가 왜 이렇게 되었을까. 한창 젊은 나이에 처음 만나 사십여 년 동안 죽자 살자 가까웠던 친구였는데. 몇 년 전 사업이 힘들어지면서 네가 어려운 부탁을 하면서부터 삐꺽 대기 시작했던 것 같아. 자금 여유가 있을 때는 나도 괜찮았지. 내가 어려울 때 도와준 네 고마움도 생각났고. 하지만, 내 사업도 어려워지니 최근에는 몇 번 짜증을 냈던 것도 사실이야. 네가 걱정할까 봐 말은 하지 않았지만 얼마 전에는 부도가 날 뻔했을 정도니 오죽했겠어.

그런 와중에 며칠 전의 그 일이 네 자존심을 단단히 건드렸던 모양이야. 그날은 내가 생각해도 심했어. 잠시 이성을 잃었던 것 같아. 그럴만한 사정이 있었거든. 그동안 내 사업이 재미가 있었잖아. 처음 시작하고 몇 년간 그렇게 어렵던 사업이 한 번 풀리기 시작하니까 우습게 커지더군. 기반이 잡혔다고 생각하니 겁나는 것이 없었어. 나와 거래하던 제조공장이 넘어간다는 소문을 듣고 덜렁 인수해 버렸지. 그리고, 지난해 세 들어 있던 사무실 빌딩이 매물로 나오기에 엄청나게 부담스러운 금액임에도 계약을 서둘렀지.

그때부터 일이 꼬이기 시작했어. 빌딩에 권리가 있다는 사람이 소송을 걸어왔어. 인수한 금액의 절반이나 되는 금액을 내어놓으라고 했어. 변호사 의견도 내게 유리할 것이 없다는 거야. 그렇게 골머리를 앓고 있는 와중에 공장에도 문제가 생겼어. 원자재 가격 상승으로 원가가 엄청나게 오르기 시작했어. 몇 년 동안 번 돈을 지난 한 해에 공장에 다 집어넣은 것 같아.

네가 사무실에 온 날이 마침 소송을 건 사람과 담판을 짓기로 한 날이었어. 네가 도착하기 전부터 그 사람과 몇 시간이나 전화로 싸웠는지 몰라. 결국, 점심때 만나 식사하면서 대화로 풀어보자고 하며 막 전화를 끊는 순간 네가 들어왔어. 그리고 불쑥 돈 이야기를 꺼내니 내 표정이 좋았을 리가 없었지. 새파랗게 질리는 네 얼굴을 보고서야 아차! 했지만 너를 다독거릴 여유가 없었어. 상대방과의 약속 때문에 급히 나가야 했거든.

나도 정말 어렵게 꺼낸 말이었어. 그런데 몇 마디 들어보지도 않고 너는 버럭 소리를 지르며 손사래를 쳤지. 그것도 유리 칸막이 너머로 네 사무실 직원들이 모두 지켜보고 있는 데서. 그리고 무슨 소리를 했어. 점심 약속이 있다고 했지. 구내식당에서 거의 삼시 세끼를 해결하는 네가 식사 약속이라니. 얼른 사라져 주면 좋겠다는 의미였지.

새벽에 깨어나 잠을 이루지 못했어. 차갑게 외면하던 네 모습이 숙취로 몽롱한 눈앞에 되살아났어. 우리가 처음 만나 서로를 의지하면서 살아온 세월이 파노라마처럼 스쳐 갔어. 무슨 일이 있을 거야. 네가 오죽하면 그랬을까. 네 행동을 이해해 보려 했으나 도저히 안 되었어. 차디찬 모멸감이 머리를 스치자 벌떡 자리에서 일어났어. 그렇지. 요즘은 내가 부탁할 때마다 그랬던 것 같아. 괘씸한 녀석! 네가 힘들 때 내 신세를 진 것은 기억도 나지 않지. 그냥 두어서는 안 되겠다는 생각이 뒤끓는 머리를 흔들었어.

어제저녁도 그렇지. 며칠 전의 그 일이 마음에 걸려 들렀다는 네 말이 너무 가식적이었어. 사과는커녕 변명으로 때우려 했어. 네가 어렵다는 것이 말이 되는 소리야. 기존에 유통만 하던 네가 사업 확장을 위해 제조공장을 인수하고, 사무실이 세 들어 있던 빌딩까지 매입할 정도로 짱짱하잖아. 얼마 전에는 부도까지 날 뻔했다는 말에는 어이가 없었지. 눈에 보이는 거짓말이 너무 심했어. 어쭙잖은 네 변명에 속이 부글부글 끓어올랐어.

일이 크게 잘못된 것은 어제저녁의 술자리에서였어. 네 사무실에 들른 것이 퇴근 시간이 다 될 무렵이었지. 며칠 전 네 마음을 상하게 한 일을 해명하려고 일부러 시간을 낸 것이었어. 우리가 예전에 종종 하던 식으로 중국집에 음식을 시켜 술잔을 나누었지. 어려워진 내 사정을 설명하며 양해를 구했지만, 너는 핑계로만 여겼어. 부도가 날 뻔했다는 말에는 잘 되었다는 투로 빈정대기까지 했어. 그런 네 태도에 나도 흥분했지. 서로 격해지며, 주먹까지 휘두를 듯이 험악한 상황이 되었지. 그런 상태가 이어진다면 서로 마음만 상할 것이 분명했어. 그만하자고 소리치며 자리에서 일어섰어. 그러면서 순간적인 감정에 탁자를 내리쳤던 모양이야.

그때, 네 입에서 그 소리가 나온 거야. "네가 그때의 그놈이 틀림없지?" 그 말에 내 머릿속이 하얗게 비워졌어. 얼마 전 내 거래처 K상사 박 대표와 저녁을 먹고 식당을 나오다 너와 마주쳤던 일이 기억났어. 네게는 숨기고 싶은 사실이지만 박 대표는 군대 시절 나의 직속 선임이었어. 사십여 년 전 광주에서의 사건으로 언론에도 몇 번 나왔고, 국회에 불려 가 증언을 하기도 했던 사람이었지. 지금도 박 대표가 전화하면 열 일을 제쳐 놓고 쫓아가지 않을 수 없어. 그만치 내 사업에 영향을 미치는 사람이거든. 그 사람을 본 네 얼굴이 갑자기 어두워지는 것을 그때는 무심코 지나쳤어.

그래! 네가 그때의 그 일을 알아버렸구나. 그때의 그 공수 대원이 나라는 사실을 알았구나. 그것만은 정말 숨기고 싶었는데. 그 때문에 이 사단이 일어나게 되었구나. 더 숨길 수 없다는 생각이 들었어. 언젠가는 말해야 한다고 마음먹고 있었기에 순순히 인정했지. 네가 더 놀라는 표정이었어. 서로 멍하니 보고만 있었지.

어색한 분위기를 바꾸어야 했어. 화장실을 핑계로 자리를 빠져나갔지. 그리고 돌아와 가득 채워진 맥주잔을 단숨에 들이키고는 변명을 서둘렀어.

"목숨까지 위태롭다는 생각에 격한 감정이 앞섰어. 참혹한 네 모습에 밤이면 악몽에 시달렸어. 내가 그렇게까지 잔인할 수 있는지 자신도 믿기지 않았어. 그 일만 떠올리면 지금도 몸서리를 치곤 해."

"우리가 만난 얼마 후에 너를 알아본 것도 사실이야. 네 귓불 아래 선명한 검은 반점을 어떻게 잊을 수 있겠어. 그 후부터 너를 피하려고 얼마나 노력했는지 모를 거야. 하지만, 그럴수록 우리는 점점 가까워졌어. 그러면서도 네게는 내가 그 공수 대원이라는 사실을 말할 수 없었어. 우리의 오랜 우정, 이제는 가족들까지 얽혀 있는 소중한 인연이 깨어질까 두려웠어."

"내가 힘들다는 것도 거짓말이 아니야. 제발 좀 믿어줘. 요즘 내 형편이 겉으로는 번지르르해 보이지만 속으로는 곪아 터지고 있어. 다행히 그동안 골치 아팠던 일들이 조금씩 풀리고 있어. 조금만 더 기다려 줘."

그런데, 말을 채 끝내기도 전에 입이 얼어붙어 떨어지지 않고, 알싸한 기운이 온몸을 감싸며 돈다고 느낀 순간 아무것도 기억나지 않았어.

네가 K상사 박 대표와 어울리는 것이 이상했어. 박 대표는 그 당시 피해를 본 사람들에게는 정말 몹쓸 인간이라 모르는 사람이 없지. 그들이 저지른 행동을 자랑스럽게 떠벌리곤 했거든. 그중에는 나와 비슷한 사례도 포함되어 있어 관심을 기울일 수밖에 수 없었지. 충격적인 사실은 박 대표가 나를 짓밟은 바로 그 부대 소속이었다는 것이었어. 박 대표가 네 직속 선임이었다는 사실을 알고는 네가 그 공수 대원일 수도 있겠다고 생각했어. 기회가 되면 네게 직접 확인해 보려던 중이었지.

그때는 네 행동에 대한 반발에서 얼떨결에 나온 말이었어. 네가 갑자기 자리에서 일어서며 탁자를 내려치는 것이 또 다른 모멸감으로 느껴졌기 때문이었어. 그런데, 네 말이 전혀 뜻밖이었어. 네가 그 공수 대원이었다고 순순히 인정하는 것이었어. 조금의 망설임도 없이, 너무나 태연하게. 엄청난 충격이었어. 그럴 수 있겠다고 짐작은 했지만, 사실이 아니기를 진심으로 바랐었거든. 가슴이 미어질 것 같았어. 내 젊음을 송두리째 앗아간 사건이었어.

그대로 되돌려 주어야 했어. 몇 겹으로 쌓인 그동안의 모멸감도 산더미 같은 파도가 되어 밀려왔어. 네가 자리를 비운 잠깐이 기회인 것 같았어. 책상 서랍 속에 팽개쳐져 있던 진정제가 생각났어. 사업이 힘들어지면서 온갖 고민으로 밤을 지새울 때 한 알씩 먹으면 짧은 잠이나마 잘 수 있던 약이었지. 맥주잔에 입가심으로 시킨 맥주를 가득 채우고 몇 알을 집어넣었어.

*

조금이라도 시간을 아낄 수 있지 않겠냐는 어설픈 생각에 얼떨결에 그 부대를 지원했어. 덕유산 동쪽 자락 시골 고등학교를 졸업하고 대학에 들어가려 시험을 보니 아는 문제가 있어야지. 바로 재수를 하려고 했으나 도저히 자신이 없었어. 군대나 갔다 올까, 고민하던 차에 그 부대의 모집공고가 눈에 띄었어. 우리나라에서 훈련이 제일 심하다는 부대였어. 특수 임무를 수행하기 위해서는 극한적인 상황까지도 각오해야 한다는 곳이었지. 화기, 정찰, 폭파, 산악, 해상, 생존… 몇 달 동안 상상하기 어려운 고된 훈련을 받았어.

자대에 배치되고 나서는 더 힘들었어. 당시는 더할 수 없는 격동의 시기였지. 부산·마산에서의 대규모 시위에 이은 최고 권력자의 죽음, 그에 따른 사회적 갈등의 분출 등으로 혼란은 온 나라로 확산되고 있었지. 충정훈련, 충정훈련, 충정훈련… 내가 입대하기 전부터 자대에서는 시위 진압 훈련이 시작되었던 모양이야. 사회 혼란이 가중될수록 훈련은 심해져 내가 자대에 배치될 무렵에는 부대원들의 불만이 극에 달한 상태였어. 선임들은 온 나라가 빨갱이들로 가득 차 있다고 목소리를 높이며, 시위에 가담한 학생들을 가만두지 않겠다고 이를 갈고 있었지.

나는 그때 대학에 떨어지고 재수하려고 덕유산 서쪽 자락 산골 마을을 떠나 광주에 내려와 있었어. 새해 들어 나라 곳곳에서 들불처럼 번져가는 시위 소식을 전해 들은 아버지의 염려를 뒤로하고 누나의 자취방에 거처를 마련한 후, 재수 학원에 등록했어. 누나는 몇 년 먼저 광주로 나와 조그만 공장에 다니고 있었지. 그해 오월에 광주의 도심 거리가 온통 학생들과 시민들로 메워져도 나는 애써 외면했어. 시골에서 홀아비로 약초 농사를 지으며 자식들 뒷바라지를 하는 아버지와 공장에서 철야 근무도 마다하지 않는 누나를 생각하며 모질게 마음먹었지.

그해 5월 중순에 부대가 광주에 도착했을 때 우리는 빨갱이들로부터 나라를 지킨다는 사명감으로 뿌듯하기까지 했어. 우리의 임무는 시위대를 체포하는 것이었어. 계엄군과 시위대가 대치하는 와중에 중대장의 신호가 떨어지면 소총과 곤봉으로 무장한 우리 대원들은 시위대를 순식간에 덮치곤 했지. 그동안 강도 높은 훈련으로 쌓인 불만을 시위대에게 사정없이 쏟아부은 것 같아. 무자비한 곤봉 세례는 기본이었고, 거친 군홧발로 짓밟는 것도 예사였어. 중학생으로 보이는 어린애들과 연약하기 그지없는 여자들도 예외는 아니었어. 무장까지 한 시위대가 계엄군에게 총격을 가해 사망자가 발생했다는 소식이 전해지자, 우리의 행동도 극에 달하기 시작했지. 이제는 단순한 시위 진압이 아닌 생명까지 위협받을 수 있다는 생존 본능이 그렇게 만들었던 것 같아.

하지만, 퇴근하던 누나가 시위 현장에서 처절하게 구타당한 참상을 겪고는 도저히 참을 수 없었어. 시위로 버스를 운행하지 않아 누나가 한 시간이나 되는 거리를 걸어서 집 근처 사거리까지 왔을 때였다는군. 그곳은 평소와는 달리 시위 중인 군중들로 가득 차 있었대. 누나가 인파를 헤집고 지나갈 때 갑자기 최루탄이 터지며 사람들이 흩어지기 시작했대. 매캐한 최루탄 냄새에 숨이 막혀 허둥대는 누나에게 시커먼 방석모로 얼굴을 가린 몇 명이 나타나 곤봉을 휘둘렀다는군.

머리가 깨어지고 팔다리가 부러진 사람들로 아수라장이 되어있는 병실 복도 한구석에 내팽개쳐져 있는 누나를 발견하고는 거의 미쳐버렸어. 공부하던 책을 던져버리고, 거리로 뛰쳐나갔어. 시위대에 섞여 온종일을 보내고 새벽에야 집으로 들어오는 날이 계속되었지.

그러던 어느 날이었어. 하루하루가 그러했듯이 시위대와 대치하다 겨우 서너 시간 눈을 붙인 후 새벽에 다시 거리로 나왔어. 우리와 맞서고 있는 시위대의 숫자가 끝이 보이지 않고 거리를 메우고 있었어. 충정 대형으로 시위대를 향해 전진하던 계엄군의 군홧발 소리와 구호가 시위대의 함성에 묻혀서 들리지 않을 정도였어. 돌멩이, 보도블록, 유리병 들이 계엄군을 향해 날아들기 시작했어. 선두 대열에서 온몸으로 버티던 몇 명이 주저앉기 시작하자, 일사불란하던 계엄군의 대오가 흐트러지고 있었지. 그때 우리에게 출동 명령이 떨어졌어. 우리 부대원들이 함성을 지르며 돌진하자 기세 좋게 밀어붙이던 시위대가 그제야 흩어지기 시작했어. 뒤처진 시위대 몇 명의 머리와 어깨에 곤봉을 휘둘렀지.

한 명이 비명을 지르며 나뒹굴더군. 쓰러진 녀석에게 다시 곤봉을 가격하려고 팔을 들어 올리는 순간 머리에서 번쩍 불꽃이 튀었어. 철모에서 퍽 하는 소리와 함께 깨진 유리병 조각들이 와르르 도로 위에 쏟아졌어. 엉겁결에 고개를 드니 저쪽에서 더벅머리 시위대 한 녀석이 나를 힐끗 노려보고는 곧바로 이어진 골목으로 뛰어들고 있었어. 등골에서 식은땀이 흐르면서 순간적으로 악이 바치더군. 쓰러진 녀석을 내버려두고 더벅머리를 쫓아갔어. 낮은 이층 건물을 사이에 두고 두 갈래로 나누어진 오른쪽 골목에서 인기척이 느껴졌어.

그날도 거리로 나갔어. 공수부대가 시위대를 향해 돌진하자 계엄군을 향해 나아가던 대열이 무너지기 시작했어. 흩어지는 사람들을 따라 나도 정신없이 내달렸지. 무자비하게 휘두르는 공수 대원의 곤봉에 맞아 나뒹구는 사람들로 거리는 아수라장을 방불케 했어. 저쪽에서 친구 녀석 하나가 얼굴에 피를 흘리며 도로 위에 나뒹굴고 있었어. 그 녀석을 향해 재차 곤봉을 가격하려는 공수 대원의 모습이 자욱한 최루탄 연기 속에서도 선명하게 다가왔어. 가만있으면 녀석이 죽을 것 같았어.

시위대가 버리고 간 맥주병 하나가 눈에 띄기에 엉겁결에 집어 들었어. 친구 녀석에게 정신이 팔린 공수 대원의 철모를 맥주병으로 내려쳤어. 그러고는 저편에 보이는 골목길로 뛰어가 몸을 피하려 했어. 그런데 맥주병을 맞고 비틀거리던 공수 대원이 나를 쫓아오기 시작하는 거야. 골목은 더 나아갈 수 없는 막다른 길이었어. 각목 하나를 주워 들고, 모퉁이에 몸을 숨기고 기다렸어. 내가 살기 위한 어쩔 수 없는 행동이었어.

골목 모퉁이를 막 돌아갈 때 왼쪽 어깨로 둔탁한 충격이 전해지더군. 허리가 저절로 굽혀지며 주저앉을 듯 몸이 휘청거렸어. 더벅머리의 살기 띤 눈빛이 보이는가 싶더니 다시 각목을 치켜드는 모습이 눈에 들어왔어. 녀석이 내려치는 각목을 반사적으로 등에 멘 소총으로 막아내었지만, 충격을 이기지 못한 무릎이 저절로 꺾여버렸어. 머리와 등이 그대로 노출되어 있었지. 아! 이제 죽는구나. 녀석이 몇 번만 각목을 휘둘러도 내 몸은 걸레가 될 순간이었어. 속수무책으로 각목을 기다리는 짧은 순간이 엄청나게 길게 느껴졌어.

차마 손에 든 각목을 휘두르지 못하겠더라고. 몇 번만 더 가격해도 치명적일 정도로 공수 대원은 무방비 상태였어. 하지만, 그럴 수는 없었어. 아무리 잔혹한 공수 대원이라도 목숨은 소중하다고 생각했지. 그 녀석도 다른 자리에서는 얼마든지 친구가 될 수 있는 같은 시대를 살아가는 젊은이였어. 쓰러진 공수 대원을 그대로 두고 골목 입구로 되돌아갔어. 막 골목을 벗어나는 순간 시위대를 쫓아가던 몇 명의 다른 공수 대원과 마주쳤어. 하늘이 노랗게 보이며, 온몸의 힘이 빠져 주저앉아 버렸지. 그 후로는 아무것도 기억나지 않았어.

바로 더벅머리에게 달려갔지. 곤봉으로 찜질을 시작했어. 그 순간에는 녀석을 죽여도 된다고 생각했어. 이런 빨갱이 새끼는 패 죽여야 한다, 고 소리치며 곤봉을 휘둘렀지. 더벅머리가 정신을 잃고 늘어진 것을 보고도 분풀이는 계속 이어질 정도로 내 폭력은 잔인했어. 마지막 군홧발에 한쪽으로 돌아간 더벅머리의 반쪽 얼굴에서 나는 똑똑히 보았어. 곤봉에 짓이겨져 피범벅이 된 귓불 아래에 드러나는 너무나도 선명한 검은 반점을. 길게 자란 머리카락에 가려져 몇분의 일 초밖에 보이지 않았지만 마치 몇 시간을 지켜본 것처럼 뚜렷이 머릿속에 새겨졌어.

*

그렇게 몇 시간이 지났어. 이제 시작할 시간이 된 것 같았어. 어둠 속에서 공포에 질린 네 앞에 나타나는 거야. 처음에는 아무 말도 하지 않고 노려만 보아야겠지. 그리고 싸늘한 웃음을 날리면서 각목을 휘둘러야겠지. 오늘은 조금만 할 거야. 하룻밤의 고통으로는 턱도 없어. 이곳은 아무리 소란을 피워도 누구도 알 수 없는 외진 곳이야. 지하실도 문 하나만 닫으면 숨소리조차 새어 나오지 않을 꽉 막힌 곳이야. 며칠을 괴롭혀도 아무 문제가 없어.

그런데 이상했어. 지하실에서 아무런 반응이 없었어. 네가 깨어나 소리를 지르며 아우성을 칠 시간이 상당히 지났는데도 아무런 기척이 없었어. 문이 닫히면 내부를 전혀 알 수 없는 지하실 구조라 방 안이 궁금했어. 술에 취한 몸에 진정제가 과다하여 깨어나지 못할 수도 있다는 생각이 들었어. 그렇게 쉽게 보낼 수는 없었어. 철저하고, 잔인하게 그리고 천천히 너를 보내야 했어. 일 층 창고의 어두운 공간을 맴돌며 인기척을 살폈으나 여전히 조용했어.

더 기다릴 수 없었어. 지하실로 내려갔어. 문틈 모서리에 귀를 붙이고 방 안의 소리에 집중했어. 한참이 지나서야 신음에 이어 무언가 모를 웅얼대는 소리가 새어 나왔어. 이제 정신을 차리기 시작했구나. 아직 몸부림을 치지 않는 것을 보니 완전히 깨어난 것 같지 않았어. 네가 고통을 처절하게 느낄 수 있을 때까지 기다려야 했어. 잠시 후에 내려오기로 하고 지하실을 빠져나왔어.

이제 네가 그 사실을 알고 복수하는 것으로 생각할 수밖에 없었어. 그렇게 단정하니 오히려 마음이 차분해지고, 앞으로 어떻게 대처해야 할지도 명확해지더군. 우선 뒤로 돌려져 묶인 손을 자유롭게 움직일 수 있도록 해놓고, 네가 지하실로 내려올 때까지 기다린다. 그리고, 문을 열고 들어오는 너를 불시에 제압한다. 대응 방법이 머릿속에 명확하게 그려졌어. 묶인 손은 내가 군대에서 익힌 생존 기술을 사용하면 충분히 해결할 수 있을 것 같았어. 아직 녹 쓸지 않은 무술 실력으로 너를 제압할 자신도 충분했지. 그때 조용한 발걸음 소리가 들려왔어. 아직 준비도 되지 않았는데 네가 먼저 다가오는 거야.

네가 들어와 나를 건드릴까 당황했어. 내 몸이 자유롭지 않은 상태에서 홧김에 섣부른 반응이라도 보인다면 모든 것이 허사가 될 것 같았어. 내가 정신을 차린 것을 알지 못하도록 묶인 자세 그대로 꼼짝하지 않고 있었어. 그렇지만 지독한 두통과 추위로 신음이 흘러나오는 것은 어쩔 수 없었어. 다행히 문은 열리지 않았어. 그리고 잠시 후 발걸음 소리가 멀어지기 시작했어. 내 동정을 살피러 온 것으로 판단했어. 다시 내려오리라 여겼지.

머릿속으로 숫자를 세기 시작했지. 몇 시인지 알 수 없지만, 지금부터라도 시간을 확인해야 할 것 같았어. 긴박한 상황에서는 철저한 시간 체크가 결과를 좌우하는 결정적인 요인이 될 수 있거든. 초 단위에 맞추어 세기 시작한 숫자가 오천 번에 가까워질 때 다시 발걸음 소리가 들리기 시작했어. 조금만 힘을 쓰면 자유롭게 행동할 수 있도록 준비하고 너를 기다렸어.

다시 얼마간의 시간이 흘렀어. 지하실에서는 여전히 인기척이 없었어. 더 기다릴 수는 없었지. 너를 깨워서라도 시작해야 했어. 각목 하나를 집어 들었지. 지하실 문을 열고 들어갔어. 한쪽 구석에 웅크리고 누워있는 네 모습이 손전등 불빛에 나타났어. 지하실 방의 냉기 때문인지 몸을 떨며 신음을 내고 있더군. 불빛이 얼굴에 집중되고 있는데도 꼼짝하지 않고 있는 것으로 보아 완전히 정신을 차리지 못한 모양이었어.

그 모습이 옛날 독서실 구석 바닥에 종이 상자를 펼쳐 놓고, 그 위에서 이불도 없이 눈을 붙이던 우리를 떠올리게 하더군. 그래, 우리는 그곳에서 만났어. 둘 다 대학에 떨어지고, 몇 년의 세월을 하릴없이 허둥대다 늦은 나이나마 다시 시작해 보려고 먼 도시의 변두리 독서실에서 처음 만났어. 생면부지의 젊은이들이 같은 처지라는 것만으로도 얼마나 의기투합했었니. 온갖 쓰레기로 어질러져 있던 옥상의 휴게실 기억나지? 우리가 힘들 때면 찾곤 하던 시원한 강언덕은 어떻게 잊을 수 있겠니. 언덕 입구의 막걸릿집에서 한여름의 무더위를 달래었던 적이 한두 번이 아니었잖아. 그렇게 우리는 함께 멋진 미래를 꿈꾸었지.

대학을 졸업하고 자리를 잡기까지 우리는 얼마나 고생했니. 먼저 자리 잡은 내가 작은 도움이나마 줄 수 있어서 정말 다행이었어. 그리고, 우리 회사 여직원을 네게 소개해 준 것은 평생 떨어질 수 없는 계기가 되었지. 그 뒤로 우리는 얼마나 죽이 맞았니. 부부간에 같이 만나 시시껄렁한 농담으로 밤을 새우기도 하고, 애먹이는 자식들 걱정도 하며, 어떻게 살아가야 할지 고민을 나누기도 했었지.

우리가 함께 살아온 세월이 머리를 스치자 울컥했던 감정도 가라앉기 시작했어. 지금까지 숨길 수밖에 없었던 네 심정도 이해가 될 것 같았어. 내가 네 입장이 되더라도 그럴 수밖에 없을 것 같았어. 네가 어렵다는 것이 거짓말이 아닐 수 있다는 생각도 들었어. 주변에서 들려오는 소문을 애써 부인했던 내가 너무 옹졸했던 것 같았어. 원한이란 복수를 통해 해소되는 것이 아니라 용서를 통해 정화된다는 말이 가슴에 와닿았어.

너에게 휘두르려고 가져갔던 각목을 구석으로 던져버렸어. 내가 걸치고 있던 두툼한 외투를 벗어 네 몸에 덮어주었어. 네가 순간적으로 움찔하는 것 같더니 다시 잠잠해지더군. 지하실을 빠져나왔어. 일 층으로 올라오고 난 후에야 지하실 문을 잠그지 않았다는 것을 알았지만 내버려두었어.

불빛이 문틈 사이로 얼핏얼핏 새어 들어오는 것으로 보아 손전등을 켠 것 같았어. 조심스러운 발걸음 소리가 끊어지고, 문이 열리며 네가 방으로 들어왔어. 불빛이 내 얼굴에 집중되고 있어 기다려야 했어. 조금의 허점만 보이더라도 너를 제압할 수 있는데 따가운 불빛에 눈이 시려 그럴 수 없었어. 몇 시간의 기다림이 물거품이 될 것 같아 안달이 났어. 지하실 바닥의 추위와 조바심이 뒤섞여 몸이 더 떨려왔어.

그런데 잠시 버썩거리는 소리가 들리더니 내 몸에 무엇이 덮이는 것이었어. 온몸을 엄습하던 추위가 일순간 사라지는 것 같았어. 그것이 네 외투라는 것을 깨닫자 아무런 동작도 시도할 수 없었어. 나를 묶어 놓고, 감금까지 한 녀석이 무슨 인정을? 잠시, 어리둥절한 사이에 불빛이 방향을 바꾸더니 문까지 닫혀 버렸어. 그리고 계단을 오르는 소리가 들려오더니, 그마저 멀어졌어.

*

어지러운 생각들로 머리가 복잡했어. 저녁부터 시작한 술이 목으로 거꾸로 올라오는 것 같았어. 밤을 꼬박 새우다시피 한 몸이 어슬어슬 추워지기 시작했어. 조금이라도 무리한 날에는 어김없이 몸 상태가 나빠지는 것은 하루 이틀의 일이 아니었어. 사십여 년이나 된 젊은 날의 악몽이 남긴 흔적이었지. 그렇지, 그날도 요즘같이 화사한 오월이었지. 봄의 뒷자락이 아쉬운 여운을 남기는 고운 날에 내 몸은 산산이 부서져 버렸어. 무자비한 곤봉 세례와 거친 군화 발길질 그리고 방석망 뒤에 가려져 표정조차 알 수 없던 얼룩무늬 군복의 사내. 그 사내가 바로 너라는 것이 원망스러웠어. 서글픈 마음이 가슴을 죄어왔어.

잠시 쉬어야 했어. 낡은 야외용 긴 의자에 몸을 뉘었어. 술기운과 피곤이 겹쳐 잠이 들었던 모양이었어. 잠결에도 인기척이 느껴졌어. 네가 문을 열고, 계단을 올라오는 소리였어. 발걸음 소리가 들렸다 그치기를 몇 번이나 반복했어. 아주 조심스럽게 움직이고 있었지. 그러다 어둠 속에서 네 검은 형상이 불쑥 머리를 내밀었어. 내가 잠든 것을 확인하고는 그제야 움직임이 빨라지더군. 창고 문을 열고 밖으로 빠져나가기 전 힐끗 뒤를 돌아보고는 그대로 사라졌어. 잠시 열린 문으로 들어온 새벽바람이 차더군.

제지할 생각은 하지 않았느냐고? 그럴 수도 있었어. 지하실 계단 입구에 쌓여있는 물품 상자는 조금만 손을 대도 계단으로 와르르 쏟아져 내려 네가 움직이지 못하게 할 수 있었으니까. 하지만 그러지 않았어. 내가 똑같이 앙갚음한다면 옛날의 네 행동, 아니 그들의 행동에 대한 분풀이에 불과할 것이니. 오히려, 몇 시간, 네게 고통을 준 것이 내 소심함으로 느껴져 정말 부끄러웠어.

짙은 고요가 다시 지하실 방을 뒤덮었지. 끝없이 이어질 것 같은 적막에 숨이 막혀 왔어. 네가 내려올 때까지 기다릴 수만은 없었어. 주변 상황을 정확히 파악할 필요가 있었지. 가만히 몸을 일으켰어. 지하실 방 구조를 꼼꼼히 확인했어. 문이 얼마나 단단하게 잠겨있는지 확인하려 손잡이를 살짝 비틀어 보았어. 그런데, 걸려 있어야 할 문이 아무 저항도 없이 스르륵 열리는 거야. 마치 내가 열고 나오도록 일부러 잠그지 않은 것처럼.

함정일 수 있다는 생각에 문밖의 동정을 한동안 살폈어. 문을 열고 지하실을 빠져나오면서도 여간 조심한 게 아니야. 지하실로 통하는 일 층 입구에서 네 숨소리가 들리더라고. 간헐적으로 내쉬는 한숨으로 보아 깊은 잠은 아닌 것 같았어. 몇 계단 더 올라가니 지금까지 느껴지지 않던 술 냄새까지 풍겨오더라고. 그제야 마음이 놓이더군. 야외용 긴 의자에 몸을 웅크리고, 가쁜 숨을 몰아쉬며 잠들어 있는 네 모습이 희미하게 보이더라고. 재빨리 창고 건물을 빠져나왔어.

너를 제압할 생각은 하지 않았느냐고? 지하실 문을 빠져나올 때는 분명히 그렇게 하려고 했어. 하지만, 머릿속에 각인된 선명한 검은 반점, 추위에 떠는 내 몸을 감싸주던 두툼한 외투, 잠기지 않은 지하실 문 그리고 우리가 함께했던 소중한 시간… 곤히 잠든 너를 건드릴 수 없었어.

창고 문을 나서니 새벽바람이 엄청 차갑게 느껴졌어. 네 몸에 무엇이라도 덮어주고 나올걸, 하는 아쉬움뿐이었어. 지난밤의 네 행동이 사십여 년 전의 그 일 때문이라면 기꺼이 받아들여야 할 것 같았어.

네 뒷모습을 물끄러미 지켜보았어. 너는 희미한 어둠 속에서 몇 번이나 뒤를 돌아보더군. 너를 그렇게 보낸 것이 현명한 판단이었어. 돌이킬 수 없는 상황까지 가지 않고 그대로 멈추었던 것이 정말 다행이었어.

네가 하룻밤을 지새운 지하실로 내려갔어. 지하실 방 모서리에 널려 있는 지난밤의 흔적들을 깨끗이 치웠어. 나도 이 자리를 떠나는 것이 좋을 듯했어. 네가 떠나간 어둠 속으로 나도 천천히 걸어갔어.

어스러진 달빛

널 처음 보았을 때, 나는 침대 위에 미라를 눕혀 놓은 줄 알았어. 죽은 사람의 몸을 방부 처리한 후, 아마포로 칭칭 감아 놓은 시신 말이야. 고대 이집트의 신전 벽화에서나 볼 수 있는 공포의 대상이지. 너는 그렇게 온몸이 하얀 붕대로 감긴 채 병원 침상에 팽개쳐져 있더군. 담요 밖으로 삐죽이 나와 있는 다리 하나를 보고서야 숨이 붙어있는 사람이라고 알 수 있을 정도였어. 내가 마주한 현실이 믿기지 않았어. 불과 몇 달 전 내 곁에서 집안일을 거들던 녀석이 그런 모습을 보일 수는 없었거든. 넋이 빠져 한동안 아무 말도 못 하고 멍하니 서 있기만 했어. 그런 내 눈에 침대 시트 한쪽을 적시고 있는 붉은 핏빛이 들어왔어. 눈이 부시도록 선명한 색상이었지. 어릴 적 시골집 채소밭에서 본 적이 있는 양귀비꽃이 내뿜는 붉은 색이었어. 배앓이하시는 할머니 때문에 동네 사람들 몰래 몇 뿌리 심어 놓은 뒤뜰 모퉁이의 꽃이었지. 네 허리에 감긴 하얀 붕대에서 배어 나오는 양귀비꽃을 닮은 진한 핏빛을 보고서야 정신이 돌아왔어.

가슴이 터질 것 같았어. 숨이 막혀 왔이. 네가 아니라고 고함이라도 지르고 싶었어. 누군가에게 확인하기 전에는 도저히 믿을 수 없었어. 주변을 찾아 두리번거리는 내 눈에 병실의 참상이 영화의 한 장면처럼 밀려왔어. 아수라장이 따로 없더군. 머리를 온통 붕대로 감고 눈만 내어놓은 사람, 깁스한 다리를 침대 위에 길게 늘어뜨리고 꼼짝도 못 하는 사람, 등의 상처로 돌아눕지도 못해 엎드린 채 숨을 헐떡이는 사람… 전쟁이 한창인 야전병원의 피비린내 나는 현장 그대로였어. 앳된 얼굴의 젊은이들이 대부분이었어. 그들이 토해내는 신음이 황량한 병실을 무겁게 짓누르고 있었어.

"학생의 아버지인가 보네요. 장대 같은 아들이 그렇게 누워있으니 기가 찰 노릇이지요."

맞은편 침상에서 젊은이의 어깨 상처를 닦아주던 부인네의 혀를 차는 소리가 들려왔어.

"병원에서는 가망이 없다고 포기하려는 것을 학생 누나가 울면서 어찌나 애원하던지. 그렇지 않았다면 그 학생은 벌써 지하실로 내려갔어요."

그 말을 듣고서야 침상 모서리에 붙어있는 환자 인식표로 눈길이 갔어. 네 이름이 틀림없더군.

"그래도 그 학생은 일찍 실려 와 수술이라도 받았으니 다행이죠. 다른 사람들은 복도에서 제대로 치료도 못 받고 죽어 나갔어요. 한두 사람이 아니에요."

불과 보름 전쯤의 일이라고 부인네는 몸서리를 쳤어.

그것만이 아니었어. 나를 알아보고 쫓아온 네 누나를 보고는 정신이 아득해져 그만 주저앉을 뻔했어. 깁스한 왼쪽 팔을 어깨줄로 지탱하고, 다리까지 절룩거리며 다가왔지. 어깨를 감은 붕대에서는 붉은 피가 셔츠 아래로 드러나고, 부기가 빠지지 않은 얼굴은 짙은 피멍이 그대로 보였어. 이십여 년 동안 키워 온 내 자식의 모습이 아니었어. 비명 같은 신음이 내 입술을 타고 흘러나왔어. 딸의 이름을 불러줄 생각도 못 하고 한동안 쳐다보기만 했어. 그러는 내가 더 서러웠든지 네 누나는 소나기 같은 눈물을 쏟아내더군. 자기 때문에 동생이 저렇게 되었다고 내 가슴에 얼굴을 묻으며 울부짖더군.

그해 오월을 들끓게 했던 광주의 도심 거리가 아무리 소란스러워도 너는 꼼짝하지 않고 공부만 했다고 했어. 하지만 네 누나가 퇴근길에 시위 현장을 지나다 경찰에 구타당해 병원에 실려와 있는 것을 보고는 완전히 달라졌다고 했어. 낮에는 병원에서 네 누나를 간호하다가, 밤이 되면 거리로 달려가곤 했대. 네 누나가 퇴원한 뒤에는 학원도 나가지 않고 쫓아다니곤 했대. 그러던 어느 날 집으로 돌아오지 않는 너를 병원에서 겨우 찾을 수 있었대. 군인들에게 얼마나 맞았는지 온몸이 만신창이가 되어 의식조차 없었대.

머리는 깨어지고, 한쪽 팔과 다리는 부러졌으며, 가슴은 갈비뼈가 몇 대나 으스러져 있었다는군. 제일 심각한 것이 머리의 상처였다고 했어. 곤봉으로 맞은 머리뼈 한 부분이 함몰되어 골수가 허옇게 밖으로 비칠 정도였다고 했어. 네 상처를 본 병원에서는 머리를 흔들었다네. 거리에서는 연이어 다친 사람들이 실려 오는 상황에 깨어날 가능성이 없는 네게 의료진을 투입할 수가 없었다는군. 미세한 움직임밖에 보이지 않는 심장이 멈추기를 기다려 사망자를 임시로 안치하던 지하실로 내려보내려 했다는군. 그

때 네 누나가 병원에 도착했다는 거야. 아무도 몰라보던 네가 누나가 이름을 부르자 희미하게 눈을 떴다고 했어.

학생들이 거리로 나왔다는 소식을 마을 사람들로부터 전해 들으면서도 너희들 걱정은 안 했어. 한 해 전부터 시끄럽던 나라가 해가 바뀌어서는 더 소란스러워졌고, 그 와중에 광주도 예외는 아니겠다고 생각했지. 약간의 소용돌이가 지나가면 잠잠해질 거라 믿었어. 네가 대학에 떨어지고 광주로 나가 재수를 하겠다고 했을 때 내가 말렸던 것 기억나지. 공부하는 것은 나쁘지 않지만 도시 생활 자체는 탐탁지 않다고 했었지. 대학을 나와도 빠듯한 월급쟁이를 벗어날 수 없을 것이고, 결국은 남의 눈치나 보는 인생이 될 것이 뻔했기 때문이지. 도시에서의 생활이 몸이야 편하겠지만 시골에서 얻는 자유로움에는 비할 바가 아니라는 것을 잘 알고 있었기에 너를 말렸던 거야. 몇 년 동안의 도시 생활을 통해 깨달은 교훈을 알려주려 했으나 너는 이해하지 못했지. 내키지 않았지만, 네 누나에게 보내기로 했어. 두 해 전에 광주에 내려가 있는 네 누나가 옆에 있으면 나을 것 같았어. 재수학원에 등록하고 3월부터 공부를 시작한다고 했지. 그런 네가 멀리서 찾아온 아버지도 알아보지 못하고 누워있는 거야.

도심 거리에 어둠이 덮이고 있었어. 다친 몸으로 열흘 이상 병상을 지킨 네 누나를 챙겨야 했어. 나에게 병실을 맡기고 집으로 들어가는 네 누나의 지친 어깨너머로 오월을 잔인하게 불태웠던 시내 전경이 들어왔어. 빛바랜 건물들이 낡은 군상처럼 어깨를 늘어뜨리고 있는 거리에는 짙은 슬픔이 안개처럼 스며들어 있었지. 주변을 오가는 사람들은 무언가 모를 두려움에 쫓기는 듯 겁먹은 발걸음을 서두르고 있었어. 저 거리 어느 곳에서 네가 그런 험한 꼴을 당했다니. 그 지경이 되어도 목숨이 붙어있는 것이 기적이라니. 군용트럭이 속도를 내며 달려가는 거리 저편에 도청 건물이 희미하게 보였어. 저곳에서 얼마나 많은 사람이 죽어 나갔다고 했던가. 그들을 향해 쏟아지던 마지막 날의 총탄 소리가 내 귓전을 요란하게 파고들었어. 그 속에서 그 옛날 내가 쏜 총탄 한 발이 유난히 크게 들려왔어.

내가 막 열일곱을 넘어서던 추운 겨울이었어. 온 나라를 소용돌이로 밀어 넣은 전쟁이 나기 한 해 전이었지만 주변 산골에서는 그에 못지않은 긴장감이 돌고 있던 시기였지. 얼마 전에 있었던 여순사건의 여파로 쫓긴 군인들이 지리산이나 덕유산 주변 산간지대로 숨어들어 산사람의 숫자가 부쩍 늘어난 탓이었지. 덕유산 서편 자락에 자리 잡은 우리 마을 근처 야산에서도 그들을 보았다는 사람들이 생겨나고 있었어. 설날을 앞두고 명절을 준비하느라 마을이 들떠 있을 때였어. 당시 나는 농림학교에 다니다 병을 얻어 집으로 돌아와 있었어. 아픈 몸을 핑계로 하는 일 없이 부모님 밑에서 빈둥대고 있은 지도 어느덧 두 해가 지나 있더군. 학교로 돌아간다는 기대는 버린 지 오래였어. 이미 손에서 책을 놓은 지도 오래였고, 어려운 살림에 학비를 마련한다고 애쓰는 부모님에게 학교에 돌아가겠다고 할 수 없었지. 산골 생활에 답답함을 느끼면서도 일찌감치 군대에 들어가 자신의 길을 가고 있는 형님처럼 현실을 뛰어넘을 용기는 가지지 못했어. 이른들 말처럼 객지에 나가면 고생뿐이니 시골에서 마음이나 편하게 살자고 체념하기 시작하던 시기였지.

그러던 어느 날이었어. 산간마을의 겨울이 매년 그러하듯이 동장군이 맹위를 떨치는 추운 하루였어. 골짜기를 지나는 매서운 바람에 손바닥은 갈라 터지기 일쑤였고, 발은 얼어붙기가 십상이었어. 우리 마을은 한번 시작하면 무릎 높이까지 쌓이는 눈 때문에 겨울을 꼼짝 못 하고 지내는 날이 많았지. 그날도 눈 속에 갇혀 빈둥거리다, 저녁을 먹고 따뜻한 아랫목에 다리를 디밀고 있다 곯아떨어졌어. 동이 트려면 시간이 한참 남은 깜깜한 새벽이었어. 어둠 속에서 누군가 내가 잠들어 있는 방으로 불쑥 들어온 거야. 그동안 말로만 듣던 산사람이었지. 그의 거친 행동에 잠결에도 오금이 저려 꼼짝을 할 수 없었어. 그 사람의 손에 든 것이 총이라는 것은 알고는 온몸이 얼음물을 뒤집어쓴 것처럼 굳어졌어. 산사람은 들고 있던 총으로 나에게 옆방을 가리켰어. 안방에는 희미한 불빛 아래 부모님이 떨고 있고, 그 옆에는 흙 묻은 신발을 벗지도 않은 다른 사내 하나가 서 있더군. 그들은 우리를 방 한구석으로 몰아세우더니 어머니에게 밥을 청했어. 찢어진 군복과 수염으로 뒤덮인 산짐승 같은 모습에 나는 사시나무처럼 떨기만 했어.

아버지는 그나마 정신을 차리는 것 같더군. 약초를 캐거나 약초꾼들에게 약초를 거두러 갈 때 산속에서 간혹 그들과 만나곤 했던 까닭이었지. 그런 아버지도 우리 마을까지 산사람들이 들이닥칠 줄은 몰랐던 모양이었어. 얼마 떨어지지 않는 경찰지서에는 십여 명 이상의 경찰이 상주하고 있고, 가구 수도 상당한 마을이라 산사람들이 내려올 줄은 누구도 생각 못 했거든. 오래된 신김

치와 장독에서 막 꺼낸 된장만으로 걸신들린 듯 보리밥을 집어삼키는 그들이 안쓰럽게도 보였어.

허겁지겁 식사를 마친 그들은 아버지를 데리고 밖으로 나갔어. 잠시 후, 산사람의 알아들을 수 없는 몇 마디에 아버지의 다급한 목소리가 방안까지 들려왔어. “아이는 안 되오.” 곧이어 아버지의 비명이 들리는 것과 동시에 방문이 왈칵 열리며 거친 목소리가 쏟아졌어. “동무, 이리 나오시오.” 내게로 향한 총구에서 금방이라도 불꽃이 튈 것 같았어. 산사람의 말이 끝나기도 전에 나는 벌떡 일어나 밖으로 나갔어. 그는 창고에서 꺼낸 곡식 가마니 하나를 가리켰지. “산까지만 가면 보내줄 테니 염려 마시오.” 개머리판에 맞은듯 아버지는 마당에 쓰러져 가슴을 움켜쥐고 있었어. 그런 아버지를 보면서도 나는 다가갈 엄두도 내지 못했어. 짐을 둘러메고 그들의 뒤를 따라나설 수밖에 없었어. 얼마나 겁에 질려 있었든지 곡식을 담은 가마니가 무거운 줄도 몰랐어. 캄캄한 어둠 속을 걸어 마을 어귀를 벗어날 때는 사람들의 숫자가 늘어나 있더라고.

산사람들을 따라 산등성이를 몇 굽이 돌아가서야 동녘 하늘의 산들이 빨갛게 물들고 있는 것이 보였어. 어느 산줄기에 도착하자 엉성한 초막에서 삼십여 명의 산사람들이 신기루처럼 모습을 드러내었어. 짐꾼으로 끌려온 사람은 몇 명 더 있었어. 삼사십 대 전후의 농사꾼들이 대부분이고, 아직 앳된 얼굴은 나 혼자더군. 모두 자신의 운명이 어떻게 될지 몰라 하얗게 질려 있었어. 산사람들이 위원장이라 부르는 사내가 우리에게 “가고 싶은 동무들은 내려가도 좋다.”고 하였지만, 발길을 돌리는 사람은 없었어. 산모

통이 후미진 곳에서 어떤 변을 당할지 몰랐거든. 나는 누구라도 내려가겠다는 사람이 있으면 따라나서려고 엉덩이를 들썩였지만 그대로 주저앉고 말았어. 산사람들의 눈길도 매서웠지만, 어딘지도 모르는 산속에서 혼자 내려갈 자신도 없었지.

그렇게 나의 산 생활이 시작되었어. 동네 사람들이 낮은 목소리로 쑤군거리던 빨갱이가 되었던 거야. 산사람들은 우리가 스스로 남아있는 것으로 생각하는지 동지로서 열렬히 환영해 주었어. 그들은 남로당 전북도당 소속 부대로, 오십여 명의 동지들이 혁명 전선에 동참하고 있다며 자신들을 소개했어. 군당 위원장과 그 아래 중대장으로 불리는 사내들의 거친 눈길에 나는 그대로 얼어붙어 버렸어. 마을의 추위보다 몇 배나 매서운 산속의 추위도 달아나 버리더군. 입산한 대원들은 그날부터 혹독한 훈련을 받았지. 총기 다루는 법, 이동·보행 시 주의해야 할 점, 비트 만드는 법, 선요원 접촉 방법, 비상선 대는 방법, 연기가 나지 않게 불 피우는 방법… 그야말로 모진 산속에서 살아남기 위한 교육이었어. 그들이 시키는 대로 따를 수밖에 없었어. 그렇지 않으면 죽음밖에 없다는 긴박감이 아니었으면 견뎌내지 못했을 거야.

사상교육은 더 고역이었지. 종일 산속을 쫓아다니느라 지친 몸을 쉴 새도 없이 저녁에는 초막 한곳에 모여야 했어. 사범학교 출신이라는 위원장이 직접 했던 교육을 소홀히 한다는 것은 있을 수 없었어. 전날 교육받았던 내용을 복습하고, 조금이라도 틀리면 철저한 자아비판이 따랐지. 프롤레타리아 혁명의 필요성, 노동자·농민이 주인이 되는 세상, 모택동 동지의 대장정… 진지하게 귀를 기울이는 대원들도 있었지만, 나는 낯선 용어들을 이해도 못 하면서 외우기에 바빴어. 농림학교에 다니면서 그쪽으로 관심이 있던 학우들 사이에 쉬쉬하며 나돌던 말들이었어. 머리라도 있어 위원장의 질문에 막힘이 없던 것이 그나마 다행이었지. 그러면서도 나는 조금이라도 기회가 생기면 산에서 내려갈 생각뿐이었어.

집으로 도망가려고 작정한 사람은 나뿐만이 아니었어. 입산한 후 거의 한 달이 지났을 무렵 짐꾼으로 끌려간 사람 중 하나가 탈출을 시도한 적이 있었어. 경계가 느슨한 새벽을 틈타 산을 벗어나 마을 근처까지 갔던 모양이야. 하지만, 마을 초입에서 그날 보급 투쟁에 나섰다 돌아오는 산사람들과 마주치고 말았지. 산사람들의 처분은 냉혹하더군. 그 사람이 집안 사정을 이야기하며 눈물로 선처를 호소했지만 어림없더군. 반혁명 분자에 대해서는 예외가 없다더군. 대원들이 모두 모인 재판에서 총알도 아깝다며 죽창으로 즉결 처분한다는 명령이 떨어졌지. 그 대원을 나무에 묶어 놓고 위원장은 나를 지목하는 거야. 가까이서 보니 우리 마을 사람이었어. 나보다 나이가 많아 마주치면 고개를 숙이던 동네 분이었어. 자식이 다섯이나 주렁주렁한 순박하기만 하던 농민이었던 그 사람도 나와 함께 산으로 끌려왔던 거야. 차마 죽창을 찌르지 못하고 벌벌 떨고 있는 나를 향해 위원장은 허리에서 권총을 뽑아 들었지. 총구가 나에게 향하자, 보이는 것이 없더군. 그대로 몇 번이나 찔렀는지 몰라. 정신을 차리니 피투성이가 되어 축 늘어져 있는 그 사람이 눈앞에 있더군. 그대로 얼어붙고 말았어. 그 후로 도망갈 생각은 꿈에도 못 했어. 간부들의 매서운 눈초리가 나에게만 집중되는 것 같았어. 이제 산속 생활에 적응할 수밖에 없었지. 그들과 같이 행동하는 것만이 내가 살 길이었어.

산속의 겨울 추위를 견디기 위해서는 처절한 몸부림이 따라야 했어. 전사들에게 나누어준 낡은 솜저고리를 몸에 걸치고, 보급 투쟁 때 가져온 얇은 천 조각으로 목과 귀를 감싸고 한겨울을 버텨야 했어. 무릎까지 덮이는 눈발에 노출된 발은 발싸개로 감싸더라도 얼어 터지거나 동상에 걸리기 일쑤였고, 그 아래 덧대어 신은 고무신은 앞코가 찢어져 실로 꿰매야 했어. 얼어붙어 빙판이 된 산길은 새끼줄로 감발을 하지 않고는 움직일 수가 없었지. 그나마 그때는 아직 전쟁 전이라 군경의 토벌 작전이 깊은 산속까지는 미치지 않아서 다행이었어. 산속이라도 초막에서 군불을 때어 동상에 걸린 발을 녹이거나, 양지바른 곳의 산죽 덤불 속에서 몸을 덥힐 수도 있었거든. 겨울이 지나고 봄이 오니 견디기는 나아졌지.

어린 나이고, 산에 들어온 지 얼마 되지 않아서 그런지 처음 얼마 동안 나는 부대의 작전에 참여하지 않았어. 그 후로는 어딘지도 모르는 마을의 경찰지서 습격에 가담한 적도 있었고, 식량을 구하려 보급 투쟁에 따라간 적도 몇 번 있었어. 그러면서도 총은 가져본 적이 없었어. 산사람들 절반 정도만 총을 지닐 정도였으니, 어린 나에게까지 총이 돌아올 여유가 없었지. 경찰지서를 습격할 때도 죽창을 들고 총을 든 사람 뒤를 쫓아다니는 게 전부였어. 처음 산에 들어올 때 총 쏘는 훈련만 겨우 받은 정도였지.

그런 나에게 드디어 총이 지급되었어. 어느 경찰지서를 습격하는 작전에 우리 중대가 선봉을 서게 되었어. 저녁에 산막을 출발하여 밤새 산을 가로질러 경찰지서가 바라보이는 곳에 도착했을 때는 동이 트기 직전이었어. 중대장을 포함하여 총을 든 대원이 앞장서고, 죽창을 든 대원들은 만약을 대비하여 경찰지서 옆을 흐르는 개울 언덕에 몸을 숨기고 있었어. 선두의 대원들이 지서를 덮치려는 순간 내 오른편 앞으로 검은 그림자 하나가 기어 오는 것이 보이더군. 그러고는 곧장 경찰지서로 돌격하려는 대원들을 향해 총을 겨누었어. 총구에 노출된 대원은 내가 제일 좋아하고 따르던 광주 출신 동무였어. 부모님이 좌익으로 몰려 경찰에게 죽자, 시골의 할머니에게 맡겨졌다가 스스로 입산한 동무였어. 나이는 나보다 한 살 많았으나, 둘이 너무 닮아 부대원들이 형제로 착각할 정도로 가까운 동무였어. 작전에 나서면 항상 뒤로 빠지려는 나와는 달리 아주 용맹한 동무였어. 그것을 보니 앞뒤 생각할 겨를이 없었지. 경찰지서에만 집중하고 있는 검은 그림자를 뒤에서 덮쳐 눌렀지. 그 덕분에 우리 대원들은 아무런 피해도 없이 경찰지서를 접수하고, 경찰이 버리고 간 카빈총 몇 정도 획득할 수 있었지. 포상으로 노획한 카빈총 1정을 주면서 위원장은 내가 진정한 투사로 태어났다며 여러 대원 앞에서 칭찬을 아끼지 않았어. 하지만, 총을 가져도 직접 사람을 향해 총을 쏜 적은 없었어. 총을 들고 작전에 참여한 횟수도 많지 않았지만, 나가더라도 야간에 보이지 않는 적을 향해 무작정 방아쇠를 당긴 것이 전부였지.

그러던 내가 사람을 향해 총을 쏘게 된 거야. 그것도 얼굴까지 알아볼 수 있는 가까운 거리에서. 우리 부대는 도당지역을 벗어나 작전을 나가는 경우가 거의 없었어. 하급 전사인 나는 작전을 나갈 때 어딘지도 모르고 따라만 다니는 실정이었지. 그날은 덕유산 인근 경남 지역에서 작전을 벌이고 난 후였어. 경남도당 소속 부대를 지원하기 위해 덕유산 줄기를 넘어간 것이지. 우리 도당지역으로 복귀하려고 덕유산 자락의 산길을 택하여 이동 중이었어. 어두운 산줄기를 빠르게 움직이던 선두가 갑자기 행군을 멈추었어. 위원장의 눈에 산 아래 듬성듬성 흩어져 있는 대여섯 가구의 초가집이 보였던 거야. 온종일 굶은 대원들의 눈빛도 반짝였지. 마을을 보자 나도 잊고 있었던 허기가 밀려왔어. 위원장의 지시로 부대의 방향이 마을로 바뀌었지. 이번 작전에 참여한 이십여 명의 대원들이 서너 명씩 짝을 지어 마을로 흩어졌어. 나도 광주 동무와 마을에서 외따로 떨어진 초가집으로 들어갔어.

오십 대로 보이는 부부가 겁에 질린 얼굴로 우리를 맞이하더군. 다짜고짜 밥을 청했어. 그들도 이미 몇 차례 산 사람들과 맞닥뜨린 적이 있는 듯 알아서 준비하더라고. 부인네가 내어놓은 밥을 앉을 새도 없이 집어삼킨 광주 동무가 내게 눈짓하며 밖으로 나갔어. 자신은 창고에서 곡식을 챙길 테니 방에 있는 양식을 거두어 오라는 의미였지. 엉거주춤 밥을 넘긴 나는 곧바로 일어서며 방안을 살펴보았어. 한쪽 구석에 항아리 하나가 보였어. 고구마나 곡식을 갈무리해 두는 독이었지. 총구로 사내에게 항아리를 가리켰어. 그때가 오월의 중순을 넘어 달빛이 환한 보름 근처였지. 구름 속에 가려져 있던 달이 얼굴을 내밀었던 모양이야. 내 모습이 열린 방문으로 스며든 달빛에 비쳤어. 항아리 쪽으로 향하던 사내가 깜짝 놀라며 돌아서는 거야. "자네, 모전마을 최약국 댁 자제 아닌가?" 사람들이 시장에 약재를 내는 아버지를 최약국이라 부르곤 했었지. 나도 그 사내가 눈에 익었지만, 누군지 기억은 나지 않았어. 순간적으로 나를 알아보는 사람이 있어서는 안 된다는 생각이 머리를 스쳤어. 나 때문에 마을에 남아있는 가족들이 경찰에 끌려가 괴롭힘을 당할 것이 뻔했어. 몸을 돌려 다가오는 그 사내도 엄청난 위협으로 느껴졌어. 춘궁기에 생명줄이나 다름없는 곡식을 빼앗기지 않으려고 나를 해치려는 줄 알았어. 손에 들고 있던 카빈총의 방아쇠를 당겼어. 그 사내가 가슴을 움켜쥐며 쓰러지는 것을 보며 밖으로 뛰쳐나갔지. 마당에서 곡식을 챙기던 광주 동무가 긴장하여 쳐다보았어. 그 집을 빠져나오는 발걸음 뒤로 부인네의 외마디 비명이 따라왔어. 곧이어 들려오는 울음소리에 가슴은 무엇에 얻어맞은 것처럼 아파져 왔고, 등 뒤를 따라오는 어스러진 달빛에 발걸음은 허둥거리기만 했어.

그때부터 이유를 알 수 없는 미망에 쌓여 헤매기 시작했어. 기억이 날 듯하면서 도무지 떠오르지 않는 그 사내의 모습이 뇌리를 떠나지 않는 거야. 어디선가 본 적이 있는 사람이 분명했지만 뚜렷하게 생각나지 않아 너무 답답했지. 애를 쓸수록 어둠은 점점 짙어지는 느낌이었어. 보초를 서다 작전을 나갔다 돌아오는 대원들에 대한 수하를 놓친 적이 있을 정도였어. 조장이 광주 동무였기에 무사히 넘어갔지만, 자칫 자아비판 끝에 처형될 수도 있는 심각한 과오였어. 그런 혼란 속에서 내 산 생활은 어느덧 여름으로 접어들고 있었지.

우리 부대의 작전이 횟수를 더할수록 대원들의 숫자는 점점 줄어들었어. 우리 중대도 이십여 명이던 대원들이 전사하거나, 도망가거나, 부상으로 환자트로 이송되어 절반으로 줄어 있었지. 며칠 전의 작전에서 중대장이 전사하여 위원장도 할 수 없이 다른 중대와 합쳐 운용할 수밖에 없었지. 그렇더라도 대원의 숫자는 고작 20여 명에 불과할 정도였어. 반면에 경찰은 기존 경찰 조직 이외에 토벌대, 청년단으로 숫자가 엄청나게 늘어났고, 군인들까지 투입되어 우리를 압박하는 실정이었어. 여름은 그나마 견딜 만했어. 날씨 때문에 얼어 죽을 염려도 없었고, 보급 투쟁에 실패하더라도 논밭에는 먹을 것이 늘렸으며, 무엇보다 총에 맞을 일도 줄었지. 여름에는 토벌대가 산속 깊이 우거진 산림 속까지는 접근할 수 없었으며, 그들이 많은 병력으로 밀어붙여도 우리는 한순간에 흔적도 없이 몸을 숨길 수 있었으니까.

여름이 지나고 가을이 깊어지고 있을 때였어. 우리 중대는 도당의 연합 작전에 참여하게 되었지. 가을로 접어들자, 대규모 병력을 투입하여 토벌을 시작한 군인들을 기습하는 작전이었어. 우리 중대는 도당 소속 다른 군당 병력과 함께 토벌대 주둔지 아래 계곡에 몸을 숨기고 있다가, 사령부의 신호에 맞추어 일제히 기습하기로 되어있었지. 위쪽 산등성이에서 아래를 내려다보며 토벌대를 습격하면 무기가 빈약한 빨치산으로서도 불리한 싸움이 아니었지. 나는 여전히 긴장으로 호흡이 가빠졌지만, 광주 동무는 이번 작전에서만은 전공을 세워 당원이 되겠다는 꿈을 이루기 위해 눈을 깜빡이며 어둠 속을 노려보고 있었지. 드디어 사령부의 공격 신호가 떨어졌어. 우리는 일제히 토벌대 주둔지를 향해 돌격하기 시작했어. 반대편과 산 위에서도 요란한 총소리가 산속의 정적을 깨트리며 울려 퍼졌어. 토벌대 주둔지에서는 처음에만 몇 발의 총성이 울리는가 싶더니 이내 잠잠해지더라고. 새벽 기습에 정신을 차리지 못하는 거로 생각하니 승리가 보이는 것 같았어. 모두 함성을 지르며 달려들었어.

토벌대의 천막이 바로 눈앞에 보일 즈음에 갑자기 건너편 구릉에서 요란한 총소리가 들리기 시작했어. 곧이어 우리를 향해 토벌대의 총알이 빗발치듯 쏟아지는 거야. 앞장서서 돌격하던 위원장이 짐승이 포효하듯 몸을 비틀며 푹 꼬꾸라지는 거야. 그 모습에 모두 퇴각 명령을 기다릴 새도 없이 반대 방향으로 내달리기에 바빴어. 나도 조금 전 몸을 숨겼던 계곡을 쏜살같이 뛰어넘어 뒤편 등성이를 바라보며 최대한 몸을 낮추고 뛰었지. 등성이를 넘어 한숨을 돌리고 나서야 왼쪽 다리가 피범벅이 되어있음을 알았어. 총알이 종아리를 뚫고 지나갔는지 살점이 너덜거리고 뼈까지 드러나 보였어. 옷을 찢어 상처를 싸매었어. 그때 저쪽 나무숲 아래에서 누군가가 내 이름을 부르는 소리가 들리더라고. 광주 동무의 가냘픈 목소리였어. 그 동무는 총알이 복부를 스쳤는지, 찢어진 배를 움켜쥐고 피투성이인 채로 힘겹게 숨을 헐떡이고 있었어. 그 몸으로 어떻게 등성이까지 기어 올라왔는지 믿기지 않을 정도였어. 광주 동무를 부축하여 1차 비상선으로 갔지. 하지만, 광주 동무로 인해 늦어졌는지 그곳에는 아무도 보이지 않았어. 다시 2차 비상선으로 가야 했지만, 더 움직일 수가 없었어. 광주 동무가 피를 너무 흘려 주저앉아 버렸기 때문이었어.

우선은 토벌대의 추격을 피해 안전한 곳에 몸을 숨겨야 했어. 큰 바위 아래 작은 잡목들이 숲을 이루고 있어 누구도 눈길을 두지 않을 그늘진 곳이 보였어. 그곳에서 꼼짝도 하지 않고 어두워질 때까지 숨을 죽이고 있었어. 토벌대는 오후 늦게야 어둠이 누려운 듯 산 아래로 철수하더군. 그때까지 내가 광주 동무를 위해 해줄 수 있는 것이 아무것도 없었어. 마지막 숨을 모을 때 광주 동무는 잠시 정신이 돌아온 듯 희미한 목소리로 어머니를 부르더니 이내 고개를 떨구었어. 그렇게 믿고 의지했던 광주 동무를 그곳에서 보내야 했어.

혼자가 되니 어떻게 해야 할지 막막했어. 2차 비상선으로 가더라도 아무도 없을 것 같고, 부대와 합류하더라도 이번 전투에서 집중 타격을 받은 우리 중대가 몇 명이나 살아남아 있을지도 의문이었어. 광주 동무도 없는 산 생활을 견딜 수 있을 것 같지도 않았어. 추위가 다가오고 있는데 제대로 방한 대비도 안 된 차림으로는 이번 겨울을 무사히 넘길 것 같지도 않았어. 그렇다고 토벌대에게 자수하는 것도 안 될 말이었어. 산을 벗어나기도 전에 대원들에게 발각되어 사살되거나, 대원들 앞에 끌려가 처형될 것이 뻔했어. 총알을 확인하니 한 발이 남아있더군. 차라리 광주 동무가 부러웠어. 그 동무가 떠나간 먼 하늘로 눈길이 갔어.

어둠이 시작되는 시월의 산들이 붉게 물들고 있었어. 붉은 옷으로 갈아입기 시작한 나무가 노을에 젖어 더 진하게 보였어. 저 멀리 군락을 이루는 산등성이가 불이 붙은 듯 타오르고 있었어. 그 붉은 빛이 내 몸을 감싸기 시작했어. 나와 노을이 하나가 되고 있었어. 그 속에서 익숙한 향기가 느껴졌어. 어릴 적부터 맡아와 몸에 밴 냄새였지. 산죽 덤불과 이어진 경사면에 덩굴을 이루고 있는 더덕이 보였어. 잎은 시들어 버리고, 앙상한 줄기들이 작은 나무를 타고 올라가 군락을 이루고 있었지. 그 순간 그렇게 머리를 혼란스럽게 만들던 기억이 되살아났어. 더덕 향기에 실려 어두운 그림자가 모습을 드러내었던 거야.

아버지는 학교를 그만두고 집으로 돌아와 있는 내가 무척이나 안타까웠던 모양이었어. 어려운 형편에 무리해서 농업학교까지 보냈는데 그만 덜컥 병을 얻어 돌아오니 애가 탈 수밖에 없었지. 그렇다고 아픈 자식을 고된 들일에 내보내자니 그것도 못 할 짓이었지. 집에만 처박혀 있는 나를 가끔 함양에 있는 약초시장으로 데려가곤 했어. 손바닥만 한 논밭으로 식구들 입에 풀칠은 하겠지만 자식 교육은 엄두도 내지 못할 처지라 아버지는 틈틈이 산에서 약초를 캐거나, 약초꾼들에게서 약초를 넘겨받아 시장에 내었지. 그 때문에 춘궁기에 다른 집들이 굶을 때도 우리는 끼니를 거르지 않았고, 나를 농업학교에나마 보낼 수가 있었지.

아버지는 약초시장 상인들에게 물건을 넘기기도 했지만, 장바닥에 전을 펼치는 경우도 많았어. 그때마다 약초 보따리를 들어 달라는 핑계로 나를 앞세우곤 했지. 내게 바람이라도 쐬게 해준다는 핑계였지만 내 허약한 몸으로 세상을 살아가기에는 농사보다 장사가 맞을지도 모른다고 여겼던 것 같아. 새벽에 약초 보따리를 들고 따라나섰다가 종일 전을 펼친 아버지 옆에 쪼그리고 앉아있는 것이 고역이었지만 한편으로는 재미도 있었어. 따가운 논밭에서 일하는 것보다 시장에 쏟아져 나오는 사람들을 구경하는 것이 흥미롭기도 했어.

약초시장에는 전라도와 경상도 사람들이 뒤섞여 전을 펼치곤 했지. 지리산과 덕유산 등지에서 나오는 상황버섯, 하수오, 황기, 엄나무 등의 각종 약재뿐 아니라 산속에서 오래 묵은 더덕도 빠지지 않았어. 아버지가 전을 벌린 곳에는 우리 마을과 반대쪽 덕유산 자락 산속 마을에 산다는 중년의 사내가 들르곤 했어. 그 사내는 가끔 나보다 몇 살 아래로 보이는 여자애와 함께했어. 늦은 나이에 귀하게 얻은 딸이라고 끔찍이 여겼지. 왜정 때 징용을 나가 해방이 되어도 돌아오지 않는 아들을 대신하고 있다고 눈시울을 붉히곤 했어.

하얀 모시 저고리에 검은색 통치마를 입은 그 애가 예민한 나이의 나에게 호기심을 불러일으키기에 충분했어. 농촌 여인네들의 쪽머리에만 익숙해 있던 내 눈에 그 애의 단발머리는 신비하게까지 보였어. 그 애가 나타나면 주위는 온통 더덕 향기로 가득 차곤 했지. 중년 사내의 약초 보따리에는 언제나 더덕이 빠지지 않았기 때문이었지. 그 사내만이 알고 있다는 깊은 골짜기 산밭에서 캐어 온다는 더덕은 유난히 알이 굵어 모두가 탐내는 물건이었지.

그래 그 사내였어. 내가 총을 쏜 이가 약초시장에서 본 그 사내였어. 아버지와 비슷한 연배로 경상도 지역 덕유산 자락 산속 마을에 산다고 했지. 아버지 옆에 앉아 호기심 어린 눈으로 시장을 두리번거리던 내 어깨를 두드려 주곤 했었지. 자신의 어린 딸과 마주치면 붉어지는 얼굴을 애써 감추던 나를 푸근한 미소로 바라보던 사람이었어. 그날 우리 부대가 작전을 나갔던 곳이 경남도당 작전지역이라는 것도 기억났어. 우리 부대 지역으로 복귀하던 도중에 보급 투쟁을 나갔던 곳이 그 마을이었던 거야. 보름달에 비친 내 얼굴을 그 사내가 알아보게 된 것이지.

모든 것을 알 것 같았어. 가슴을 움켜쥐고 쓰러지던 그 사내의 모습이 생생하게 다가왔어. 그 사내라면 나를 경찰에 신고하지는 않았겠지. 아버지와 서로 형제라 여길 정도로 가까웠던 분이었어. 그 사내의 위협적인 행동도 겁에 질린 나의 착각이었어. 산생활에 수척해진 내 얼굴을 확인하려 다가온 것이었어. 교전 중에 발생한 어쩔 수 없는 죽음도 아니었어. 자신의 안전만을 생각한 돌발적인 행동에 불과했어. 나의 경솔한 행동이 애꿎은 사람의 목숨까지 빼앗았던 거야. 그것도, 나를 그렇게 아껴주던 사람을… 하지만 이미 돌이킬 수 없는 일이 되어있었지.

그 자리에서 뜬눈으로 밤을 보냈어. 하룻밤 사이에 어른이 된 것 같았어. 그 사내에게 저지른 잘못을 되풀이해서는 안 되었어. 산 생활을 계속한다면 내 의지와는 무관하게 그런 불행이 이어질 수밖에 없었어. 그만 멈추어야 했어. 산에서 내려가기로 했어. 계곡을 따라 아래로 발걸음을 옮기기 시작했어. 여러 물줄기가 합쳐 흐르다 깊은 소를 만드는 곳에 이르자 카빈총을 물속으로 던져버렸어. 조금 더 가면 산자락이 끝나고 논밭이 시작되는 곳이었지. 경찰과 산사람들이 서로 경계하며 대치하는 지점이었어. 아무 생각도 않고 그대로 걸어갔어. 산사람들에게 발각되거나 경찰에게 사살되어도 어쩔 수 없었어. 모든 것을 하늘에 맡겼어. 어느새 경찰의 경비초소가 다가와 있더군. 경비를 서던 경찰이 대낮에 피투성이가 된 다리를 질질 끌며 다가오는 나를 깜짝 놀라 멍하니 보고만 있었어.

도심 거리는 한여름의 무더위 속에서도 다가오는 대통령 취임 준비를 위해 분주한 모습이었어. 관공서 입구의 대형 설치물 한가운데에는 새 대통령의 근엄한 사진이 자리 잡았고, 도로를 가로 지르는 육교의 현판은 새 시대를 예고하는 화려한 문구로 뒤덮이고 있었지. 새 정부에 대한 국민들의 기대와 관심에 대해 신문과 방송은 연일 목소리를 높였지만, 사람들의 시선은 다른 곳을 향하고 있었어. 새 사회가 열리고 있음에도 거리를 지나는 사람들의 발걸음은 무겁게만 보였어. 누군가 지켜보는 듯한 불안감에 모두 자신의 속마음을 드러내려 하지 않았어. 몇 개월 전에 상처받은 사람들이 울분을 터트리곤 했지만, 곧 잊히어야 했지. 억눌린 한숨을 쉬는 사람들이 한둘이 아니었어.

병원에서는 또 한 사람의 희생자가 생겼어. 고등학교 3학년이었다고 했지. 공수부대의 잔혹한 진압 소식에 격분하여 친구들과 거리로 뛰쳐나왔다고 했어. 계엄군의 총알이 허벅지를 관통했다더군. 총구가 직접 녀석을 향하지 않았더라면 도저히 있을 수 없는 상처였지. 조금이라도 움직이면 고통스러운 상처에도 웃음을 잃지 않던 앳된 녀석이었지. 몇 달 동안 깨어나지 못하는 너보다는 낫다고 중얼거리다 나와 눈이 마주치자 미안해 어쩔 줄 몰라 돌아서던 녀석이었어. 아직은 한창인 나이라 충분히 이겨낼 줄 알았는데. 무더운 여름 날씨에 상처가 덧나 손을 쓸 수가 없었다더군.

네 누나의 의지가 단호했어. 내가 병상을 지킨 지 일주일이 지날 때였어. 자신이 동생을 돌보겠으니, 시골집으로 돌아가시라고 하더군. 침대 모서리에서 쪽잠을 자는 아버지를 염려한 말이었지. 몸도 어느 정도 회복되었고, 일하는 공장에도 조치를 해놓았다고 말하는 눈빛이 의연했어. 너를 낳은 후, 몸을 추스르지 못하고 시름시름 앓다 먼저 떠난 네 엄마를 닮은 눈이었지. 돌아가신 엄마를 대신하겠다는 말에는 더 말릴 수 없었어. 두 해전에 고등학교를 졸업한 아이가 아니었어. 네 누나와 번갈아 널 돌보기로 약속할 수밖에 없었어.

월요일에 시골집으로 가 쌓인 일들을 처리했어. 아무도 없는 시골집이라 며칠만 집을 비워도 흔적이 뚜렷했어. 할 일이 산더미같이 쌓이곤 했지. 내 몸을 생각할 겨를이 없었지. 선친으로부터 물려받은 약초 일은 줄여야만 했어. 함양의 약초시장에 약초를 내고, 전을 펼치는 일도 당분간 손을 놓기로 했어. 어릴 때부터 눈에 익은 생업이라 아쉬움이 많았지만, 자식의 목숨이 더 소중했지. 내 사정을 들은 주변 상인들의 배려가 눈물겨웠어. 쌈짓돈을 털어 주머니에 찔러주던 이가 한둘이 아니었어. 토요일에 다시 병원으로 돌아와 네 누나를 대신했어.

네가 병상에 누워 지낸 지도 삼 개월이 가까워지고 있었어. 병원에서는 깨어날 가망이 없으니, 집으로 데리고 가 편안히 보내주라고 재촉하고 있었지. 이제는 호흡조차 희미해지고 있었으니, 무리가 아니었지. 어쩌면 그것이 나을 수도 있다는 생각도 들었어. 하지만, 그때마다 머리를 흔들며 이를 악물었어. 너희 둘을 잘 키우겠다고 네 엄마에게 한 약속을 지켜야 했어. 젊은 나이에 혼자가 되어도 다른 여자는 거들떠보지 않았던 자신과의 약속이었어.

그동안 너는 몇 번 희미하게나마 의식이 돌아오곤 하여 우리를 희망에 부풀게 했었지. 하지만, 얼마 전부터는 그런 움직임조차 없었어. 점점 나빠지고 있는 것이 확연하게 느껴졌어. 그때 머릿속에 떠오른 것이 무엇인 줄 아니. 옛날의 그 사내였어. 병상 모서리에 앉아 너를 지켜보고 있을 때마다 생각나던 사람이었어. 산에서 내려오고, 고향 근처 산골 마을에 자리를 잡고 나서야 산소나마 찾을 수 있었지. 모든 것이 내 탓이었어. 그때 휩쓸고 지나간 세찬 바람의 여파가 네게 들이닥쳤던 거야. 그 사내에게 한 내 죄과를 네가 대신 받고 있었어. 며칠 시간을 내었지. 그 사내에게 달려갔어. 덕유산 기슭 야산에 있는 산소에 도착하니 늦은 오후가 되어있더군. 술을 따라놓고 수없이 머리를 조아렸어. 마치 살아있는 사람이 앞에 있는 것처럼 떼를 썼어. 차라리 나를 데려가지 왜 네게 분풀이하느냐고 원망했어. 당신의 아픔에 대한 벌은 내가 받겠으니, 너만은 살려 달라고 빌었어. 이미 맺어진 인연의 끈을 어떻게 끊으려 하느냐고 울부짖었어. 그렇게 따지고, 원망하고, 울부짖으며 밤을 새웠어.

다음날 병원으로 돌아오니 거짓말처럼 네가 깨어나 있더군. 나는 지금도 믿고 있어. 그 사내가 내 기도를 들어주었다고. 내가 온몸으로 지켜왔고, 앞으로도 지켜가야 할 간절한 소망을….

붉은 보따리

"오빠, 요즘 엄마가 이상해요. 며칠 전부터 언니가 꿈에 보인다고 성화네요. 소식 들은 것 없냐고 몇 번이나 물어보네요."

시골집에서 모친을 모시고 있는 막내의 전화였다. 작년 이맘때쯤 풍을 맞아 집과 요양병원을 오가는 팔순을 훌쩍 넘긴 노인네였다. 그동안 건강을 잘 유지한다고 했더니 풍이 오고부터는 겨우 몸만 추스를 정도였다. 언제 어떻게 될지 모르는 것이 노인네들의 건강이었다.

손주들도 짝을 찾아 나가 노인네가 거처할 방이 없었던 것은 아니지만 큰아들의 도심 아파트가 답답했던 모양이었다. 환갑이 가까워도 먹고 사느라 새벽에 나가서 늦게야 들어오는 큰아들 얼굴 보기가 힘든 탓도 있었다. 몇 년 전 시골로 내려가 명절이나 제사를 모실 때가 아니면 큰아들 집은 얼씬도 하지 않았다. 도시 생활에 염증을 내던 막내가 매제와 함께 내려가 있던 한적한 시골 동네였다. 도시에서 승용차로도 한 시간 이상이나 걸리는 곳이었다.

막내네 집 옆에 오랫동안 버려져 있던 묵은 집을 구해 손을 보니 그럴듯했다. 남는 방 하나에 싱크대를 들여놓고, 비어 있는 창고 건물을 세면장으로 개조하여 좌변기도 놓으니 불편하나마 견딜 만했다. 막내네 과수원은 인근 지역에서 제법 부농 소리를 들을 정도로 기반을 잡고 있어 그나마 마음이 놓였다.

막내에게 부담이 되기 싫다고 혼자 끼니를 때우지만, 실상은 칠성님 때문인 것은 가족들 모두가 아는 사실이었다. 작은 방에 칠성님을 모셔두고 조석으로 두 손을 모으는 것이 눈에 거슬렸지만 어쩔 수 없었다. 조그만 제단 위에 붉은 장삼을 입은 도인들이 나오는 낡은 족자를 걸어 놓고, 물 한 그릇을 올려놓는 것이 전부였지만, 노인네에게는 가족의 안위가 걸린 중요한 일이었다. 하루라도 정성을 들이지 않으면 집안에 큰 액운이 생기는 줄 알았다. 평생을 그렇게 살아오신 노인네의 마음이 자식들의 잔소리로 바뀔 수 없는 노릇이었다.

하물며 그 때문에 수녀인 누님과는 지금까지도 척을 질 정도이니 어찌하겠는가. 그렇게 살다 가시도록 내버려둘 수밖에 없었다.

"아니, 왜 그 말을 했어. 누님 일은 눈치채지 못하게 하라고 그렇게 당부했잖아. 줄초상 치르고 싶어."

버럭 역정부터 냈다. 막내가 조심한다고 무진 애를 썼지만, 노인네가 눈치를 챈 모양이었다.

누님이 사목하시던 속초의 본당에서 쓰러져 수녀회에서 운영하는 용인의 환자 수녀들을 위한 요양원으로 거처를 옮긴 것은 벌써 몇 해 전이었다. 아무리 숨긴다고 해도 가족들의 얼굴에 근심이 드러나지 않을 수는 없었다. 맏이인 수녀 밑으로 내리 아들만 넷이 이어지다 막내가 딸이었다. 노인네에게는 쉬쉬한다고 하여도 나머지 다섯이나 되는 형제들의 표정까지 숨길 수는 없었다. 남쪽 지역에 생계의 기반을 가지는 형제들 모두 그동안 용인까지 오르내린다고 부산을 떨었다. 막내 내외도 바쁜 과수원 일을 미루고 용인까지 다녀간 적이 한두 번이 아니었다. 아무리 나이 많은 노인네지만 이런 정황을 눈치채지 않을 수 없을 것이었다.

한 달여 전에는 누님이 새벽에 일어나다 넘어져 이마를 열 몇 바늘이나 꿰매어야 했다. 병원의 주치의는 단순한 현기증 때문만이 아니라고 했다. 그동안 두 차례의 큰 수술과 십여 차례의 항암치료에도 불구하고 암세포는 이미 췌장을 넘어 뇌까지 갉아 먹고 있었다.

누님을 호스피스 병동으로 옮긴 후부터는 감춘다고 해서 될 일도 아니었다. 완치까지는 기대하지 않았지만 조금씩 이나마 호전되어 간다고 믿고 있던 형제들에게는 찢어지는 아픔이었다. 누님의 소식을 들은 막내의 북받치는 울음소리가 귀에 멍할 정도였다.

"아무 말 안 했어요. 엄마는 아직 언니가 그렇다는 걸 몰라요."

그즈음부터였다고 했다. 노인네의 눈빛이 달라졌다고 했다. 노인네의 꿈에 누님이 나타난다고 중얼거리기 시작했단다. 그것도 수녀복을 입은 누님이 아닌 이십 대 처녀 시절의 누님이라고 했다.

"한 번 모시고 가는 것이 어때요? 설령 노인네가 잘못된다고 하더라도 어쩌겠어요. 이제는 정말 마지막인 것 같은데…."

말끝을 흐리는 막내의 목소리에 울음이 배어 나왔다. 십 년이나 되는 나이 차이로 어렵게만 여기던 큰오빠였다.

"그래, 생각해 보자. 간호 수녀와 의논도 해야 하고, 누님이 면회가 가능한 상태인지도 확인해야 할 것 같아."

누님이 수녀원에 들어가겠다고 하자 노인네는 기가 막혀 한동안 아무 말도 못 했다고 했다.

어느새 스무 살 중반을 넘어선 과년한 딸이 짝을 찾을 생각은 조금도 않아 애를 태우던 때였다. 옆집 딸자식은 동생들 뒷바라지 다 해놓고, 시집가서 아들딸 떡하니 낳고 있었다. 몇 년 동안 집에 돈 한 푼 가져다주지 않더니 아예 인연을 끊겠다는 말과 다름없었다.

읍내 중학교를 졸업하고 옆집 김천댁 딸 경자를 따라 도시로 가겠다고 할 때는 눈물깨나 흘렸다고 했다. 워낙 머리가 있던 아이라 더 공부시키지 못해 미안했지만 어쩔 수 없었단다. 고만고만한 나이의 처자들은 모두 도시로 떠나던 시절이라 세월을 탓했다고 했다. 몇 년간 신발공장에 다니며 받은 월급을 꼬박꼬박 부쳐올 때는 숨통이 트이는 것 같았다. 낮에는 공장에서 일하고 밤에는 야간 고등학교에 다닌다고 할 때는 대견하기도 했다. 하지만, 고등학교를 졸업하고 덜렁 보육원에 들어갔다는 연락이 왔을 때는 속이 상해 미칠 것 같았단다. 나라가 고아 수출로 국제적인 비난을 받던 시기였다. 급속한 산업화의 과정에서 발생한 미혼모들에게서 버려진 아이들이 곳곳에서 넘쳐나고 있었다. 길거리에 버려진 아이들이 애처로워 도저히 안 되겠더라고 했단다.

밑으로 주렁주렁 다섯 명이나 되는 동생들이 공부한다고 돈이 한창 들어갈 때였다. 시골의 적잖은 논밭이 자식들 공부 밑으로 하나둘 사라지고 있어 가슴에 시커먼 멍울이 쌓이던 시기이기도 했다. 공장이 싫으면 한창 유행하던 미용 기술이라도 배워 집안 살림에 조금이라도 보탬이 될 줄 알았는데 소용이 없게 된 것이었다. 남의 아이들은 불쌍하고 동생들은 보이지 않더냐고 욕을 바가지로 퍼부었단다. 동생들은 부모라도 있지만 길거리의 아이들은 자신이 아니면 돌 볼 사람이 없다는 말에 노인네는 할 말을 잃었다고 했다.

보육원에서는 월급은 고사하고 겨우 밥이나 얻어먹는 눈치였다. 누님이 중학교를 마칠 무렵 읍내에 있는 예수쟁이들의 말에 혹하는 것 같더니 결국 그 사달이 났다고 했다. 그때 독하게 뜯어말리지 못한 것이 평생 후회가 된다고 노인네는 기회가 있을 때마다 주절거렸다.

수녀원에 들어가기 전에 마지막 부탁이라고 한 말이 노인네의 복장을 더 터지게 했단다. 시집 보내는 혼수로 생각하고 옷 한 벌만 해주라고 사정했다. 청바지에 미니스커트가 유행하던 시절에 어울리지 않는 단아한 양장이었다. 수녀원 입회를 위한 원장 수녀와의 면담 때 입을 옷이라고 했다. 지금까지 입고 다닌 허름한 구호품 차림으로 갈 수는 없지 않겠냐는 말이었다.

시골에서는 더 이상 버티지 못해 도시 변두리의 다락방이 딸린 단칸방에서 살고 있을 때였다. 시장 바닥에서 험한 일을 하며 자식들을 먹여 살릴 시절이었다. 한창 커가는 자식들의 주린 배를 채워 주기에도 부족한 살림이었다. 공부는 뒷전이었음에도 자식들 스스로 헤쳐나가는 것이 눈물겨웠던 시기였다. 아무리 힘들더라도 허름한 양장 한 벌 정도까지 못 해주겠냐만 말하는 소행이

괘씸해서 눈을 부릅뜨고 말았단다. 그러고는 부엌 한구석에 쪼그리고 앉아 눈물을 찍어내었다고 했다. 아무 말도 못 하고 노인네의 매정스러운 눈길을 멍하니 바라보던 누님의 얼굴이 평생 잊히지 않는다고 했다.

그 이후 노인네에게 누님은 잊힌 사람이었다. 사실 눈앞의 먹고 사는 문제를 해결하느라 생각할 겨를조차 없었다는 것이 맞는 말이었다. 누님이 전국 각지의 성당을 옮겨 다니며 사목에 힘쓰고 있다는 말을 전해 들으면서도 노인네는 무관심해 보였다. 노인네에게 누님은 가족들은 내팽개치고 자신의 일신만 챙긴 몹쓸 인간일 뿐이었다. 가끔 명절이나 부친의 제사에 누님이 모습을 보여도 남의 식구처럼 냉랭하기만 했다. 게다가 작은 방 모퉁이에 모신 칠성님을 치워버린 후부터 누님은 노인네에게 눈엣가시가 되었다.

노인네가 칠성님을 모신 것은 오로지 가족들의 안위 때문이었다. 어린 나이에 시집와 곧바로 아이를 가지니 어른들의 기대가 이만저만이 아니었다. 집안의 대들보인 장손을 기대하는 것은 어느 집이나 마찬가지일 것이다. 딸을 낳고 많이 울었다고 했다. 첫딸이라 조금은 위로가 되었지만, 그 후가 문제였다. 두 해가 넘어가도 둘째가 소식이 없었다. 어른들은 집안의 대가 끊어진다고 야단이었다.

온갖 약을 구해 먹고, 효험이 있다는 곳에서 정성도 기울이고, 절에서 불공도 올리고, 무당을 불러 굿도 했지만 소용이 없었다. 마지막으로 찾은 곳이 멀리 지리산에 있는 용한 점쟁이였다. 점괘에 칠성님이 나왔다고 했다. 칠성님을 모셔두고 정성을 바치라고 했단다. 그때부터 노인네는 장독대 옆에 작은 제단을 마련하고 정화수 그릇을 올려놓기 시작했다. 조석으로 두 손을 모으고, 한 달에 세 번 목욕재계하고 정성을 다했다. 그 후 반년도 안 되어 큰아들이 들어섰다고 했다. 칠성님의 은덕이라 생각하지 않을 수 없었다.

그때부터 칠성님은 노인네와 떨어질 수 없었다. 시골집에 있을 때는 장독대 한구석에서, 도시의 단칸방에서는 부엌 뒤편의 외진 공간에서 칠성님께 드리는 정성은 조금도 부족하지 않았다. 칠성님이 그려진 족자를 벽에 건 것은 살림에 조금 여유가 생긴 후부터였다. 자식들이 결혼하거나 독립하여 막내 혼자 노인네를 모시고 있을 때였다. 가족들은 명절이나 제사 때에만 노인네가 계시는 집에 모여 얼굴을 볼 때이기도 했다.

그런 칠성님을 누님이 치워버린 것이었다. 노인네가 집을 비운 사이에 잠시 들른 누님이 기겁하여 족자를 걷어내고 제단을 없애 버린 것이었다. 그때부터 노인네는 누님의 얼굴조차 보지 않으려 했다. 어쩌다 집을 찾은 누님에게 고개조차 돌리지 않을 정도로 냉랭했다. 그렇지 않아도 소원했던 모녀간의 관계가 그 일 이후로 깊은 수렁에 빠져 버린 것이었다.

노인네가 막내를 따라 시골로 내려간 후에는 거의 왕래가 끊어져 버렸다. 그동안 누님이 몇 년 동안 해외에 나가 사목활동을 한 탓도 있었지만, 국내로 들어온 이후에도 두 분의 관계는 얼음장같이 차가웠다. 이후 몇 년의 세월을 그렇게 살아온 것이었다.

누님을 호스피스 병동에서 요양원으로 다시 옮겨 왔다고 했다.

언제든지 가실 수 있다는 의미였다. 가족들이 마음의 준비를 하는 것이 좋을 것 같다고 말하는 간호 수녀의 목소리는 오히려 차분했다.

"하느님의 은총일 겁니다. 호스피스 병동에서 면회도 못하고 혼자 가시는 것보다 수녀원으로 옮겨와 수녀원 식구들과 가족들의 배웅 속에서 가시는 것이 가장 아름다운 마무리일 겁니다."

이미 수녀원 식구들과는 마지막 인사를 나누었고, 인근 지역과 멀리 지방의 본당에서 사목하는 지인 수녀들도 다녀갔다고 했다. 그동안 위험한 고비도 몇 번이나 있었다고 했다.

가족들이 서둘러 용인으로 달려갔다. 병실을 들어서면서도 큰 기대는 하지 않고 있었다. 중환자실에서 마지막 순간을 맞이하는 여느 환자들처럼 아무도 알아보지 못할 수도 있었다.

누님은 달랐다. 남은 시간이 많지 않다는 간호 수녀의 말이 믿기지 않을 정도로 맑은 정신이었다. 항상 보이던 미소가 얼굴에 가득했다. 병실을 들어서는 가족들을 보고 몸을 일으키려 할 정도로 기력도 있어 보였다. 침대에 누워있다는 것 외에는 평소와 다름없는 모습이었다.

가족들 하나하나의 얼굴을 뚜렷이 기억하고, 안부를 물으며 손을 잡았다. 어릴 때 이후 몇 년 동안 보지 못했던 조카들의 변한 모습도 대견해했다. 이제는 병치레할 나이가 된 올케들의 건강까지 챙길 정도였다. 한 시간여 동안 온화한 웃음이 얼굴에서 떠나지 않았다. 가끔 숨이 차는 듯 호흡을 가다듬는 것 외에는 중병을 앓는 사람이 아니었다. 내일이라도 자리를 털고 일어날 것 같았다. 하지만, 현실은 대부분 기대와는 다른 방향으로 흘러가기 마련이었다.

“수녀님을 뵐 가족분들이 더 계시는가요?”

누님을 보길 원하는 가족들이 서둘러 주었으면 한다는 의미였다. 간호 수녀의 머릿수건 사이로 삐져나온 몇 가닥의 머리카락이 하얗게 빛났다. 한 달 이상 누님을 돌보면서도 그녀의 얼굴은 조금도 지친 기색이 없었다.

일주일 정도의 여유밖에 없다고 했다. 사실은 당장 오늘조차도 장담할 수 없는 실정이라고 했다. 가족들이 남아 누님의 마지막을 지키겠다는 말에 간호 수녀는 웃음 지었다.

“저희 식구는 수녀원에서 다 합니다. 가족분들은 아무 염려도 할 필요가 없습니다. 기도만 열심히 해주세요.”

병실로 돌아서는 간호 수녀의 등 뒤로 시골의 노인네가 보였다. 두 분 모두 시간이 많지 않다는 것은 누가 보아도 분명했다. 이번에도 만나지 못하면 이 생에서는 결코 볼 수 없을 것이었다. 저 생에서도 그럴 수 있었다. 누님이 가시는 천국 문은 칠성님을 모시는 노인네에게는 열리지 않을 수 있었다.

막내네의 과수원은 지리산 자락으로 들어가는 고속도로 진출로를 지나서도 이십여 분 국도를 따라가야 했다. 막내네의 아담한 단층 슬래브집으로 접어드는 가파른 구비길 양쪽으로는 이제 속살을 불리는 새빨간 사과가 무거운 가지를 늘어뜨리고 있었다. 시큼한 맛이 강한 홍옥을 수확할 시기였다. 속에 꿀이 가득 찬 부사는 조금 더 있어야 딸 수 있었다.

지인들에게 선물하는 사과를 싣고 오겠다는 핑계였지만 노인네를 만나기 위해 일부러 나선 걸음이었다. 노인네가 먼 용인의 요양원까지 몇 시간을 답답한 승용차 안에서 견딜 수 있는지 살펴보아야 했다. 무엇보다 노인네가 누님을 만나려 하는지를 확인할 필요가 있었다.

얼마 전까지 시골집 인근의 요양병원에 있었다는 노인네라고는 믿기지 않았다. 혼자 거처하시는 집으로 가겠다고 우기는 노인네를 윽박지르다시피 하여 막내네 집으로 모셔 왔다고 했다. 노인네는 앞마당에 쌓아놓은 사과 더미 옆에 쪼그리고 앉아 서쪽 하늘로 기울어 가는 햇볕을 쬐고 있었다. 집 뒤 언덕의 사과밭에서 수확해 저온 창고에 넣으려고 마당에 쌓아놓은 사과였다. 막내 내외가 사과밭으로 올라간 사이 방에서 나온 모양이었다.

연락도 없이 불쑥 얼굴을 내민 큰아들 내외를 노인네는 잘 알아보지도 못했다. 시월의 오후 햇살에 눈이 시린 듯 낯익은 방문객을 한참이나 쳐다본 후에야 주름진 얼굴이 활짝 펴졌다.

사과밭으로 올라가 수고를 보태고 내려와 늦은 저녁 밥상을 마주놓고 앉았다. 오후 늦게 몇 술 떴다고 숟가락에는 손도 대지 않았지만, 큰아들을 대하는 얼굴이 마냥 즐거워 보였다.

누님이 시간을 다툰다는 말은 할 수 없었다. 건강이 많이 나빠져 병원에 계신다는 말로 노인네의 충격을 줄이고자 했다. 예순 중반을 넘어선 누님의 나이 때문에 온 병이라고 둘러대었다.

"몹쓸 것, 제 아버지하고 동생들 생각은 눈곱만큼도 않더니, 그 꼴을 보려고 그랬게 모질게 했나."

이미 웃음기가 사라진 노인네의 얼굴이 차갑게 굳어 갔다. 분위기를 바꾸려는 매제의 공연한 헛웃음이 방안을 더 어색하게 만들었다. 막내의 애잔한 다독거림이 이어져도 노인네의 표정은 풀리지 않았다.

"일신만 편해지려고 했으면 나는 벌써 절에라도 들어갔을 거야. 다 집안 생각하고, 자식들 먹여 살리려니까 그랬던 거지."

여전히 완고했다. 누님을 만나러 용인으로 올라가 보겠느냐는 말은 꺼내기 힘든 분위기였다. 그렇다고 마냥 피할 수만은 없었다.

"누님이 꼭 한번 뵙고 싶어 하는 것 같아요. 그렇게 힘든 상황에서도 계속 모친만 찾는 것을 보니."

"뭐 하려고 봐. 또 무슨 소리로 늙은이 속을 뒤집어 놓으려고."

부모가 자식에게 내뱉는 말은 새겨들어야 했다. 속내는 그렇지 않은 것이 세상 모든 부모의 마음일 것이었다.

"언제부터 이상하게 네 누나가 꿈에 보이더니만…."

낮은 소리로 중얼거리며 방으로 들어가 버렸다. 다음 날 아침 돌아간다고 인사를 해도 아무 대답이 없었다.

"수녀님이 어젯밤에는 심각했습니다. 수녀원 식구 모두 하느님 품으로 가시는 줄 알았습니다."

지난밤 몇 번의 고비를 넘겼으나 아침이 되자 다소 안정이 되셨다는 간호 수녀의 전화였다. 지금까지의 경험으로 보아 시간이 많지 않다고 했다. 남은 가족들이 서둘러 주시라고 당부했다.

누님의 마지막은 지켜야 했다. 수녀원 식구들도 있지만 가족 중 누군가 곁에 남아 손이라도 잡아주어야 했다. 운전을 서둘러 요양원 언덕을 마주할 때는 오후가 되어있었다. 동생을 알아보는 창백한 얼굴이 억지로 펴졌다. 눈가에 번지는 반가움은 감출 수 없었다.

며칠 전 시골의 막내에게 다녀왔다는 말에 누님의 무거운 눈꺼풀이 파르르 떨렸다. 가는 목소리가 메마른 입술을 타고 흘러내렸다.

"사과가… 잘 익었겠구나…."

올해의 사과는 더 영글게 익었고, 오는 길에 몇 상자 가져왔다는 말에 누님은 입가에 씁쓸한 미소를 띠었다.

"막내네의 사과 맛이라도 보고 싶은데 넘어 가지가 않을 것 같아."

그러고는 한동안 아무 말이 없었다. 천장을 바라보는 눈에 아련한 그리움이 스며있었다.

"노인네는 어떠시더니? 내가 그동안 너무 무심했다는 생각이 드는구나. 그분의 뜻도 그런 것은 아닐 텐데…."

허공을 향하는 눈길에 작은 흔들림이 느껴졌다. 진한 아쉬움의 그림자가 누님 곁을 스쳐 가고 있었다.

요양원에서 저녁 식사를 할 수 있었다. 건물 지하에 마련된 식당에서는 정갈한 음식들이 준비되어 있었다. 따듯한 밥과 국, 몇 가지 소박한 반찬들… 하얀 머릿수건을 쓴 얼굴들이 낯선 방문객을 향해 고개를 숙였다.

"많이 드세요. 음식이 나쁘지는 않을 겁니다. 수녀님도 평소에는 여기서 식사하셨어요."

원장 수녀가 다가와 자리를 안내했다. 머릿수건 아래로 드러나는 주름이 깊은 시간의 흔적을 담고 있었다. 입가의 미소가 어린 소녀처럼 해맑았다.

"식사하시는 분들이 많지는 않네요?"

빨간 벽돌로 지어진 6층 건물의 요양원 본관에 성당과 부속시설을 감안하면 식사 인원이 많아 보이지 않았다.

"연세가 많으신 수녀님들은 따로 식사하십니다. 거동이 불편하신 분이 많아서요. 본관 4층에서 6층까지 층별로 별도의 공간이 마련되어 있어요. 물론 그분들을 돌보시는 수녀님들의 도움이 크지요."

식사 후, 잠시 산책하러 나갔다 돌아오니 누님을 위한 기도회가 열리고 있었다. 요양원의 모든 식구가 참석하는 기도회라고 했다. 수녀원 근처에 마련해 둔 숙소로 가기에는 너무 이른 시간이었다.

강당은 뜻밖에도 경쾌한 기타 선율과 맑은 목소리로 가득했다. 누님이 좋아하는 노래로 기도회를 대신한다고 했다. 가톨릭 성가, 가곡, 가요, 팝 등의 다양한 선율이 기타 반주에 맞추어 강당을 메우고 있었다. 이런 음악에 묻히는 사람은 누구든지 행복하지 않을 수 없을 것 같았다.

기도회에 참석했던 수녀 중 한 분이 반가워했다. 오래전 몇 번 뵌 적이 있는 누님의 동창 수녀였다. 이마의 잔잔한 주름과 몇 올의 하얀 머리칼이 그동안의 세월을 말하고 있었다. 지방에서 사목하는 동창 수녀들이 시간을 내었다고 했다. 전국 각지의 본당에서 그 먼 길을 달려온 것이었다.

"너무 슬퍼하지 마세요. 수녀님은 지희보다 먼저 천국에 가시는 것일 뿐이에요. 조금 전 수녀님을 뵈니까 얼굴이 너무 편안하셔서 정말 기뻤어요. 오히려 저희를 위로하시더라고요."

슬픔에 잠긴 가족을 위로하는 말만은 아니었다. 오랜 기간 신앙을 가꾼 사람만이 할 수 있는 말이었다.

"수녀원에 들어와 많은 시간을 보내면 가족들과 멀어질 수밖에 없어요. 이미 세상에 계시지 않은 분들도 많고, 생활에 지쳐 수녀들이 가족이었다는 것을 잊어버리는 분들도 있지요. 수녀님은 그래도 얼마나 행복한가요. 저희 모두 소망하는 마지막 모습이지요."

숙소로 내려오는 도중 막내의 전화를 받았다. 막내의 들뜬 목소리가 차분하게 가라앉은 마음을 흔들어 놓았다.

"오빠가 다녀가신 후로 아무 말씀도 없으시더니 갑자기 용인으로 가시겠다고 야단이네요. 내일 아침 엄마 모시고 출발할게요."

평소 낮잠이라고는 없는 노인네였다. 오후에 잠시 눈을 붙였다 깬 후부터 막내를 닦달했다고 한다. 꿈에 보이는 누님의 모습이 심상치 않았다고 했다. 먼 길을 떠나는 차림으로 노인네를 쳐다보는 눈길에 원망이 가득했단다. 무슨 일이 있는 것이 틀림없다며 당장이라도 용인으로 가자고 야단이란다.

전화를 끊을 듯하던 막내가 조심스러운 말투로 물어왔다. 노인네가 듣지 못하게 하려는 듯 소곤거리는 목소리였다.

"그런데, 오빠! 노인네가 재작년인가 제사 때 가져온 보따리는 무엇인가요? 나는 올케언니가 엄마 입어라고 사준 옷으로 생각했는데."

잠시 뜸을 들이던 막내의 말이 계속되었다. 마지막 몇 마디는 자신에게 하는 듯한 중얼거림에 가까웠다.

"내일 아침 용인으로 가자고 하니 노인네가 곧바로 집으로 쫓아가 그 옷 보따리를 챙겨오네요. 그런 걸 왜 가져가냐고 물어도 아무 대답도 없이 품에 꼭 안고 자리에 드시네요."

막내의 그 말이 머릿속 한구석에 오랫동안 지워지지 않고 희미한 잔상으로 남아있던 기억을 불러왔다.

언젠가 부친의 기일 때였다. 노인네가 도시의 큰아들 아파트에 잠시 머물다 시골로 내려간 지도 한참이나 지난 후였다. 집안의 대소사는 맏이가 맡아 가족들은 명절이나 제사 때에만 모이곤 할 때였다. 노인네에게 풍이 덮치기 전이라 거동에 무리가 없던 때이기도 했다.

제사를 모신 다음 날이 휴일이라 집에 쉬는 큰아들에게 노인네가 어디로 같이 가주었으면 했다. 지난날 노인네가 가족들을 먹여 살리느라 애쓰던 재래시장이었다. 가게를 그만둔 이후로는 넌더리가 난다고 얼씬도 하지 않던 곳이었다. 더 나이 들어 움직일 수 없기 전에 예전의 채소전이나 둘러보러 가시는 줄 알았다. 그때 함께 일하던 사람들이야 만날 수 있으랴마는 힘들었던 시절의 기억이라도 되새기려는 것으로 생각했다.

재래시장은 이삼백 미터의 좁은 도로를 끼고 활기를 띠고 있었다. 리모델링을 통해 지저분한 가로와 낡은 건물이 말끔하게 단장되었지만, 이전의 아스라한 모습은 그대로 남아있었다. 유동인구가 많은 버스정류장 근처에는 약국과 편의점들이 위치하고, 그 뒤로는 골목길 주위로 국밥집과 채소가게, 정육점 등 다양한 점포들이 여전히 북적대고 있었다.

노인네의 발길은 전혀 엉뚱한 곳으로 향했다. 눈에 익은 채소

전을 그대로 지나쳐 여성복 가게 앞에 걸음을 멈추었다. 서울의 동대문시장에서 가져온 듯한 각종 의복류가 눈길을 끄는 곳이었다. 저녁 찬거리를 준비하러 시장에 오가는 여인네들이 잠깐의 호기심으로 들리곤 하는 집이었다. 가게 입구의 진열장을 살펴보던 노인네가 반색했다.

"그래, 이 집에 있는 옷이 제일 마음에 들었어."

감청색 상의와 치마 차림의 마네킹이 진열장의 한 곳을 차지하고 있었다. 재래시장 부근의 여성 의류점에는 어울리지 않는 옷이었다. 특별한 행사나 딱딱한 사무실에서나 입을 듯한 정장 타입의 여성복이었다.

노인네는 아무런 망설임도 없었다. 오랫동안 보아왔던 것처럼 가격조차 묻지 않았다. 안주머니의 낡은 봉투에서 빛바랜 고액권을 꺼내어 성큼 값을 치렀다. 그러고는 언제 준비했는지 꽃무늬가 새겨진 붉은 보자기를 꺼내어 소중하게 그 옷을 감쌌다. 무엇을 하려는지 궁금하여 몇 번이나 물어보아도 아무 말이 없었다.

막내의 전화를 받고서야 알 것 같았다. 노인네가 그렇게 소중하게 간직해 온 붉은 보따리가 무엇인지 분명히 알 수 있었다. 그것은 몇십 년 동안이나 노인네의 가슴 한가운데에 꽁꽁 쟁여두었던 쓰라린 아픔이었다.

전철역 부근의 작은 호텔에서 새벽 일찍 눈을 떴다. 간호 수녀로부터 문자가 없는 것을 보니 밤새 조용했나 보았다. 아직 어둠이 채 가시지도 않은 거리를 출근길의 사람들이 바쁘게 움직이고 있었다. 한 개인의 죽음은 관계되는 사람 외에는 아무도 관심이 없을 것이다. 매일 얼마나 많은 사람이 죽어가며, 태어나는가. 그것이 자연의 섭리임이 분명하지만, 같은 어미에서 태어난 형제의 마지막을 지켜보는 것은 지독한 슬픔이었다.

누님은 새벽에야 겨우 잠이 들었다고 했다. 병실에는 죽은 듯이 잠들어 있는 얼굴만이 헤쳐진 이불 사이로 보였다. 밤새 누님을 지켜보았을 간호 수녀의 옅은 미소가 성스럽게 다가왔다. 조용히 병실을 빠져나와 맞은편의 방문객을 위한 대기실로 향했다. 이제부터는 기다림의 시간만이 남아있었다. 노인네가 먼 길을 올 동안 병실에서 아무 일이 없기를 바랄 뿐이었다.

"오빠, 지금 출발해요. 엄마 상태를 보아가며 천천히 갈게요. 김 서방이 옆에 있으니까 괜찮을 거예요."

막내로부터 출발한다는 전화가 온 것은 오전 아홉 시 정도였다. 매제가 운전하고, 막내가 곁에서 노인네를 돌본다고 하였다. 벽에 걸린 시계가 11시에 가까워지고 있는 것을 보니 순조로운 일정이라면 지금쯤 중앙고속도로에 접어들고 있을 시간이었다. 노인네의 건강 때문에, 휴게소에 몇 번 들렀다면 아직 대구 부근에도 미치지 못했을 수도 있었다.

누님은 계속 잠 속에 빠져 있었다. 너무 조용하여 얼굴을 가까이 들여다보면 숨소리만이 가늘게 느껴질 정도였다. 며칠째 입에는 아무것도 대지 못하면서 저렇게나마 버티고 있는 것이 신기했다. 언제든지 가실 수 있다는 것은 누가 보아도 알 수 있었다. 노인네가 어서 도착하기를 간절히 바랄 뿐이었다.

병실을 나오자, 막내에게 전화했다. 행로에 부담을 주지 않으려 가능한 한 자제하려 했으나 조급한 마음이 앞섰다. 아무런 문제가 없다면 노인네의 출발을 누님에게 알려줄 생각이었다. 누님의 꺼져가는 숨길을 조금이라도 지필 수 있는 불쏘시개가 될 수 있을 것 같았다. 하지만 말을 꺼내기도 전에 막내의 다급한 목소리가 먼저 쏟아져 나왔다.

"오빠, 지금 대구 부근의 병원이에요. 갑자기 엄마 상태가 나빠져 근처 병원 응급실에 왔어요."

시골집을 출발하자 막내가 자초지종을 노인네에게 말했다고 했다. 누님을 만났을 때의 충격을 조금이라도 줄이려면 미리 알려주는 것이 나을 것 같아서였다. 노인네의 얼굴도 괜찮아 보였고, 아침에 식사도 꽤 하셔서 안심했단다. 그러나 노인네의 충격은 대단했던 모양이었다. 한동안 창밖만 쳐다보고 있던 노인네가 갑자기 온몸을 떨기 시작했단다.

"무슨 일이 있을 줄 알았다. 이상하게 꿈자리가 시끄럽다고 했더니. 불쌍한 것! 어미한테 욕만 얻어먹고 그렇게 가는구나."

노인네의 횡설수설하는 중얼거림이 점점 심해져 갔다고 했다. 나중에는 몇 마디 외에는 알아들을 수도 없을 정도였단다.

"아이고, 칠성님. 그렇게 치성을 드렸는데도 사람 하나 못 살려줍니까. 차라리 날 잡아가라고 하지 않았소."

그러다 노인네가 외마디 비명을 지르며 정신을 놓아버렸다고 했다. 축 늘어진 몸에 숨결조차 느껴지지 않는 것 같았다. 급히 고속도로를 빠져나와 인근 병원의 응급실로 갈 수밖에 없었다고 했다.

"지금 링거로 진정제를 맞고 있어요. 주사를 다 맞으려면 두 시간 정도 걸린다네요. 그때 다시 연락할게요."

결국 이렇게 되어버린 것이었다. 우려했던 일이 현실이 되었을 때 따라오는 것은 허탈감뿐이었다. 그런 상태로 노인네가 남은 거리를 견딘다는 것은 무리였다. 아직도 세 시간 이상의 거리가 남아있었다. 두 분의 만남은 여기까지인가 보았다. 노인네가 온다는 말을 누님에게 하지 않은 것이 그나마 다행이었다.

점심을 권하는 원장 수녀의 전화를 뒤로하고 요양원 건물 뒤의 작은 언덕으로 올라갔다. 요양원과 성당, 복지관 등의 건물들이 메마른 도시의 한 귀퉁이에 한 점 오아시스처럼 숲으로 둘러싸여 있었다. 단풍으로 물들어가는 숲이 아름다운 자태를 펼쳐 보였지만 아무것도 눈에 들어오지 않았다. 지친 마음을 달래줄 한줄기 비라도 퍼부어 주었으면 했지만, 가을 하늘은 너무나 맑고 깨끗했다.

'오빠, 전화를 받지 않아 문자 남깁니다. 저희 다시 출발했어요. 지금이 오후 1시니 늦어도 5시 정도면 그곳에 도착할 수 있을 것 같아요.'

어두운 생각에 휴대폰을 놓고 간 줄도 몰랐던 모양이었다. 막내로부터 몇 번의 부재중 전화에 이어 문자가 들어와 있었다. 급하게 통화한 막내의 목소리는 생각보다 차분했다.

병원에서 정신을 차린 노인네가 무슨 일이 있더라도 용인으로 가겠다고 고집을 피웠다고 했다. 큰일 난다고 아무리 말려도 도무지 막무가내였다. 응급실 의사의 위협적인 만류에는 주저앉아 목을 놓아버렸단다. 모두 두 손을 들 수밖에 없었다. 점심으로 죽그릇 절반 이상을 억지로 비우게 하고, 위급 시의 비상약품까지 준비하고서야 출발했다고 한다.

노인네의 의지가 그 정도라면 도중에 잘못되더라도 어쩔 수 없지 않겠느냐는 막내의 말을 반박할 수 없었다. 이제는 기다릴 수밖에 없었다. 몇 번이나 휴대폰을 들었다 놓기를 되풀이하고 나니 어느새 늦은 오후가 되어있었다. 조금 후에 요양원 입구에 도착한다는 전화를 받자, 자리에서 벌떡 일어났다.

요양원 건물은 작은 언덕 위에 자리 잡고 있었다. 방문객들은 언덕 아래에 마련된 주차장에 차를 세우고, 언덕길의 나무 계단을 잠시 걸어 올라가야 했다. 계단이 시작되는 곳에 커다란 덩치의 매제가 눈에 들어왔다. 그의 인사를 받으면서도 시선은 승용차 뒷좌석으로 향했다. 노인네가 웅크린 채 누워있는 것이 보였다. 열린 문으로 막내가 노인네의 어깨를 흔들어 깨우고 있었다.

"네가 여기 어쩐 일이냐?"

상반신을 일으킨 노인네의 입에서 나온 말이 뜻밖에도 또렷하였다. 몇 시간을 좁은 차 안에서 시달렸을 몸에서 나온다고는 믿을 수 없는 소리였다. 노인네가 이내 고개를 끄덕였다. 주름진 얼굴에 반가움이 가득 묻어나왔다.

"그래, 누나 때문에 너도 왔구나. 그래야지. 순임이는 어디 있냐?"

누님의 옛 이름이었다. 그동안 세례명인 데레사와 수녀원에 들어가면서 개명한 지유에 가려져 잊고 있었던 이름이었다.

승용차에서 내리는 노인네의 허리가 꼿꼿이 펴져 있었다. 구부정한 자세로 겨우 걸음이나 옮기던 며칠 전의 노인네가 아니었다. 요양원 건물이 있는 언덕 위를 바라보는 눈빛이 활활 타오르고 있었다. 그러고는 나무 계단을 혼자 성큼성큼 걸어 올라갔다. 발걸음이 무척이나 가벼웠다.

앞서가는 노인네의 손에 무엇이 들려있는 것이 보였다. 눈에 익은 보따리였다. 몇 해 전 노인네가 재래시장에서 구입한 옷이 담긴 붉은 보따리였다. 시월의 석양에 반사되어 붉은색이 더 진하게 보였다.

그러고 보니 노인네가 그 옷을 살 때가 몇 년 전 누님이 처음 쓰러진 즈음인 것 같았다. 가족들 누구도 누님의 발병 사실을 모르고 있을 때였다.

제2편

현재의 삶

일용직 박 씨

노란색이 어울리는 여자

뛰는 놈 나는 놈

못난 녀석

루저의 탄생

일용직 박 씨

열흘이나 일이 없어 인력사무소라도 나가볼까 하던 참이었다. 반장 김 씨는 일거리가 나왔다고 전화를 하면서도 어지간한 생색이 아니었다. 별다른 기술이 없어 잡부로 일하는 박 씨에게 허세를 부리듯 연방 헛기침을 큼큼거렸다. 일당을 받으면 술이라도 한잔 사라는 뜻이었다. 이번 일은 보름 정도는 할 수 있다는 말에 눈이 번쩍 뜨였다. 상가 건물을 신축하는 일로 노임도 실하다고 김 씨는 침을 튀겼다. 여태까지의 다른 공사에 비해 일도 거저먹기나 다름없단다.

오십 초반의 같은 양띠지만 반장이라고 부르지 않으면 삐치곤 하는 김 씨가 아니꼽지만 어쩔 수 없었다. 한때는 일군 건설사의 현장 반장으로 수십 명의 인부를 관리했다는 말이 허세라는 것은 몇 마디에도 알 수 있지만, 김 씨가 오랫동안 건설 현장에서 버텨왔다는 것만은 사실이었다. 그의 유들유들한 성격과 주변으로부터 인정받는 성실함 덕분이었다.

중소기업에 다니다 지난해 초 실직한 박 씨가 이렇게나마 먹고 사는 것이 김 씨 덕분이라 할 수 있었다. 박 씨의 수입이 끊어진 후부터 몇 개월은 마누라가 식당에서 일한 돈으로 견뎌왔지만,

더 버티기가 힘들었다. 집에서 빈둥거리는 박 씨를 보다 못한 마누라의 주선으로 처가 쪽의 먼 친척인 김 씨를 따라 공사 현장을 다닌 지가 벌써 한 해가 지났다.

처음에는 마누라 수입을 믿고 무료를 달래는 기분으로 김 씨를 따라나섰다. 벽돌이나 시멘트 포대 운반에서 시작하여 청소, 자재 정리, 폐자재 운반 등 잡부가 해야 할 일은 정해진 것이 없었다. 그날그날 현장 사정에 맞추어 잡다한 일 모두가 박 씨의 몫이었다. 벽돌 쌓는 기술을 가진 김 씨가 그렇게 부러웠지만 중소기업에서 총무업무나 하던 박 씨로서는 언감생심이었다.

지난해 처음 일을 시작하면서 사흘을 하고는 일주일을 몸져누웠다. 온몸이 끊어지는 고통에 다시는 못 할 것 같았지만, 처자식이 두 눈을 번듯하게 뜨고 바라보고 있으니 다른 방법이 없었다. 평생을 공사판에서 굴러먹은 김 씨를 따라다니는 것이 그나마 다행이었다. 공사업자 몇 명과 오랜 기간 안면을 트고 있는 덕분에 김 씨는 꾸준히 일감을 확보하고 있었다. 김 씨와 조를 맞추어 일하는 사람이 다른 곳으로 가는 빈자리에 박 씨가 자리를 잡은 것은 마누라 덕분이었다. 매일 같이 새벽에 인력사무소로 나가 눈치를 보지 않아도 되었고, 금쪽같은 일당에서 떼어가는 수수료 부담도 없었다.

어떻게 보면 공사장 인부 일도 괜찮았다. 별다른 기술 없이 몸으로 때우는 잡부이지만 한 달을 제대로 일하면 이전에 다니던 회사보다 나을 수 있었다. 몇 군데 중소기업을 거쳐 나중에는 총무와 조달업무를 함께하는 총무부장 명함까지 달았던 박 씨지만, 직원 열 명 남짓한 중소기업에서 받는 수입은 뻔했다. 그것도 일 년에 몇 번은 제때 나오지도 않았다. 직원들보다 더 힘들어하는 사장의 형편을 잘 알고 있는 총무부장의 월급은 늦어지기 일쑤였다.

몇 달을 공사 현장에서 단련되다 보니 일도 적응이 되었다. 현장 소장이 없을 때는 눈치껏 요령도 부릴 줄 알았다. 공기에 쫓겨 일이 늦어지면 일당은 한 배 반이 되었다. 그런 재미로 일을 일부러 늦추는 경우도 종종 있었다. 태어날 때부터 체력 하나로 버텨온 박 씨였다. 본격적으로 공사장에 나간 지난해 하반기 이후부터 한 해가 넘어가니 몸도 적응이 될 뿐만 아니라 일도 재미가 붙기 시작했다.

올해 팔월은 유례없는 더위로 공사 일도 뜸하여 열흘을 집에서 빈둥거리고 있던 차에 김 씨로부터 전화가 온 것이다. 건축주가 공무원이라 까탈스럽지도 않다고 했다. 우리가 하루 이틀 보아온 사이가 아니지 않으냐, 연락해 주어 고맙다고 몇 번이나 김 씨에게 치사했다. 전화기를 든 박 씨의 허리가 자연스럽게 꺾이고 있었다.

기분 좋은 날이었다. 어제저녁, 박 씨가 잠을 설친 것을 어떻게 알았는지 오후 3시가 되자 작업을 마친다고 했다. 그것도 그날 일당을 다 주면서 말이다. 점심도 미리 준비해 둔 닭백숙으로 푸짐하게 배를 채웠다. 하루만 공기를 당겨도 자기 몫이 얼마나 차이가 나는지 잘 아는 공사업자로서는 생각할 수 없는 일이었다.

아침에 건축주가 공사 현장에 얼굴을 보이더니 그렇게 된 모양이었다. 희멀건 얼굴의 건축주는 여편네와 고급 승용차의 차창을 통해 공사업자와 이야기하면서 밖으로 나올 생각을 못 했다. 칠월 중순부터 시작된 더위에 여자는 차 안으로 밀려드는 열기를 잠시도 견디지 못하고 비명을 질러댔다. 건축주가 공사업자에게 고액권 몇 장을 주면서 일찍 일을 마치라고 현장 사람들이 들으라는 듯이 크게 말했다. 폭염에 인부들이 사고라도 날까, 걱정한 것이었다.

시청 고위직에 있는 건축주가 공사 현장에서 문제가 생기면 자신에게 불똥이 튈까 그런다고 투덜거리면서, 공사업자는 자신이 선심을 쓰듯이 인부들에게 큰 소리로 말했다.

"당신들 오늘 땡잡았네."

점심을 먹고 일하는 흉내만 내다 작업을 끝냈다. 날씨는 오후 들어 35℃를 넘어서고 있었지만, 박 씨에게는 남의 일이었다. 무더위로 쓰러진 사람이 수십 명에 달한다는 뉴스는 편한 사람들의 호사에 불과했다. 세상에서 믿을 것은 자기 몸밖에 없었다. 이 정도 날씨에 몸을 사린다면 할 수 있는 일이 없을 것이다. 땀으로 목욕을 하고, 찬물에 샤워 후 막걸리나 한잔 마시고 선풍기 밑에서 잠들면 그만이었다. 새벽에 툴툴 털고 일어나 다시 현장으로 나와야 하는 것이 한여름의 공사판이었다. 일이 없어 문제지 더위는 나중 일이었다. 체감 온도가 40℃에 육박하고 있다는 뉴스는 이해가 되지 않았다.

이 정도 더위는 제조업체 생산 현장에서 일할 때도 마찬가지였다. 쇳물이 펄펄 끓는 용광로는 잠시 사람의 숨을 막아버리곤 했다. 그곳에서도 버텨왔었다. 처자식 먹여 살리려면 아플 수가 없었다.

큰놈 생각을 하자 머리가 아팠다. 어젯밤 식당 일을 마치고 자정이 가까워서야 집에 들어온 마누라가 어쩐 일인지 아무 소리도 없이 박 씨에게 바싹 다가앉았다. 열흘을 방에만 죽치고 있는 박 씨에게 들어오자마자 바가지를 긁어대던 전날과는 다른 모습에 어리둥절했다.

"큰애가 돈이 필요하다네요."

한 해 재수를 하면서까지 지방이나마 국립대학에 보내려고 했지만, 큰놈의 실력으로는 턱도 없었다. 일반 대학의 어정쩡한 학과보다는 취업이라도 될 수 있는 전문대학에 보낸 녀석이었다. 세상 물정 모르고 반발하는 큰놈을 윽박지르다시피 강요한 것이 오랫동안 마음에 걸렸다. 아버지에 대한 반발로 공부는 내팽개치다 군대를 갔다 오더니 정신을 차렸는가 싶었다. 그런 녀석이 갑자기 큰돈이 필요하다니 이유라도 있어야 했다.

"몇 번을 물어도 대답하지 않아요. 둘째 놈에게 넌지시 들은 눈치로는 여자 문제로 사고를 친 모양이에요."

머리에 피도 마르지 않은 놈이 여자 때문에 사고를 치다니, 당장 눈앞에 보이면 따귀라도 올려붙이고 싶었다. 마누라는 큰놈도 겁을 먹고 눈치만 보고 있으니 박 씨는 모르는 체하라고 신신당부였다. 조금은 준비됐으니, 나머지는 박 씨더러 채워달라고 했다. 큰놈 대신에 애꿎은 마누라에게 "애를 어떻게 키웠길래 저러느냐고." 호통을 쳤다. 손찌검이라도 할 듯 팔을 쳐드는 박 씨에게 "당신은 옛날에 안 그랬냐."는 말에 피식 웃으며 물러날 수밖에 없었다.

박 씨가 혈기 왕성한 이십 대 중반에 사고를 쳐 생긴 큰놈이었다. 지금의 마누라가 마음에 썩 들지는 않았지만, 덜렁 "애가 들어섰다."는 말에 어쩔 수 없이 살림을 시작했다. 하긴, 다른 여자라고 무슨 차이가 있을까. 공장에 다니는 처녀와 총각이 하룻밤에 눈이 맞으면 어쩔 수 없다고 생각하던 시절이었다. 그때부터 하루하루를 처자식 먹여 살리느라 쫓아다닌 세월이었다. 그래도 아들 두 놈이 큰 탈 없이 자라 준 것만 해도 감사하다고 생각했는데 머리가 커지자, 큰놈이 눈이 돌아간 모양이었다. 녀석의 나이를 생각하면 이해할 수 없는 것도 아니었다.

더운 바람만 나오는 선풍기를 껴안고 있던 마누라는 두둑한 몸을 방바닥에 붙이고 연신 잔소리였다. 올여름같이 더운 날씨에 에어컨 없이 사는 집은 우리뿐이라고 성깔을 부렸다. 온종일 식당 주방에서 불을 껴안고 일하다 집에서나마 편히 쉬려니 잠을 이룰 수 없다는 불평을 이해할 수 없는 것도 아니지만, 지금 박 씨의 처지로는 방법이 없었다. 그저 죽은 자식 고추 만지는 심정으로 마누라의 잔소리를 듣고 있을 수밖에 없었다.

지난해 실직 후, 그렇지 않아도 스스로 화를 삭이지 못하던 박 씨가 한마디 대꾸를 하였다가 불붙은 장작에 기름을 끼얹은 셈이 되었다. 며칠 동안 말도 하지 않고 토라져 있는 마누라 마음을 돌리려고 온갖 애를 써야 했다. 부도난 회사에서 밀린 월급도 못 챙긴 것은 그렇다고 하더라도, 은행 연대보증으로 빚덩이만 안고 빈 몸으로 쫓겨난 박 씨 주제에 마누라에게 큰 소리는 가당치도 않았다.

자식들 눈치도 이만저만이 아니었다. 제대 후 복학한 큰놈과 올해 대학에 들어간 둘째 밑으로 들어가는 돈이 장난이 아니었다. 아르바이트로 새벽같이 일하고 돌아와 늦게까지 눈을 붙이는 자식들을 피해 박 씨는 밖으로 나돌 수밖에 없었다. 집에서 처자식 눈치를 보고 있는 것보다 밖에서는 숨이라도 쉴 수 있었다.

그렇다고 딱히 갈 곳이 있는 것도 아니었다. 집에서 멀지 않은 온천천을 걷거나 집 뒤의 산을 배회할 뿐이었다.

박 씨가 회사에 다닐 때는 쥐꼬리만 한 월급이나마 꼬박꼬박 나와 지금처럼 힘들지는 않았다. 마누라가 일하는 식당도 한창 바쁜 점심시간에나 재미 삼아 다니던 가게였다. 안면이 있던 식당 주인이 사정사정하여 어쩔 수 없이 시간제로 일을 거들곤 했다. 그나마 주인이 잔소리하거나, 몸이 좋지 않을 때는 빼먹기 일쑤였다. 아들 두 놈 다 키우고 난 마누라가 집에서 놀기가 무료해서 다니기 시작한 식당이었다.

박 씨가 다니던 회사가 부도로 문을 닫자, 사정이 달라졌다. 몇 푼 안 되는 퇴직금도 날려버리고 몇 달을 빈둥거리다 어쩔 수 없이 시작한 공사판 일이었다. 일정치 않은 박 씨의 수입으로는 온 식구가 길거리에 나앉기가 십상이었다. 마누라는 마음을 모질게 다져 먹고 식당의 정식 직원으로 자리를 옮겼다. 비교적 수월했던 홀 서빙 일을 팽개치고 주방으로 뛰어들었다. 말로야 월급이 좋아서라고 했지만, 주방의 음식을 배워 독립할 속셈이 컸다. 하지만, 하루 12시간에 달하는 주방 열기에 시달리다 집으로 돌아오면 녹초가 되었다. 마누라가 짜증을 낼만도 했다.

대체 그 돈을 어디서 구해야 하나. 보름 정도는 일을 계속할 수 있다고 하지만 어찌 될지 알 수 없는 것이 공사판 일이었다. 일당을 받더라도 요즘같이 일도 없는 때에는 생활비로도 모자랄 것이다. 반장 김 씨에게 아쉬운 소리를 해야겠다고 생각하니 한숨이 절로 나왔다. 고생하는 마누라가 애처롭지만, 이런 경기에 갑자기 큰돈을 만들어 오라는 말에는 어처구니가 없었다. 언성을 높이다, 한숨을 쉬다, 서로를 위로하다, 둘 다 새벽까지 잠을 이루지 못하였다. 무더운 날씨에 높은 습기는 사람을 더 지치게 했다.

집에 일찍 들어가 봤자 마누라의 눈총만 받을 것이다. 오늘은 식당이 정기 휴일이라 마누라도 집에서 쉬고 있을 것이었다. 박 씨가 세 들어 사는 주택의 이층 방은 한낮의 열기를 고스란히 받고 있었다. 더위 정도야 견딜 수 있지만 마누라의 잔소리는 자신이 없었다. 혹시나 아버지를 피해 대낮에 집에서 뭉개고 있을 큰놈과 마주칠 수도 있었다. 여름방학이 시작되자마자 녀석은 등록금을 버느라고 늦은 오후가 되어서야 아르바이트를 핑계로 어슬렁거리며 나가 새벽에야 기어들어 왔다. 큰놈을 마주하면 울컥하는 박 씨의 성질에 짐짓 큰소리가 날 수도 있었다. 평소와 같이 정상적으로 일이 끝나는 저녁 시간에 들어가는 것이 나을 듯했다.

수영강 하류 끝자락에 있는 공사 현장에서 강변 산책로를 따라 걷다가, 온천천으로 접어들어 부산대 건너편 산비탈의 집까지 걸어가면 두 시간 정도가 걸렸다. 오후 3시에 작업을 마치고, 점심때 먹다 남은 막걸리를 한잔 더하다 보니 4시가 가까워졌다.

지금 출발하여 느긋이 걸으면 저녁 먹는 시간에 맞추어 집에 도착할 수 있을 것이었다. 걸음을 빨리하면 동래역 인공폭포 아래 물놀이장에서 쉬어갈 수도 있었다. 공사판을 나서는 박 씨의 달구어진 등 뒤로 불어오던 바닷바람이 더위에 지쳤는지 움직임을 멈추고 있었다.

저 멀리 광안대교의 이층 도로가 어렴풋이 보였다. 많은 사람이 저 다리를 지나며 감탄을 연발할 것이다. 수영만의 유명 아파트 앞바다에는 그림같이 하얀 요트가 지나고 있을 것이다. 막걸리에 반쯤 취하는 것에 만족할 수밖에 없는 일용직 박 씨와는 다른 세상이었다.

살을 태울 것 같은 따가운 햇볕이 그대로 내리쬐는 수영강 산책로였다. 레저용 자전거에 올라 화려한 옷차림을 뽐내는 사람들 한두 명이 박 씨를 지나치는 외에 강변길에는 아무도 보이지 않았다. 한낮에는 누구도 다닐 엄두를 낼 수 없는 무더위도 박 씨는 견딜 만했다. 조금만 걸으면 온천천과 만나는 지점에 도착할 것이다. 그곳은 햇볕을 피할 수 있는 오래된 벚나무 그늘과 멀지 않은 곳이었다. 몸으로 세월을 살아온 박 씨에게 더위는 아무것도 아니었다. 먼지로 뒤덮인 챙 넓은 모자를 공사 현장에 두고 온 것이 후회되었으나 마음이 쓰이지 않았다. 이미 검게 탄 얼굴은 가릴 필요도 없었다.

수영강과 온천천의 물이 합치는 지점 위를 지나는 도시고속도로 다리 아래로 접어들었다. 그늘에서 한숨을 돌리는 박 씨의 눈에 수면 위로 솟구쳐 오르는 숭어의 몸짓이 들어왔다. 치어 떼들이 새까맣게 물 위로 몰려다니고 있는 가운데 왜가리 한 마리가 우두커니 날개를 접고 있었다. 물 빠진 온천천 하류의 시멘트로 덮인 기슭이 삭막하게 다가왔다. 온천천을 사이에 두고 즐비하게 들어선 고층 아파트 사이로 무더운 바람이 강하게 느껴졌다.

온천천 하류 안락교 밑 그늘에는 노인 몇 사람이 나무 벤치에 장기판을 놓고 마주 앉아 있었다. 막판에 몰린 수 탓인지 아니면 더위 때문인지 땀으로 젖은 얼굴이 붉게 타올랐다. 물가의 돌계단에는 더위를 식히는 사람들이 휴대폰을 들여다보며 시간을 보내고 있었다. 저녁 시간이 다가와도 수그러들지 않는 더위 탓인지 모두가 힘들어하는 표정이었다. 저쪽 한편에는 간이 수도 시설에 몇 사람이 발을 적시며 더위를 식히고 있는 모습도 눈에 띄었다.

레저용 자전거를 길모퉁이에 내팽개친 몇 명이 헬멧을 벗은 얼굴에 손 선풍기를 들이대고 있었다. 그들 중 한 사람의 얼굴이 눈에 익었다. 박 씨가 오래전 제조업체에서 생산직으로 일할 때의 사장이었다. 직원들에게 회식 한 번 시켜주지 않던 철저한 구두쇠라 시간이 흘러도 잊히지 않는 사람이었다. 지금은 중견기업으로 성장한 기업을 자식에게 물려주고, 자신은 건강관리에만 신경 쓰고 있다고 들었다. 군살이라고는 보이지 않는 균형 잡힌 몸이 일흔을 넘긴 나이라 믿기지 않을 정도였다. 사장 옆에 나뒹굴고 있는 자전거가 박 씨의 눈길을 끌었다. 웬만한 소형 승용차 한 대 값으로 알려진 브랜드에 인사하려던 마음이 쏙 들어가 버렸다. 오히려 사장이 자신을 알아볼까 봐 얼른 고개를 돌리며 다리 그늘을 벗어났다.

안락교를 지나서 막걸리 한 통을 샀다. 냉장고에 들어온 것 같은 편의점 실내가 박 씨는 낯설었다. 공사 현장에서 마신 막걸리의 취기는 어느새 흔적도 없었다. 작업복 차림의 박 씨를 바라보는 편의점 아르바이트 직원의 눈초리가 따가워 얼른 밖으로 나왔다. 시원한 편의점이 아쉬웠지만 여름이라면 한낮 더위에 땀도 흘려야 했다. 벚나무 그늘에 주저앉아 막걸리 통을 입으로 가져갔다. 컵도 없이 그대로 막걸리를 들이켜는 것도 나쁘지 않았다. 얼음 같은 막걸리가 목으로 넘어가는 감촉이 부드러웠다.

막걸리 한 통에 마음이 든든해졌다. 따가운 햇볕도 가볍게 느껴졌다. 벚나무 그늘로 피해 가지 않아도 될 것 같았다. 연산교를 지나 동래 방향으로 가는 온천천 산책길은 한낮의 햇볕으로 무섭게 달구어져 있었다. 회사에 다닐 때는 휴일에 마누라와 함께 가끔 산책을 나오던 길이었다. 동래역 인근 인공폭포 부근을 걷곤 했으나 시간이 있을 때는 온천천 하류까지 내려왔었다. 그것이 언제쯤 일이었던지 까마득하게 느껴졌다. 회사 부도로 실직 후에는 부부가 함께하는 온천천 산책은 생각할 수 없었다.

연안교에 이르자 이제야 햇볕이 따갑게 느껴지기 시작했다. 조금 전 마신 막걸리가 들이킬 때와는 달리 속을 거북하게 만들고 있었다. 더부룩한 속 탓인지 무더위가 심하게 다가왔다. 고층 아파트가 서쪽으로 넘어가는 햇살을 가려 건너편 산책로에 그늘을 만들고 있었다. 돌다리를 건너는 박 씨의 눈에 물이 빠져 바닥의 검은 흙이 드러나는 온천천의 속살이 보였다. 이렇게 수량이 적은 날의 온천천은 악취로 눈살을 찌푸리게 했다. 오랫동안 바닥에 침전된 폐수의 찌꺼기에서 풍기는 냄새는 참을 수 없을 정도로 고약했다. 그래도 사람들은 이곳 외에는 갈 곳이 없었다.

연안교를 지나자 동해선 철로가 다가왔다. 철로 옆 세병교에는 퇴근 시간이 가까워진 탓인지 차량으로 혼잡을 이루고 있었다. 인도교로 재단장한 동해선 폐교 위로 더위를 피하는 사람들의 모습이 얼핏 보였다. 비교적 폭이 넓은 세병교 아래 쉼터는 연중 시민들의 휴식 공간이 되고 있었다. 인근 주민들이 장기판이나 바둑판을 놓고 하루를 보내기에 알맞은 곳이었다. 날씨 좋은 봄이나 가을에는 거리공연 음악가들의 흥겨운 연주 소리가 들리기도 했다.

오늘도 세병교 아래 그늘에는 사람들로 붐비고 있었다. 십여 개 정도의 장기판과 바둑판이 놓여 있고, 그 주위를 삼사십여 명의 사람들이 심각한 표정으로 지켜보고 있었다. 저쪽에서는 잘못 둔 한 수를 놓고 다투는 소리가 왁자지껄 들려왔다. 이곳에서는 익숙한 풍경이었다. 여름에는 다리가 만들어 주는 그늘에서 햇볕을 피할 수 있었고, 겨울에는 차가운 바람을 막을 수 있는 곳이었다.

사람들 사이로 박 씨 연배의 사내들 몇몇도 보였다. 지난해 겨울, 추위가 누그러지고 온천천의 벚꽃이 막 피기 시작할 무렵부터 몇 달간을 박 씨도 그들 속에 끼어 있었다.

회사가 힘든 것은 알았지만 사장이 그렇게 갑자기 손을 들리라고는 총무부장인 박 씨도 전혀 몰랐다. 박 씨가 고등학교를 졸업하고 몇 곳의 제조업체를 전전하다, 겨우 마음을 잡고 눌러앉은 공장이었다. 처음 몇 년간은 생산직으로 일하다 회사의 규모가 커지자, 관리직으로 옮겼다. 매사에 부지런하고 성실한 박 씨를 인정한 사장의 배려였다.

관리직이라고 하지만 일을 가릴 수 있는 형편이 아니었다. 여직원 한 명을 두고 총무, 자재, 납품 등 회사의 온갖 일을 가리지 않았다. 납품 기일에 쫓길 때는 생산 현장의 거친 일도 마다할 수 없었다. 직원 서너 명의 중소기업에서 시작한 공장을 관리 직원 10여 명에, 생산 직원 50여 명이나 되는 규모로까지 키웠다.

한참 경기가 좋은 때는 정말 재미가 있었다. 며칠씩 철야 근무를 해도 힘든 줄 몰랐다. 두둑한 월급봉투도 그렇지만 박 씨가 만든 구조물이 대형 선박의 일부가 되어 넓을 바다를 떠다닌다고 생각하니 가슴이 벅찼다. 회사의 규모가 커짐에 따라 박 씨도 경리 직원에서 관리과장을 거쳐 총무부장으로 명함을 바꾸어 갔다. 간부 직원이 되니 원청업체 직원 접대를 핑계하여 고급 술집을 드나드는 재미도 쏠쏠했다. 사장이 국산 소형차에서 대형 수입 승용차로 차를 바꾸어 가면서, 박 씨도 국산 중형 승용차로 호기를 부리기도 했다. 조금만 규모가 커지면 독립시켜 주겠다는 사장의 말에 가슴이 뛰었다.

사장을 하늘같이 믿고 그의 말이라면 물불을 가리지 않았다. 회사가 은행에서 대출받을 때 연대보증을 서라는 은행의 요청도 망설이지 않았다. 사장의 고마워하는 표정에 연대보증보다 더한 것도 할 수 있다고 생각했다. 우리 조선 기술이 세계에서 최고이며, 이미 몇 년간의 해외물량이 확보되어 있다고 신문에서는 연일 떠들고 있었다. 조선 경기는 끝없이 성장할 것처럼 보였고 직원들도 부푼 꿈에 젖어 있었다.

모두 경기 탓만 했다. 회사의 매출은 어느새 반토막으로 줄어들었지만, 사장은 미련을 버리지 못하였다. 조금만 버티면 경기는 회복될 것이라 하였지만, 사장의 얼굴은 점점 어두워지고 있었다. 직원을 반으로 줄이고서도 물량은 회복될 기미를 보이지 않았다. 늦은 적이 없던 현장 직원 임금도 며칠씩 밀리기 시작했다. 사장이 재산을 처분했다는 소리가 들리기 시작한 며칠 후 채권자들이 회사에 들이닥쳤다.

이미 몸을 피하고 연락이 되지 않는 사장 대신 박 씨가 회사의 정리를 떠맡아야 했다. 채권자들이 사무실에서 눈을 부릅뜨고 있는 가운데 직원들은 어찌할 줄을 몰랐다. 공장은 멈추었고, 직원들은 뿔뿔이 흩어졌다. 사장이 미리 귀띔이라도 해주었으면 이 정도까지는 아니었을 것이다. 몇 명 남지 않은 직원들의 밀린 월급은 챙겨주어야 했다. 퇴직금은 생각할 수 없어 공장 경매 대금으로 넘길 수밖에 없었다. 얼굴을 보이지 않는 사장이 원망스러웠지만, 그도 어쩔 수 없었을 것이다.

한숨만 쉬고 있을 상황이 아니었다. 박 씨가 은행에 쓴 연대보증이 문제였다. 겨우 장만한 아파트를 빚잔치로 날렸다. 마누라 명의로 월세가 낀 지금의 두 칸짜리 이층 전셋집이나마 건질 수 있었던 것이 다행이었다. 집에서 쫓겨난 마누라는 박 씨의 가슴을 치며 아우성을 쳤지만 그로서도 방법이 없었다.

회사를 떠나니 갈 곳이 없었다. 집안에만 있을 수 없어 집에서 가까운 온천천을 배회하다 발견한 곳이 세병교 아래 쉼터였다. 마누라 눈치를 보는 것보다 그곳에서 하루를 보내는 것이 마음이 편했다. 장기판이나 바둑판에 어울리기에 박 씨는 아직 젊었다. 노인들의 장기판을 지켜보다, 흐르는 물을 바라보다 하루를 보냈다. 아무 생각도 하기 싫었다.

지난해 봄부터 시작된 삼 개월여의 시간이 그의 머리를 스쳐 갔다. 지금도 세병교 아래에는 여러 명의 박 씨가 모진 세월을 삼키고 있었다.

한순간, 박 씨의 눈에 장기를 두는 사람들이 흐릿하게 보이기 시작했다. 몸에서 땀이 비 오듯이 흘렀다. 아무리 더워도 땀이 많은 체질이 아닌 박 씨로서는 흔치 않은 일이었다. 점심을 먹으면서 마신 술에다 편의점에서 안주도 없이 마신 막걸리가 과했나 싶었다. 작년 처음 공사 현장에서 일을 시작한 후 무리한 몸에서 느껴지던 증세와 비슷하였다. 그때는 일주일을 꼼짝도 못 하고 누워있었다.

갈증이 너무 심했다. 한 시간 이상을 무더위 속에 걸어왔기 때문이라 생각하면서도 지나친 갈증이 이상했다. 이 정도 더위야 공사 현장에서는 흔한 일이었다. 동래역 인공폭포까지 가는 수밖에 없었다. 폭포 옆에 마련된 음수대에서야 목을 축일 수 있을 것이었다. 그곳까지의 멀지 않은 거리가 무척이나 길게 느껴졌다.

인공폭포 아래 물놀이장은 개구쟁이들의 놀이판이었다. 어른 무릎 높이의 물속에서 아이들은 물장구질로 시간이 가는 줄 몰랐다. 오리 튜브를 서로 차지하려고 몇 놈이 물방울을 튀기며 달려갔다. 차가운 물 속으로 뛰어들고 싶었지만, 박 씨는 무릎을 물속에 담그는 데 만족해야 했다. 허리를 굽히고 머리에 물을 끼얹자 정신이 돌아왔다. 올해는 더위 탓인지 이곳에서 물놀이를 즐기는 아이들도 많이 줄었다. 냉방시설이 잘된 백화점이나 대형마트는 연일 매출 기록을 갈아치우고 있다는 소식이 들리고 있었다.

집까지의 거리는 멀지 않았다. 전철로 세 구간에 불과했다. 동래역에서 전철을 이용할 수도 있지만 그대로 걸어가기로 했다. 온천천은 여기서부터 완만한 유(U)자 형태로 움푹 파여, 수면과 산책로는 간선도로보다 한창 아래에 놓여 있었다. 지상 구간 전철이 간선도로와 나란히 온천천 위로 높은 교각을 뽐내며 달려갔다. 이 구간에서는 몇 개의 전철역과 주차장이 햇볕을 가려 그늘을 만들고 있었다. 이제는 여유 있는 걸음으로도 삼십 분이면 집에 도착할 수 있었다. 동래역을 지나 건너편 산책로로 발길을 바꾸었다. 그쪽이 그늘도 많고 사람들의 통행도 적어 편안하였다. 박 씨가 가끔 산책하던 익숙한 길이기도 했다.

명륜역 아래 온천천 산책로를 지나갈 때 가벼운 운동복을 입고 팔을 크게 흔들며 마주 오던 사람이 박 씨를 보고 깜짝 놀라며 소리쳤다.

"박 부장, 이 시간에 어쩐 일이야."

회사 다닐 때 원청업체 직원이었던 강 이사였다. 박 씨가 원청업체에 처음 납품을 다닐 때부터 편하게 지내왔던 사람이었다. 회사가 잘 나갈 때는 좋은 술집을 함께 찾아다니던 술친구였다. 박 씨를 동생으로 부르며 스스럼없이 대하곤 했다. 박 씨 회사가 부도가 났다는 소식을 듣고서는 일부러 전화하여 다른 곳에 자리를 알아보겠다고 큰소리를 쳤었다. 공사 현장에서 일용직으로 일하고 있는 박 씨의 처지에 안타까운 마음을 숨기지 않았다. 워낙 목소리만 큰 사람이라 기대하지는 않았지만, 노동 일이 힘들 때는 은근히 그의 전화가 기다려지기도 했었다.

울산에 있어야 할 강 이사를 온천천에서 만난 것이다. 그것도 아직 이른 저녁 시간이었다. 자기 모습에 의아해하는 박 씨가 이해된다는 듯 강 이사는 너털웃음을 터트렸다.

"나 부산으로 이사 왔어. 우리 회사도 얼마 전에 문 닫았잖아."

울산 대형조선소의 구조조정에 강 이사가 일하던 회사도 더 버틸 수 없었던 모양이었다. 그렇지 않아도 매년 후려치는 살인적인 단가에 몇 년간 적자를 감수하고도 버티고 있던 회사였다. 박 씨가 다닌 회사보다 한 해 반을 더 버틴 셈이었다.

"평생을 몸 바친 회사라 아쉬움이 컸지만 어쩌겠어. 나도 이제 늙어 자식 놈 밑으로 들어왔지."

강 이사는 언제 만나 술이나 한잔하자는 의례적인 인사로 박 씨를 지나쳤다. 그가 자신 있게 말하던 취직은 말도 꺼낼 수 없었다. 그의 처진 어깨가 박 씨보다 나을 것이 없어 보였다.

큰 기대는 않았지만, 실망감이 몰려왔다. 온천장역을 바라보며 걸어가는 박 씨의 다리가 휘청거렸다. 이 시간까지 누그러들지 않는 무더위 탓만은 아니었다. 그동안 기대고 있던 작은 희망마저도 사라져 버린 텅 빈 공허감이 밀려왔다. 박 씨의 마음이 어두워져 갔다.

산책길이 부옇게 보이며 한기가 느껴졌다. 힘이 빠지며 다리의 근육도 떨려오기 시작했다. 뜨거운 햇볕이 박 씨의 등을 사정없이 내려치고 있었지만, 아까와는 달리 땀은 나지 않았다. 느낌이 좋지 않았으나 곧 괜찮아질 거라 여겼다. 머리가 찌근거리며 속이 울렁거렸다. 눈앞에 보이는 산책길이 아지랑이가 피어오르는 듯 어른거렸다. 어제저녁 뉴스에서 떠들던 열사병 증세와 비슷하다는 생각이 얼핏 들었으나 그럴 리가 없었다.

어디든지 주저앉고 싶었으나 온천장역까지는 아직 거리가 있었다. 그곳에서야 그늘을 만날 수 있었다. 조급한 마음에 걸음을 빨리했으나 거리는 도무지 줄어들지 않았다.

온천장역이 만드는 하천가 그늘은 상당한 길이로 이어졌다. 역사와 이어진 주차장이 그늘을 더 길게 만들고 있었다. 주변을 온통 시멘트로 포장한 무미건조한 하천이지만 군데군데 만들어진 돌계단은 산책 나온 사람들이 잠시 쉬어갈 수도 있는 곳이 되었다. 이 그늘이 주변 노인들의 한여름 쉼터가 되고 있었다. 갈 곳 없는 인근 서민들이 무더위를 피할 수 있는 공간이었다. 결코 없어질 것 같지 않은 하수 냄새에 눈살을 찌푸리곤 하지만 전철역 교각 사이 그늘에서는 잠시나마 폭염을 피할 수 있었다.

온천장역 그늘에서도 울렁거림은 여전하였다. 주변 하수구에서 풍겨 나오는 비릿한 냄새가 박 씨의 불편한 속을 뒤흔들고 있었다. 역한 냄새로 점심때 먹은 음식이 울컥 목으로 올라왔다.

상의를 열어젖힌 채 돌계단에 앉아 부채를 짜증스럽게 흔들던 깡마른 노인이 입을 막고 비틀거리며 걷는 박 씨를 돌아보았다. 의아한 눈빛으로 금방이라도 다가올 듯 몸을 일으키다가 걸음을 바로 하는 박 씨를 보고는 다시 주저앉았다.

저쪽 교각에 가려진 구석에는 중년의 사내가 시멘트 바닥 위에 신문지를 깔고 큰대자로 낮잠을 자고 있었다. 어디서 낮술을 했는지 땀을 비 오듯이 흘리며 코까지 골고 있었다. 숨을 쉴 때마다 오르내리는 사내의 두꺼운 뱃살이 박 씨의 숨을 막히게 했다.

하천가에는 몇 명의 할머니들이 화투판을 벌이고 있었다. 노인들 앞에 놓인 한 움큼의 동전들 틈에서 천원 권 지폐 몇 장이 숨을 죽이고 있었다. 평소의 힘찬 손놀림과 왁자지껄한 웃음소리가 더위에 힘을 잃고 있었다. 열흘 이상 잠 못 들게 만드는 모진 날씨를 탓하는 짜증스러운 소리가 이어졌다.

화투판과 멀찍이 떨어진 물가에는 머리가 새하얀 부부가 야외용 돗자리 위에 옷가지를 뭉쳐 베개 삼아 누워있었다. 영감의 약한 부채 바람에 연신 짜증을 멈추지 않는 노파의 투덜거림이 박 씨의 등 뒤로 들려왔다.

많은 사람이 무더위를 피하고 있었다. 모두 집안의 열기를 피해 왔으나 이곳의 무더위도 만만치 않았다. 흐름을 멈춘 물조차 바닥을 보여 지친 몸을 달래기는 어려웠지만 갈 곳이 없는 서민들이 그나마 숨이라도 쉴 수 있는 공간은 이곳뿐이었다.

온천장역 그늘도 끝나가고 있었다. 조금 더 가다 온천천을 벗어나 비탈길을 십여 분 걸어가면 박 씨의 집이었다.

지난해, 회사 부도의 여파로 아파트를 날리고 이 집으로 이사왔을 때 박 씨는 차라리 죽고 싶었다. 방 두 개인 슬래브 주택의 이층 단독 전세라고 하지만 꼴이 말이 아니었다. 마누라가 그동안 몰래 꼬불쳐 두었던 쌈짓돈을 탈탈 털어도 전세금이 모자라 일부를 월세로 주기로 하고 구한 집이었다.

주방을 겸하는 거실은 앉은뱅이 식탁 하나를 겨우 놓을 수 있는 공간이었다. 큰 방은 옷장 하나를 들여놓자, 박 씨 부부가 겨우 누울 자리밖에 나오지 않았다. 아들 두 놈이 같이 쓰는 건넛방은 책상 하나를 놓으니 누울 자리도 모자랐다. 장대 같은 덩치의 작은 놈 다리는 책상 밑으로 구겨 넣을 수밖에 없었다. 산비탈 동네라 들어오는 사람이 없어 오랫동안 비어 있던 탓인지 곳곳에 곰팡이가 슬어있는 것을 걷어내고 도배만 하고 들어왔다.

좁은 골목길을 한참이나 돌아서야 나오는 집이었다. 골목 입구까지 밖에 차가 들어오지 않아 박 씨 내외와 아이들이 이삿짐을 직접 날라야 했다. 집의 몰골에 아들 두 놈은 큰 짐만 올려놓고는 소리를 지르며 뛰쳐나가 버렸다. 슬래브 지붕에서는 여름 무더위에 펴 붙는 열기가 고스란히 집안으로 전해졌다.

마누라와 살림을 시작한 지 꼭 이십 년 만에 마련한 아파트였다. 월세방에서 시작하여 전셋집을 몇 곳이나 전전한 후 산 집이었다. 스무 평이 조금 넘었지만, 거실과 방을 확장하여 대궐 같았다. 박 씨 부부와 덩치 큰, 아들 두 놈이 각자 방을 가지고도 축구장 같은 거실이 남았다. 온천천이 가까워 산책하기에도 더할 나위가 없었다.

은행은 조금의 사정도 두지 않았다. 회사 공장이 처분되기도 전에 박 씨의 아파트를 경매에 넘긴다는 문서를 보내왔다. 경매에 들어가기 전에 부동산사무소를 통해 처분한 아파트 매매대금을 고스란히 은행에 넘겼다. 그나마 총무부장으로 회사의 은행 업무를 보면서 익힌 대부계 직원과의 안면 덕분이었다.

아무리 법적으로는 문제가 없다고 하지만 에어컨까지 가져갈 줄은 몰랐다. 회사가 부도나기 직전에 밀린 월급 내신에 생활비로 사용한 카드가 문제였다. 카드사 추심직원은 박 씨의 가재도구에 대한 압류를 들먹였다. 값나가는 가재도구라고 해야 에어컨이 전부였다. 박 씨가 얼마 전에 들여온 신형 제품이었다. 나이가 들자, 뱃살을 감당하지 못하는 마누라는 여름이라면 질색이었다. 한여름이면 숨이 넘어가는 마누라의 하소연에 큰맘 먹고 들여온 것이었다.

카드빚 몇 푼에 가재도구 압류를 들먹이기에 어찌나 화가 나는지, "그러면 TV고 에어컨이고 다 가져가라!"고 고함을 질렀다. 그러고는 설마 하고 잊고 있었는데 며칠 후 돈 안 되는 TV는 손도 안 대고, 에어컨을 떼어갈 때는 눈에 보이는 것이 없었다. 하마터면 큰 사고를 칠 뻔했다. 그래도 그 사람들은 경매보다 제값을 쳐준다며 생색을 내었다. 어처구니가 없어 말도 못 하고 울먹이는 마누라를 달랠 틈도 없었다. 곧바로 아파트를 비워주어야 했다. 그래도 박 씨가 갚아야 할 채무는 남아있었다.

휘청거리며 걷는 박 씨의 눈에 커다란 골판지 상자가 펼쳐진 채 나뒹굴고 있는 것이 보였다. 누군가 드러누웠다 가면서 치우지 않았는지 옆구리가 찢긴 채 먼지를 뒤집어쓰고 있었다. 저기서 앉았다 가도 될 것 같았다. 조금 쉬어도 저녁 먹을 때까지 시간은 충분했다.

생각보다 편했다. 골판지 상자에 털썩 주저앉아 한숨을 돌리니 어슬어슬하던 몸도 좋아지는 느낌이었다. 며칠 쉬었다가 오랜만에 일을 시작하니 아직 몸이 적응되지 않는 모양이었다. 간사스러운 것이 사람의 몸이었다. 며칠을 편했다고 몸이 먼저 잔꾀를 부리고 있었다.

울렁거리던 속도 진정되고 있었다. 갈증은 줄어들었으나 온몸의 힘이 몽땅 빠져나가 버린 듯 나른했다. 몸이 누울 곳을 찾고 있었다. 골판지 상자에 드러누운 박 씨의 등에 시멘트 바닥의 열기가 그대로 전해졌다. 현기증에 눈을 감으니, 증세는 더 심해졌다. 눈앞에 붉은빛이 어른거리고 있었다. 어디론가 끊임없이 떨어지는 느낌에 깜짝 놀라 정신을 가다듬곤 했다. 지난밤 설친 잠으로 무거운 눈꺼풀이 무게를 더해갔다.

마누라 얼굴이 보였다. 새벽에 집을 나서는 박 씨에게 무언의 눈짓을 보내왔었다. 돈을 구해오라는 말보다 더 부담되었다. 반장 김 씨에게 어떻게 돈 이야기를 꺼내야 할지 걱정이었다. 돈에는 철저한 김 씨가 무슨 핑계를 댈지 몰랐다. 김 씨가 거절하면 친구에게라도 부탁해야 할 것이다. 실직 후 일부러 연락하지 않은 친구들이었다. 몇 명의 얼굴이 스쳐 갔다.

큰놈의 실망스러운 얼굴도 보였다. 이번에는 무슨 말로 아버지를 면박 줄지 알 수 없었다. 아버지로서 체면이 말이 아닐 것이다. 그 정도 돈은 아무 소리도 않고 마련해 주어야 했다. 잔소리는 나중에라도 할 수 있었다.

지금은 생각할 수 없는 큰돈이었다. 보름치 일당을 당겨 받을 수 없을까. 강 이사가 그대로 자리에 있었으면 말이라도… 머리가 어지러웠다. 이대로 잠들어 버렸으면 좋겠다는 생각이 들었다.

노란색이 어울리는 여자

작은 암자였다. 오래된 법당과 요사채 하나만이 바위 벼랑 아래 숨어있었다. 산길과 이어진 뒤 편의 가느다란 숲길을 돌아 법당으로 다가갔다. 양지바른 곳에 만들어진 작은 텃밭이 먼저 손님을 반겼다. 잡풀 하나 보이지 않는 무성한 채소가 주인의 부지런한 손길을 짐작하게 했다.

모처럼 만에 찾은 산이었다. 두어 시간의 가파른 산길에다 일상의 수고를 털어버리니 살 것 같았다. 봄 산의 아스라한 향기가 굳어진 몸을 풀리게 했다. 기분 좋은 나른함에 취해 쉬엄쉬엄 걷다 보니 평소와는 다른 엉뚱한 곳에 도착해 있었다. 굽이치는 산길 너머 후미진 계곡 사이에 낡은 암자 표지가 눈에 띄어 자연스럽게 걸음을 바꾼 곳이었다.

법당으로 올라가 두 손을 모았다. 삼배는 고사하고 바깥에서 고개만 꾸벅 숙이는 무례한 불청객에게도 여래는 부드러운 눈길을 거두지 않았다. 두 보살의 인자한 미소도 가슴을 훈훈하게 만들었다. 암자 주변의 푸른 색조가 점점 짙어지고 있었다. 맞은 편 산등성이를 넘어가는 오후 햇살이 너무 좋았다. 따스한 기운이 법당 안 깊숙한 곳까지 스며들고 있었다.

햇자락을 따라간 우현의 눈에 불상 앞에 엎드린 여자의 모습이 들어왔다. 예를 올리는 줄 알았다. 주변의 풍광에 취해 한동안 넋이 빠져 있다가 다시 보아도 그 자세 그대로였다. 가만히 지켜보니 여자의 어깨가 가늘게 흔들리고 있었다. 무언가 심상치 않아 보였다. 작은 숨소리조차 염려스러워 우현은 조심스레 자리를 떠났다.

암자를 내려가는 길옆에 작은 건물 하나가 늙은 감나무 몇 그루에 싸여있었다. 우현의 눈길이 요사채 방문을 나서는 스님과 마주쳤다. 잔잔한 미소가 비구니의 주름진 얼굴을 가득 채우고 있었다. 우현이 합장하며 법당으로 눈길을 가져가자, 스님이 고개를 끄덕였다.

"그냥 두어야지요. 저렇게 울고 나면 마음이 편해질 겁니다."

우현에게 요사채 마루를 안내했다. 법명이 자경이라며 권하는 따듯한 차가 향기로웠다. 소반에 담긴 홍시 몇 개가 침을 돋게 했다. 지난해 가을부터 갈무리해 두었던 뒤뜰의 감이라고 했다. 고요한 산사에서도 스님의 목소리는 귀를 기울여야 할 만큼 조용했다. 늦은 3월의 햇살이 건너편 산봉우리를 붉게 물들이며 지나갔다. 따스함도 서서히 기운을 잃어가고 있었다.

우현은 법당의 여자가 궁금했지만, 아무것도 묻지 않았다. 스님은 그곳에 사람이 있는지도 모르는 듯했다. 우현이 어설픈 세상사로 청정한 마음을 건드려도 스님은 미소를 잃지 않았다.

우현이 암자를 나설 때 법당을 나오는 여자가 눈에 들어왔다. 해를 등지고 있어 얼굴을 알아볼 수 없으나 낯이 익어 보였다. 언젠가 만난 적이 있는 사람이 분명했다. 단아한 머리와 외투 밖으로 드러나는 노란 셔츠가 익숙했다. 법당의 그림자를 벗어난 여자를 알아본 순간 우현은 누군가 머리를 치는 듯한 충격에 빠졌다. 지우였다. 우현이 대학을 졸업하고 사회생활을 시작하던 해였으니, 어느덧 십여 년 가까운 시간이 지났는가 보았다.

노란색이 잘 어울리는 여자였다. 청바지 위에 시원스럽게 걸쳐 입은 밝은 노란색 티는 한여름의 따가운 햇볕과 잘 어울렸다. 청재킷 아래 받쳐 입은 노란색 셔츠는 재킷까지 진하게 물들였다. 북서쪽에서 불어오는 차가운 겨울바람도 그녀의 두툼한 노란색 코트는 뚫지 못했다. 따뜻한 바람이 불어오는 계절의 노란색 블라우스는 그녀를 더욱 돋보이게 했다.

머리밴드가 노란색 옷을 대신하기도 했다. 이마를 살짝 가리는 검은 머리카락이 노란 밴드로 더 짙어 보이기도 했다. 밴드 가장자리에 어렴풋이 보이는 꽃잎 무늬는 그녀를 신비스럽게까지 만들었다. 노란 밴드로 머리를 묶고 테니스 코트를 누비는 그녀의 모습은 우현의 가슴을 사정없이 흔들었다.

티, 셔츠, 블라우스, 코트… 그녀의 옷은 노란색뿐인 것 같기도 했다. 옅은 색부터 짙은 색까지 농도를 달리한 노란색이 언제나 몸을 감싸고 있었다. 다른 사람에게는 어울리지 않는 노란색이 그녀에게서만은 멋진 조화를 보였다.

지우를 처음 본 날도 노란 개나리가 대학 도서관의 작은 언덕을 뒤덮기 시작할 무렵이었다. 대학에서의 마지막 남은 두 학기를 취업 준비를 위해 도서관에서 살다시피 하던 우현이었다. 개나리 향이 너무 진해 자리에 앉아있기가 짜증스럽던 날이었다. 우현의 맞은편 자리에 노란색 재킷을 입은 여학생이 자리 잡았다. 언덕의 개나리만큼이나 노란 상의는 그녀의 얼굴까지 노랗게 물들이고 있었다. 이른 새벽의 구석진 자리에는 어울리지 않는 짙은 눈매에 우현은 마음을 빼앗겨 버렸다. 온종일 아무것도 할 수 없었다. 하지만, 그날은 그것이 전부였다. 우현이 오후에 잠시 자리를 비운 사이 그녀의 자리는 다른 사람이 차지하고 있었다.

그날부터 우현의 관심은 온통 노란색에 쏠렸다. 도서관을 들어서면 먼저 노란색부터 찾았다. 넓은 도서관 전체를, 노란색을 찾아 어슬렁거리기 일쑤였다. 우현의 애타는 마음과는 달리 그녀는 마지막 학기가 한참이나 지나서야 얼굴을 보였다. 중간시험이 시작되는 기간이라 혼잡한 도서관에도 그녀의 모습은 돋보였다. 그녀를 보고도 우현은 머뭇거리기만 했다. 이성과의 만남이 처음도 아니었지만, 그녀에게는 접근할 용기가 나지 않았다. 주위를 맴돌다 막상 마주치면 뒷걸음질 치기에 바빴다. 막걸릿집에서 털어놓은 우현의 고민은 친구들에게 좋은 안줏거리가 되었다.

우현이 늦은 점심을 먹고 들어가던 날이었다. 며칠 전 취업이 확정된 우현을 축하하느라 친구들과 막걸리 몇 통을 마신 뒤였다. 도서관 입구에서 그녀와 정면으로 마주쳤다. 우현은 멍하니 굳어버렸다. 정신을 차렸을 때는 저만치 가고 있는 그녀의 뒷모습만 보였다. 갑자기 어디서 그런 용기가 생겼는지 알 수 없었다. 그녀의 뒤를 정신없이 쫓아갔다. 우현의 더듬거리는 말을 듣는 입가의 웃음이 싱그러웠다. 깊은 눈망울에서 언덕을 노랗게 물들이는 개나리의 화사한 기운이 느껴졌다. 그날은 싸늘해진 날씨 탓인지 노란색 니트 조끼를 입고 있었다.

지우라고 하며 눈웃음 띄는 얼굴이 시원스러웠다. 우현과 같이 대학에서의 마지막 학기라고 했다. 전공은 다르지만, 어릴 때부터 관심을 두었던 피아노에 애착이 간다고 했다. 아이들과 함께하고 싶어 지금까지 아르바이트로 뛰던 피아노학원을 인수하여 새해에는 직접 운영할 계획이라고 했다.

지난봄부터 궁금했다는 우현의 머쓱한 말에는 깔깔거리는 웃음으로 대신했다. 입술 아래의 가지런한 치아가 웃을 때는 더 하얗게 보였다. 크게 벌어진 입에 스스로 놀란 듯 황급히 손바닥으로 가리는 모습이 귀여움을 더했다.

지우와의 만남은 그렇게 시작되었다. 교차로에서 재래시장 방향으로 접어들면 보이는 유명 냉면집 건너편 카페 '공간'이 그들의 장소였다. 백화점 근처의 호화로운 거리보다는 한적한 곳이라 우현이 마음에 들어 하던 곳이었다. 카페 '공간'의 진한 커피 향도 후각을 자극했다. 무엇보다 여주인의 웃음 띤 눈매가 더없이 좋았다.

그해 가을은 우현에게 너무도 진했다. 샛노란 은행잎이 바람에 날리는 도심 거리는 정겹기만 했다. 단정하게 가지치기한 가로수 아래를 걸을 때면 지우의 블라우스가 노란색을 더했다. 지우와 함께하는 시간은 언제나 짧기만 했다. 모든 거리가 온통 그들의 것이었다. 시샘이라도 하듯 성큼 다가온 찬바람에도 우현은 추운 줄을 몰랐다. 카페 '공간'에서 지우와 함께 마신 커피의 달콤한 향이 밤새 우현의 입안에서 사라지지 않았다.

대학을 졸업하고 시작한 새로운 세계에 대한 기대로 우현은 상당히 들떠 있었다. 모두가 부러워하는 곳이었다. 국내의 안정적인 기반을 토대로 세계 곳곳으로 영업망을 확장하고 있는 글로벌 기업이었다. 우현의 꿈을 마음대로 펼칠 수 있는 곳이기도 했다. 두 사람이 함께할 미래라고 희망에 차 있는 우현을 바라보며 지우는 조용히 미소 짓곤 했다.

만남이 거듭될수록 우현은 더 깊이 다가가기를 원했다. 볼 때마다 지워지지 않는 지우의 미소가 우현을 행복하게 만들었다. 잠시 잡아 본 지우의 손길이 엄청 따뜻했고, 술을 핑계로 어쩌다 스친 입술이 너무나 달콤했다. 그러나 성급하게 달려드는 우현과는 달리 지우는 무척이나 조심스러웠다.

그날은 지우의 생일이었다. 그들이 만난 지 일 년이 가까워지는 날이기도 했다. 오랜 고민 끝에 골라잡은 반지가 우현의 주머니에 감추어져 있었다. 두 사람의 미래를 담은 정성 어린 선물이었다. 다른 사람의 시선을 의식하지 않아도 되는 둘만의 공간도 마련되었다. 창밖으로 동해의 수평선이 끝없이 펼쳐지는 곳이었다.

아늑한 조명과 달콤한 포도주에 취한 탓인지 지우의 얼굴이 붉어지고 있었다. 선물을 펼치는 지우의 얼굴이 당황하는 듯하다 이내 기쁨으로 환해졌다. 마냥 행복해하는 모습에 용기를 내어 우현은 조심스럽게 다가갔다. 잠시 머뭇거리던 지우의 입술이 조금씩 열리기 시작했다. 짙은 속눈썹이 파르르 떨리고 있었다.

끝없이 이어질 것 같은 달콤함에 빠져 있던 우현이 갑자기 뒤로 와락 밀려났다. 몸이 뒷벽에 부딪힐 정도로 지우의 행동은 거칠었다. 차갑게 식어버린 지우의 눈이 우현을 쏘아보았다.

"우현 씨가 나를 좋아하는 것은 알아요. 하지만 제가 마음에

둔 사람은 따로 있어요. 그 사람과 잠시 멀어진 사이 우현 씨를 만났지만 더는 안 되겠어요. 다시 돌아온 그 사람을 놓칠 수는 없어요."

지우가 떠난 빈자리에는 주인을 잃은 선물 상자만이 나뒹굴고 있었다. 그날 이후 지우를 볼 수 없었다. 몇 개월 후 우현은 유럽 지사 근무를 지원하여 런던으로 떠났다. 얼마 후 우현은 지우가 중소기업을 하는 부친으로부터 가업을 물려받은 청년 사업가와 결혼했다는 소식을 들었다. 유명 수입차의 뒷좌석에 앉은 지우의 얼굴이 너무 행복해 보였다고 했다.

봄기운이 완연했다. 벚꽃이 만개하고 있지만, 우현은 봄의 나른함을 느낄 여유가 없었다. 아침 지사 회의에서 업무실적 진행 상황을 확인하고, 그동안 쌓여 있는 두 페이지나 되는 모니터의 전자결재를 마치려면 오전이 바빴다. 오후에는 현장으로 나가봐야 했다. 그날은 오프라인 승인 서류 몇 건도 책상에 쌓여 있었다. 모니터에 시선을 고정한 채 문서 내용을 확인하고 결재란을 무선마우스로 클릭하기를 되풀이하였다. 전자문서의 대용량 첨부물이 시간을 지연시킬 때는 마음이 급했다. 그 사이 책상 위의 전화도 쉴 새가 없었다.

급한 서류 건을 처리하고 한숨을 돌리며 커피 한 잔을 내렸다. 진한 커피가 목을 넘어가자, 머리가 맑아지는 것 같았다. 칸막이 너머로 우현의 동정을 살피던 여직원이 조심스럽게 고개를 내밀었다.

"팀장님, 손님이 오셨습니다. 오전 중에는 바쁘시다고 아무리 양해를 구해도 막무가냅니다."

사무실 벽에 걸린 시계가 10시 30분 근처를 가리키고 있었다. 오전 중에 외부 손님이 방문하는 일은 드물었다. 여직원의 말이 끝나기도 전에 우현의 코끝에 개나리꽃 향기가 물씬 풍겨왔다.

"안녕하세요. 저 아시겠어요?"

지우였다. 그날도 그녀의 상의는 화사한 노란색 블라우스 차림이었다. 우현의 가슴을 그렇게나 아프게 했던 사람이 아니었다. 지우는 며칠 전에 만난 사람을 다시 보는 것처럼 거리낌이 없었다.

커피머신에 캡슐을 집어넣는 우현의 손이 떨렸다. 지우가 앉은 자리에서 일부러 등을 돌리고 있었지만, 붉어진 얼굴을 알아챌까 염려스러웠다. 커피 향이 머리를 감싸고서야 정신이 돌아왔다.

"암자를 돌아나가는 뒷모습이 우현 씨가 아닌가 생각했어요. 저를 알아보지 못했나 보지요. 하긴 세월이 얼마나 지났는데…."

그날 암자에서 지우를 알아보고도 돌아선 걸음을 그대로 옮겼었다. 인사라도 나누었으면 하는 후회에 우현은 며칠 동안 마음이 편치 않았다. 다행이었다. 우현도 알아보았다는 사실을 눈치채지는 못한 것 같았다. 우현의 서투른 얼버무림에도 지우는 크게 고개를 끄덕였다.

"언니한테서 우현 씨 근황은 가끔 들었어요."

지우의 외사촌 언니 현주 이야기였다. 남학생이 대부분이었던 학과에 현주는 몇 안 되는 여학생 중의 한 명이었다. 우현이 군복무를 마치고 복학 후 동아리 활동을 같이했던 현주는 나이 차이에도 부담 없이 마음을 터놓던 사이였다. 서울에 사는 현주와는 본사에 근무할 때 몇 번 통화한 적이 있었다.

"이제는 이곳에 자리를 잡았다고요. 서울과 해외에서만 근무하신다기에 여기는 아주 떠났나 했지요."

지우가 없는 이 도시가 싫었다. 이곳에서는 그녀의 자취가 남아있지 않은 곳이 없었다. 지우를 지우려고 애를 쓸수록 흔적은 더 뚜렷하게 다가왔다. 술은 몸과 마음에 상처만 더 할 뿐이었다.

그 이듬해부터 유럽지사가 있는 런던에서 몇 년의 세월을 보냈다. 휴가를 내어 산티아고 순례길을 사십여 일이나 걸어도 눈은 허공을 맴돌았다. 한국에 돌아와서도 서울에서만 근무했다. 명절 때만 어쩔 수 없이 잠깐 들렀다가 불이라도 난 듯 떠나곤 했다. 그래도 마음을 잡을 수 없었다. 다시 미주지사가 있는 뉴욕 근무를 자원했다. 아메리카 대륙을 두 번이나 횡단하고도 가슴은 채워지지 않았다.

"아직 결혼하지 않으셨다고요. 너무 오랫동안 청춘을 즐기시는 것 아니에요. 설마 독신주의자는 아니죠?"

이제 마흔을 바라보는 나이였다. 연로한 노인네의 애원이 아니었으면 돌아오지 않았을 것이었다. 노인네는 막내가 짝을 만나는 것이 마지막 소원이라고 목을 매었다. 얼마 전 눈을 감을 때까지 우현의 결혼을 입에 달고 살았다.

스스럼없는 지우와는 달리 우현의 마음은 쉽게 열리지 않았다. 겨우 입에서 나온 소리가 안부를 묻는 정도였다.

"잘 지내시죠. 이제 아이들도 다 컸지요?"

지우가 어눌한 웃음을 터뜨렸다. 지금까지와는 다른 어색한 울림이 공간을 채우고 있었다.

"그렇죠. 딸 하나가 올해 초등학교에 들어갔으니 다 키운 것이나 다름없죠. 그런데 제 소문은 못 들었어요?"

지우를 아는 친구는 몇 되지 않았다. 그런 친구와는 일부러 연락을 끊고 지냈다. 어차피 다음 인사 때에는 이 도시를 떠날 생각이었다. 노인네도 돌아가시고 난 후라 걸릴 것도 없었다.

"돌싱이라고 들어보셨죠. 벌써 몇 년 되었어요. 딸아이는 전 남편이 키우고 있고요. 올해 초등학교에 들어갔다고 들었어요."

자신의 지난 일을 남의 일인 양 대수롭지 않게 쏟아내었다. 우현의 놀라는 모습이 재미있다는 듯 깔깔거렸지만, 그 여운은 깔끔하지 않았다. 아픔을 아는 사람만이 낼 수 있는 웃음이었다.

우현을 찾는 책상 위의 전화가 계속되고 있었다. 결재 서류를 들고 방을 들어서던 직원이 두 사람을 보고 뒷걸음질을 쳤다. 그것을 본 지우가 명함 한 장을 내밀며 자리에서 일어섰다.

"앞으로 자주 뵐 수 있으면 좋겠어요. 연락드려도 되지요?"

부동산 중개법인 임원 직위가 찍힌 명함의 뒷면에는 토지, 건물, 아파트 등 부동산 관련 종합적인 컨설팅을 제공한다는 문구가 선명하였다.

봄이 한창이었다. 상반기 실적이 좌우되는 5월이 되자 직원 모두가 긴장하고 있었다. 지사 실적에 따라 연봉이 결정되기 때문이었다. 연봉보다 더 중요한 것은 승진이었다. 승진은 다른 직원과의 경쟁이었다. 지사 실적이 뒷받침되지 않으면 승진은 기대조차 할 수 없었다. 모두 늦게까지 퇴근할 수 없는 날이 계속되었다.

한 주를 마무리하는 금요일에도 거래처 직원과의 저녁 식사를 피할 수 없었다. 팀장인 우현에게 거래처 직원과의 약속은 근무의 연속이었다. 저녁 식사가 끝나고 자리를 일어설 때였다. 우현의 휴대폰에 지우의 이름이 찍혔다. 며칠 전에 한 약속을 까맣게 잊고 있었다.

예전에 만나던 카페 '공간'은 그대로였다. 근처의 재래시장이 리모델링을 한 탓인지 거리가 한층 깨끗해져 있었다. 그들이 즐겨 듣던 올드 팝송의 감미로운 선율도 여전하였다. 진한 커피 향이 두 사람을 옛날로 돌아가게 했다. 앞머리를 장식한 노란 머리밴드는 지우를 삼십 대 중반의 이혼녀로 보이게 하지 않았다. 우현의 염려를 웃음으로 얼버무리는 지우가 안쓰러워 보였다.

"몹쓸 사람이었지요. 막 돌을 지난 딸을 두고 다른 여자를 만나다니. 아무리 사업이 중요하다고 하지만 참을 수 없었어요."

지우의 씁쓸한 표정이 더 이상 물어볼 수 없게 만들었다. 몇 마디 말로도 그간의 사정을 충분히 짐작할 수 있을 것 같았다.

우현의 산티아고 순례로 화제를 돌리고서야 지우의 얼굴이 돌아왔다. 프랑스길 800㎞를 걷는 동안의 고생에 감동도 하고, 끝없이 이어지는 들판 길을 부러워도 하며, 이국적인 음식에 대해서는 입맛을 다시기도 했다. 지우의 신명 난 반응이 말주변 없는 우현을 흥겹게 만들었다. 그러면서도 우현은 순례길을 걸은 이유에 대해서는 아무것도 말하지 않았다.

자신의 일에 대해 말할 때 지우는 열정적으로 변했다. 혼자 된 후 생계를 위해 시작한 부동산 일이 그렇게 자신과 맞을 줄 몰랐단다. 처음에는 친구와 함께 작은 중개업소를 운영하다 본격적으로 전문적인 중개법인으로 뛰어들었다고 했다. 결혼 후 그만둔 피아노학원과는 비교가 되지 않는단다.

도시 근교의 땅값이 하루가 멀다 않고 오를 때는 한 해 수입이 어지간한 대기업 간부 연봉의 몇 배나 되었다고 했다. 오피스텔이 뜰 때는 분양 대행 쪽으로 방향을 잡아 한몫 톡톡히 챙겼다고 했다. 지금은 부동산 시장이 가라앉아 크게 재미는 못 보지만 한해에 몇 건만 거래를 성사시켜도 생활에는 지장이 없을 정도란다.

"서울에 근무하는 동안 아파트 하나는 마련해 두었지요?"

지우의 말에 우현은 아무런 대꾸도 못 했다. 해외에 몇 년 나갔다 들어오니 서울의 아파트값은 이미 우현이 넘볼 수준이 아니었다. 회사에서 제공해 주는 독신자 숙소에 살다 보니 아파트가 필요한 것도 아니었다. 도심의 복잡한 아파트 생활보다는 한적한 전원생활을 꿈꾸는 탓이기도 했다. 제주도에 작은 땅이라도 마련하여 노후를 보내고 싶은 생각밖에 없다는 말이 기어들 듯 흘러나왔다.

"제주도라고 했어요? 그렇지 않아도 서귀포에 좋은 땅이 나와 있는데 한번 보시겠어요. 지난주 현장을 다녀왔는데 너무 괜찮은 곳이에요."

지우가 반색을 했다. 다른 사람들은 맹지라 거들떠보지도 않지만 도로 개설이 예정된 곳이라고 했다. 금융권의 저금리로 대출은 얼마든지 가능하다는 호언이 관심을 더하게 만들었다. 바람이 불기 시작하면 대박을 터뜨릴 수 있는 곳이라는 장담도 무시할 수 없었다.

지우의 말처럼 되지 않더라도 우현이 원하는 삶은 가능한 곳으로 여겨졌다. 그리고 지우에게 도움이 된다면 무엇이든 하고 싶기도 했다. 지우가 새롭게 다가오기 시작했다. 두 사람에게는 아무런 장애물도 남아있지 않았다. 이 도시를 떠났던 이유를 지우에게 말해도 될 것 같았다.

“다음 주 하루 시간 낼 수 있어요? 우리 골프클럽 여성 솔로들이 라운딩하기로 했는데 자리 하나가 비어요. 주중에도 하루 정도는 괜찮죠?”

지우가 테니스 코트를 누비는 모습이 보이는 것 같았다. 머리를 단정하게 묶은 노란 머리밴드에 우현은 넋을 잃고 말았었다. 티박스에서 롱샷을 날리는 지우의 모습은 상상만 해도 멋졌다.

뉴욕에 근무할 때는 주말에 시간을 보낼 곳이 마땅치 않았다. 현지 지사 직원들과 어울려 몇 달간 골프에 미쳐 살았었다. 그래도 운동에는 젬병인 우현은 보기플레이 수준을 벗어나지 못했다.

전반기 스코어는 그래도 괜찮은 편이었다. 하지만, 지우를 의식하기 시작한 후반기는 처참했다. 호기롭게 날린 드라이버 샷은 페어웨이를 벗어나기 일쑤였다. 부드러운 세컨 샷도 벙커를 그린 마냥 찾아들었다. 짧은 거리의 퍼팅도 홀 컵을 외면하기만 했다. 지우가 언니라 부르는 두 사람은 평범한 수준을 벗어나지 못했지만, 그녀는 달랐다. 유연하면서도 강렬한 스윙이 모두를 움츠리게 했다. 클럽 헤드를 벗어난 골프공이 아름다운 궤적을 그리며 비행하다 살며시 안착했다. 프로들에 절대 뒤지지 않는 실력이었다.

당연히 저녁은 우현이 사기로 했다. 도심으로 들어오는 도로가 혼잡했다. 오후를 달군 적당한 피로가 술을 당기게 했다. 반주로 시작한 맥주가 소맥으로 이어졌다. 금요일 저녁이라 다음날의 부담감도 없었다. 골드 미스라 불리는 두 명의 공세가 예사롭지 않았다. 입을 맞춘 듯한 장난기에 우현은 어쩔 줄 모르고 달려가야만 했다. 지우의 어설픈 만류가 오히려 흥을 돋우는 듯했다.

노래방으로 자리가 옮겨졌다. 익숙한 통기타 곡부터 빠른 최신곡까지 많은 세월을 목청이 터지라 넘나들었다. 우현의 유창한 올드 팝송에는 어깨를 부여잡고 감흥에 젖기도 했다.

정말 많이 취했나 보았다. 소파에 잠시 등을 기댄다는 것이 어느새 잠이 든 모양이었다. 눈을 뜨니 요란한 음악 소리가 들리지 않았다. 붉은 조명 아래 희미하게 보이는 방안의 형상이 익숙하지 않았다. 잠에 어렸던 우현의 눈이 크게 떠졌다. 집이 아니었다. 저쪽 침대 위에는 누군가가 몸을 잔뜩 웅크린 채 잠들어 있었다. 청바지 위의 노란 티셔츠가 눈에 익었다. 지우였다.

자신도 모르게 지우에게 다가갔다. 잠든 그녀를 한동안 내려다보았다. 조용한 방안에 지우의 낮은 숨소리만이 들려왔다. 인기척을 느낀 듯 지우가 눈을 떴다. 눈앞의 얼굴이 우현이라는 것을 알아보고는 짓궂은 웃음을 띠었다.

"속은 괜찮아요? 무슨 술을 그렇게 마셔요."

대답 대신에 우현이 허리를 숙였다. 잘 익은 딸기처럼 탐스러운 지우의 입술이 다가왔다. 지우가 일순 당황한 듯 흠칫하다가 이내 눈을 감아버렸다.

지우의 몸이 가늘게 떨리고 있었다. 그것을 바라보는 우현의 가슴은 더 크게 요동쳤다. 아무것도 생각하기 싫었다. 언제부터인가 간절히 원했던 순간이었다. 모든 것을 잊고 본능에만 충실해지고 싶었다.

개나리꽃 향기가 지우의 온몸에서 번지고 있었다. 그 향에 빠져버린 우현의 몸짓은 걷잡을 수 없을 정도로 강렬했다. 우현을 받아들이는 지우의 입술도 집요했다. 조금은 수줍어하던 예전의 지우가 아니었다. 성급하게 가슴으로 향하던 우현의 손이 잠시 머뭇거렸다. 그러자 지우가 가만히 끌어 자기 가슴에 가져다 놓았다.

우현의 셔츠가 침대 곁으로 나뒹굴었다. 더 이상 참을 수 없었다. 거친 호흡 속에서 우현이 그렇게나 감추어왔던 몇 마디가 쏟아져 나왔다.

"내가 왜 혼자였는지 알아? 내가 왜 이 도시를 떠나 살아왔는지 알아? 너 때문이라는 것을 조금이라도 생각해 봤어?"

지우의 움직임이 일순간 멈추어졌다. 뜨거웠던 피부가 싸늘히 식어가며, 어깨가 흔들렸다. 지우의 울음 섞인 중얼거림이 방안을 채웠다.

"그만, 우현 씨에게 이래서는 안 돼."

우현이 손길을 거두었다. 지우가 떠나던 예전에도 이렇게 차가웠었다. 우현의 당황한 목소리가 떨려 나왔다.

"내가 책임지면 되잖아. 우리 사이에는 아무런 거리낌도 없잖아?"

지우가 몸을 일으켰다. 우현을 아랑곳하지 않고 어느새 옷을 찾아 입고 있었다. 그러고는 안타까운 목소리로 말했다.

"그렇기 때문에 안 되는 거예요. 우현 씨에게 더 이상 상처를 줄 수는 없어요. 내가 몹쓸 년이에요."

지우가 사라진 뒤편으로는 칠흑 같은 어둠만이 입을 벌리고 있었다.

다음 날부터 지우는 연락이 되지 않았다. 그날 지우의 행동으로 보아 이미 짐작은 한 일이었지만 마음은 쓰라렸다. 십여 년 전의 지우도 그랬었다. 마른 장작의 불처럼 걷잡을 수 없이 타오르다 어느 순간 싸늘히 식어버리곤 했었다. 다시 그때로 돌아갈 수밖에 없었다.

거기에다 친구 녀석의 전화가 우현의 쓰린 상처에 기름을 끼얹었다. 얼마 전, 지우를 통해 매입한 제주도 땅을 녀석에게 자랑한 적이 있었다. 작은 감귤밭에서 땀을 흘리는 우현의 미래를 공감했으면 했다. 그런데 녀석의 반응이 엉뚱했다.

"우현아, 제주도 그 땅 문제가 있는 것 아니니? 지번을 확인해 보니 차도 들어갈 수 없고, 전원주택을 지으려고 해도 허가받기가 쉽지 않겠던데. 요즘 그런 식으로 속여먹는 기획 부동산들이 널려 있어."

녀석의 말이 사실인 것 같았다. 그 일대 땅의 지번이 몇 곳으로 분할되어 각기 다른 사람 소유로 이전되어 있었다. 우현이 매입한 땅도 그중의 하나였다. 예정된 도로 개설은 언제가 될지 알 수 없었다.

애써 부인하고 싶었지만, 현실을 인정하지 않을 수 없었다. 하지만, 지우를 이해하고 싶었다. 어차피 당장 활용하거나 처분해야 할 땅도 아니었다. 우현의 퇴직은 아직 먼 미래의 일이었다. 그때까지는 어떤 변수가 생길지 알 수 없었다.

그보다는 지우의 행동이 더 의아스러웠다. 골프, 술자리, 호텔… 모두가 지우가 의도한 것이 분명했지만 마지막에는 돌변했었다. 지우를 도무지 이해할 수 없었다. 깊이를 가늠할 수 없는 어둠이 우현의 마음을 어지럽혔다.

그날 이후 우현은 아무것도 손에 잡히지 않았다. 하반기 실적을 위해 밤낮이 없는 직원들을 지켜보면서도 업무에는 건성이었다. 직원들의 쑤군거림도 귀에 들어오지 않았다. 우현이 해외지사 근무를 요청했을 때 서울 본사의 인사 담당 임원은 딱하다는 듯 소리쳤다.

"얼마 동안 잠잠하다 했더니 다시 발동이 걸렸나 보네. 이번에는 안 돼. 이제 한 곳에 자리 잡고 결혼도 해야지. 그렇게 떠도는 것도 젊을 때 이야기지."

직장 상사로서가 아니라 학교 선배로서 아끼는 후배에게 하는 진심이었다. 그런데도 우현은 막무가내로 들이밀었다. 몇 번의 전화에도 끄덕하지 않던 임원은 우현이 서울로 올라가 사정한 끝에야 할 수 없다는 듯이 퉁명스럽게 내뱉었다.

"지금은 자리가 빈 곳이 동남아지사가 있는 태국뿐이야. 그곳이라도 괜찮다면 다음 인사 때 고려해 보겠네."

어디든 문제가 아니었다. 이 도시만 떠나면 되었다. 다시는 이 도시를 보고 싶지 않았다. 우현에게는 하루하루가 힘든 날의 연속이었다. 하지만, 내년 초의 정기 인사 때까지는 견뎌야만 했다.

한해가 지나가고 있었다. 송년회를 겸해 대학 동기들이 모였다. 모두 사회 곳곳에서 중간관리자로 자리 잡거나 이미 사업으로 성공한 녀석들도 있었다. 저쪽에 남자들보다 제법 중년의 티가 나는 여자들 몇몇도 보였다. 우현을 보고 현주가 쫓아왔다. 우현을 만나려고 일부러 서울에서 왔다는 호들갑에 모두 배를 잡았다.

저녁을 겸한 1차를 마치고, 맥줏집에서의 2차도 끝나갈 무렵이었다. 현주가 다가와 옆구리를 쳤다. 두 사람이 자리를 빠져나와 근처 커피점에서 마주 앉았다. 우현이 뉴욕으로 간 후 서로 연락을 못 했으니 몇 년 만인지 몰랐다.

"지우 소식은 듣고 있지요? 한동안 그렇게 잘 나가더니 정말 안됐어요."

지우를 걱정하는 말로 여겼다. 그동안 몇 번 지우를 만났고, 그동안 여러 가지 일도 있었다는 것을 말할 수는 없었다. 현주가 그 사실을 알 리도 없었다. 우현은 건성으로 고개를 끄덕였다.

"남편이 그렇게 허망하게 가버리니 충격이 컸던 모양이에요. 제 전화도 받지 않아요. 얼마 전까지만 해도 남편이 많이 좋아졌다고 그렇게 좋아하더니… 갑자기 나빠져 손을 쓸 수 없었다고 해요. 우리 지우! 불쌍해서 어떻게 해요."

지우의 말과는 달랐다. 현주가 무언가 잘 못 알고 있는 것이 분명했다. 우현의 목소리가 높아졌다.

"무슨 소리야. 남편과 몇 년 전에 이혼하고 혼자 산다고 들었어. 전 남편이 데려간 딸아이는 올해 초등학교에 들어갔다고 했는데."

현주의 눈이 똥그랗게 떠졌다. 고개를 흔드는 현주의 눈가가 젖어 있었다. 긴 한숨이 우현의 가슴을 내리눌렀다.

"지우라면 그럴 수 있어요. 남에게 동정받기 싫어서 한 말일 거예요. 얼마나 자존심이 강한 애라고요."

지우가 결혼한 지 삼 년도 지나지 않아 남편이 물려받은 회사가 부도가 났다고 했다. 애당초 부모 밑에서 응석받이로 자라온 남편이었다. 바람막이가 없어진 거친 세계에서 버텨나가기에는 역부족이었다. 그 충격으로 남편도 쓰러졌다고 했다. 막 돌이 지난 딸아이 하나를 두고 병석에 누워버렸다고 했다.

"그때부터 지우가 하지 않은 일이 없어요. 부동산 일을 시작하고는 한때 재미도 있었대요. 그런데 욕심을 내어 투자한 제주도 땅이 경기침체로 묶여 버려 엄청나게 힘들어했어요."

언젠가 집안일로 지우와 통화할 때는 제주도 물건이 처분되었다고 해서 다행이라 여겼다고 했다. 그런데 남편이 그렇게 떠나버리니 속상해 미치겠다고 현주는 안타까운 표정을 감추지 못했다. 지우 인생에 제대로 풀리는 일이 없다며 현주는 깊은 한숨을 쉬었다.

현주와 헤어져 집으로 가는 강변길을 일부러 걸었다. 늦은 시간 때문인지 산책길을 걷는 사람들의 발걸음이 바빴다. 두 갈래 물줄기가 합쳐지는 곳에 이르자 넓어진 강폭은 가로등도 움츠리게 했다. 캄캄한 어둠 속에서 지우의 얼굴이 다가왔다. 우현의 귓가에 현주의 목소리가 뱅뱅 돌았다.

"지우가 정말 견딜 수 없을 때는 암자로 찾아갔대요. 자경 스님이라고 오래전에 출가한 집안의 언니가 계시는 곳이에요. 모든 번뇌를 내려놓고 부처님 앞에서 밤새 울고 나면 마음이 풀리곤 한대요."

버스에서 내려서도 산사는 계곡을 따라 십여 분을 가야 했다. 여름에는 계곡을 넘치듯 흐르는 물이 바위틈 사이로 흔적만 보이고 있었다. 저쪽 작은 폭포는 계곡물이 그대로 얼어붙어 장승처럼 하얀 자태를 드러내 보였다. 산사를 등지고 있는 산봉우리로부터 불어오는 바람이 차가웠다. 도심과는 비교가 되지 않는 매서운 겨울바람이 코끝을 얼어붙게 했다.

두꺼운 방한모로 단단히 무장한 우현의 눈에 산사의 일주문이 보였다. 암자는 저곳을 지나 산사와는 다른 방향의 비포장 길을 다시 이십여 분 걸어가야 했다. 암자로 가는 좁은 길이 산허리를 돌아 구불구불 이어져 보였다. 고즈넉한 계곡 길이 온통 얼어붙어 발끝이 조심스러웠다. 키 낮은 수중보에 물길이 막힌 계곡이 넓은 얼음판을 만들고 있었다. 등산객 몇 명이 산행을 멈추고 빙판 위에서 장난을 치고 있었다. 그들의 왁자지껄한 웃음이 바람 많은 산골짜기를 흔들었다.

계곡을 가로지르는 다리를 지나자, 암자로 오르는 좁은 산길이 이어졌다. 가파른 오름길이 눈 덮인 소나무 숲으로 꼬리를 늘어뜨리고 있었다. 몇 번의 가쁜 호흡에도 우현의 몸에서 더운 열기가 쏟아져 나왔다. 서두른 발길이 산굽이를 돌아가자, 벼랑 아래 자리 잡은 암자가 눈에 들어왔다.

다음 주에는 상반기 정기 인사가 예정되어 있었다. 우현이 원했던 동남아지사 근무를 위한 주변 정리를 마친 지도 오래였다. 하지만, 떠나기 전에 해야 할 일이 하나 더 있었다. 지우를 만나는 것이었다. 현주도 연락이 되지 않는다고 했다. 어린 딸까지 친정에 맡긴 것을 보니 충격이 대단했던 모양이라고 울먹였다. 우현의 머릿속에는 지난 연말 현주가 한 말밖에 남아있지 않았다.

암자로 오르는 돌계단 너머로 법당의 낮은 기와지붕이 모습을 드러내었다. 차가운 겨울 산사에서 지우를 볼 수 없을지도 몰랐다. 하지만 작은 흔적이라도 찾을 수 있으면 충분할 것이다. 스님의 따듯한 차 한 잔이 매서운 겨울바람을 녹여준다면 더 좋을 것이다.

뛰는 놈 나는 놈

어떻게 출근했는지 몰랐다. 울렁거리는 속을 달래며 김지석이 사무실에 도착했을 때는 근무 시간이 상당히 지난 후였다. 이렇게 힘들면 외근한다고 전화하고 오후에 나올 걸 하는 후회가 밀려왔다. 커피 한 잔을 내려 자리에 앉고서야 책상 위의 황색 봉투가 눈에 들어왔다. 어제 김지석이 현장 조사를 나간 사이 여직원이 올려놓은 등기우편이었다. 발신인의 이름이 낯설었다. 이영섭이라는 이름이 가물가물 머리에 떠오르다 사라졌다. 봉투를 거칠게 찢어 내용물을 확인하고서야 기억이 났다. 어제저녁 유동기와 마신 술이 과했나 보았다.

김지석이 저녁을 먹고 간단하게 맥주만 한잔하자는 것을 유동기가 한사코 말렸다. 자리를 함께한 보험피해자는 얼떨떨한 표정이었다. 김지석을 통해 유동기에게 위임한 보험금 청구 건이 잘 마무리되어 보험피해자가 감사의 표시로 마련한 자리였다. 모든 절차가 끝난 후라 아무 부담도 없었다. 그런데도 김지석이 식사 비용을 지불하고, 유동기가 2차의 맥줏값도 계산해 버린 것이었다. 보험피해자가 안절부절 몸 둘 바를 몰라 했다. 차수를 늘리자고 분위기를 띄운 것은 정해진 순서였다. 유동기가 당초부터

의도한 수순임이 분명했다.

보험피해자가 단골이라고 데려간 집에서 시작한 양주가 발단이었다. 맥주에 알맞게 적응된 김지석의 몸이 스트레이트 몇 잔에 끈을 놓아버렸다. 아가씨를 부르고, 밴드까지 들이는 난리를 치고서야 끝이 났다. 필름이 끊어졌는지 머리가 멍하니 아무것도 기억나지 않았다. 유동기가 잡아준 택시를 타고 집에 오니 이미 날이 훤하게 밝아오고 있었다. 잠깐 눈을 붙이고 일어난다는 것이 몸이 말을 듣지 않았다. 간단히 샤워만 하고 출근한 터라 김지석이 이영섭의 이름을 알아보지 못한 것이 당연하기도 했다.

김지석이 이영섭을 처음 본 것은 종합병원의 병실에서였다. 이영섭은 얼마 전 스포츠센터 내 헬스장의 러닝머신에서 굴러떨어져 손목을 다친 보험사고의 피해자였다. 스포츠센터의 보험사인 LD손해보험이 위임사인 GL손해사정에 심사 의뢰한 보험금 청구 건의 당사자였다. 보험피해자의 부상 정도를 확인하고, 사고 경위도 파악할 필요가 있어 이영섭이 입원한 병원을 방문한 것이었다.

김지석이 병실에 들어섰을 때 이영섭은 수술실에서 막 올라와 마취에서 깨어나는 듯 끙끙 앓는 소리를 내고 있었다. 'GL손해사정 차장 김지석'이라는 명함을 건네었을 때는 짜증스러운 표정이 얼굴에 가득했다. 보호자인 이영섭의 부인이 명함을 대신 받으며 어떻게 왔는지 물어 왔다.

이영섭의 부인을 통해 사고 경위를 파악하고, 스포츠센터가 가입한 보험 내용을 설명하면서 퇴원 후 보험금 청구 시에 필요한 서류를 안내했다. 그때야 돌아누워 있던 이영섭이 몸을 일으키며 관심을 보여왔다. 사고 내용으로 보아 스포츠센터의 과실은 없는 것으로 보여 치료비 정도만 가능할 것 같았다. 그리고 매일 접수되는 많은 청구 건 중의 하나라 잊어버리고 있었다.

진한 커피로 속을 진정시키고 나서야 김지석은 서류가 눈에 들어왔다. 당초 예상했던 것보다 이영섭의 손목 부위 상처가 깊었다. 지난주 손목 골절 봉합 수술을 받았고, 이후 약 6개월 이상의 물리치료가 필요하다는 것이 담당 의사의 의견이었다. 수술 부위가 안정되는 1년 후에는 손목의 철심 제거 수술도 예정되어 있었다. 보험약관의 주요 장해등급에 포함될 정도의 심각한 상처였다.

어젯밤의 화려했던 기억들이 김지석의 머리를 스쳤다. 유동기가 찔러넣어 준 두툼한 봉투의 짜릿한 촉감도 잊을 수 없었다. 이영섭의 보험금 청구가 유동기의 신세를 갚을 수 있는 새로운 건이 될 수도 있었다. 아직 숙취에서 깨어나지 않은 김지석의 몽롱한 정신이 어느새 반짝거리며 되살아났다.

스포츠센터에서 회원들이 운동하다 다치는 경우가 적지 않았다. 사고는 수영장이나 요가 교실 등에서도 일어났지만 헬스장이 비교적 잦은 편이었다. 대부분 실내 사이클이나 러닝머신 틈에 끼이거나, 바벨이나 아령에 짓눌려 타박상을 입는 경미한 사고였다. 간혹 러닝머신에서 기구를 이탈하는 사례도 있었지만, 이영섭의 경우처럼 손목이 골절될 정도의 큰 사고는 흔치 않았다.

대형 스포츠센터는 회원들이 운동 중에 발생하는 사고에 대비하기 위해 책임보험에 가입하도록 의무화되어 있었다. 이 보험에 의해 사고를 당한 사람은 병원에 지급한 치료비를 청구할 수 있었다. 일반적인 사고의 경우 스포츠센터가 가입한 일정 보험금액 이내에서 치료비 정도를 받는 것이 대부분이었다.

하지만, 심한 부상으로 고액의 치료비가 들어간 경우 사고피해자가 받는 금액은 이에 턱없이 부족할 수 있었다. 장기간 치료가 필요한 경우에는 앞으로 계속 들어갈 치료비도 문제였다. 사고에 따른 정신적 피해는 금전으로 따지기 곤란했다. 치료받는 동안 생업에 지장을 초래하여 입은 금전적 피해 또한 만만치 않았다. 이러한 것들을 보전받기 위해 사고피해자는 치료비 외에도 위자료, 휴업손해액, 일실수익액 등을 청구할 수 있었다.

이를 위해서는 헬스 기구 등의 운동시설에 대한 스포츠센터의 관리 소홀을 입증해야 했다. 이것이 보통의 사람에게는 쉬울 수가 없었다. 관련 분야 전문가인 손해사정인, 변호사 등의 도움이 필요한 이유였다.

이영섭의 사고가 전형적인 경우였다. 당초 경미한 부상으로 보아 스포츠센터가 가입한 보험으로 치료비 보전은 충분할 것으로 보였다. 하지만, 예상했던 것보다 부상의 정도가 훨씬 심각했다. 보험금으로는 당장 들어간 치료비에도 미치지 못했고, 향후 치료비와 1년 후에 예상되는 철심 제거 수술비도 상당했다. 이에 따른 후유증이 어떻게 나타날지도 알 수 없었다.

치료비 이외의 추가적인 보험금 청구가 필요했다. 하지만 사고피해자인 이영섭은 이러한 보험의 구조를 전혀 이해하지 못하고 있었다. 이는 대부분의 보험피해자에게도 마찬가지인 것이 현실이었다. 김지석의 안내와 조언이 필요할 수밖에 없는 이유였다.

이러한 내용을 알려주면 보험피해자가 알아서 다가왔다. 확장된 보험금이 치료비만 받는 것과는 비교가 되지 않을 정도로 많기 때문이었다.

김지석은 국내 유수의 보험사인 LD손해보험의 보험심사 업무를 위임받은 GL손해사정의 지역센터 직원이었다. 보험금 청구 건을 심사하는 과정에서 보험피해자의 딱한 사정을 접한 경우가 한두 건이 아니었다. 순수한 마음에서 보험피해자에게 접근하게 된 것은 어쩌면 자연스러운 현상이었다. 하지만 시간이 갈수록 엉뚱한 욕심이 김지석의 눈을 가렸다.

이영섭의 보험금 청구 건을 위자료 등으로 확장하기 위해서는 김지석이 미리 확인해야 할 사항이 있었다. 스포츠센터의 운동 기구에 대한 관리 부실 여부에 대한 점검이었다. 그것이 확인된 후에 이영섭을 만나야 했다.

김지석은 스포츠센터 사무실에서 센터장을 만나 사고 경위를 파악하고, 사고 당시의 VCR을 확인하는 것부터 시작했다. 구형 VCR이라 화질이 선명하지 않았지만 사고 당시의 정황을 파악하기에는 어려움이 없었다.

VCR의 재생 버튼을 누르자 '쿵' 하는 소리가 먼저 들려왔다. 곧이어 고통스러운 비명이 헬스장을 가득 채웠다. 트레이너로 보이는 사람이 그곳으로 쫓아가는 것이 보였다. 저쪽 구석에 있는 러닝머신 주변에 한 사람이 바닥에 드러누워 있었다. 반바지와 짧은 상의 차림의 헬스복을 입고 있지만 이영섭이 틀림없었다.

트레이너가 이영섭의 상태를 살펴보고 있었다. 곧이어 119에 전화하는 소리가 들려왔다. 구급차가 도착할 때까지 이영섭의 신음은 멈추어지지 않았다. 구급 대원의 응급조치를 받고, 환자 이송용 들것에 실려 헬스장을 빠져나가면서도 이영섭의 비명은 계속되고 있었다. 다른 헬스 기구에서 땀을 흘리던 이삼십여 명의 회원들도 운동을 멈추고 소리 나는 곳을 주시하고 있었다. 구급 대원이 이영섭을 데리고 나가고 나서야 헬스장은 정상으로 돌아갔다.

사고 현장을 기록한 영상에서 김지석은 이상한 부분 하나를 놓치지 않았다. 이영섭이 러닝머신에서 굴러떨어지기 전에 약간 주춤거리는 화면이었다. 카메라와의 거리가 멀어 자세히 잡히지는 않았지만 무슨 일이 있는 것 같았다. 사고 당시 현장에 있던 트레이너에게 확인할 필요가 있었다. 어차피 헬스장을 방문하여 점검해야 할 것들이 많았다.

헬스장으로 들어가니 노지혜라는 트레이너가 그를 맞이했다. 사고 당시 근무했던 직원이라고 했다. 노지혜의 안내로 사고가 난 러닝머신과 그 주변을 살펴보고, 사진도 몇 장 찍었다. 궁금한 점에 대한 노지혜의 설명에 부족함이 없었다.

헬스장 내에 운동 기구 사용 시의 위험성에 대한 안내표지판이 부착되지 않은 것은 쉽게 확인되었다. 스포츠센터 내의 수영장이나 요가 교실도 마찬가지일 것으로 보였다. 노지혜의 답변이 김지석의 예상과 다르지 않았다.

운동 기구 사용 시의 위험성 고지 여부에 대한 노지혜의 대답도 숨김이 없었다. 스포츠센터의 비협조에 대한 김지석의 우려가 무색할 정도였다.

"우리 헬스장은 오랫동안 이용하는 회원이 많아 안내 자체가 무의미해요. 요즘은 회원들이 유튜브를 통해 자신에 맞는 운동법을 익히고 와 그럴 필요조차 없는 경우가 대부분이에요. 회원들이 귀찮아하기도 하고요."

노지혜로부터 중요한 사실 하나를 들을 수 있었던 것은 큰 도움이었다. 김지석이 VCR을 확인하면서 궁금해하던 것이었다.

"그 회원님은 러닝머신에서 운동할 때면 사고 난 기계만을 선호하곤 했어요. 그러한 성향은 다른 회원들도 마찬가지고요. 자신에게 익숙한 운동 기구가 있기 마련이죠. 그런데 러닝머신이 간혹 오작동한다고 불평하곤 했어요. 저희가 몇 번이나 점검하여 이상이 없는데도 말이죠."

이 정도면 가능할 것 같았다. 스포츠센터의 운동 기구 관리 소홀에 대한 입증은 무난할 것으로 보였다. 그래도 미진한 부분은 보고서 작성 시 약간의 문구 조정으로도 보완할 수 있을 것이었다. 김지석은 이영섭을 만나보기로 했다.

카페 안은 손님이라곤 없었다. 아무리 코로나가 극성을 부리지만 이렇게 해서 운영이 될지 걱정스러웠다. 김지석이 들어서자, 카운터에서 휴대폰에 열중해 있던 종업원이 힐끔 쳐다보고는 얼굴을 돌렸다. 예전의 다방이었던 시절이 좋았다. '고궁다방'이나 '갈채다방' 하다못해 투박한 이름의 '역전다방'의 아가씨들은 억지웃음으로라도 손님을 맞이했었다. 이영섭이 안쪽을 가리키자, 종업원은 고개를 까닥이고 다시 휴대폰으로 눈길을 가져갔다.

카페 안 구석진 자리에 이영섭이 보였다. 검은 뿔테 안경 너머로 보이는 눈동자가 잔뜩 긴장하고 있었다. 김지석이 카운터에서 마실 차를 가져오자 미안한 표정을 감추지 못했다. 다친 손목의 치료는 잘 되고 있느냐는 인사에 고마워하는 마음이 느껴졌다. 서류 가방에서 황색 파일을 꺼내어 탁자 위에 펼쳐 놓자 힐끗 넘겨다보는 것이 궁금한 모양이었다. 김지석은 이영섭이 우편으로 보내준 보험금 신청 서류를 보며 말을 꺼내었다.

"선생님이 보내준 서류 잘 받았습니다. 병원 치료비가 상당히 많네요. 일 년 후 손목의 철심 제거 수술비까지 감안하면 더 늘어나겠습니다. 혹시 실손보험에서 치료비는 받았습니까?"

실손보험 이야기가 나오자, 이영섭은 뜨끔해하는 얼굴이었다. 실손보험을 받으면 이번 신청 건은 못 받을까 염려되는 모양이었다. 그것과는 상관이 없다는 말에 이영섭의 얼굴이 펴졌다. 보험사고 분야에 대해서는 전혀 모르는 사람이 틀림없었다. 그렇다면 곧바로 김지석의 의도대로 끌고 나가도 될 것 같았다.

"진료기록을 보니 받으실 보험금이 치료비에도 미치지 못하네요. 다친 손목의 상처로 보아 너무 적은 것 같습니다."

이영섭이 눈을 똥그랗게 뜨고 쳐다보았다. 보험사 직원이 할 수 있는 말이 아니라는 듯 얼떨떨한 표정이었다. 김지석의 자신감이 더 높아졌다.

"위자료라는 말은 알고 계시죠. 선생님의 경우에는 치료비 외에 위자료도 받을 수 있을 것 같습니다."

자신의 실수로 일어난 사고로 치료비를 준다는 것도 미안한데 위자료까지 바라는 것은 도리가 아니라며 이영섭이 얼굴을 붉혔다. 눈빛을 반짝이며 바짝 다가앉곤 하던 다른 사람들과는 달랐다.

스포츠센터에서 가입한 책임보험에 대한 장시간의 설명에도 이영섭이 이해하는 부분은 많아 보이지 않았다. 치료비 이외의 보험 용어에 대해서는 몇 번을 되풀이해도 고개만 갸우뚱거렸다. 위자료라는 용어를 꺼내고서야 조금은 이해하는 표정이었다. 위자료를 포함하여 청구하면 더 많은 보험금을 받을 수 있다고 설명하는 것이 빨랐다.

"보험금이 엄청난 차이를 보이네요. 그렇게 되면 나쁠 거야 없겠지만 나중에 무슨 일이 생길까 염려되네요."

엄청난 금액에 이영섭이 깜짝 놀라고 있었다. 자신이 무슨 범죄에 빠져드는 것처럼 느끼는 것 같았다. 하지만 얼굴 한구석에 번지는 욕심은 감추지 못했다.

김지석이 일부러 크게 웃음을 터트렸다. 자신은 전문 손해사정인으로 일반인들이 알고 있는 보험브로커와 다르다고 목소리를 높였다. 대부분은 그렇게 생각한다며 이영섭을 토닥거리기도 했다.

"물론 위자료 등을 포함하여 청구하기가 쉬운 일은 아닙니다. 보험피해자의 과실 여부, 소득 수준, 장애 정도 등 검토해야 할 사항이 많습니다. 이를 위해서는 관련 자료와 후유장해진단서도 필요하고요."

다친 손목에 후유증이 생기면 어떻게 하느냐고 했다. 지금은 괜찮은 것 같아도 나중에 무슨 탈이 생길지 모르는 것이 사람의 몸이라고 설득했다. 그때는 이미 돌이킬 수 없다는 점을 강조했다. 그러면서 김지석은 속마음을 드러내었다.

"그래서 이 분야에 특화된 전문 손해사정인의 도움을 받으셔야 합니다. 위임에 따른 비용을 부담하시는 것은 당연하고요. 혹시 아는 분이 없으면 제가 소개해 드릴 수도 있습니다."

그제야 이영섭이 고개를 끄덕였다. 김지석이 그를 만나자고 한 이유를 짐작하는 것 같았다.

이제 BM손해사정 지역센터장인 유동기에게 데려가 나머지 절차를 진행하면 되었다. 김지석이 일어서는 이영섭을 다시 붙잡았다. 사고 난 러닝머신의 오작동이 생각났던 것이었다.

"사고 당시의 VCR을 확인하니 그날 선생님께서 러닝머신 위에서 잠시 주춤하더니 넘어지더라고요. 혹시 무슨 문제가 있었습니까?"

이영섭이 한동안 기억을 더듬더니 고개를 흔들었다. 무슨 나쁜 짓을 하다 들킨 것처럼 얼굴이 일그러졌다.

"그 기계가 가끔 오작동한 것은 사실입니다. 설정 시간이 종료되어 연장을 걸면 갑자기 속도가 바뀌며 심하게 흔들리곤 했어요. 하지만 그 때문에 사고가 난 것은 아니고요."

옆자리에서 운동하던 젊은 여성 회원을 곁눈질하다 그런 사고를 당했다고 했다. 몸에 딱 붙은 레깅스를 입은 여성회원이 유난히 눈길을 끌었다며 쑥스러운 웃음을 머금었다.

정말 눈치 없는 사람이었다. 그런 말을 들으면 러닝머신의 오작동 때문에 발을 헛디뎠다고 할 수 있는데도 곧이곧대로 말하는 것이 안타까웠다. 나중에 필요하면 이영섭에게 사실을 말하며 협조를 구해야 할 것 같았다.

유동기에게서 전화가 왔다. 김지석이 관련 전문가로 이영섭에게 소개한 손해사정인으로 BM손해사정의 지역센터장이었다. 전화로는 곤란하니 만나서 상의하자고 했다. LD손해보험 보상팀에 이영섭의 보험금 청구를 위해 유동기가 자료를 준비하고 있을 때였다. 얼마 전 후유장해진단서 발급을 위해 대학병원에 이영섭을 데리고 가 진료받게 했다고 들었다. 골절된 손목 부위를 X-ray라도 찍어 확인할 줄 알았는데 수술한 병원의 진료기록으로 대신했다고 하며 만족해하고 있었다. 유동기가 원하는 내용의 진단서 발급은 문제가 없다며 큰소리를 쳤었다. 그런데 김지석을 만나자고 하니 의외였다.

GL손해사정 지역센터 차장인 김지석이 LD손해보험의 손해사정 업무를 대행하면서 보험피해자를 유동기에게 데려간 것은 종종 있는 일이었다. 자신에게 배정된 보험금 청구 건을 취급하면서 유동기를 소개해 주는 식이었다. 두 사람의 관계는 몇 년 사이에 급속도로 가까워지고 있었다.

김지석이 데려간 보험피해자들은 상담이 필요 없었다. 김지석이 사전에 가능성을 확인하고 안내했기 때문이었다. 유동기의 주된 역할은 그동안 긴밀한 관계를 유지하고 있는 병원 의사들을 통해 후유장해진단서를 발급받는 것이었다. 관련 법규에 따른 청구 금액 산정에도 유동기의 역할은 중요했다. 김지석에게 유동기가 필요하듯이, 치열한 업계에서 살아남아야 하는 유동기에게도 김지석의 존재는 엄청난 도움이었다.

이영섭의 보험금 청구 건도 마찬가지였다. 김지석이 유동기의 사무실로 이영섭을 직접 안내했다. 이영섭에 대한 자료도 그 자리에서 곧바로 넘겨주었다. 위임수수료도 김지석이 이영섭에게 말했던 10%로 결정되었다. 다른 손해사정사에서는 15%까지 부담할 수도 있는 위임수수료였다. 유동기가 조금 더 얹어 주었으면 하는 말을 꺼내다 김지석의 눈총에 멈추어 버릴 정도였다. 이영섭은 유동기와 인사만 하고 보험금청구 위임계약서에 사인만 하고 끝났었다.

유동기의 사무실 근처 카페에서 두 사람이 만났다. 사람들의 곤란한 시선을 피하려 그들이 애용하는 장소였다. 유동기의 얼굴에 난감한 표정이 가득했다.

“차장님, 곤란한 문제가 생겼습니다. 이영섭이 KL무역에 근무하는 것 같지 않아요. 혹시 아시는 것 있습니까?”

유동기가 보험금 청구서를 작성하면서 이영섭에게 한 전화가 화근이 되었다고 했다. 몇 가지 사항을 확인하려고 이영섭에게 전화했으나 통화가 되지 않아 회사로 다시 한 것이 문제였다며 유동기는 더듬거렸다.

전화를 받은 여직원의 대답이 뜻밖이었단다. 이영섭이 회사를 그만두었다는 것이었다. 다른 사람이 이영섭의 업무를 대신하고 있으니 그 사람과 통화하라며 전화를 끊어버렸다. 직감적으로 무슨 문제가 있음을 느꼈다고 했다.

이영섭이 직장을 가지고 있느냐는 중요한 요인이었다. 한 해 동안 받는 급여 수준이 청구 금액 산정에 미치는 영향은 엄청났다. 지금까지 들어간 치료비나 향후 철심 제거 치료비는 고정되어 있어 영향이 없었으나, 위자료 등의 산정에는 큰 차이가 났다. 소득이 없는 무직자라면 일용근로자 임금 기준을 적용할 수밖에 없었다. 이영섭의 급여 수준을 반영한 보험금액과는 비교할 수 없는 금액이었다.

이영섭이 제출한 서류에는 KL무역에 근무한다고 되어있었다. 부장 직함이 새겨진 명함도 첨부되어 있었다. 전년도 소득을 증명하는 증빙자료도 포함되어 있음을 김지석은 분명히 확인했었다.

"이상한 점이 하나 더 있어요. 보험사고가 발생한 시간이 오후 3시 정도잖아요. 이영섭이 매일 운동하는 시간이라고 했어요. 그런데 정상적인 직장인이라면 그 시간에 헬스장에서 운동할 수 있나요? KL무역 사무실이 스포츠센터 근처에 있는 것도 아니고요."

유동기가 심각하게 고민할 만도 했다. 이영섭에게 사실관계를 확인하지 않을 수 없었다. 문제가 생기면 파문이 커질 수 있는 중대한 사안이었다. 김지석은 이영섭에게 내용을 설명하고 다음 날 만나기로 약속했다.

김지석의 추궁에 이영섭이 당황하여 어쩔 줄을 몰라 했다. 큰 잘못이라도 저지른 것처럼 목소리까지 떨려 나왔다.

"제가 KL무역에서 퇴사한 것은 사실입니다. 친구가 대표로 있는 회사인데 몸이 좋지 않아 올해 초에 나오게 되었습니다."

보험사고가 나기 몇 개월 전이라고 했다. 나빠진 건강을 회복하기 위해 이영섭은 부부가 함께 헬스장에 등록하여 그동안 열심히 땀을 흘렸다고 했다.

"그런데 그 사실은 어떻게 아셨습니까? 주변에서는 아직 회사에 다니는 것으로 알고 있는데요."

보험금 청구와 관계가 있는 줄 진혀 몰랐다고 했다. 보험금 산정에 차이가 날 수밖에 없다는 김지석의 설명에 당혹한 표정이 뚜렷했다. 어떻게 될 방법이 없겠느냐고 사정하는 얼굴이 안되어 보였다. 두 사람만 눈을 감으면 되었다. 자신은 그렇더라도 유동기가 그냥 넘어갈지 자신이 없었다.

"선생님, 그렇다면 BM손해사정에 들어가는 수수료를 조금 더 생각해 주실 수 있겠습니까? 그래야 저도 유동기 센터장을 설득할 수 있을 것 같습니다. 그쪽의 반발이 너무 완강해서요."

이영섭의 대답이 시원했다. 오랫동안 무역회사에서 산전수전 다 겪은 사람답게 눈치가 빨랐다. 위임수수료 10%에 5%를 더하겠다는 말이 선뜻 나왔다. 그것도 계약서에 표시되지 않게 현금으로 준비하겠다고 했다.

이영섭이 돌아간 후 유동기에게 전화했다. 김지석은 본론으로 들어가기 전에 다른 보험금 청구 건을 언급하며 유동기의 의중을 떠보았다. BM손해사정 지역센터의 한해 살림을 좌우할 수 있는 큰 건이었다. 그렇게 말을 꺼내면 눈치 빠른 유동기도 김지석의 속뜻을 알아챌 것이었다. 김지석은 평소와 다름없는 담담한 목소리로 말했다.

"센터장님, 이영섭 보험금 청구 건에 대한 심사는 제가 한다는 것은 아시죠. 무슨 문제가 있겠습니까. 혹시 위임수수료가 서운하셨다면 이영섭과 다시 이야기해 보도록 하겠습니다."

유동기가 잠시 말이 없었다. 유동기의 호흡이 거칠어지는 듯하다 다시 평정을 되찾는 것 같았다.

"차장님이 확인했다고 하니 그것으로 대신하겠습니다. 내일 이영섭을 사무실에 나오라고 했는데, 그럴 필요가 없겠네요. 바로 전화하겠습니다."

모든 것이 순조롭게 진행되고 있었다. 코로나로 인한 대학병원의 업무 마비로 후유장해진단서 발급이 늦어진 것 외에는 아무런 걸림이 없었다. 그해 9월 중순 LD손해보험 보상팀에 접수된 보험금 청구 건이 한해를 넘겨도 이영섭은 불평이 없었다. 그동안 몇 번 전화로 진행 경과를 묻긴 했으나 김지석이 둘러대는 말을 의심치 않고 기다렸다.

이영섭 보험금 청구 건의 심사가 늦어진 것은 LD손해보험 내부 사정 때문이었다. LD손해보험이 고의로 보험금 지급을 늦추고 있다는 것은 업계의 공공연한 비밀이었다. LD손해보험은 급격히 나빠진 재정 상태 개선을 위해 전사적인 노력을 기울이는 중이었다. 대표이사의 교체를 통한 근본적인 체질 개선을 시도하는 한편 구조조정을 통해 많은 직원을 내보내는 과감한 조치도 빠지지 않았다. 지난해 말에는 결산을 앞두고 재무 건전성 확보를 위해 소리 없이 움직여야 했다. 수입을 늘리고, 지출을 조금이라도 줄이기 위해서는 보험금 청구 건에 대한 지급을 늦출 수밖에 없었다. 밖으로 드러내어 할 수 있는 일이 아니었다. 인사고과와 경영 실적 평가를 통한 압박에 직원들은 알아서 처신했다.

그런 일은 LD손해보험의 보상업무를 위임받은 GL손해사정 일선 담당자의 협조 없이는 불가능했다. GL손해사정은 주요 고객 중의 하나인 LD손해보험의 내부 사정을 감안하지 않을 수 없었다. GL손해사정의 일선 담당자인 김지석이 알아서 심사를 늦추어야 했다. 이영섭이 불평하는 것도 아니었다. 연말이라 보험금 청구 건이 한꺼번에 밀려 들어와 어쩔 수 없다는 어설픈 변명에도 이영섭은 말없이 수긍했다.

새해도 한 달이 넘어가고 있었다. 더 이상 기다릴 수만은 없어 김지석은 LD손해보험 보상팀에 진행 여부를 타진했다. 연말이라는 발등의 불을 끈 보상팀에서 의외의 반응을 보였다.

"작년 9월에 접수되어 위임한 보험금 청구 건을 아직도 들고 있어요? 나중에 문제가 생기면 김 차장이 책임지셔야 합니다."

뻔한 수작이었지만 김지석은 아무 말도 할 수 없었다. 보험금 청구 건에 문제가 생기면 일선 담당자가 모든 책임을 지는 것이 업계의 생태였다. 이에 대한 반발은 있을 수 없었다. 당장의 위임 건이 줄어드는 것은 물론이고, 담당자에 대한 문책도 피할 수 없었다. 이러한 사정을 이영섭에게 설명할 수는 없었다. 조금만 기다리면 좋은 결과가 나올 거라며 다독거릴 수밖에 없었다.

문제는 엉뚱한 곳에서 터져버렸다. 심사 과정에서 LD손해보험의 법률 자문을 맡은 법무법인의 의견이 '면책'으로 나와 버린 것이었다. 스포츠센터의 운동 기구 관리 소홀을 인정할 수 없어 이영섭에 대한 보험금 지급 의무가 없다는 의미였다. 김지석이 전혀 예상하지 못한 결과였다.

보험금 지급 결정은 여러 가지 요인이 복합적으로 작용되었다. 그중 가장 중요한 요인이 스포츠센터의 관리 부실 정도였다. 유사 사례의 경우 스포츠센터의 과실을 30%에서 70% 정도로 보고 배상금이 결정되곤 했다. 자신이 스포츠센터의 과실을 뚜렷하게 부각해 놓은 이 건의 경우 유동기가 청구한 70% 수준 그대로 결정되리라 의심치 않았다.

김지석의 반발에 법무법인은 LD손해보험 보상팀을 핑계 댔다.

보상팀에서는 법무법인의 자문 의견을 거론하며 아는 체도 하지 않았다. 이미 이영섭에게 '지급 거절' 통보 문서가 발송되었다고 했다.

이영섭의 실망이 이만저만이 아니었다. 그렇게나 조용하던 사람이 불같은 화를 멈추지 않았다. 그동안의 LD손해보험 보상팀의 행태를 낱낱이 짚어가며 불만을 드러내었다. 김지석의 행동에 대해서도 강한 의문을 표시했다. 모든 것을 김지석이 덮어써야 하는 상황이 되어버린 것이었다.

"선생님, 지급 거절은 있을 수 없는 결과입니다. 민사소송으로 가시죠. 제가 잘 아는 변호사를 소개해 드리겠습니다."

민사소송 절차에 대한 김지석의 설명에 이영섭은 고개를 흔들었다. 소송이라는 말 자체조차 어려워하는 것이 소시민의 특성이었다.

이영섭을 통한 민원 제기뿐이었다. 필요하다면 금융감독원까지 이용해야 했다. 이를 통해 LD손해보험 보상팀의 주상진을 움직여야 했다. 이번 보험금 청구 건에 실질적으로 결정권을 가지는 보상팀의 부장이었다.

"민원 문서를 작성해 주시면 제가 접수해 드리겠습니다. 문서 작성에 필요한 자료도 제공해 드리고, 지급 거절의 부당성에 대한 다른 법무법인의 의견서도 구해 드리겠습니다."

정식으로 민원을 제기하면 김지석이 곤란해질 것이 뻔했다. 이영섭의 민원 문서를 먼저 입수하여 보상팀에 흘려주어야 했다. 그래야 문제가 생기더라도 자신은 살아남을 수 있을 것이었다.

이영섭은 반신반의하면서도 관심 있게 듣고 있었다. 이영섭이 고개를 끄덕이자, 김지석은 안도의 한숨을 내쉬었다. 마지막에 이영섭이 퉁명스럽게 내뱉은 말은 김지석의 머리에 남아있지도 않았다.

"자료는 주실 필요 없어요. 나도 그동안 많이 준비해 두었거든요. 민원 문서는 며칠 내로 보내 드릴게요."

이영섭의 민원 제기 문서가 효과를 본 것 같았다. LD손해보험 보상팀에서 비상이 걸린 모양이었다. 그럴 만도 했다.

보험금 지급의 정당성을 주장하는 문서와 함께 이를 뒷받침하는 법무법인의 반박 자료도 포함되어 있었다. 지역 내에서 상당히 지명도가 있는 법무법인의 의견이었다. 그리고 고의적인 보험금 지급 지연을 거론하며 금융감독원에 민원을 넣겠다고도 했다. 보험금 청구일부터 면책 통보일까지 심사 기간이 무려 6개월이나 소요된 사유를 밝히라고 요구하고 있었다. 이영섭의 청구 건뿐만 아니라 다른 청구인의 사례도 언급하고 있었다. LD손해보험의 약점을 그대로 적시하는 문서였다. 회사 내부 사정을 잘 알고 있는 사람임이 분명했다. 법률 전문가의 도움을 받는 것으로 보아 향후 소송으로의 진행도 불가피해 보였다.

LD손해보험 보상팀의 주상진 부장으로부터 전화가 왔을 때 김지석은 짐짓 모르는 척 시치미를 뗐었다. 보험금 지급 거절 통보에 대한 이영섭의 분노가 엄청나 전화도 받지 않는다고 분위기를 띄웠다. 보상팀도 그렇지만 자신은 더 곤란하지 않겠느냐며 엄살도 부렸다. 그러면서 주상진의 마음을 흔들어 보려고도 했다.

"이번 주말에 내려오셔서 이영섭을 한번 만나보시죠. 부장님이 설득하시면 마음이 바뀔 수도 있지 않겠습니까. 모처럼 오시는 길이니, 바다 냄새도 실컷 맡을 수 있도록 준비해 놓겠습니다."

금요일 오후에 진행된 주상진과 이영섭의 면담은 순조롭게 마무리되었다. 뜬금없이 내뱉는 소리로 분위기를 흩트리곤 했던 이영섭이 그날은 너무도 얌전했다. 주상진의 질문에 고분고분 대답하는 이영섭이 신기하기까지 했다. 이번 면담이 중요하다는 것을 사전에 몇 번이나 주지시켰었지만 내심 불안했던 김지석이었다. 그런데도 서둘러 면담을 끝내려고 애쓰는 김지석의 얼굴이 안쓰럽기까지 했다.

주상진이 이영섭을 만나고 간 후에 일이 일사천리로 풀려나갔다. 보상팀의 재검토 지시가 김지석에게 곧바로 떨어졌다. 주상진과 이영섭의 면담 과정에서 사고 당시의 새로운 사실이 밝혀졌기 때문이었다. 이영섭이 러닝머신의 오작동으로 굴러떨어졌다는 내용이었다. 김지석이 언젠가 써먹어야겠다고 수첩에 적어 두었던 것이었다. 주상진과 저녁을 함께하고 예약해 둔 호텔로 안내하면서 김지석이 슬쩍 귀띔해 준 것이기도 했다.

새로운 사실을 근거로 LD손해보험 법률 자문 법무법인에 재검토 의견을 물었다. 하루 만에 '면책 의견'이 '청구 금액의 30% 지급'으로 바뀌어 왔다. 아무리 빨라도 일주일은 걸리는 자문 의견이었다.

새로운 결과가 만족할 만한 수준은 아니었지만, 이해할 수 없는 것도 아니었다. LD손해보험 보상팀의 사정도 감안해야 했다. 김지석으로부터 심사 결과를 전해 들은 이영섭은 아무 말이 없었다. 한참이 지나서야 수고했다며 언제 저녁이나 한번 하자고 인사치레 말을 했다.

김지석은 벽에 걸린 디지털시계로 다시 눈길을 가져갔다. 애써 태연한 척 마음을 다잡아 보아도 진정이 되지 않았다. 손님이라고는 아무도 없는 카페에서 차가운 아메리카노 한 잔으로 속을 달래고 있은 지도 한 시간이 넘었다. 이영섭이 전화를 받지 않고 있었다. 휴대폰의 붉은 색 통화 불가 표시가 횟수를 더해가도 연락이 없었다. 문자를 남긴 것도 몇 차례나 되었다.

이영섭과 만나기로 한 카페였다. 그동안 두 사람이 자주 만나곤 했던 익숙한 장소이기도 했다. 잠시 이야기를 나눈 후 자리를 옮겨 유동기와 저녁을 함께하기로 했었다. 두 사람이 먼저 만나는 이유야 뻔했다. 이영섭이 약속했던 추가 5%를 전달받는 것이었다. 그러는 편이 좋겠다고 유동기도 양해했었다.

너무 늦어져 유동기가 기다릴 것 같았다. 그쪽으로 전화했을지도 몰랐다. 유동기는 아직 상황을 모르고 있었다.

"무슨 재미있는 말씀을 나누고 있어요. 나는 벌써 나갈 채비 갖추고 전화 오기만을 기다리고 있는데요."

이영섭이 일부러 피하는 것이 아닐까 염려되었다. 유동기는 애써 부인하면서도 걱정이 되는 모양이었다.

"그럴 리가 있겠습니까. 차장님이 얼마나 고생한 건인데요. 그걸 모르면 사람이 아니죠. 저도 전화해 보겠습니다."

다시 삼십여 분의 시간이 지나갔다. 유동기에게 전화하려고 휴대폰을 드는 순간 수신음이 들렸다. 유동기의 거친 목소리가 울려 나왔다. 이영섭이 전화를 받지 않아 위임수수료에 대한 법적조치 문자를 보내고서야 연락해 왔다며 흥분했다.

"이영섭이 여기로 전화했어요. 그런데 차장님의 염려가 맞네요. 추가 5%는 물론이고 남은 위임수수료도 못 주겠다고 하네요."

이영섭과 언성을 높였던 모양이었다. 유동기의 목소리가 평정을 찾지 못하고 흔들리고 있었다. 유동기의 입에서 험한 말이 쏟아져 나왔다.

"돈을 못 주겠다고 했다고요. 추가 5%는 보험금이 적으니까 그렇다 하더라도 위임수수료 10%는 왜 안 된다고 하던가요?"

김지석의 목소리도 덩달아 높아졌다. 그동안 엄청 신경을 쓴 건이었다. 주상진에게 개인적으로 들어간 돈도 적지 않았다. 이영섭을 만나면 그것에 대해 생색이라도 내려 했었다.

"지급 불가 통보를 받고 BM손해사정에서 한 것이 뭐가 있느냐고 묻더군요. 보험금은 자신이 민원 제기를 해서야 조금이나마 받아내었다고 하더군요. 위임수수료는커녕 오히려 계약금을 돌려받아야 한다고 언성을 높였어요."

어이가 없어 자리에 털썩 주저앉는 김지석의 귀에 유동기의 허탈한 중얼거림이 이어졌다.

"돈을 받으려면 직접 찾아오랍니다. 그동안 우리와 대화한 내용을 전부 녹음해 놓았으니 듣고 나서 자신 있으면 가져가라네요."

그때야 이영섭이 내뱉은 말이 생각났다. 그동안 자신도 많은 자료를 준비해 두었다고 했었다. 그 말이 무엇을 의미하는지는 분명했다. 어둠이 짙어지는 거리를 향해 김지석은 공허한 웃음을 날렸다.

못난 녀석

지하철 승강장을 빠져나와 오른편 통로로 돌아가자, 지상으로 오르는 계단이 까마득하니 보였다. 몇 명의 노인들이 계단 반대편에 있는 엘리베이터를 향해 종종걸음치는 것이 보였다. 재영은 무심코 그쪽으로 다가가다 발길을 돌렸다. 언제부터인가 사람이 많은 곳을 피하고 있는 자신을 보고 피식 웃음이 돌았다. 이제는 적응이 될 듯도 한데 몸이 먼저 반응하는 것이 신기했다.

이렇게 계단이 많았던가. 눈앞을 가로막는 가파른 계단이 끝을 보이지 않았다. 이전에 몇 번 규태의 가게를 다녀갈 때는 느끼지 못한 높이였다. 몇 걸음 내딛지도 않았는데 벌써 숨이 턱턱 막혀왔다.

중간지점에서부터 계단 사면에 붙여둔 짧은 문구들이 눈에 들어왔다. 현자들의 명언으로 짜증스러운 행인들의 마음을 달래려는 것일까. 법정 스님의 글귀를 끝으로 지상의 하늘이 보였다.

'인간은 걸을 수 있는 만큼 존재한다(사르트르).'

'걸으면서 쫓아버릴 수 없을 만큼 무거운 생각은 없다(키르케고르).'

'그냥 걷기만 하세요(법정 스님).'

언젠가 규태가 글자를 소리 내 읽으며 재영의 어깨를 툭 쳤었다. 이제 슬슬 배가 나오기 시작하는 재영을 놀리는 얼굴에 웃음이 가득했다. 규태의 가게를 처음 방문할 때였다. 그때는 규태가 가게에서 제법 거리가 있는 전철역까지 마중 왔었다. 그동안 이 계단을 몇 번이나 올랐던가.

전철역을 벗어나 아파트 단지 방향으로 올라가자 저만치 규태의 가게가 눈에 들어왔다. 자금성… 대단지 아파트 맞은편의 오래된 상가건물 이층에 자리 잡은 중국집이었다. 규태가 주방에서 음식을 요리하고, 정은이 홀 서빙을 담당하여 가게를 꾸려온 지도 몇 년이 되었다. 규태의 깔끔한 솜씨와 정은의 친절로 주변에서 맛집으로 제법 소문난 집이었다.

정은에게서 규태의 입원 소식을 들은 것은 재영이 회의자료 준비로 정신없던 날이었다. 점심도 거른 채 민감한 통계수치를 확인하느라 회의실 탁자 위에 던져둔 휴대폰의 진동음이 울려도 몰랐던 모양이었다. 정은의 부재중 전화가 몇 번이나 찍혀있었다.

규태가 병원에 실려 갔다고 했다. 짓궂은 농담을 자주 하는 정은이라 처음에는 장난인 줄 알았다. 둘이 결혼한 지가 벌써 몇 년이나 되었지만, 아직도 남편을 규태라 부르는 정은이었다. 어릴 때부터 함께 자라온 둘에게는 그것이 오히려 자연스럽게 여겨지기도 했다.

"요즘같이 어지러운 세상에 병원에 갈 일이 뭐가 있겠어. 규태도 코로나에 걸린 것이지."

전 세계가 코로나로 홍역을 치르고 있었다. 우리나라도 예외는 아니었다. 한꺼번에 확진자가 폭증하던 시기에는 치사율이 한때 3%를 넘을 정도로 무서운 전염병이었다. 코로나에 걸리면 백 명 중에서 세 명은 죽는다는 의미였다. 고령이나 기저질환이 있는 사람들이 더 위험하다고 했다. 하루가 멀다 않고 늘어만 가는 환자들을 수용할 병실은 바닥을 드러내기 시작했고, 이들을 치료하는 의료진도 탈진할 지경에 이른 지가 오래였다.

"어느 병원에 갔어? 연락은 되니? 몸은 어떻대?"

주변의 지인들이 코로나에 걸려 병원에 입원했다는 소식이 서서히 들려왔다. 나도 예외가 아니라는 두려움이 하루하루 현실이 되어 나타나고 있었다. 그런데도 규태와 정은만은 아니기를 간절히 바랐다.

혼자일 때도 그랬었지만 둘이 결혼하고부터는 정말 정신없이 뛰어다녔다고 했다. 가장의 무게를 짊어졌던 규태의 책임감은 더 절실했을 것이다. 돈이 된다면 무슨 일이라도 마다하지 않았다. 정은도 마찬가지였다. 조금이라도 무리하면 드러눕던 몸이 아플 새가 없었다.

안정된 수입 없이는 앞이 보이지 않았다고 했다. 둘이 허리띠를 졸라매고 몇 년 동안이나 애쓴 결과가 원룸을 벗어나는 데 불과했다. 큰맘 먹고 은행 대출을 끼고 중국집을 차린 지가 몇 해 전이었다. 이제 겨우 자리를 잡았는가 했는데 이런 일이 터져버린 것이었다. 가난한 사람들에게는 궂은일도 피해 가지 않는 것이 세상의 이치였다.

"열이 나기는 하지만 심하지는 않은 모양이야. 어제 입원하는 날은 정신없었다고 하던데 오늘은 전화는 받을 거야."

코로나에 가장 취약한 곳이 식당이라고 하더니 규태도 손님에게서 전염된 모양이었다. 사람들이 곳곳에서 쓰러져도 생계 수단인 가게의 문을 열 수밖에 없는 것이 절박한 사람들의 현실이었다.

"그럼, 가게는 어쩌고, 너 혼자서 꾸려나갈 수 있어?"

"가게가 뭐야. 보건소에서 방역한다고 난리 치는 판에 어떤 손님이 우리 집으로 밥 먹으러 오겠어."

그 이후 가게 문을 열지 못했다고 했다. 앞으로의 일은 그때 가서 생각하기로 했다며 정은은 허탈한 웃음을 지었다. 설마 굶어 죽기야 하겠냐는 정은의 말이 가슴에 못이 되었다. 어설픈 웃음으로 얼버무리면서도 재영은 알 수 없는 불안감이 느껴져 왔다.

그때까지도 재영은 정은이 코로나 확진자의 밀접 접촉자로 생활치료센터에 들어갔다는 것은 생각지도 못했다.

규태와의 통화는 몇 분간에 불과했다. 한 병실에 4명이 있어 큰 소리를 내기가 곤란하다고 했다. 외부 출입이 통제되고 있어 전화하기 위해 음압병실을 벗어날 수도 없는 실정이란다. 오늘 새로 들어온 사람이 옆자리에서 끙끙 앓고 있어 전화할 분위기도 아니라고 했다. 가만가만한 규태의 음성이 잘 들리지 않아 중간중간 몇 번이나 되물어야 했다. 평소에도 조용한 녀석의 목소리가 병실 안에서는 더 기어들어 가고 있었다.

휴대폰을 통해 병실의 윙윙거리는 소음이 성가시게 들려왔다. 24시간 내내 가동되는 음압기에서 나는 소리라고 했다. 처음에는 굉장히 거슬려 잠을 못 이룰 정도였지만 이제는 어느 정도 적응이 되었단다. 잠깐의 통화에서도 입원 당일의 당혹감과 두려움이 진하게 묻어나왔다.

"확진 통보를 받고 구급차를 탈 때까지는 그냥 그런가 했어. 아직 한창인 나이에 무슨 일이 있겠냐 싶었지. 그런데 구급차 운전기사의 전신 방호복을 보는 순간 두려움이 밀려오기 시작했어."

운전석과는 완전히 차단된 공간이었다. 아무도 없는 공간에 혼자 남겨져 있다는 불안감에 자신도 모르게 온몸이 떨려왔단다. 위급한 상황이 닥치더라도 어떤 도움도 받을 수 없다는 철저한 고립감이었다.

"일반병실과는 완전히 분리된 별도의 병동이었어. 머리부터 발끝까지 방호복으로 무장한 간호사의 안내에 따라 병실로 들어섰어. 말로만 듣던 음압병실이었지. 그때야 나도 코로나 감염자라는 사실이 실감 났어."

환자복으로 갈아입고 체온, 혈압, 산소포화도 등의 기초적인 검사를 받고 병상에 누우니 그때까지 몰랐던 열감이 느껴졌다고 했다.

"온몸의 근육이 무엇에게 맞은 듯 쑤셔오기 시작했어. 어릴 때 앓았던 지독한 독감 증상과 비슷했어. 목이 찌르는 듯이 아프고, 가래가 심하게 끓어오르며, 숨쉬기가 힘들 정도로 기침이 심해졌어. 링거로 수액을 투여하고, 진통제를 추가하고, 병실 안으로 들여온 이동식 엑스레이기로 폐를 찍고… 어제는 하루가 어떻게 지나갔는지 모르겠어."

그러다 더 통화하기가 어렵다는 말과 함께 전화가 끊어졌다. 삼십여 분 후 휴대폰으로 문자가 왔다. 채팅방의 규태 이름이 반가웠다. 담당 의사의 전화 진료가 있었다고 했다.

'체온이 약간 높으나 혈압과 산소포화도는 정상이래. 엑스레이 판독 결과 폐의 염증도 우려할 수준은 아니래. 처방해 주는 약 먹고 푹 쉬면 회복될 수 있으니 걱정하지 말라네.'

문자에 이어 병실 내부 사진 몇 장이 전송되어 왔다. 셀카로 찍은 규태의 상반신과 병상 일부가 먼저 눈에 들어왔다. 억지로 눈웃음을 짓고 있는 규태의 얼굴이 애처로웠다. 하얀 마스크가 코와 입을 가리고 있지만 눈 주위가 움푹 들어간 것이 수척해진 모습이 완연하였다. 병원 로고가 선명하게 찍힌 하얀 병상 시트가 재영의 가슴을 아리게 만들었다.

다른 사진에는 하반신만 보이는 사람과 등을 돌려 웅크린 채 누워있는 사람이 보였다. 병상에 앉아 멍하니 어딘가를 바라보고 있는 사람 뒤로 음압기로 보이는 설비가 배기 튜브를 늘어뜨리고 있는 사진도 눈길을 끌었다. 침상 사이의 간격이 넓고, 구석진 벽에 음압기가 있는 것 외에는 일반병실과 별다른 차이를 보이지 않았다. 외부와의 차단을 위해 24시간 가동된다는 음압기 소음으로 스트레스를 받는다는 환자들의 심정이 이해되었다.

'그래 다행이구나. 코로나 정도는 네게 아무것도 아닐 거야. 병원 생활에 필요한 것은 없어?'

가족들이 보내준 물품을 환자들에게 전해주려 애쓰는 간호사들의 모습이 언론에 보도된 적이 있었다. 물품을 소독하고 병실에 들여보내느라 가뜩이나 쳐진 그들의 어깨를 더욱 힘들게 한다는 기사였다.

재영은 그들의 수고도 무릎쓸 생각이었다. 규태의 성격으로 보아 병실에서 필요한 용품을 준비하지 못했을 것이 분명했다. 가게를 정리하느라 자신은 생각조차 못 했을 것이다.

'몸이 아프면 잘 먹어야 회복이 빨라. 먹고 싶은 것이나 필요한 물품 있으면 알려 줘. 바로 준비해서 보내줄게.'

다시 한 장의 사진이 날아왔다. 시중의 편의점에서 볼 수 있는 도시락 같았다. 밥과 국 그리고 몇 가지 반찬이 플라스틱 용기에 담겨있었다. 빵이나 우유, 김 등은 별도로 제공되고 있다고 했다. 병원의 환자가 아니더라도 한 끼 식사로는 부족하지 않아 보였다.

'식사는 괜찮은 편이야. 다른 사람들은 입맛을 못 느끼고, 냄새도 맡을 수 없다며 대부분 남기는데 나는 잘 먹고 있어. 염려하지 않아도 돼.'

다행이었다. 어지간히 어려운 상황이 아니면 신세 지기 싫어하는 녀석이긴 했다. 이어지는 규태의 문자에 재영은 정신이 번쩍 들었다.

'그런데 가게가 걱정이네. 정은이도 괜찮다고는 하지만 퇴원하려면 열흘 정도는 걸린다고 하던데.'

정은이가 밀접 접촉자라는 사실을 잊고 있었다. 확진자와 별도로 밀접 접촉자도 생활치료센터에 들어가 열흘 정도 격리되어야 했다. 상태가 나빠지면 기간이 길어질 수도 있었다. 입원 이후의 PCR 검사에서 양성으로 판정되면 병원으로 이송되어 치료받아야 했다.

규태와의 대화를 마치자 곧바로 정은에게 전화했다. 염려했던 것과는 달리 통화는 자유로웠다. 2인실에 배정되었으나 침대 하나가 비어있어 오히려 넓고 좋단다. 혼자 있어 마스크를 쓰지 않아도 되어 그나마 다행이라며 쓴웃음을 지었다. 매일 두 번 체온, 맥박수, 산소포화도 등을 생활치료센터 앱에 입력하는 것이 하루 일의 전부란다. 아무 이상도 없는데 열흘씩이나 이곳에 있어야 한다니 미칠 것 같다고 투덜거렸다. 그러다 정은이 특유의 코맹맹이 소리가 흘러나왔다.

"답답해한들 달라지는 거 있나. 며칠간 나라에서 제공해 주는 호텔에서 호강하는 것으로 생각하지 뭘."

조금 전 통화할 때 생활치료센터에 들어갔다는 말은 왜 하지 않았느냐는 힐난에 정은은 낄낄거리며 맞받았다.

"아이고, 재영아. 너답지 않구나. 이쁜 색시한테 장가가서 떡두꺼비 같은 아들 낳고, 어렵다는 회사에 들어가 팀장까지 하는 사람이 맞니?"

젖먹이 때에 보육원에 들어온 셋이었다. 재영과 규태가 맡겨진 다음 해에 정은이 뒤를 이었다. 같은 나이라 그들은 자연스럽게 형제처럼 어울려 자라왔었다. 성인이 되자 그곳에서는 더 이상 버틸 수 없었다. 스무 살도 되지 않은 나이에 거친 사회에 내동댕이쳐진 그들이었다.

규태의 염려가 곧 정은의 마음이었다. 재영이 시간을 내어 가게에 다녀오겠다는 말에 정은이 반색했다.

"그래, 네가 가서 챙겨봐 줘. 규대가 병원으로 먼저 실려 가고 나도 곧바로 여기 오느라 가게는 문만 잠그고 왔거든."

코로나 발생한 집… 이층으로 오르는 계단 입구 벽에 누군가 짙은 매직펜으로 휘갈겨 쓴 낙서가 재영의 가슴을 섬뜩하게 했다. 코로나의 강한 전염력은 사람들의 몸을 망가뜨리기 전에 정신부터 파괴하고 있었다. 보건소에서 방역소독을 하여도 사람들은 코로나가 발생한 곳은 근처에도 가려 하지 않았다. 규태의 가게도 아무도 다녀가지 않은 듯 쓰레기만 날리고 있었다.

중국에서 처음 보고된 코로나 환자가 국내에서 발생한 지도 어느덧 일 년을 훌쩍 넘어서고 있었다. 지난해 초, 최초 확진자가 나온 이후 연말에는 걷잡을 수 없이 확산되다 새해에는 다소 주춤하나 싶었다. 하지만 무더운 여름이 다가오고 있음에도 감염자 수는 오히려 늘어나기만 했다. 기대와는 달리 상황이 나빠지기만 하자 사람들의 두려움도 점점 커졌다. 거기에다 델타 변이의 유행으로 사망자도 눈에 띄게 늘어나자, 극도의 공포에 사로잡히지 않을 수 없었다.

'사회적 거리 두기'의 확대가 불가피하다고 했다. 식당에서는 오후 6시 이후부터 2명 이상의 손님은 받을 수 없고, 저녁 10시 이후에는 문조차 닫아야 했다. 이러한 조치가 있기 전부터 손님을 찾아보기가 쉽지 않았다. 재택근무의 확대로 샐러리맨들은 아예 출근조차 하지 않았고, 사무실에 나온 직원들도 배달 음식으로 끼니를 때우곤 했다. 활기를 띠던 식당 골목은 인적을 찾기 힘들었고, 포장 음식을 배달하는 오토바이 엔진 소리만이 요란하게 골목을 누비고 있었다.

정은이 알려준 비밀번호로 가게 문을 열고 들어서자, 내부의 휑한 모습이 그대로 들어왔다. 대여섯 개의 탁자가 놓인 홀에는 아직 정리되지 않은 의자들 사이로 냅킨 몇 장이 바닥에 나뒹굴고 있었다. 좌식 테이블이 길게 놓인 안쪽 방은 방석 몇 개가 일부러 집어던진 것처럼 어지럽게 흩어져 있었다. 주방에는 씻지 못한 접시들이 중화요리 특유의 붉은 기름때로 칠갑을 하고 수북이 쌓여있었다.

손님들이 북적대어도 언제나 청결하던 가게의 모습은 찾을 수 없었다. 얼마나 경황이 없었으면 이렇게까지 어질러 놓았을까 싶었다. 규태의 깔끔한 성격에는 상상조차 할 수 없었다. 확진자 이송용 구급차를 타는 규태의 당황한 얼굴이 보이는 것 같았다.

가게 문을 열려면 주변 정리가 우선일 것 같았다. 방역업체를 불러 내부 소독도 다시 할 필요가 있었다. 식자재도 신선한 것으로 준비해야 했다. 규태 없이는 어려운 일이었다. 규태가 돌아오더라도 사람들의 두려움을 생각하면 한동안 가게 문을 열 수 없을지도 몰랐다.

'체온이 올랐다 내렸다 반복하네. 기침도 끊이지 않고 있어. 밥을 먹어도 맛을 느끼지 못하고, 냄새조차 맡을 수 없어. 회복이 늦어질까 봐 억지로 삼키고 있지만 절반도 채 넘어가지 않아.'

규태가 입원한 지 일주일이 지났다. 녀석의 문자에 초조함이 묻어나오고 있었다. 음압병실의 답답함 때문만은 아닌 것 같았다.

'미각과 후각을 상실하는 것이 코로나 환자의 특징이래. 기침은 퇴원하고 나서도 한동안 계속될 수 있다고 하네. 너무 걱정하지 마.'

규태도 전형적인 코로나 환자의 증상을 거치는 모양이었다. 그러다 몸이 회복되면서 입맛도 돌아온다고 했다. 몸이 좋아지더라도 PCR 검사에서 음성이 나와야 퇴원할 수 있었다.

'하루의 대부분을 침대에 널브러져 있어. 이미 퇴원한 사람도 있고, 조만간 퇴원한다고 기뻐하는 사람도 있지만 나는 계속 몸이 좋지 않네. 오후에 다시 엑스레이 찍어 본다니 기다려 봐야지.'

안부를 묻는 문자에 대한 규태의 회신이 늦어지고 있었다. 아침에 넣은 문자의 답신이 오후에 들어오기도 했다.

'네 문자를 보긴 했는데 너무 아파 꼼짝도 할 수 없었어. 아직 한창나이이니, 별일이야 있겠어. 정은이는 곧 집에 갈 수 있다고 하니 정말 다행이야.'

오전에 정은과도 통화했었다. 별다른 징후가 없으면 곧 퇴원할 수 있다는 통보를 받았다고 했다.

"이제 지긋지긋한 생활치료센터도 끝이네. 내 복에 이렇게 호화로운 호텔 생활이 가당키나 하겠니."

그렇게 말하면서도 정은의 목소리는 힘이 빠져 있었다. 규태의 상태에 대한 염려는 정은이 더한 것이 당연했다. 어지간해서는 앓는 소리를 하는 사람이 아닌데 정말 걱정이 된다는 염려가 이어졌다.

"너무 걱정하지 마. 다른 사람들도 그런 증상을 거친다고 했어. 그리고, 퇴원하는 날 연락해. 데리러 갈게."

며칠이 정신없이 지나버렸다. 상반기 업무를 마무리하고 하반기 경영 방향을 결정하는 시기였다. 그동안 준비해 둔 자료를 경영진에게 보고하고, 최고 경영자에게 승인도 받아야 했다. 몇 달 전부터 관련 부서의 모든 직원이 늦게까지 야근하며 매달려 온 자료였다.

정은이 퇴원할 날이 되었다는 것을 어렴풋이 느끼면서도 지나쳐 버렸다. 퇴원할 때 데리러 가겠다는 말이 인사치레가 되어 버린 것이었다. 아무리 바빠도 정은에게는 그래서 안 되었다. 정신이 번쩍 들어 휴대폰을 집어 들었다. 많이 늦은 시간이었다. 아직 퇴근은 엄두도 내지 못하고 있었다.

"그래도 잊지 않고 전화했구나. 고맙다."

회사 일로 정신없었다는 거추장스러운 변명은 꺼내지도 못했다. 기어드는 목소리로 미안하다는 말만 되풀이했다.

"무슨 말이야. 다른 사람들은 내 전화도 받지 않으려 해. 전화로도 바이러스가 전파되는 것으로 생각하네. 나는 코로나에 걸리지도 않았는데 말이야."

아무렇지도 않은 듯 웃음 섞인 목소리에 재영의 눈가가 떨렸다. 늦게라도 들리겠다는 재영을 만류하는 정은의 목소리에 근심이 묻어나왔다.

"나는 괜찮은 데 규태가 조금 힘든 모양이야. 내일이 쉬는 날이지? 시간 되면 가게로 와. 남은 재료도 처리할 겸 내 요리 솜씨 한번 보여줄게."

규태와의 문자 간격이 벌어지고 있었다. 안부에 대한 회신이 늦어져도 궁금해할 여유가 없었다. 눈앞에 쌓인 일이 친구도 잊어버리게 만들고 있었다.

가게 입구의 낙서는 말끔히 지워지고 없었다. 어질러져 있던 홀과 방도 가지런히 정리되어 있었다. 주방에는 벌겋게 불꽃을 내는 가스 불 위에 웍을 올려놓고 정은이 땀을 흘리고 있었다.

"지금 막 시작했어. 네가 전철역에 도착했다는 전화를 받고 주방에 들어왔으니 조금만 기다리면 돼. 중국집은 시간이 생명 아니니."

쇠고기 탕수육과 잡채가 탁자 위에 차려졌다. 음식을 준비하는 정은의 손놀림이 재빨랐다. 정은은 홀 서빙만 하는 줄 알았는데 요리 솜씨도 훌륭했다.

"음식 재료 남은 것 몇 가지로 후딱 만들었어. 우리 주방장이 농땡이 부릴 때는 어떻게 하겠어. 내가 직접 나서야지. 중화요리 몇 가지 만드는 거야 어깨너머로도 충분하지."

규태를 주방장으로 부르는 정은의 눈가에 웃음기가 어려 있었다. 맞은 편 자리에 앉아 주머니에서 휴대폰을 꺼내 들었다. 재영의 눈 앞에 문자 화면을 들이미는 손길에 평소의 장난기가 되살아나 있었다. 규태로부터 온 문자였다.

'몸이 조금 나아지는 것 같아. 체온도 내리고, 기침도 줄어들고 있어. 무엇보다 입맛이 살아나고 있어 훨씬 견딜만해.'

전철을 타고 오면서 확인한 문자였지만 재영은 못 본 것처럼 맞장구를 쳤다. 규태의 고생이 이제 끝나가는 것 같았다.

"그래, 정말 다행이야. 그동안 걱정을 많이 했는데. 며칠만 더 고생하면 퇴원할 수 있겠지."

정은은 가게 입구의 지저분한 낙서부터 없앴다고 했다. 틈틈이 가게를 손보기 위해 남겨둔 페인트를 낙서 위에 칠할 때는 눈물이 핑 돌았단다. 아래층 채소가게 주인이 정은을 보고도 슬금슬금 피하기만 했다고 한다.

"재영아, 그래도 너뿐이다. 다른 사람들은 코로나 감염자라고 가까이 오지도 않는데 이렇게 찾아와 주어 정말 고맙다."

정은을 방문하겠다고 했을 때 아내도 걱정이 대단했다. 정은이 아무 문제도 없었다는 것을 알면서도 어딘가 불안했던 모양이었다. 재영을 말리지는 못하고 아이들 생각을 먼저 하라는 말만 되풀이했었다.

이제 규태와 정은의 생활이 정상을 되찾아 가는 것 같았다. 주변의 왜곡된 시선은 시간이 흘러가면 해결되는 법이었다.

"그래, 잘 되었네. 규태의 동선에 대한 역학조사 결과는 어때. 가게를 다녀간 사람들은 문제가 없고?"

정은의 눈이 똥그랗게 커졌다. 무슨 말을 하느냐는 듯이 한참을 바라보다 고개를 끄덕였다.

"규태가 초롱이에 대해서는 말 안 했나 보네. 초롱이도 며칠 후 퇴원한다고 들었어. 정말 다행이야."

전 세계를 혼란으로 몰아넣은 코로나가 발생하기 몇 달 전이었다. 오랜만에 식사나 같이하자고 규태가 재영 부부를 가게로 초대했다. 어렵게 시작한 규태의 가게가 안정을 찾아가던 때라 기분 좋게 응했다. 그런데 두 사람의 표정이 평소와 달랐다. 정은의 얼굴에 항상 보이던 익살스러운 장난기가 보이지 않았다. 차분하기만 하던 규태의 말투에도 어눌함이 배어있었다. 어색한 분위기를 의식한 듯 규태가 불쑥 입을 열었다.

"보육원에 있는 초롱이 있잖아. 우리가 데려오는 것은 어떨까?"

규태가 보육원을 찾기 시작한 후부터 알게 된 아이였다. 한 달에 두 번 가게가 쉬는 날에 규태가 그들이 함께 자랐던 보육원을 방문한 지는 오래였다. 규태가 만든 짜장면은 한창 먹성이 좋은 아이들에게는 최고의 음식이었다. 초롱이도 규태가 오는 날만을 기다리는 아이 중의 하나였다. 밤하늘의 별처럼 눈망울이 초롱초롱 빛난다고 하여 보육원의 이름 대신 초롱이라 부르고 있었다.

초롱이는 또래의 아이들과 달랐다. 이제 4살이 넘어가는 아이의 행동에 문제가 많았다. 자신의 마음에 들지 않으면 고함을 지르고, 욕을 하며, 난폭해지기 일쑤였다. 다른 아이들과 잘 어울리다가도 갑자기 돌변하여 괴성을 지르며 달려들기도 했다. 최근에는 한번 화가 나면 스스로 지쳐 나가떨어질 때까지 멈추지 않은 적도 있었다. 얼굴빛이 하얗게 질리다가 정신까지 잃어버리면 보육원이 발칵 뒤집히곤 했다. 언어 발달이 늦어지거나, 같은 행동을 되풀이하거나, 자기만의 세계에 빠져 있는 등의 소아 자폐증과는 다른 행동이었다.

그런 초롱이에게 규태는 오히려 더 다가갔다. 보육원을 찾을 때면 제일 먼저 초롱이에게 달려갔다. 규태가 방문한 날의 초롱이는 여느 아이들과 전혀 다르지 않았다. 규태 뒤를 강아지처럼 졸졸 따라다니며 마냥 즐거워했다. 이를 아는 보육원에서는 평소에도 초롱이가 이상 행동을 보일 때면 규태에게 연락하곤 했다. 휴대폰으로나마 규태의 목소리를 들으면 초롱이는 조용해졌다. 그래도 진정이 안 되면 규태가 가게 문을 닫고서라도 보육원으로 달려가기도 했다. 그런 아이를 입양하겠다는 말이었다.

정은의 몸 상태를 감안하면 입양은 둘에게 좋은 방안일 수 있었다. 정은이 고등학교 때 겪은 교통사고로 임신이 어렵다는 사실은 보육원 내에 공공연한 비밀이었다. 마을버스가 비탈길에서 굴러떨어지면서 여성의 주요 장기에 깊은 상처를 남긴 때문이었다.

도심 변두리의 산기슭에 위치한 보육원은 전철을 내려 마을버스로 갈아타고서도 한참을 가야 했다. 전쟁 이후 밀려든 피난민들로 자연스럽게 형성된 변두리 마을 끝 경사지가 버려진 아이들을 위한 시설 용지로 개발된 곳이었다. 전철역을 출발한 마을버스가 변두리 마을로 가려면 가파른 경사길을 지나야 했다. 꼬불꼬불한 경사길에는 항상 위험이 도사리고 있었다. 한겨울의 도로는 수도관이 터져 빙판길이 된 적이 한두 번이 아니었다.

정은이 고등학교 3학년이 되던 겨울방학 때였다. 그해 겨울은 유난히도 추워 어김없이 도로는 빙판길이 되어있었다. 마을버스가 술에 취한 행인을 피하려다 경사지 아래로 추락하는 사고가 발생했다. 추운 날씨로 몇 명 되지 않는 승객 중에 정은이 포함되어 있었다. 시내에 있는 도서관에서 늦게까지 공부하고 보육원으로 돌아가던 중이었다.

몇 사람이 크게 다쳤다. 그중에 정은의 부상이 제일 심했다. 마을버스가 경사지를 구르면서 복부를 다쳤는지 장기의 손상이 많았다. 하필이면 여성에게 중요한 부위의 상처가 심각했다고 했다. 결혼 후 십여 년이 가까워지는 지금까지 둘 사이에 아이가 없는 것이 이상하지 않은 이유였다.

정은의 사정을 감안하더라도 다른 아이도 아닌 초롱이를 입양하는 것은 무리였다. 그때의 사고 여파로 정은은 아직도 후유증에 시달리고 있었다. 조금만 무리해도 앓아눕기가 예사였다. 이러한 상황에서 이상 행동을 일삼는 초롱이는 감당하기 힘든 아이가 될 것이었다. 규태의 어깨에 지금보다 몇 배나 무거운 무게를 더하게 될 것이 분명했다.

재영은 둘을 애써 말리고 싶었다. 하지만, 정은의 눈을 보고는 그런 말을 할 수 없었다. 눈빛이 활활 타오르고 있었다. 사고 이후 육체적인 고통과 정신적인 좌절감이 겹쳐 오랫동안 우울증에 빠져 있던 정은이, 다시 생기를 찾기 시작할 때의 눈빛이었다. 규태도 마찬가지였다. 힘든 정은을 따듯이 감싸안을 때의 규태를 다시 보는 것 같았다.

두 사람의 결정에 대한 칭찬을 아끼지 않았다. 누구보다도 따듯한 가정이 필요한 초롱이에게 보금자리가 되어주어 고맙다는 인사도 잊지 않았다. 하지만, 집으로 돌아가면서 재영은 중얼거리지 않을 수 없었다.

"저 녀석이 바보야 아니면 성인이야. 멀쩡한 제 자식도 키우기 힘든 세상에 어떻게 그런 아이를 키우려 하나."

코로나로 인해 모든 사회시스템이 마비되어 버렸다. 초롱이에 대한 입양도 마찬가지였다. 다음 해 날씨가 풀리면 진행하려던 입양 절차는 언제가 될지 알 수 없었다. 조금만 견디면 회복될 것 같던 일상은 코로나의 확산으로 점점 미궁으로 빠져들기만 했다. 걷잡을 수 없는 감염의 위험으로부터 몸을 지키는 것이 모두에게 최고의 관심사일 수밖에 없었다.

규태의 가게에 손님이 뜸해진 지도 오래였다. 코로나 이전의 절반 이하로 떨어진 하루 매출이 최근에는 거의 20% 수준으로 곤두박질치고 있었다. 점심시간에 손님 몇 명이 간단한 음식을 쫓기듯 먹고 일어선 후부터는 손을 놓고 있었다. 그동안 일회용 용기 사용 때문에 절대 응하지 않던 배달 주문이라도 받아야 하겠다고 생각할 때였다.

보육원의 생활지도 직원으로부터 전화가 왔다. 초롱이가 엄마라고 부르며 따르는 오십 대 중반의 여성이었다. 그날도 초롱이에게 문제가 생긴 것으로 생각했지만 그것이 아니었다.

초롱이가 코로나에 걸렸다고 했다. 며칠 전 예방주사를 맞으러 인근 병원에 데리고 간 것이 원인이었다. 몹쓸 놈의 바이러스는 어린아이라고 내버려두지 않은 모양이었다.

평소에도 통제가 되지 않는 아이였다. 그런 초롱이가 기침을 콜록거리며, 열에 들떠 자지러지게 울고 있었다. 그것을 지켜보면서도 누구도 가까이 갈 수 없었다. 감염자와의 접촉은 연쇄적인 감염을 불러올 수 있어 보육원 아이들 전체가 위험해질 수 있기 때문이었다.

코로나 전담병원에 데려가야 했다. 그런데 초롱이를 받아줄 병실이 없었다. 확진자의 폭증으로 음압병실이 소진되어 가는 판에 초롱이 같은 유아는 더 어렵다는 것이었다. 승용차로 세 시간이나 걸리는 다른 도시의 전담병원은 아이를 이송할 구급차가 없었다. 모두가 발만 구르고 있었다.

규태는 조금도 망설이지 않았다. 가게 문을 내리고 곧바로 보육원으로 달려갔다. 그렇게 몸부림치던 초롱이도 규태를 보자 조용해졌다. 병원으로 가는 동안 승용차 뒷좌석의 담요가 젖을 정도로 열이 나던 아이인데도 앓는 소리조차 없었다. 입원 수속을 진행하는 동안에도 규태는 잠시도 초롱이 곁을 떠나지 않았다.

다음날 규태는 밀접 접촉자로 PCR 검사를 받았고, 확진 통보가 이어졌다. 반나절 이상을 감염자와 붙어 다녔으니 당연한 결과였다. 그간 내내 가슴 졸이던 정은에게 규태는 덤덤한 표정으로 한마디 한 것이 전부였다.

"그런 거 생각하고 어떻게 아이를 키워. 자식을 위해서는 전부를 내어줄 수 있어야 부모가 아니겠어."

초롱이에 대한 입양 절차가 언제 재개될지 알 수 없었다. 하지만 규태는 초롱이를 이미 자신의 아이라 여기고 있었다.

고개를 끄덕이며 귀를 기울이는 재영을 바라보며, 정은은 무어라 코웃음을 치며 입술을 삐죽이 내밀었다.

"우습지 않니? 초롱이를 병원에 데려다주고 돌아온 뒤로 규태는 나를 근처에도 못 오게 했거든. 그런데도 그 사람들은 나를 코로나 확진자의 밀접 접촉자로 분류해 버렸어."

원망스러운 목소리로 투덜대던 정은이 붉어진 얼굴을 감추며 비아냥거리는 투로 다시 내뱉었다.

"덕분에 나도 호텔에서 푹 쉬다가 나왔지만, 하루하루가 힘든 사람들은 어떻게 살아가야 하니?"

규태로부터의 문자가 끊어지고 있었다. 정은에게 간 날에 좋아졌다고 문자가 왔다가 그 이후는 연락도 없었다. 정은도 사정은 마찬가지여서 속이 탄다고 했다. 별일이야 있겠냐고 서로 위로하면서도 무언지 모를 불안감이 깃들고 있었다. 저녁에야 짧은 문자가 왔다.

'기침이 나서 정신이 없어. 엑스레이 검사에서 폐렴 증상이 보인다네. 내일 다시 연락할게.'

규태의 마지막 문자였다. 다음 날 재영은 온종일 휴대폰만 잡고 있었다. 문자를 보내다 안되어 병원에 전화했다. 신호 소리가 몇 번이나 들리더니 다시 전화하라는 녹음 소리만 되풀이하다 끊어져 버렸다. 정은도 그렇다고 했다. 어지간한 일에는 놀라지 않는 정은도 불안한 마음을 감추지 못했다.

다음 날도 여전하였다. 전화기만 잡고 있을 수가 없어 병원으로 달려갔다. 정문을 제외한 다른 통로는 일반인의 출입이 철저히 통제되고 있었다. 정문도 입구와 출구가 분리되어 용무를 확인한 후에야 들어가는 것이 허락되었다. 체온을 확인하여 열이 높은 사람은 물론이고, 최근에 코로나 다수 발생 지역이나 해외를 다녀온 사람들의 출입도 통제되고 있었다.

이런 상황에서는 병원을 출입하는 것조차 쉽지 않았다. 입구의 직원에게 사정을 자세히 설명하고서야 출입이 허락되었다. 그리고 몇 곳의 부서를 찾아 헤맨 끝에야 규태의 상태를 확인할 수 있었다. 하지만, 재영이 들을 수 있는 말은 몇 마디가 전부였다.

"김규태 환자, 어제 중환자실로 옮겨갔어요. 폐렴이 심해져 에크모로 호흡은 하고 있으나 앞으로의 결과는 우리도 알 수 없어요."

하루에도 많은 수의 코로나 환자가 죽어 나가고 있었다. 코로나는 앞으로도 얼마나 지속될지 누구도 알 수 없는 상황이었다. 보건소 등의 의료행정 체계뿐만 아니라 나라의 전체 시스템이 코로나에 묶여있었다. 병원은 포화 상태에 이르렀고, 의료진은 지쳐 탈진할 정도였다. 누구도 믿을 수 없는 상황이 계속되고 있었다. 제 몸부터 챙기는 것이 절대 가치였다.

"못난 녀석, 아무리 멍청하더라도 자신부터 살아야지. 왜 그런 짓을 해서 위험을 자초하는 거야."

병원을 나서면서 재영은 어딘지도 모를 곳을 향해 중얼거렸다. 정은에게 규태의 상태를 전해주어야 하는 데 힘이 빠져 주저앉고 싶었다. 휴대폰을 꺼내는 손이 심하게 떨려왔다.

루저의 탄생

회의실을 어떻게 빠져나왔는지 몰랐다. 아직 다리가 후들거렸다. 휴게실에서 흐트러진 화장이라도 살펴보고 싶었지만, 직원들에게 비참한 모습을 보이기 싫었다. 자리에 앉아 책상 위의 모니터에 시선을 두었지만, 머릿속은 갈피를 잡지 못했다. 최근 이슈가 되고 있는 종목 몇 개가 급격한 호가 변동을 보여도 강 차장의 눈에는 들어오지 않았다.

지점장도 그럴만했다. 어제 영업점 화상회의에서 본부장에게 작살나게 깨어진 것을 모두 알고 있었다. 몇 년 만에 엄청난 수익을 보이는 활황장세에서도 지점 실적은 밑에서 손가락으로 꼽을 위치였다. 지역 내에서 이미 포화 상태에 있는 영업점의 통폐합 이야기가 나오는 실정이었다. 눈앞의 연봉 결정에도 막대한 영향을 미치는 것이 영업실적이었다.

강 차장의 실적은 그중에서도 제일 아래였다. 회의를 시작할 때 이미 각오는 했지만, 지점장이 그렇게 모질게 나오리라고는 짐작 못 했다. 신규 계좌, 예탁 자산, 약정수수료 등 모든 항목을 하나하나 짚어가며 강 차장이 무색할 정도로 질책했다. 다른 직원들은 건드리지 못하고 강 차장만 콕 찍은 것이 분명했다. PB영업을 시작한 지 6개월도 되지 않는 여직원이라 야속하다 싶었지만 어쩔 수 없었다. 강 차장이 자신도 모르게 찔끔 눈물을 떨구고서야 지점장의 목소리는 줄어들었다. 기어들어 가는 목소리로 열심히 하겠다는 말만 되풀이할 수밖에 없었다.

여기서 살아남으려면 전력을 다해야 했다. 그동안 뜸했던 창구의 계약직 여직원들에게 저녁이라도 사야 할 것 같았다. 창구로 걸려 오는 주인 없는 상담 전화라도 연결해 주면, 신규 계좌 몇 개라도 확보할 수 있을 것이다. 마이너스통장이라도 만들어 차명계좌도 한두 개 더 늘려야 했다. 그것으로 스캘핑이라도 열심히 돌리면 실적 제고에는 도움이 될 것이다. 우선 움직임이 뜸한 관리 고객의 계좌부터 다시 챙겨 보는 것이 좋을 것 같았다. 언젠가 전화라도 한 번 해야겠다고 생각했던 몇몇 고객의 얼굴이 떠올랐다.

"사모님, 강효진 차장입니다. 그동안 잘 지내셨죠?"

갑작스러운 전화에 상대방이 당황하는 눈치였다. 증권사 직원이 전화할 이유를 모르겠다는 듯 경계심부터 먼저 드러내었다.

"재작년에 적립식 펀드를 안내해 드렸던 올인투자증권 강효진 차장 모르시겠어요. 그때는 과장이었으니 그럴 수도 있겠네요."

몇 해 전 대학 선배로부터 소개받은 오십 대 중반의 여성이었다. 도톰한 볼에 하얀 피부가 복덩이같이 환한 얼굴이었다. 중학교 교사로 근무하며 퇴직을 대비해 매달 일정액을 펀드에 넣었으면 했다. 같은 여성인 강 차장에게 친근감을 나타내며 호들갑을 떨었다. 앞으로 궁금한 것이 있으면 전화해도 되겠느냐는 얼굴이 천진스럽게 보여 머리에 남아있던 고객이었다.

중국 증시가 바닥을 칠 때라 상하이 지수를 추종하는 인덱스 펀드를 추천해 주었다. 한 해가 지나자, 중국 증시에 불이 붙기 시작했다. 2,500선에 불과하던 상하이 지수가 3,000선을 뛰어넘어 3,500선을 바라보고 있었다. 매달 일정액이 들어간 고객의 펀드 수익률은 이미 30%를 넘어서고 있었다.

"중국 펀드 계속 가져가시겠어요? 내년까지는 중국 증시가 크게 변동이 있을 것 같지 않아서요. 지금이 환매할 기회인 것 같은데 다른 것으로 갈아타는 것도 괜찮아 보여요."

펀드 성격상 접촉할 일이 없던 고객이라 큰 기대는 하지 않고 한 전화였다. 뜻밖에 상대방이 관심을 보였다. 강 차장이 묻지도 않았는데 스스로 자신을 드러내며 다가왔다.

"올해 초 학교를 명퇴하면서 받은 퇴직금 일부와 그동안 남편 몰래 조금씩 모아둔 돈을 합치니 제법 되네요. 개인적으로 의도하지 않게 생기는 일에 대비하려고 준비한 자금이에요. 집안의 대소사나 애들에게 소소히 나가는 돈까지 남편에게 일일이 타 쓸 수는 없잖아요. 그동안 은행의 정기예금에 넣어 두었는데 이자가 너무 박해서요."

시중은행의 정기예금 금리가 2% 초반을 맴돌고 있었다. 몇 년 동안 뼈 빠지게 모은 목돈을 정기예금에 넣어 둔 사람은 바보 취급을 받고 있었다. 약삭빠른 사람들은 저축은행으로 쫓아갔지만, 그곳의 사정도 별반 다르지 않았다.

코로나 사태로 곤두박질쳤던 증시가 어느새 회복되더니 하반기에 들어서자 수직 상승을 하고 있었다. 증권사의 고객예탁금이

사상 최고치를 기록하며 멈출 줄 모르고 늘어만 갔다. 사오십 대의 가정주부들이나 연세 지긋한 노인들이 공모주 청약을 위해 증권사 객장을 점령하고 있었다. 모바일 거래에 익숙하지 않은 사람들이 코로나에도 불구하고 길게 줄을 서 차례를 기다리고 있었다. 시중은행의 저금리에 실망한 자금이 불덩이 같은 증권사로 몰리는 것은 당연한 현상이었다.

"먼저 실적이 좋은 중국 펀드부터 수익을 챙기시는 것이 어떻습니까. 그리고 투자하실 금액을 계좌에 넣어 두시면 그에 맞추어 유망한 종목 몇 군데를 추천해 드리겠습니다."

그러면서 강 차장은 자금을 증권사 CMA 계좌에만 넣어 두어도 일정한 수준의 이자를 받을 수 있다는 말을 잊지 않았다.

다음날 고객 계좌에 들어온 자금을 보고 강 차장은 입가에 번지는 미소를 감출 수 없었다. 강 차장의 예상을 훨씬 웃도는 금액이었다. 고객의 중국 펀드 환매 대금을 합치면 더 늘어날 것이었다. 당장 지점장에게 면목은 세울 수 있을 것 같았다. 이 같은 고객을 몇 명만 더 확보하면 당분간 지점장에게 눈총은 받지 않아도 될 것이었다.

세계적인 코로나의 확산과 더불어 지구온난화의 영향으로 환경에 대한 관심이 어느 때보다 고조되는 시기였다. 수소차, 하이브리드차 등과 함께 환경친화적 자동차의 하나로 전기차가 미래를 주도할 산업으로 주목받고 있었다. 전기차는 내연기관을 사용하는 차량보다 내구성이나 주행성에서도 우수한 기술적 발전을 이루고 있었다. 최근 비약적인 성장세를 보이는 미국의 테슬라가 대표적인 경우였다. 테슬라의 전기차 모델은 엄청난 고가임에도 불구하고 몇 달을 기다려야 신차를 배정받을 수 있을 정도였다.

전기차의 핵심 부품은 배터리에 있었다. 충전하여 재사용할 수 있는 배터리를 생산하는 이차전지 산업은 한국과 중국이 글로벌 마켓을 주도하고 있었다. 한국은 기술적인 면에서 중국보다 앞서고 있다는 것이 대체적인 평가였다. 국내 배터리 완제품 업체 몇 곳의 주가는 모두가 주목하는 종목이었다.

그중에서 가장 유망하다고 꼽는 종목과 이차전지 관련 ETF 몇 개를 추천했다. 코스피의 TOP10 종목 중 아직 덜 오른 종목 몇 개도 추천 대상에 포함시켰다. 코로나 확산에 따라 수직상승하고 있는 진단키트 관련 주식은 향후 지속가능성이 불투명했다. 제약이나 바이오 업종도 아직은 소리만 요란할 뿐 실적이 뒷받침되지 못하는 실정이었다.

문자를 받아 본 복덩이 고객이 곧바로 강 차장을 찾아왔다. 삼십여 년 동안 중학교에서 아이들에게 국어를 가르쳤다고 했다. 오십 대 중반의 나이라고 볼 수 없을 정도로 해맑은 얼굴이었다. 강 차장의 아이도 올해 중학교에 들어갔다는 말에 더 친밀감을 드러내었다.

"차장님, 방송에서는 반도체 쪽이 유망하다고 하던데요. 연말에는 삼성전자가 큰일을 낸다면서요. 처음이니까 대형주로 시작하는 것도 맞을 것 같고요."

자신 있는 말투였다. 공부도 많이 했다고 했다. 증권 관련 책도 몇 권이나 읽고 유명 유튜비의 주요 구독자도 되있다고 했다. 매일 증시가 개장되면 만사를 제쳐놓고 증권방송에 채널을 고정한단다. 일찍 증시에 들어간 친구들은 벌써 상당한 재미를 보았다고 아쉬워했다.

전형적인 주린이의 모습이었지만 강 차장은 내색할 수 없었다. 고객의 기분을 상하게 해서는 안 되었다. 누구도 알 수 없는 곳이 증권시장이었지만 그동안 코로나로 인해 풀렸던 돈들이 증권시장으로 몰리고 있는 것은 사실이었다. 요즘 같은 시황에서는 어떤 종목에 투자하더라도 손해는 볼 수 없었다. 얼마만큼의 수익을 실현하느냐가 관심사였다.

"삼성전자도 괜찮을 것 같아요. 며칠 빠졌다가 오늘 상승 움직임을 보이고 있으니 적당한 매수 시점으로 보입니다. 제가 대행해 드려도 되고, MTS를 통해 직접 매수하셔도 됩니다."

강 차장의 설명을 듣는 고객의 얼굴에서 일순간 당혹감이 느껴졌다. 자신의 부족함을 들키지 않으려 애쓰는 아이의 표정이었다. 어려움이라고는 몰랐을 것 같은 얼굴이 부럽기도 했다.

"차장님이 매수해 주세요. 아직 모바일 시스템에 익숙하지 않아서요. 매수가를 얼마로 해야 할지도 모르겠고요."

"처음이니까 조금만 시작해 보시죠. 거래에 익숙해지시면 차츰 금액을 늘려가고요. 이삼백 정도만 할까요?"

"겨우 이삼백이요. 우리 친구들은 몇천씩 들어가 있다던데요. 적어도 오백부터는 시작해야 하지 않겠어요."

강 차장은 고개를 끄덕일 수밖에 없었다. 고객의 의견을 반대할 이유도 없었다. 이미 6만 원을 돌파한 삼성전자 주가는 7만 원을 넘어섰고, 조만간 10만 원을 돌파할 것이라는 전망이 대부분이었다.

복덩이 고객의 투자 금액이 어느 틈에 늘어나 있었다. 강 차장이 눈여겨볼 새도 없이 바이오 종목에 상당 금액이 추가되어 있었다. 백신 개발 관련 업체였다. 코로나 백신 개발이나 백신 위탁 생산 소문이 난 기업은 며칠 사이에 주가가 급등하기가 예사였다. 이차전지 관련 종목에도 발을 담그고 있었다. 처음 시작하는 거래치고는 지나치다 싶을 정도였다.

한번 불붙기 시작한 증시는 연말이 가까워지자, 속도를 더했다. 2,500선에 불과하던 코스피가 3,000선을 훌쩍 넘어서고 있었다. 주식으로 대박을 터트렸다는 사람들의 유튜브 영상이 수백만 건의 조회수를 기록할 정도로 성황이었다. 몇 배의 수익을 확실하게 보장한다는 리딩방의 문자가 SNS에 흘러넘쳤다.

복덩이 고객의 계좌도 붉은색으로 장식되고 있었다. 그동안 상당한 수익 실현도 있었다. 강 차장이 생각해도 기대 이상의 수익이었다. 과열된 시장을 감안하더라도 복덩이 고객의 수익률은 대단한 성적이었다. 시중은행의 정기예금 금리와는 비교할 수 없었다. 이러한 가운데서도 유망종목 추천을 요청하는 복덩이 고객의 전화는 하루도 빠지지 않았다. 강 차장이 자신에게만 유망종목을 알려주지 않는 양 볼멘소리를 내기도 했다.

"사모님, 요즘 투자종목이 많이 늘었네요. 혹시 저 말고 도움 받으시는 분 따로 있는가요?"

"주식에 엄청난 고수라는 사람을 아는 친구가 있어요. 그 친구의 말을 많이 듣죠. 방송이나 유튜브도 참고하고요."

복덩이 고객의 자신감이 더 커지는 듯했다. 강 차장과의 대화

중에 흡족한 웃음이 끊이지 않았다. 며칠 사이에 몇백을 먹었다는 소리에 고개를 갸우뚱하면서도 강 차장은 대단한 실적이라며 맞장구를 쳐야 했다.

한 해가 넘어가자 잠시 소강상태를 보이던 코스피는 다시 상승곡선을 그리기 시작하여 6월에는 사상 초유의 3,300선까지 돌파했다. 하지만 3,500선은 무난히 넘을 것이라는 기대와는 달리 하반기 이후 3,000선에서 3,200선 내외를 오가는 박스권에 갇혀 있었다. 이에 대해 시장은 그동안 과열되었던 장세가 숨 고르기를 하니 좋은 매수 기회라고 보는 시각과 현금 보유 비중을 높이거나 시장에서 당분간 멀어져야 한다는 시각으로 양분되고 있었다.

투자자들은 이미 글로벌시장으로 달려 나가고 있었다. 미국뿐만 아니라 중국이나 베트남 증시에 관심을 가지는 사람들도 늘어갔다. 동학에 대응하는 서학이란 신조어가 매스컴을 달구고 있었다. 서학으로 옮겨간 사람들은 다우존스나 나스닥 시황을 지켜보느라 밤을 꼬박 새우고 있었다.

복덩이 고객의 계좌가 심상치 않았다. 전체 투자 금액에 대한 수익률은 무리가 없어 보였다. 코스피가 3,000선 아래로 밀리자, 수익률은 줄어들었지만 원금까지 위협할 정도는 아니었다. 문제는 리스크가 높은 중소형 주식이 계좌에 나타나기 시작한 것이었다. 특정 이슈에 며칠 사이 널뛰기를 하는 중소 바이오 종목이나, 아직 락업이 풀리지 않은 신규 상장 종목들은 항상 투기꾼들의 좋은 먹잇감이었다. 대형주 위주의 투자가 이러한 종목으로 바뀌고 있었다.

"며칠 전 유니머스에 들어가셨네요. 제가 추천한 종목은 아닌데 어디서 좋은 정보 들었나 보네요."

일반의약품 생산업체인 가나제약에서 분리되어 신규 상장된 기업이었다. 면역세포치료제 개발 이슈로 며칠 사이 주가가 급등하고 있었다. 아직 락업도 풀리지 않은 종목이라는 것을 알고 있는지 궁금했다. 국제 원자재 관련 레버리지 종목에도 손을 대고 있었다. 급격한 가격변동과 괴리율 및 주기적인 오버롤 등을 감안하면 주린이가 관심을 두기에는 위험한 종목이었다.

"그쪽으로 자금이 모인다고 방송에서 떠들기에 조금 들어갔어요. 친구들도 단기에 높은 수익을 볼 수 있는 종목이라는 의견이 많더라고요."

"혹시라도 해서 드리는 말씀인데요. 지금은 크게 움직여서는 안 될 상황 같아요. 요즘 입소문을 타고 있는 종목은 더 조심하셔야 합니다."

"다른 사람들은 다 좋다고 하는 주식을 차장님은 왜 그러시죠. 그렇지 않아도 그동안 벌어놓았던 거 다 까먹어서 속상해 죽겠는데요."

한번 혹하면 말려서 될 상황도 아니었다. 더구나 수익을 보다 빠지기 시작하면 평정심을 유지하기가 더 어려웠다. 시장에서 몇십 년을 굴러먹은 고수들도 그러한데 주린이들은 여지없었다.

"조심하라는 말씀입니다. 앞으로의 시장 상황을 우려하는 사람들이 많아서요. 저도 요즘은 현금 비중을 높여가고 있습니다."

"예··· 예··· 예···."

복덩이 고객의 말끝이 흐려지고 있었다. 무언가 말을 꺼낼 듯하면서도 끝내 입을 열지 않았다.

위드코로나 선언으로 확진자가 급증하고 있음에도 코로나 이후의 주가 상승에 대한 개미들의 기대는 엄청났다. 오미크론 변이의 유행으로 일일 확진자가 한때 60만 명을 넘어도 치사율은 오히려 떨어지자 기대감은 더 높아졌다. 포스트 코로나 시대를 맞아 증시가 새로운 도약을 할 것이라는 전망이 사람들을 들뜨게 만들고 있었다. 하지만 시장에서 잔뼈가 굵은 고액 자산가들은 미국의 테이퍼링과 금리 인상에 주목하고 시장에서 발을 빼고 있었다. 코로나 종식을 위해 그동안 지나치게 풀린 통화가 물가를 압박하고, 이를 잡지 못하면 심각한 경기침체를 불러올 것이라는 의견이 흘러나오고 있었다.

이러한 우려가 증시의 폭락으로 이어졌다. 다시 한해가 바뀌자 36,000선이던 다우존스가 32,000선까지 떨어졌다. 미국 증시에 즉각적인 영향을 받는 코스피는 더 민감하게 반응했다. 지난해 하반기 이후 박스권을 형성하던 코스피가 2,600선까지 급락한 것이었다. 코로나 이후의 장밋빛 전망에 부풀어 있던 개미들의 기대와는 전혀 다른 방향이었다.

"차장님, 어떻게 해야 하죠?. 벌써 손실이 30%를 넘었어요. 남편이 알면 집에서 쫓겨날지도 몰라요."

코스피의 급락으로 고객들의 항의성 전화에 눈코 뜰 새 없는 강 차장의 책상 앞에 복덩이 고객이 울상이 된 얼굴로 나타났다.

"그 사람들이 알려주는 종목을 사니까 손해가 더 커져 버렸어요. 차장님이 추천해 준 대형주를 가지고 있었으면 이렇게까지 되지는 않았을 텐데요."

강 차장의 예상대로 리딩방이었다. 유튜브 방송 등의 SNS를 이용해 고액의 수익을 미끼로 접근하는 사람들이었다. 복덩이 고객 같은 주린이들이 주된 대상이라는 것은 물론이었다. 코로나라는 거대한 물결에 휩쓸린 시장에서 그들의 유혹을 물리치기란 누구도 쉽지 않았다.

"휴대폰 번호를 남기면 고수익 종목을 추천해 준다고 하더라고요. 그동안 벌었던 수익을 다 까먹어 불안했던 차에 눈이 번쩍 떠지더라고요. 친구들도 하고 있어 설마 했지요."

처음에는 무료로 유망종목 몇 개를 추천해 주었다고 했다. 정말 딱 들어맞더라는 것이었다. 몇 번 괜찮은 수익을 올리니 욕심이 생겼단다. 몇백만 원의 가입비를 내고 유료 회원으로 등록했다고 한다.

"그때부터 잘못되기 시작했나 봐요. 그 사람들이 추천한 종목이 오히려 시장과 반대로 가고 있더라고요. 어떻게 된 것이냐고 따지니 조금만 더 기다리래요. 대박 나는 종목이 있다고 했어요."

흘낏 확인한 복덩이 고객의 계좌는 손실 폭이 상당하였다. 증시 급락의 여파를 고스란히 반영하고 있었다. 강 차장의 차명계좌도 손절을 고민하는 상황이라 무어라 위로도 할 수 없었다.

"미국 증시도 맥을 못 추니 코스피는 오죽하겠어요. 그래도, 저는 괜찮은 편이에요. 우리 친구 하나는 몇억을 날려 야단이 났어요. 남편이 이혼하자고 한다며 발을 동동거리고 있어요."

주린이들을 이용하여 자신들의 욕심을 채우는 것이 리딩방의 속성이었다. 이를 위해 주가조작에 관여하거나 사기를 치는 경우까지 종종 나오고 있었다. 주린이들에게 단기간에 몇 배의 수익이 나는 확실한 종목은 있을 수 없었다. 이러한 사실을 인정하는 것이 주린이를 벗어나는 길이기도 했다.

복덩이 고객이 강 차장의 눈치를 살피며 엉뚱한 말을 불쑥 꺼내었다. 상대방의 의견을 구하는 것보다 자신의 결정을 확인하는 말투였다.

"차장님, 코스닥의 이바이오와 나스닥의 지티에이에 대해 어떻게 생각하세요? 앞으로 크게 오를 수 있는 종목 같아서요."

중소 바이오 업체 이바이오에 관심을 가지는 것은 그럴 만했다. 국제적으로 인정받는 기술력에 영업망까지 갖춘 기업으로, 코로나 백신 위탁생산 이슈로 뜨거운 조명을 받고 있었다. 아직 MOU 체결은 되지 않았지만, 시장에서는 공공연한 비밀이 되어 있었다. 강 차장도 눈여겨보는 종목이었다.

복덩이 고객이 미국의 지티에이를 언급할 때 강 차장은 깜짝 놀랐다. 독보적인 기술력은 인정받지만, 매출 실적도 없는 스타트업 기업이었다. 전기차 생산에 있어서 테슬라와 견줄 수 있는 기업으로 알려지며 주가가 급등세를 보였다. 하지만 최근에는 주가 하락이 이어지고 있어 불확실성이 많은 종목이었다.

"백신 이슈가 있는 이바이오는 괜찮다는 의견이 대부분입니다. 그 때문에 며칠 동안 주가가 너무 오른 것이 마음에 걸리지만요."

이미 예상한 내용이라는 듯 복덩이 고객은 고개를 끄덕였다. 그러고는 바짝 다가앉으며 강 차장의 다음 말을 재촉했다.

"미국 주식인 지티에이에 대해서는 우려 섞인 목소리가 큽니다. 최근 주가 동향으로 보아 위험한 것 같기도 하고요. 당장 들어가는 것보다는 조금 더 지켜보는 것이 어떻겠습니까?"

복덩이 고객의 얼굴빛이 약간 변하는 것 같더니 곧 제자리로 돌아왔다. 흔들리는 마음을 다잡으려는 표정이 여실히 보였다.

"지티에이는 저도 고민을 많이 했어요. 하지만, 하락하던 주가가 반등할 기미를 보이자, 며칠 사이 엄청난 자금이 몰리고 있어요. 이제는 더 떨어지려야 떨어질 수 없는 상황인 거죠."

틀린 말도 아니었다. 지티에이는 국내 투자자들의 미국 주식 매수 순위 상위 몇 위에 위치하는 뜨거운 종목이기도 했다.

그렇게까지 고민했다면 말릴 수 없었다. 누구도 알 수 없는 것이 주식시장이었다. 무엇보다 지푸라기라도 잡고 싶은 심정은 복덩이 고객이 아니라 강 차장 자신인지도 몰랐다.

자리에서 일어서는 복덩이 고객을 바라보며 강 차장은 속으로 씁쓸한 미소를 감출 수 없었다. 활활 타오르는 불덩이 속으로 뛰어드는 불나방의 날갯짓을 보는 것 같았다.

주가는 몇 달째 2,600선에서 횡보를 보이고 있었다. 미국의 물가 상승에 따른 금리 인상이 이제는 발걸음의 크기만을 가늠질하고 있었다. 빅 스텝이냐 자이언트 스텝이냐가 문제였지 금리 인상은 이미 예정된 행보였다. 일부에서는 울트라 스텝의 목소리까지 나오는 실정이었다. 한국은행도 선제적으로 금리 인상을 단행하면서 앞으로의 추가 인상도 불가피함을 몇 차례나 공언하고 있었다.

외국 투자 자본들이 빠져나가고 있었다. 슈퍼 개미들도 몸을 사리기 시작하여 몇 종목을 제외하고는 현금화 과정을 마쳤다는 소리도 들리고 있었다. 이러한 가운데에도 일부 개미들의 매수 움직임은 멈출 줄을 몰랐다. 코로나로 인한 폭락 증시의 급반등 효과를 학습한 그들은 이번에도 자신들이 칼자루를 잡은 것으로 생각했다. 복덩이 고객도 그들 중의 하나였다.

복덩이 고객이 다녀간 후 강 차장은 두 종목을 유심히 살펴보곤 했다. 상승세를 보이던 이바이오가 조정 국면에 들어서고 있었다. 지티에이도 보합세를 끝내고 우상향의 커브를 그리기 시작했다. 그때마다 두 종목을 자신의 계좌에 포함시키는 복덩이 고객의 솜씨도 재빨랐다. 이제는 주린이가 아니었다. 강 차장도 따라가고 싶었지만, 자금이 묶여 손을 쓸 수 없었다.

그 이후 복덩이 고객의 계좌가 큰 변동을 보이고 있었다. 기존 보유 종목 대부분을 처분하고 두 종목에 자금을 집중하고 있었다. 그동안 약간의 손실이 없지는 않았지만, 전혀 괘의치 않는 듯했다. 나중에는 현금으로 보유하던 자금까지 몽땅 털어 넣고 있었다.

복덩이 고객이 투자한 두 종목에 불이 붙기 시작했다. 백신 위탁생산과 관련한 MOU 체결 공시로 이바이오 주가는 우상향 커브를 그리기 시작했다. 기업의 탄탄한 기술력도 부각되자 주가 상승에 대한 장밋빛 전망은 더 높아졌다.

지티에이의 주가는 더 가팔랐다. 대량 주문 공시로 매출 실적에 대한 우려가 사라지자, 우상향의 주가가 멈출 줄을 몰랐다. 복덩이 고객의 계좌는 단번에 30% 이상의 수익을 보이고 있었다. 지금까지의 손실을 만회하고도 남는 수익률이었다.

강 차장의 전화를 받는 복덩이 고객의 목소리에 자신감이 흘러넘쳤다. 강 차장의 우려를 비웃고 있었다.

"그때 차장님 의견대로 했으면 어떻게 되었겠어요. 지금까지 까먹은 것 단번에 회복했어요."

앞으로 어떻게 변할지 모르니 지금쯤 수익을 실현하는 것도 좋지 않겠느냐고 조심스럽게 말을 꺼내었다.

"무슨 말씀이에요. 이제 막 불이 붙기 시작한다고 하는데요. 테슬라 보세요. 초기에 투자한 사람들은 몇십 배 먹었다고 하잖아요."

그럴 수 있을 것도 같았다. 지티에이가 제2의 테슬라가 되는 것이 현실이 되고 있었다.

복덩이 고객이 초대한 저녁 식사는 흥겨웠다. 5성급 호텔의 45층 스카이라운지에 있는 한식당 '도란도란'에서는 도심의 야경이 그대로 눈에 들어왔다. 어릴 때부터 이 도시에서 살아온 강 차장이지만 새롭게 느껴지는 눈부신 전경에 입을 다물지 못했다. 디너 코스의 한정식에 나온 송이 잡채, 전복요리, 한우 안심구이가 입 안에서 그대로 녹아내렸다. 가끔 이용하는 곳이라 부담스러운 곳은 아니라는 복덩이 고객의 인사가 얄밉게 들렸다.

복덩이 고객은 큰 성공을 거둔 것처럼 낙관하고 있었다. 투자한 금액이 그동안의 손실을 만회하고, 얼마 전부터 상당한 재미를 보고 있다며 어깨를 으쓱거렸다. 얼마만큼의 수익을 실현하느냐 하는 것만이 남아있다며 행복한 고민에 빠져 있었다. 다른 종목을 정리하고 두 종목에 집중한 자신의 선택이 적중했다며 의기양양한 표정을 숨기지 않았다.

강 차장의 소심함을 나무라기도 했다. 기회가 왔을 때는 과감

할 필요가 있다는 점을 몇 번이나 강조했다. 큰돈을 만지려면 다소의 위험은 감수해야 하지 않겠느냐며 확신에 찬 눈으로 바라보았다. 강 차장은 맞장구를 칠 수밖에 없었다. 화려한 저녁 분위기를 망쳐서도 안 되었다.

복덩이 고객의 자신감이 강 차장을 초라하게 만들었다. 이럴 줄 알았으면 자신도 은행에서 마이너스통장이라도 더 받았어야 했다. 강 차장은 뒤늦은 아쉬움에 가슴을 쳤다.

연초의 급락 이후 박스권을 형성하던 코스피는 금리 인상이 현실화되자 다시 2,300선 중반까지 급락했다. 미국 시장도 예외는 아니었다. 33,000선까지 밀렸던 다우존스가 잠시 회복되는가 싶더니 어느새 30,000선 아래로 떨어져 버렸다.

시장에서는 코스피가 2,400선 부근에서 박스권을 형성한다는 전망이 우세한 가운데 일부에서는 하한선을 2,000선까지 보는 경우까지 있었다. 어느새 비관적인 전망이 시장을 지배하고 있었다.

복덩이 고객의 계좌는 충격이 대단했다. 이바이오 주가는 증시 급락의 여파에다 백신 생산설비조차 갖추어지지 않은 사실이 부각되면서 곤두박질치기 시작했다. 그동안의 상승분이 며칠 사이에 제자리로 돌아가 버렸다. 기업의 해외투자 유치를 통한 생산설비 확보 발표에도 주가는 뒷걸음질만 계속했다.

지티에이는 더 했다. FOMC의 강도 높은 금리 인상과 더불어 주문 물량도 몇 년에 걸쳐 순차적으로 생산된다는 내용이 알려지자, 주가는 일주일 사이에 절반 이하로 떨어졌다. 미국 시장의 주가는 하한가도 없었다. 하룻밤 사이에 주가가 곤두박질쳐도 멍하니 쳐다볼 수밖에 없었다.

주가가 급락할 시점에 강 차장은 복덩이 고객의 전화를 받았다. 착 가라앉은 목소리에 위로의 말조차 꺼낼 수 없었다.

"차장님, 저는 신용거래가 얼마나 가능할까요? 비상금으로 남겨둔 자금에 신용까지 합쳐 물타기에 들어갈 생각이에요. 이대로 물러설 수는 없어요."

이런 상황이 얼마나 지속될지 아무도 몰랐다. 증시가 2,200선을 하한으로 반등할 것이라는 기대도 없지 않지만, 미국 경기의 영향으로 다시 곤두박질칠 것이라는 전망도 힘을 얻고 있었다.

복덩이 고객을 말리고 싶었지만, 입이 떨어지지 않았다. 시장이 예상대로 가지 않았을 경우에 따라오는 고객의 원망이 두려웠다. 지난번에서도 욕을 먹지 않았던가. 불확실한 시기에는 몸조심하는 것이 최고였다. 신용거래 절차를 안내하면서도 강 차장의 입술은 떨리고 있었다.

몇 달 후 복덩이 고객의 계좌를 확인했을 때 잔고는 텅 비어 있었다. 코스피가 2,100선 중반까지 떨어져 증시가 새파랗게 질려 있을 즈음이었다. 신용거래 고객의 담보부족계좌 급증으로 역대급 반대매매가 이루어질 때였다.

복덩이 고객에게 전화할까 망설이다 결국 번호를 누르지 못했다. 딱히 위로할 말도 없었다. 강 차장의 차명계좌도 상당한 수준의 손실을 보이고 있었다. 그나마 강 차장은 신용거래가 없어 존버라도 할 수 있었다. 다른 개미들처럼 세월을 죽이며 기다리는 수밖에 없었다.

거리는 이전에 비해 많은 활기를 보이고 있었다. 백신 접종과

오미크론 변이의 유행으로 확진자가 폭증하여도 코로나의 치명률은 급격히 낮아졌다. 이제 코로나는 지나가는 독감 정도에 불과할 정도였다. 사람들의 관심은 코로나 이후의 경제에 더 모이고 있었다.

몇 차례에 걸친 금리 인상으로 시장에서는 면역력도 생겨나고 있었다. 한때 천정부지로 치솟으며 원자재 가격 상승을 주도했던 국제 유가도 안정을 되찾고 있었다. 끝없이 오를 것만 같던 물가도 점차 수그러들고 있었다. 코스피는 2,100선 중반까지 떨어졌다가 서서히 반등하고 있었다.

강 차장의 책상 앞에 복덩이 고객이 얼굴을 내밀었다. 영업점 통폐합으로 지점을 옮긴 강 차장이 자리를 잡아가고 있을 때였다.

도톰하고 탄력 있던 볼이 반쪽이 되어있었다. 겁먹은 듯한 눈빛이 불안감을 감추지 못했다. 정수리의 하얀 머리칼이 기계충처럼 험하게 번져도 관심조차 없는 듯했다. 달라진 모습에 알아보지 못할 정도였다.

"제가 여기로 옮긴 것은 어떻게 아셨어요? 너무 갑작스러운 이동이라 고객분들에게 연락도 못 드렸는데요."

강 차장은 인사를 하면서도 내심 불안했다. 복덩이 고객의 계좌가 깡통이 된 이후 애써 피하고 싶었다. 일부러 행패를 부리려 찾아온 것일 수도 있었다. 일부 고객의 경우 험한 말을 하거나 심지어 소송을 걸어오기도 했다.

"사모님, 신용거래 말씀하실 때 제가 강하게 말려야 했는데. 시장이 그렇게 돌변해 버리니 안타까운 마음뿐입니다."

고객에게 조금이라도 책잡힐 말을 해서는 안 되었다. 급변하는 증시 상황에서 손실을 보지 않은 고객은 찾기 힘들다며 마음이라도 달래고자 했다. 자신도 상당한 손실을 보았다는 말도 덧붙였다.

"그때는 눈이 뒤집혀서 아무것도 보이지 않았어요. 그 사람들이 더 빠질 수 없다고 하도 우기는 바람에 따라갈 수밖에 없었어요."

명퇴금으로 받은 돈과 그동안 모아둔 비상금을 다 날렸다고 했다. 주변의 누구에게도 말할 수 없어 혼자 속앓이만 했단다. 그 때문에, 고혈압에 당뇨까지 생겼다며 얼굴을 붉혔다. 남편이 해외 출장으로 장기간 집에 없었던 것이 정말 다행이었다고 가슴을 쓸어내렸다.

"그래도 수사기관에서는 더 문제 삼지 않겠다고 하니 다행이에요. 그동안 얼마나 가슴을 졸였다고요."

돈을 몽땅 날려 정신을 못 차리는 중에 수사기관에 출석하라는 통보가 와 더 놀랐다고 했다. 리딩방을 따라 간 몇 종목이 주가조작 사건에 연루되었다는 혐의였다. 몇 차례의 조사 끝에 자신은 무관하다고 인정되었지만, 리딩방 운영자는 구속되었다고 했다.

"그런데 차장님, 지금은 다시 들어가도 괜찮지 않겠어요?"

뜬금없는 말이었다. 강 차장은 잘못 들은 말은 아닌가 싶어 복덩이 고객의 얼굴을 빤히 들여다보았다.

"이제는 정말 더 빠질 수가 없을 것 같아요. 이런 장에서 괜찮은 종목 한두 개만 주워 놓아도 대박이 나는 거 아니겠어요?"

물가 상승이 둔화되고 있더라도 추가적인 금리 인상이 불가피한 상황이었다. 무엇보다 염려스러운 것은 지구촌 전체의 경기 전망이 좋지 않다는 사실이었다. 시총 상위 메이저 기업조차 상당한 실적 감소가 예상되었다. 기업의 실적이 뒷받침되지 않는 주가 상승은 있을 수 없었다.

"조금 더 기다려 보는 것이 어떻습니까. 시장이 안정을 찾으려면 시간이 더 필요한 것 같아요. 코로나가 완전히 끝난 것도 아니고요."

"그런가요? 제가 눈여겨보는 종목이 며칠 사이 꿈틀대는 느낌이 들어서요. 지금 들어가지 않으면 놓칠 것 같아요."

그렇게 혼이 나고도 미련이 남는 모양이었다. 하긴, 지금까지 성공했다는 큰손들도 위험한 상황에서 대박을 터트렸다고 하지 않았는가. 골이 깊으면 산도 높다는 말도 있기는 했다.

"언젠가는 남편이 알게 되겠죠. 그전에 날아간 돈의 절반이라도 회복시켜 놓아야 면목이 설 것 같아요."

복덩이 고객의 마지막 말이 강 차장의 가슴을 쓰리게 했다. 무슨 말이라도 해야 한다고 생각하면서도 입이 떨어지지 않았다.

점심 식사를 마치고 자리에 앉은 강 차장의 귀에 익숙한 음악이 들려왔다. 우울한 듯하면서도 경쾌한 리듬이 좋아 한동안 흥얼거렸던 팝송이었다. 노랫말의 몇 구절이 그날따라 유난히 강 차장의 가슴을 파고들었다. 실연의 아픔을 노래했다는 가사가 증권시장의 속성을 고스란히 드러내고 있었다.

'The winner takes it all. The loser has to fall.

(승자가 모든 것을 차지하고, 패자는 무너질 뿐이죠.)

It's simple and It's plain. why should I complain?

(단순하고도 분명한 거죠. 불평할 게 뭐 있어요?)'

사랑이나 증권시장이나 마찬가지였다. 승자만이 모든 것을 가지게 되어있었다. 패자는 처참하게 쓰러지면서도 아무 말도 할 수 없었다. 어느 곳에서나 승자와 패자는 존재하기 마련이었다. 세상이 승자만을 기억한다는 것은 변할 수 없는 사실이었다.

승자와 패자는 애초부터 정해져 있는 것인지도 몰랐다. 증권시장에서는 더 그랬다. 소수의 자본가에게 절대적으로 유리한 기울어진 운동장이었다. 그곳에서 개미들이 골을 넣기란 쉽지 않았다. 개미들은 자신이 위태로운 운동장의 한쪽 모서리에 서 있다는 것조차 모르고 있었다.

오늘도 개미들은 그곳으로 달려가고 있었다. 승자가 되는 어리석은 꿈을 꾸면서… 복덩이 고객이 그러하듯이.

제3편

미래의 기대

브레이노이드

> 인간의 뇌는 신체와 관계없이 독립적으로 존재할 수 있다. 컴퓨터의 그것과 같이 마음의 프로그램이다. 그래서 뇌를 컴퓨터에 복사하는 것도 이론적으로는 가능하며, 사후의 삶을 제공할 수도 있다(스티븐 호킹).

모든 것이 루지나 때문이었다. 이성에는 관심이 없던 제이드였다. 그렇다고 지구권역 사회에서 유행하고 있는 동성 간의 교제를 좋아했던 것도 아니었다. 혼자 음악을 듣거나, 사색을 통해 삶의 의미를 찾고자 했다. 제이드는 '지구권역 관리위원회'의 시민교육시스템을 통해 주입되는 정보에 환멸을 느끼고 있었다. 그들은 컴퓨터시스템의 용량을 늘리듯 사람의 머리에 데이터를 주입하고 있었다.

우주개발이 활발한 태양권역 사회와는 달리 비교적 안정적인 지구권역 사회에서 사람들은 할 일이 없었다. 구세기의 국가를 통합한 '지구권역 관리위원회'의 사회보장시스템을 통해 살아가는 데 필요한 모든 것이 제공되는 사회였다. 대부분의 사람은 사회적 편의 도구를 이용할 수 있는 지식을 습득하는 것만으로도 충분했다. 소수의 엘리트만이 사회통제를 위한 고도의 학습이 필요했다.

지구권역 사회에서 지배층에 속하는 실비아는 아들 제이드도 그렇게 되기를 바랐다. 지배층을 구성하는 엘리트가 되기는 쉬운 일이 아니었다. 타고난 재능과 각고의 노력에 부모의 든든한 지원이 있어야 하는 것은 여느 사회에서나 마찬가지였다. 제이드는 어머니의 지나친 강요가 끔찍이도 싫었다. 그것에게서 벗어날 수 있는 길은 싱그러운 여자 루지나 뿐이었다.

"아리오의 유전자에 로메로의 유전자를 포함하고 싶어요."

제이드가 루지나와 동거를 시작하면서 약속한 2세에 대한 말이었다. 평생을 함께한다는 의미의 '결혼'이라는 용어가 사라진 것은 몇 세기 전이었다. 몇 개월 혹은 몇 년간 같이 지내다 다른 상대를 찾아가는 '동거'라는 말이 일상화되었다. 2세도 제한이 있었다. '지구권역 관리위원회'에서는 '지구권역에서는 시민 1인당 1명의 자녀만 둘 수 있다.'는 지침을 시행하고 있었다.

그들은 3년 기한의 동거를 시작하면서 우선 1명의 자녀를 두기로 약속했다. 제이드는 루지나를 닮은 딸을 원했다. 이름도 아리오로 정해 두었다. 그들에게 가능한 나머지 1명은 추후의 일이었다. 서로의 마음이 어떻게 변할지 누구도 알 수 없었다. 3년이라는 동거 기한도 지구권역 사회에서는 보기 드문 장기간이었다.

인간의 활동 영역이 태양계를 넘어서는 시대에 지구권역 사회의 적정 인구 유지를 위해 불가피한 조치라고 했다. 더 많은 2세를 원한다면 지구권역 이외의 화성이나 다른 행성으로 생활 근거를 옮길 수밖에 없었다.

태어날 2세의 유전자 구성도 5명 이내로 제한되었다. 부모의 유전자를 중심으로 우수 특성의 유전자를 구입하여 2세의 유전자를 구성하곤 했다. 동거하는 당사자만의 유전자로 구성된 2세가 모습을 감춘 지는 오래되었다. 다수의 우수 유전자를 선별하여 구성했지만, 너무 많은 유전자는 문제가 따랐다. 유전자 상호간의 작용으로 전혀 다른 형질로 나타나는 부작용이 발생했다.

공식적으로 유통이 허용된 우수 유전자 중에서 부모의 선호에 따라 유전자를 선별하여 구성하는 것이 일반화되었다. 지구권역 사회에서 인기 있는 유전자는 엄청난 가격으로 거래되었다.

"우리 둘과 와이어만, 케이시를 포함하더라도 아직 여유가 있으니, 로메로를 포함하는 것도 괜찮겠지."

와이어만은 지구권역 사회를 대표하는 천재 물리학자로 그의 유전자는 값이 어마어마했다. 케이시는 스포츠로 이름을 날리다 최근 우주개발에 나선 탐험가로 그녀의 유전자를 구하기도 쉽지 않았다. 제이드는 세계적 피아니스트 유리마의 유전자를 포함하고 싶었으나 루지나가 싫어해 포기하였다.

"스포츠카에 특화된 로메로의 유전자 특성 때문이라면 케이시의 유전자와 충돌하지 않을까?"

두 사람의 유전자를 각각 30%로 하여 부모의 특성을 최대한 반영하고, 나머지 40%는 와이어만과 케이시를 각각 15%씩 반영하면 10% 정도는 로메로로 해도 될 것 같았다. 그만큼 루지나는 로메로의 스포츠카에 빠져 있었다. 제이드가 로메로에게서 느끼는 열등감의 원인이었다.

"아니, 내 생각은…."

루지나가 제이드의 얼굴을 쳐다보면서 말을 망설였다. 거침없는 성격의 그녀로서는 드문 일이었다.

"당신의 유전자 비율을 줄이고 로메로의 비율을 늘렸으면 하는데. 그래도 우리 두 사람의 유전자 특성이 충분히 반영될 수 있잖아."

로메로를 그렇게나 생각하고 있었다. 그들의 동거 기간이 끝나면 로메로에게 가겠다는 말과 다름없었다. 로메로에 대한 루지나의 최근 행동으로 보아 동거 기간 전에도 언제든지 떠날 것처럼 보였다.

두 사람이 동거를 시작한 후 처음으로 심하게 다투었다. 제이드가 화성에 있는 어머니 별장으로 떠나간 한 달 동안 그녀는 로메로와 함께 지냈다. 화성에서 돌아온 제이드에게 그녀의 몸은 돌아왔으나, 마음은 싸늘하게 식어있었다. 그때부터 루지나가 로메로의 스포츠카를 함께 타고 말없이 사라지곤 하여도 그는 내색조차 할 수 없었다. 제이드는 그동안 몰두했던 피아노를 내팽개치고, 미친 듯이 스포츠카에 매달리기 시작했다.

통합주행시스템의 운전모드를 수동으로 돌려놓았다. 최대 시속 1,000km까지 주행할 수 있는 스포츠카를 제이드가 직접 운전하는 것이다. 가속페달에 힘을 더하자 도로를 나타내는 비행유도 광선이 쏜살같이 뒤로 밀려 나가기 시작했다. 어느새 시속 500km를 넘어서고 있었다. 수동모드로 운행할 수 있는 스포츠카의 최대 안전속도였다.

"위험합니다. 속도를 줄이세요."

차량 내부의 주행안전시스템이 비명을 지르며 위험신호를 보내왔다. 곧이어 중앙운행통제소의 경고음도 다급하게 들리기 시작했다. 제이드는 코웃음을 치며 스포츠카의 속도를 높여갔다. 자동모드에 의한 시속 800km는 의미가 없었다. 얼마 전 로메로는 수동으로 시속 800km를 돌파했다고 자랑했다. 그 말을 들은 루지나는 안길 듯 로메로 곁으로 다가갔었다.

'서울-베이징 에어로드'의 북부 구간을 삼십 분 이내에 돌파해야 했다. 항공 노선과 구분하여 지상 1km 이하의 저고도에 유도 광선으로 그어진 비행 도로였다. 초고속 주행이 가능한 비행 차량 전용 도로로 몇 세기 전부터 차량을 이용한 장거리 이동에는 지상의 아스팔트 고속도로를 대체하고 있었다. 비행 도로체계가 도입된 초기에 '서울-파리 대륙간 에어로드'의 일부 구간으로 개설된 '서울-베이징 에어로드'는 군데군데 광선이 끊어진 곳이 많아 위험할 뿐만 아니라 잦은 기상 변동으로 운전자들이 애를 먹곤 했다.

제이드는 자신 있었다. 얼마 전 시험 삼아 주행한 '서울-도쿄 에어로드'의 해저 튜브 구간을 수동으로 시속 700km까지 돌파한 경험도 있었다. 진공 튜브 도로는 대륙권에 개설된 비행 도로에 비해 방해물이 없어 어려움이 적었지만, 수동으로 시속 700km 이상의 속도로 운전하는 것은 보통의 배포로는 힘들었다. 차량을 덮쳐오는 터널에서 느껴지는 쾌감은 겪어보지 않고는 알 수 없었다. 시속 800km까지 자신 있었으나, 구세기 일본과의 경계를 넘어서는 지점에서 중앙운행통제소의 원격조정에 의해 운전이 차단되어 아쉬움이 컸었다.

수동 운전을 위해서는 저속에서 속도에 적응할 필요가 있었다. 우선 시속 600km에서 시작하기로 했다. 운전 모드를 수동으로 전환하자 시속 700km의 자동 안전속도로 달리던 옆 차선의 차들이 순식간에 그의 차를 추월했다. 자동모드로 주행할 때의 느슨함이 팽팽한 긴장감으로 다가왔다. 속도를 시속 700km로 높였다. 해저튜브 구간에서와 같은 속도였다. 곧 시속 800km도 넘어설 것 같았다. 베이징에 도착하기 전에 느껴보고 싶던 속도였다.

"경고합니다. 속도를 줄이지 않으면 원격으로 통제하겠습니다."

제이드의 스포츠카가 속도를 높이자, 수동모드로 전환할 때부터 울리기 시작하던 중앙운행통제소의 경고음이 더욱 요란해졌다. 그들이 원격으로 조치하기 전에 시속 800km를 돌파해야 했다. 속도계의 숫자가 막 시속 800km를 넘어서는 순간 차량 주행 방향을 안내하는 유도 광선의 흐름이 끊어져 보였다. 대기 중의 방해물이 차량의 표면을 때리는 충격이 둔탁하게 느껴져 왔다. 강화 소재로 보호된 제이드의 팔이 흔들리며 눈앞에 있던 에어로드가 뒤집혀 보인다고 느낀 순간 기억이 사라졌다.

어디에서 제이드를 부르는 소리가 들려왔다. 누군가 자신도 기억하지 못하는 시민번호를 들먹이고 있었다. 그가 그렇게 싫어하는 시민번호(SEKSA-J*****)에 짜증이 밀려왔다. 감정이라고는 조금도 느껴지지 않는 기계적인 목소리가 되풀이되고 있었다.

어디서나 시민번호로 통했다. 대양계(S), 지구(E), 구세기의 한국(K)까지는 참을 수 있었으나, 서울(S)의 특정 지역(A)에 거주하는 제이드(J*****)까지 들먹일 때는 반감마저 들었다. 새로운 은하와 소통이 가능해진 이후로 우리은하계 내 지적 생명체의 체계적인 관리를 위한 '태양권역 관리위원회'의 장기적인 포석이라고 했다. 하지만, 사람을 인조인간 안드로이드로 취급하는 것 같아 불쾌하기 짝이 없었다. 사람과 구분할 수 없을 정도로까지 정교해진 안드로이드이긴 하지만 어디까지나 그들은 인조인간에 불과했다.

지구권역 사회에서 통용되는 'Jade Lee'로 불러주지 않는 이유를 알 수 없었다. 그냥 어머니 실비아처럼 어릴 때부터 친숙한 '제이드'로 불러주어도 이렇게까지 기분이 나쁘지는 않을 것이다. 자신을 부르는 소리가 뚜렷하게 들리고 있었지만, 제이드는 일부러 아무런 반응도 하지 않았다.

"Mr. Jade Lee."

제이드라는 이름을 듣고서야 그는 마지못해 짜증 섞인 목소리를 내뱉었다. 제이드의 퉁명스러운 목소리가 공간을 거칠게 울렸다.

"What happened?"

그의 대답에 중앙 홀 한편에 비대한 덩치의 남자가 모습을 드러내었다. 두꺼운 뱃살이 상의를 헤집고 나올 것 같은 체구에 숨이 막힐 정도였다. 제이드의 반응에 상당히 고무된 듯 두툼한 얼굴이 붉게 상기되고 있었다. 제이드의 상태를 재차 확인한 후, 그 남자는 그동안 일어난 상황을 설명하기 시작했다. 매끄럽지 못한 말솜씨에 제이드가 영문을 몰라 어리둥절해하자 갑자기 한 사람이 불쑥 끼어들었다. 호리호리한 체구와 날카로운 얼굴에서 쏟아지는 눈빛이 매서워 보였다.

"이해를 못 하는 것을 보니 시스템이 아직 정상 작동되지 않는가 보네."

날카로운 얼굴이 중앙 홀 공간 한 곳을 가리키자, 그들의 눈앞에 3차원의 대형 홀로그램 영상이 펼쳐졌다. 화면에는 '서울-베이징 에어로드'의 비행 도로가 유도 광선에 의해 끝없이 이어지고 있었다. 곧이어 에어로드 위를 빠르게 움직이는 한 점이 보이고, 그것을 확대하자 제이드의 스포츠카가 나타났다.

운전석에 앉은 제이드의 긴장된 얼굴이 나타났다가 이내 사라졌다. 곧게 직선으로 뻗은 광선 도로를 달리던 스포츠카가 흔들리기 시작했다. 잠시 후 차량이 도로 밖으로 튕겨 나와 불길에 휩싸이며 지상 어딘가로 떨어지는 것이 보였다.

그제야 제이드는 이해할 수 있었다. 자신이 '서울-베이징 에어로드'를 달리다 사고가 난 것이었다. 그리고 그 사고의 여파로 인체회복센터에서 치료받는 중인 것 같았다. 회생베드에 있는 것으로 보아 상처는 꽤 심각한 듯했다. 구세기에 종합병원이라고 불리던 인체회복센터의 회생베드는 몇 년 전에야 개발 완료된 완벽한 치료 설비였다. 아무리 중대한 외상이라도 며칠만 회생베드에 누워있으면 거뜬히 일어날 수 있었다. 제이드가 사람들을 볼 수 있고, 말소리도 들을 수 있는 것으로 보아 이제 회복 단계에 있는 것 같았다.

스포츠카 내부의 탑승자보호장치가 제대로 작동된 모양이었다. 고속 주행 차량의 긴급 상황 발생 시 차량은 주행안전시스템에 의해 자동으로 탑승자보호장치가 작동되도록 설계되어 있었다. 자신이 의식만 있고 팔다리는 감각이 없는 것으로 보아 몸의 일부는 망가진 듯했다.

신체의 팔다리 정도야 떨어져 나가도 아무 문제가 아니었다. 최신 기능을 갖춘 인공 제품으로 교체하면 되었다. 본래의 신체에 기능이 강화된 각종 특수 장치를 부착한 강화 신체로 살아가는 시대였다. 여러 장기뿐만 아니라 심장까지 인공 제품으로 바꾸고 있었다. 게다가 사고로 의도하지 않게 신체를 바꾸는 경우에는 '지구권역 관리위원회'에서 비용을 부담해 주기까지 했다.

사고 장면을 보면서도 제이드는 염려되지 않았다. 자신보다는 애지중지하던 루시의 상태가 궁금했다. 상당한 재력가인 어머니 실비아조차도 고개를 흔들던 고가의 스포츠카 루시였다. 태양권역 내의 재력 순위에는 미치지 못하지만, 지구와 주변 우주 위성도시를 관할하는 지구권역 내에서는 손꼽히는 재력을 가진 그녀였다. 루지나의 일로 몇 달이나 어머니를 졸라 구입한 스포츠카였다.

"루시는 어떻게 되었어요?"

에어로드에서 차량이 이탈할 정도의 교통사고라면 루시도 무사하지는 못했을 것이다. 아무리 최첨단 강화 소재로 만들어진 비행 차량이라고 하지만, 이런 사고에는 방법이 없을 것이다. 망가진 루시를 고치기 위해 어머니에게 다시 아쉬운 소리를 해야 한다는 것만이 제이드의 걱정이었다.

제이드의 눈에 보이는 것은 작은 공연장과 비슷했다. 무대 중앙 한편에 마련된 공간에 몇 사람의 모습이 보이고, 그 뒤편으로 다양한 종류의 악기를 다루는 연주자들이 배치된 작은 오케스트라 같았다. 그들은 모두 한곳으로 시선을 집중하고 있었다.

교통사고 영상을 보여주던 날카로운 얼굴 주위로 다른 색상의 옷을 입은 사람들이 모여 있었다. 두툼한 얼굴의 흥분된 표정도 그들 중에서 찾을 수 있었다. 모두 날카로운 얼굴을 쳐다보며 어딘가에서 시선을 떼지 못했다. 날카로운 얼굴이 뒤편 섹터에 앉아 있는 누군가에게 무엇을 지시하는 것이 보였다.

뒤편 섹터의 투명 보호막 안에는 훨씬 많은 사람이 보였다. 부채꼴 모양으로 구분된 세부 공간에 색상을 달리한 옷차림의 사람들이 중앙 홀의 지시에 따라 분주하게 움직이고 있었다. 몇 명은 자리를 이동하며 다른 사람들에게 무엇을 알리고 있었지만 무슨 소리인지 알아들을 수는 없었다. 투명 보호막 안에 있는 사람들의 눈길도 한결같이 어딘가로 향하고 있는 것은 마찬가지였다.

제이드의 눈앞에 펼쳐진 전경이 쌍방향 매스컴을 통해 보았던 인체회복센터와는 너무나 달랐다. 자신이 몸을 담그고 있어야 할 원통 캡슐 모양의 회생베드도 찾을 수 없었다. 외과적인 조치 후 상처의 빠른 치유를 위한 특수 치료 용액이 담긴 의료 설비였다. 사람들의 옷도 의료진의 복장이 아니었다. 인체회복센터의 하얀 가운보다는 엔지니어들이 착용하는 전신 방호복처럼 보였다.

"여기가 어디죠? 인체회복센터가 아닌가요?"

제이드의 당황한 목소리가 떨려 나왔다. 그리고 보니 자신의 몸이 보이지 않았다. 회생베드 내에서 치료받고 있다면 움직일 수는 없더라도 신체는 볼 수 있어야 했다. 저렇게 주변의 사람들이 보이고, 그들의 목소리까지 들을 수 있다면 회복 단계에 있는 것이 분명했다. 그런데 몸은 보이지 않고, 더군다나 팔다리의 감각조차 느껴지지 않았다. 자신이 마치 유령이라도 된 것 같았다.

그때 날카로운 얼굴이 누군가를 향해 말하는 소리가 들려왔다.

"전방위 시각으로 바꾸어 주지."

그 말이 끝나자, 제이드의 눈에 주변이 입체적으로 들어오기 시작했다. 사람들이 있는 중앙 홀 맞은편에 메인 스크린 하나가 보이고, 그 좌우로 절반 크기의 스크린 두 개가 자리 잡고 있었다. 메인 스크린의 상단에는 '감정'이, 왼편 스크린에는 '시각과 청각'이, 오른편 스크린에는 '음성과 하드웨어'라는 표시가 선명하게 보였다. 스크린 주변에는 대용량 컴퓨터로 보이는 다양한 설비들이 모습을 보였다가, 날카로운 얼굴이 손짓하자 이내 사라졌다. 스크린의 모든 화면은 큰 움직임 없이 잔잔한 파동을 보이고 있었다.

중앙 홀과 그 뒤쪽의 섹터에 있는 사람들이 지켜보는 것이 이 스크린이었다. 생소한 상황에 제이드가 깜짝 놀라 자신도 모르게 "어~~~." 하고 소리를 내자 스크린 '음성' 창의 파동이 잠시 흔들리는 것이 보였다. 파동의 변화가 무엇을 의미하는 것인지 제이드는 아직 알지 못했다.

과학이 발달하여도 인간은 생명이 유한하다는 근본적인 한계를 벗어날 수 없었다. 이를 극복하기 위해 과학자들은 배아줄기세포를 이용한 복제인간을 연구하는 한편 노화된 신체를 대체하여 영구화하는 방안을 강구해 왔다.

복제인간은 20세기 말에 동물 복제가 처음 성공한 이래 눈부신 발전을 이루어 왔다. 인간 복제는 엄청난 윤리적 비난에도 불구하고 생명의 한계를 극복하려는 사람들의 욕심을 멈추게 할 수는 없었다. 몇 세기 전에 인간 복제가 공식적으로 허용된 이후 이제는 일반화되고 있었다. 하지만, 한 개체의 유전자 데이터를 복제인간에 그대로 옮겨놓아도 똑같은 개체로 재생되지는 않았다. 신체적인 외형은 같을지라도 정신까지 같을 수는 없었다. 복제인간이 변이된 형태로 나타나면 더 골칫거리였다. 최근에는 변종 복제인간들이 사회의 통제를 벗어나 위험 세력으로 성장하는 실정이었다.

신체를 대체하는 연구도 획기적인 성과를 보여왔다. 생명공학적 방법을 통해 배양된 인공장기가 병들거나 노화된 장기를 대체했고, 특수 소재를 사용한 강화 장기의 개발도 수명 연장에 많이 기여했다. 이제 심장을 포함한 대부분의 신체와 장기가 인조 제품으로 대체되고 있었다. 남은 것은 뇌밖에 없었다. 마지막으로 남은 뇌가 생체인 한 인간의 생명에는 한계가 있을 수밖에 없었다.

이를 극복할 수 있는 유일한 방법이 인간의 뇌를 스캔하여 컴퓨터시스템에 복사하는 것이었다. 그러한 시도가 오래전부터 있었지만, 인간의 뇌는 너무나 미묘했다. 양자컴퓨터로 완벽하게 스캔했다고 생각한 뇌도 막상 시스템에 업로드하면 이상이 발생했다.

중앙운행통제소의 긴급대응팀이 현장으로 달려갔을 때 지상으로 떨어진 사고 차량은 불길에 휩싸여 있었다고 했다. 속도 위주로 제작된 스포츠카의 미끈한 외관이 차량 탑승자보호장치의 작동을 방해한 것 같았다. 불길 속에서 제이드의 신체는 훼손이 심해 회복이 어려웠고, 머리만 간신히 보호할 수 있었다고 했다. 머릿속 뇌의 기능이 멈추기 전에 뇌파를 스캔할 수 있었던 것만도 다행이었다.

처음에는 중앙세포은행에 보관된 제이드의 배아줄기 세포를 이용한 복제인간을 생각했다. 하지만, 실비아가 그렇게 하기를 원하지 않았다. 그녀의 아들이 변종 복제인간으로 살아가는 것은 참을 수가 없다고 했다. 제이드를 다시 보려면 인간 뇌의 컴퓨터 복사시스템을 이용하는 수밖에 없었다. 시스템 구축 비용의 대부분을 실비아가 부담하는 조건으로 지구권역 차원의 연구가 결정되었다.

지구권역 내 관련 과학자들이 코스모넷을 통하여 머리를 맞대었다. 뇌 복사 연구에 있어 가장 앞선 지구의 'G-인간생명연구소'가 주력 기관으로 선정되었고, 지구권역 내의 저명한 과학자들이 이곳으로 초빙되었다. 몇몇 분야에서는 태양권역 내 과학자들의 도움도 받았다.

천문학적 비용 지원과 초미의 관심으로 그간 실패를 거듭했던 인간 뇌의 컴퓨터 복사시스템의 파일럿 모델이 제이드의 뇌를 통해서 완성된 것이었다. 인간 수명 연장에 있어 획기적인 사건이었다.

그 과정을 제이드에게 설명하면서 두툼한 얼굴은 흥분으로 아직도 말을 더듬거리고 있었다.

제이드는 날카로운 얼굴이 보여주는 전면의 대형 스크린과 추가적인 설명을 듣고서야 상황이 이해되었다.

죽음에 대해 생각해 보지 않은 것은 아니었다. 대부분의 사람은 100살이 넘어가면서부터 자신의 몸을 인조 제품으로 바꾸어 갔다. 그런데도 사람들의 생존 기간은 150년 정도가 한계였다. 몇몇 사람들이 200년까지 장수하는 사례도 있었으나 극소수에 불과했다. 아무리 과학이 발전하여도 나이가 들면 죽음을 맞이해야 하는 것은 피할 수 없는 사실이었다. 하지만 젊은 제이드에게는 죽음이 아직 피부에 와닿지 않는 추상적인 무엇에 불과했다. 이십 대 초반에 불과한 제이드가 죽는다는 것은 상상할 수 없었다. 먼 미래의 일이라 생각했던 죽음이 눈앞에 다가왔었다. 그리고 현실이 될 뻔했던 죽음에서 벗어난 것이었다.

다시 살아났다는 사실이 엄청난 기쁨으로 다가왔다. 죽음이란 자신의 존재가 사라지고 없는 소멸이었다. 아무것도 기억할 수 없고, 철저히 잊히는 망각이었다. 이러한 두려움에서 벗어나기 위해 사람들은 신(GOD)을 찾거나, 신(GOD)을 만들거나, 스스로 신(GOD)이 되고자 했다. 루지나와의 일로 신(GOD)을 찾아 위안을 받으려고도 했지만, 마음 한구석에 쌓인 상실감은 지울 수 없었던 제이드였다. 이러한 죽음에서 벗어난 것이었다. 나아가 생명의 한계를 뛰어넘어 어쩌면 신(GOD)과 대등한 존재로 돌아온 것이었다.

이제는 죽음을 두려워해야 할 이유도 없었다. 자신의 뇌가 컴퓨터시스템에 복사되어 살아갈 수 있다고 하지 않는가. 자신의 존재가 영원히 계속될 수 있는 것이다. 어머니 실비아의 존재가 새롭게 다가왔다. 제이드의 소식을 들으면 떠나간 루지나도 돌아올 수 있을 것이었다.

스크린의 중앙에 표시된 '감정'을 나타내는 창의 파동이 급격한 변화를 보였으나 이를 눈여겨보는 사람은 아무도 없었다.

자신을 '브레이노이드 시스템(Brainoid System)'의 책임연구원이라고 밝힌 날카로운 얼굴이 말했다.

"'브레이노이드(Brainoid)'란 사람의 뇌를 복사한 인조인간이란 의미로 안드로이드와 유사한 개념입니다. 아직 파일럿 시스템에 불과하지만, 저희 연구진들은 시스템의 안정적인 구현을 위해 최선을 다할 것입니다."

아직 흥분에서 깨어나지 못하고 있는 제이드에 비해 날카로운 얼굴은 어느새 냉정을 되찾고 있었다. 그가 차분하게 다음 말을 이어갔다.

"이를 위해서 우리는 몇 가지 시도를 계속할 것입니다. 가장 중요한 것이 시스템의 업그레이드입니다. 이를 통해서 우리는 시스템의 능력을 최대한 끌어올리려 노력할 것입니다."

날카로운 얼굴의 말투가 변해 있었다. 제이드라고 부르던 호칭이 어느새 시스템으로 바뀌어 있었다.

그 말을 듣고서야 제이드는 주변을 유심히 살펴보았다. 홀 한편의 날카로운 얼굴과 뒤편 섹터에 있는 사람들이 이해되었다. 시스템 개발을 위해 지구권역 내에서 초빙된 각 분야의 전문가들이었다. 사람들의 시선이 스크린에 고정된 이유도 알 수 있었다. 스크린이 자신의 얼굴이었다. 스크린 주변에 가려져 있는 대용량 컴퓨터가 자신의 몸이었다.

메인 스크린과 좌우의 보조 스크린이 의미하는 것이 무엇인지도 알 것 같았다. 제이드가 보고, 듣고, 말하는 것이 세 개의 스크린에 빠짐없이 표시되고 있었다. '감정'이라 표시된 메인 스크린을 볼 때는 기분이 묘했다. 그의 생각이 바뀔 때마다 파동의 폭이 달라지는 것으로 보아 그들은 제이드의 머릿속 변화까지 읽고 있는 모양이었다.

"몇 가지 유념할 점을 알려드리겠습니다. 먼저, 시스템의 운용이 불규칙할 수 있다는 점입니다. 아직은 초기 단계라 상황에 따라 우리가 언제든지 임의로 시스템 가동을 중단할 수 있습니다. 두 번째, 외부와의 소통은 제한될 것입니다. 가족이나 지인들의 방문, 코스모넷에의 접근 등은 철저히 통제될 것입니다. 이는 개발 과정의 보안을 위한 이유도 있지만 외부로부터의 바이러스 침투를 방지하는 목적도 있습니다. 마지막으로, 고정형 시스템이라 당분간은 적응하기가 쉽지 않을 것이란 점을 알려드리고 싶습니다. 자유로운 이동이 불가능하기 때문에 생기는 불편 등 이전과는 다른 생활 방식을 스스로 받아들여야 할 것입니다."

날카로운 얼굴이 마치 교과서를 읽듯이 또박또박 말했다. 자신을 연구 대상으로 대하는 것이 못마땅했으나 제이드는 어쩔 수 없었다.

"우리 연구의 최종 목표는 '브레이노이드 시스템'을 인조인간 안드로이드에 장착하거나 복제인간의 뇌에 적용하는 것이 되겠지만 그때까지는 상당한 시간이 필요하겠지요."

제이드는 다시 머리가 아파지기 시작했다. 자신의 머릿속에 누군가가 들어와 있는 것 같았다. 수백 수천 명의 사람들이 자신의 머릿속에 들어와 제각기 다른 목소리로 떠들어 대고 있었다. 어릴 적 구세기의 학교에 해당하는 시민교육시스템을 통해 머릿속에 데이터를 주입할 때와 비슷했다. 강제적인 데이터의 투입에 제이드는 학습에 흥미를 잃어버렸었다. 지금 투입되는 데이터는 그때보다 몇 배나 많은 것 같았다. 그들이 말하는 시스템 업그레이드가 시작된 것이었다. 몇 달째 계속되는 과정이었다.

이제부터는 조금의 휴식도 없이 24시간 계속된다고 했다. 생체로 이루어진 인간의 뇌는 휴식이 필요하지만, 시스템은 지속적으로 가동되어도 전혀 무리가 없다는 것이 그들의 논리였다. 하지만, 데이터의 주입량이 늘어날수록 머릿속은 혼란스러워 폭발할 것 같았다. 제이드가 비명을 질러댈수록 그들은 시험이라도 하듯이 더 많은 데이터를 들이붓곤 했다.

도저히 감당할 수 없어 번아웃(Burn out) 상태에 빠지기도 했다. 하지만 다시 돌아올 때는 더 심한 고통에 시달려야 했다. 그동안 사라진 데이터를 복구하려면 몇 배나 힘든 과정을 거쳐야 했다. 산산이 찢긴 데이터 조각을 꿰어맞추는 것은 불가능에 가까울 정도로 어려웠다. 하지만, 그들은 원상복구가 완료될 때까지 지치지도 않고 지켜보고 있었다. 업그레이드 과정이 계속될수록 제이드의 번아웃 횟수도 늘어갔다. 어릴 때 시민교육시스템에서 도망치듯이 이곳에서 벗어나고 싶었으나, 그들은 조금의 빈틈도 허용하지 않았다.

이전처럼 스포츠카를 몰고 비행 도로를 미친 듯이 질주라도 하고 나면 조금은 나아질 것이었다. 아무도 없는 사하라 사막에 루시를 멈추고, 밤새 먼 하늘의 은하 별들과 이야기라도 나누면 터질듯한 머리가 진정될 것 같았다. 피아노 건반이라도 실컷 두드려 본다면 꽉 막힌 가슴이 트일 수 있었다. 연주 기량의 향상을 위해 제이드는 두 손을 인조 제품으로 바꾸기까지 하면서 몰두했던 피아노였다. 하지만, 자신은 이미 대용량 컴퓨터로 바뀌어 꼼짝할 수 없는 상태였다. 사람이 아닌 컴퓨터시스템이 제이드였다. 시스템 안에 갇혀 움직일 수도 없는 인조인간이 된 것이다. 제이드가 그렇게나 경멸하던 인조인간이 바로 자신이었다.

루지나가 찾아와 다정한 말 한마디라도 건네면 고통이 조금이나마 줄어들 수 있을 것 같았다. 루지나가 제이드의 소식을 모를 수 없었다. '브레이노이드 시스템'은 지구권역 사회를 넘어 태양권역 사회로까지 주된 이슈가 되어있었고, 나아가 우리은하의 먼 별에서조차 관심을 두는 역사적인 사건이었다. 제이드가 애타게 찾았지만, 한 번도 모습을 드러내지 않은 그녀였다. 루지나의 자리를 어머니 실비아가 대신하곤 했지만, 그녀의 따듯한 손길과는 비교될 수 없었다.

제이드의 번아웃 횟수가 점점 늘어가고 있었다. 한번은 시스템을 재가동시켜도 정상 작동이 되지 않아 연구소 전체가 발칵 뒤집힌 적도 있었다. 고정된 대용량 컴퓨터를 통한 시스템의 안정적 작동을 확인한 후, 이를 이동 가능한 안드로이드 인조인간에 장착하는 연구가 심각한 난관에 부딪히고 있었다. 이런 상태가 계속된다면 그다음 단계인 복제인간의 뇌에 시스템을 적용하는 연구는 언제가 될지 알 수 없었다.

'브레이노이드 시스템'의 연구원들이 머리를 맞대고 있었다. 몇 번이나 확인해 보아도 시스템에서는 아무런 문제도 발견할 수 없었다. 항상 차분하기만 했던 날카로운 얼굴의 목소리가 높아지고 있었다.

"데이터 투입량이 너무 많은가? 제이드의 지능지수를 감안하면 충분히 감당할 수 있는 수준이잖아?"

날카로운 얼굴이 투입 자료를 책임지는 연구원에게 재차 확인하였지만, 볼멘소리만 되돌아왔다.

"시스템을 뒷받침하는 대형 컴퓨터의 용량도 확장을 마친 상태라 투입량은 문제가 될 수 없습니다."

"바이러스는? 뇌의 스캔과 시스템에서의 생성 과정에서 바이러스가 침투되었을 수도 있지 않은가?"

날카로운 얼굴이 홀 중앙에 나타난 홀로그램 연구원에게 확인했다. 잦은 이상 반응을 보이는 시스템으로 인해 화성에서 긴급히 초청된 바이러스 전문가였다. 그도 이유를 알 수 없다는 표정으로 고개를 갸우뚱거렸다.

그때 두툼한 얼굴이 중앙 홀에 모습을 드러내었다. 자신 없는 표정으로 조심스럽게 말을 꺼내는 모습이 딱하게 보였다.

"다른 관점에서 시스템을 들여다볼 필요가 있다고 생각합니다. 우리가 잊은 것은 시스템이 이전에 인간이었다는 사실입니다. 특히, 시스템의 주체인 제이드는 매우 감성적인 사람이었다고 알려져 있고요."

다시 번아웃 상태에 빠져들었다 깨어났을 때 제이드는 중앙 홀 뒤편에 앉아 있는 어머니 실비아를 볼 수 있었다. 항상 웃음을 잃지 않았던 그녀의 얼굴에 수심이 가득했다. 제이드는 그녀의 유일한 혈육이었다. 그녀의 유전자를 50% 이상이나 지닌 분신 같은 존재였다. 그녀의 눈 주위가 젖어 있었다.

"네가 원하는 대로 루지나를 불렀다. 하지만, 큰 기대는 하지 마라. 나는 네가 현실을 받아들이고 더 강해졌으면 하는 마음뿐이다."

실비아가 비운 자리에 다른 사람의 모습이 보였다. 제이드가 그렇게나 그리워하던 루지나였다. 연구원들과 대형 스크린으로 가득 채워진 주변 환경이 매우 어색한 듯 그녀는 잔뜩 긴장하고 있었다.

"루지나~~~."

제이드의 목소리가 떨려 나왔다. 모습은 보이지 않고 목소리만 들려오자, 그녀는 더 당황하기 시작했다. 두툼한 얼굴이 전면에 있는 대형 스크린을 가리키자, 그녀는 깜짝 놀라며 비명을 질렀다.

"아니, 저게 제이드란 말이에요. 사람이 아닌 기계잖아요. 시장에 나와 있는 안드로이드보다 나을 게 뭐가 있어요."

그러고는 자리를 박차고 뛰쳐나가 버렸다. 주변의 누구도 말릴 수 없을 정도로 순식간에 벌어진 일이었다. 돌발적인 상황에 누구도 말이 없었다. 중앙 홀은 한동안 정적만이 감돌았다.

전면에 보이는 대형 스크린의 '감정' 창 파동이 급격한 변화를 보이며 흔들리다 어느 순간 움직임을 멈추는 것은 누구도 주시하지 않았다.

다시 번아웃 상태에 들었다 정신을 차린 제이드의 귀에 연구원들의 수군거리는 목소리가 들려왔다. 찢어질 듯 아픈 머리가 조금도 나아지지 않아 깨어나지 않은 것처럼 꼼짝하지 않고 있었다. 다른 때와 달리 중앙 홀의 분위기가 매우 침울하게 느껴졌다.

"위원회의 분위기는 어땠습니까?"

누군가 날카로운 얼굴에게 묻고 있었다. 뒤편 섹터의 다른 연구원들도 그들의 대화에 귀를 기울이고 있었다.

"위원장은 이번 연구가 실패한 것으로 보고 있어. 이 상태에서 이동시스템에 적용할 경우 심각한 부작용이 발생할 것으로 보고 있어."

"그렇게 판단하는 것도 무리가 아니죠. 지난번 인조인간 몇 명 때문에 얼마나 힘들었습니까."

제이드도 알고 있는 사건이었다. 정교한 안드로이드 인조인간 몇 명이 자신들의 정체성에 대한 혼란으로 많은 문제를 유발했었다. 정체성을 확립하려는 그들의 행동을 '지구권역 관리위원회'에서는 사회에 대한 위협으로 간주했다. 그들의 해명에도 불구하고 안전요원들은 조금의 사정도 두지 않았다. 난동자의 인조 신체는 철저히 분쇄되었고, 인공지능은 원천적으로 소각되었다. 인조인간의 관리에 근본적인 변화를 불러오게 한 사건이었다.

"그러면 이번 '브레이노이드 시스템'은 폐기되는 겁니까?"

뒤편 섹터에서 다시 누군가의 목소리가 들려왔다. 화성에서 초빙된 바이러스 전문가였다. 화성과는 다른 지구의 환경에 힘들어하던 그였다. 그의 건조한 목소리에 중앙 홀의 연구원 모두가 몸을 움츠렸다.

"아직 결정된 것은 없어. 실비아 위원의 반대가 워낙 심해서…."

그러면서 날카로운 얼굴은 전면의 대형 스크린을 힐끗 쳐다보며 누군가 들으라는 듯이 중얼거렸다.

"실비아 위원도 그 사건 이후 시스템이 더 엉망이 되었다는 사실을 알면 어쩔 수 없겠지. 루지나를 데려온 것은 결국 그녀잖아."

제이드는 시스템을 폐기할 수 있다는 말을 듣고도 담담했다. 시스템의 폐기는 자신의 죽음을 의미했다. 그럼에도 마음은 오히려 편해지고 있었다.

사람들은 '브레이노이드 시스템'을 통해 영원한 삶을 얻고자 했다. 인간이 죽지 않는다면 과연 행복할까. 모든 생명체가 유한한 존재인 것은 나름의 이유가 있을 것이다. 죽음은 인간이 받을 수 있는 최고의 축복이라는 말도 있다. 시스템으로서의 삶은 스스로 인간이기를 포기하는 것과 같았다.

이제 중앙 홀은 조용했다. 오랫동안 깨어나지 않는 시스템을 기다리다 모두 자리를 비워 아무도 보이지 않았다. 언젠가부터 시스템의 스크린 불빛이 깜빡거리기 시작했다. 메인 스크린 '감정' 창이 조용한 움직임을 보이다 어느 순간 급격한 파동을 보이며 흔들렸다. 잠시 후, 시스템의 전원 불빛이 스스로 꺼지며, 중앙 홀 전체가 캄캄한 어둠 속으로 빠져들었다.

호스트

그날 호스트의 행동은 전혀 예상치 못한 것이었다. 위 전절제 수술 후 몇 차례에 걸친 항암치료로 우리가 거의 사멸 직전으로 몰린 상태에서 벌어진 일이라 당혹스럽기 짝이 없었다. 그동안 호스트가 겪은 고통을 생각하면 남은 항암치료가 부담스럽기는 했지만, 이렇게 극단으로까지 치달을 정도는 아니었다. 우리의 마지막 시도가 서서히 효과를 보이고 있었지만, 아직은 시작에 불과했다. 우리가 위에 이어 간과 뇌까지 점령하여 호스트를 절망적인 상황으로 몰고 간 후에야 가능한 일이었기에 어이가 없기도 했다.

얼마 전부터 호스트에게 변화가 보였던 것은 사실이다. 위암 수술 이후에도 전혀 흔들리지 않던 호스트가 사소한 일에도 불같이 화를 내거나, 가볍게 웃어넘길 일도 심각하게 바라보기 일쑤였다. 얌전하기만 하던 사람의 입에서 험한 욕설이 튀어나오더니, 거친 행동으로까지 이어지곤 했다. 그러고는 자신도 괴로운 듯 방안에 틀어박혀 고함을 지르거나, 머리까지 찧어대곤 했다.

위암 진단 이후 저녁 10시만 되면 잠자리에 들어, 새벽같이 일어나 운동에 나서던 생활 패턴도 바뀌어 있었다. 수술 전후와 항암치료 과정에서의 운동은 무리가 따르지 않을까 염려될 정도로 극성이었던 호스트였다. 하지만, 최근에는 잠을 이루지 못하는 날이 많아졌고, 어떤 날은 밤을 꼬박 새우기도 했다. 해가 중천에 뜰 때야 퀭한 눈으로 일어나 운동은커녕 식사도 거를 때가 많았다. 주변의 염려 섞인 당부에는 말없이 한숨만 쉴 뿐이었다.

뜻밖의 방문객이 호스트를 찾아온 그날도 마찬가지였다. 집안일로 심하게 다툰 후, 거의 왕래가 끊어졌던 친척 중의 한 사람이 병문안을 왔었다. 호스트가 항암치료 중이라는 소식을 뒤늦게 들었다며 미안한 표정이 역력했다. 그동안의 서운했던 감정을 잊고, 안부를 나눌 때만 해도 이상은 없었다.

그러나, 방문객의 사소한 몇 마디가 호스트의 감정을 건드렸던 모양이었다. 어색한 분위기에 할 말을 찾지 못한 방문객의 인사일 수도 있었다.

"그래도 얼굴은 괜찮네. 나는 일어나지도 못하고 누워만 있는 줄 알았는데. 그나마 다행이야."

정오가 가까워서야 일어나 미음 몇 순갈을 넘기고, 침대 머리에 앉아 한숨을 돌리고 있던 호스트였다. 항암 주사와 복합 약제로 힘든 한 주를 보낸 후의 휴식 주라 조금 편하게 보이는 호스트에 대한 위로였다.

그러나, 방문객의 어눌한 말투가 문제였다. 간혹 오해를 불러왔던 방문객의 비웃는 듯한 표정도 그날따라 크게 느껴졌나 보았다. 갑자기 호스트의 숨소리가 거칠어지며, 험악한 목소리가 흘러나왔다.

"그러면 내가 꼼짝도 못 하고 처박혀 있어야 시원하겠니. 따듯한 말이라도 한마디 해주면 어디가 덧나니?"

조금 전까지 화기롭기만 하던 분위기가 급변했다. 방문객에 대한 그동안의 묵은 감정이 한꺼번에 터져 나오는 듯 격앙된 목소리가 이어졌다.

"꼴 보기 싫던 내가 이렇게 다 죽어가니 속이 시원하지. 나쁜 자식! 다시는 내 앞에 나타나지 마."

방문객이 변명할 기회도 없었다. 상대를 노려보는 호스트의 눈빛에 광기조차 느껴졌다. 그러고는, 주변의 물건을 닥치는 대로 집어 던지기 시작했다. 나중에는 탁자 위에 놓인 과도를 집어 들기까지 했다. 방문객이 자리를 피한 후에야 호스트는 정신이 돌아왔다.

자신의 어이없는 소란에 호스트는 새파랗게 질려갔다. 병실로 사용하는 방안에서 무슨 소리를 중얼대다가, 주먹으로 벽을 치며 괴로워했다. 늦은 시간까지 계속된 행동은 잠자리에 들어서도 마찬가지였다. 침대에 잠시 등을 붙이는가 싶더니 어느새 벌떡 일어나 방안을 하염없이 맴돌았다. 밤새 그렇게 누웠다 일어나기를 되풀이하다, 새벽에 화장실에서 목을 맨 것이었다.

숨이 막힌 호스트의 얼굴이 벌겋게 달아오르며, 고통스러운 신음을 내뱉는 것을 지켜보면서 우리는 웃음을 멈출 수 없었다. 새파랗게 죽어가는 호스트의 몸이 축 늘어지는 것을 확인하고는 환호성을 지르기까지 했다. 덤핑증후군과 장폐색을 통한 우리의 공격에도 끄떡하지 않던 호스트가 무너진 것이었다.

우리가 의도한 바는 아니었지만, 이런 결과도 나쁘지는 않았다. 어차피 생명체란 태어나면서부터 죽음이 예정된 존재였다. 그

것이 이번 호스트에게서 조금 당겨진다고 해서 문제 될 것도 아니었다. 지금의 호스트가 사멸되면 우리는 다른 호스트를 찾아가면 되었다.

몇 달 전, 호스트의 위 전절제 수술로 우리는 엄청난 타격을 받았다. 호스트의 위 상단을 점령한 우리가 간으로까지 한창 세력을 확장할 때였다. 우리의 근거지가 완전히 날아가 버리는 참사가 일어난 것이었다. 그 정도에 그쳤으면 우리도 힘들게나마 버틸 수 있었다. 이어진 항암치료에 우리는 속수무책으로 당할 수밖에 없었다. 아홉 번으로 예정된 항암치료 중 몇 차례가 진행되지 않았음에도 우리의 숫자는 눈에 띌 정도로 줄어들고 있었다. 남은 항암치료가 더해진다면 우리는 완전한 소멸까지 각오해야 할 심각한 상황이었다.

그 후에도 우리의 존재가 조금이라도 확인되면 항암치료는 얼마든지 연장될 수 있었다. 더구나 우리가 호스트의 간에까지 자리 잡은 사실이 알려진다면, 더 무시무시한 후속 조치가 기다리고 있었다. 지금의 화학 항암제와는 비교가 되지 않을 정도로 강력한 표적항암제의 공격이 예정되어 있었다. 암세포이든 면역세포이든 가리지 않고 무차별 공격을 자행하는 화학 항암제와는 달리, 표적항암제는 암세포만 콕 집어내어 살상하는 무지막지한 놈들이었다. 그렇게 된다면 우리는 호스트의 몸에서 버틸 수가 없었다.

더구나 우리와 맞서는 호스트의 의지도 엄청났다. 위 전절제로 인해 배를 여는 수술의 통증이 채 없어지기도 전에 링거 거치대를 들고 병실 복도를 걸을 정도로 굳건했다. 수술 이후의 체력 유지를 위해 목을 넘어가지 않는 음식 대신에 누룽지 국물로 버텨낼 정도로 모질기도 했다. 항암치료 과정에서 발생하는 식욕부진, 구토, 손발 저림 등의 부작용은 호스트에게 힘겨운 극복의 대상일 뿐이었다. 우리는 점점 절망적인 상황으로 내몰렸다.

당초 호스트의 위를 너무 쉽게 점령한 것이 문제였다. 오랫동안 계속된 음주와 무절제한 식습관으로 호스트의 장기는 엉망이 되어있었다. 최근에는 과도한 업무에 따른 스트레스도 엄청났다. 이에 따라 우리와 맞서 호스트의 몸을 지켜내어야 할 면역세포가 제 기능을 하지 못했다. 특히, 유전적으로도 강하지 못했던 위의 면역세포는 기진맥진한 상태였다.

간의 면역세포도 다를 바가 없었다. 지나친 음주로 호스트의 간에는 알코올성 지방이 겹겹이 쌓여 염증까지 일으켰고, 이는 간경변증으로까지 이어지고 있었다. 우리가 호스트의 위에서 슬며시 고개를 내밀어도 면역세포는 멀뚱멀뚱 쳐다보기만 할 정도였다. 위를 점령한 우리가 간의 끄트머리에 작은 발자국을 남기는 것은 힘들이지 않아도 가능했다. 이제 간에서 조금만 더 세력을 확장한다면 호스트는 손쓰기조차 힘든 상처를 받을 것이었다.

너무 쉬운 성공에 우리가 방심한 모양이었다. 콜레스테롤 수치가 심각한 상태를 보이고, 혈압이 정상 범위를 넘어서며, 중증도의 알코올성 지방간 증상도 대수롭지 않게 무시해 버리는 호스트의 태도에 안이해진 탓도 있었다. 암세포의 힘을 과신한 우리의 지나친 자신감도 한몫했다. 유전자의 돌연변이를 통해 한 번 깨어나면 자신도 통제할 수 없을 정도로 무한 증식을 계속하는 암세포의 강력한 힘을 너무 믿었다.

잠시 머뭇거리는 사이에, 주된 근거지가 되었던 호스트의 위에서 우리의 존재가 노출된 것이다. 아무런 자각증상도 느끼지 못하도록 조용히 물밑 작업을 수행하는 우리지만 건강검진 시의 내시경은 피할 수 없었다. 더 어처구니가 없는 것은 우리가 대응할 시간도 없이 호스트의 위가 몽땅 잘려 나가 버린 것이었다. 그리고 이어지는 몇 차례의 항암치료로 우리는 존재 자체가 위태로운 지경으로까지 내몰려 버렸다.

정신을 차렸을 때는 이미 돌이킬 수 없는 상황이 되어있었다. 우리는 완전 소멸 직전의 위기까지 갔지만 포기하지 않았다. 아직 우리가 되살아날 여지는 남아있었다. 호스트의 위가 몽땅 사라졌음에도 불구하고 우리는 호스트의 간에 약간의 근거를 확보하고 있었다. 이미 중증도의 지방간으로 딱딱하게 굳어가는 호스트의 간은 우리가 활동하기에 최적의 환경이 조성되어 있었다. 이를 잘 이용하면 재기할 수 있는 충분한 세력을 키워나갈 수 있을 것으로 보였다. 남은 암세포라도 추슬러 적절한 방안을 강구해야 했다.

가장 손쉬운 방법이 위 절제 환자 대부분이 한두 번 경험하는 덤핑증후군을 이용하는 것이었다. 다량의 음식물을 한꺼번에 섭취할 때 나타나는 오심, 구토, 현기증 등의 고통은 호스트를 극도의 공포로 몰아갈 것이 분명했다. 이와 함께 음식물이 위장관의 일부나 전부를 통과하지 못할 때 나타나는 장폐색을 유도하는 것도 훌륭한 방법이었다. 조직이 섬유소나 섬유 조직과 붙어

버려 꼬이거나 혈관이 막히는 장유착에 따른 소장 폐색은 암 수술 환자들에게 흔히 일어날 수 있는 합병증이었다. 장폐색으로 인한 오심, 복부팽만, 쥐어짜는 듯한 복통 등은 호스트를 죽음으로까지 몰아갈 수 있었다.

호스트의 위와 장은 이전에도 과식, 과음, 스트레스 등으로 설사와 변비를 되풀이하고 있었다. 심할 때는 섭취한 음식물이 강제로 입으로 역류하는 구토 증상으로 고통받기도 했었다. 위 전절제 수술 이후 호스트는 음식물이 위를 통하지 않고 곧바로 십이지장을 거쳐 소장으로 내려가고 있었다. 위가 하는 기능인 음식물의 소화, 위산 분비를 통한 살균 및 단백질 분해 등의 역할을 다른 장기가 대신하기는 쉽지 않았다. 호스트에게는 항상 소화불량, 복부팽만, 급체 등의 위험이 도사리고 있었다. 이러한 증상은 호스트가 항암치료에 따라 복용하기 시작한 항암제의 부작용으로 더 심해지고 있었다.

이를 잘 활용하면 우리에게도 충분한 승산이 있었다. 덤핑증후군의 고통을 몇 번 겪고 나면 호스트가 겪는 두려움은 엄청날 것이다. 항암치료제의 부작용으로 쇠약해진 몸에 음식물 섭취에 대한 불안까지 더해진다면, 호스트의 체력은 극한으로 치달을 것이 분명했다. 체력 고갈로 무방비 상태가 된 호스트를 굴복시키는 것은 어렵지 않을 것이다. 모든 병의 치유는 환자의 체력이 뒷받침되어야 한다는 것은 불변의 진리였다.

이를 위해 우리는 호스트의 뇌에서 몇 가지 기억을 끄집어내었다. 호스트가 혀끝으로 체득한 달콤한 미각은 체중이 10*kg* 가까이 빠진 지금에는 더욱 간절하게 되살아날 것이었다. 그리고 호스트를 광적으로 빠져들게 만들었던 술에 대한 몽롱한 잔상도 불러오기로 했다. 한번 시작하면 끝을 모르고 달려가던 호스트였다. 풍성한 음식과 달콤한 술을 놓고 시작한 저녁은 대부분 새벽까지 이어지곤 했었다. 그때의 포만감과 안락함을 되살리는 것은 어렵지 않았다.

'그래, 술을 마시면서 피우는 담배 맛은 더 좋았지. 적당히 취했을 때 들이킨 담배 연기의 황홀함을 어찌 잊을 수 있을까!'

평소에는 거의 손대지 않던 담배가 술을 마실 때면 더 당기던 호스트였다. 깊은 담배 연기 한 모금에서 느꼈던 몽롱한 의식을 되살렸다. 머리가 핑 돌면서 온몸이 나른하게 가라앉는 아늑함은 무엇과도 바꿀 수 없었다. 도저히 견딜 수 없을 것 같던 항암치료의 고통도 적응이 되고 있었다. 치료를 위해 회사를 휴직하고 업무에서 떠나 있는 것만으로도 살 것 같았다. 몸이 빠르게 회복되는 느낌이었다. 냄새만 맡아도 역겨웠던 음식이 눈앞에 아른거렸다.

'평소에 좋아하던 음식 몇 가지는 먹어도 될 거야. 병원에서도 체력이 우선이라고 하잖아. 독한 항암제를 견뎌내려면 무엇이든지 먹어야 해. 조금만, 아주 조금만 맛보면 아무 문제가 없을 거야.'

우리의 부추김에 호스트의 자제력은 걷잡을 수 없이 무너졌다. 몇 번 조심스럽게 목을 넘기던 음식들이 횟수를 더하자 무분별했던 예전으로 돌아가 버렸다. 한동안 멀리했던 음식들이 너무나 달콤하게 느껴졌다.

자기 위가 없어졌다는 사실도 잊은 채 허겁지겁 음식을 집어

삼키는 호스트를 보며 우리는 웃음을 참을 수 없었다. 인간이란 겉으로는 강한 체하면서도 속으로는 나약한 존재였다. 조금만 상황이 좋아지면, 어느새 예전의 어려운 때를 잊어버리기 마련이었다.

호스트가 식은땀을 흘리며 구역질하기 시작했다. 배를 움켜쥐고 화장실로 가더니 묽은 변을 쏟아내었다. 심장이 두근거려 숨을 쉴 수가 없다며 가슴을 쥐어뜯기도 했다. 천장이 빙빙 돌아간다며 가만히 서 있지도 못했다. 몇 번이나 화장실을 들락거리더니 나중에는 지친 듯 축 늘어져 버렸다. 구급차로 응급실에서 치료받고서야 호스트는 정상으로 돌아왔다.

'그 정도는 대부분의 위 절제 환자들이 흔하게 겪는 일이야. 병원에 가니 금방 괜찮아지잖아. 다시 한번 시도해 보지.'

덤핑증후군만으로는 우리의 기대를 채울 수 없었다. 위를 가득 채울 때까지 술과 음식을 멈추지 않았던 호스트의 식탐을 다시 불러왔다. 한두 번의 고생으로 조심스러워지던 자제력이 다시 흐트러지자 더 큰 위험이 닥쳐왔다.

호스트가 바닥을 데굴데굴 구르기 시작했다. 창백한 얼굴로 배를 움켜쥐고 내뱉는 신음이 끊이지 않았다. 배가 터질 듯이 부풀어 오르며, 숨이 막혀 헉헉거리는 모습이 가관이었다. 입으로 역류하여 쏟아낸 구토물에서 지독한 악취가 풍겨도 느끼지 못하는 듯했다.

이번에는 응급실의 조치로 끝나지 않았다. 며칠을 입원하여 콧줄을 통해 담즙이 섞인 구토물과 가스를 제거해야 했다. 간호사가 배를 눌러 장의 내용물을 빼내는 것을 보자 호스트의 얼굴이 노랗게 질려갔다. 약물 치료가 듣지 않으면 수술까지 고려해야 했으나, 그나마 회복된 것이 다행이었다. 암 수술 환자는 장폐색으로 사망할 수도 있다는 말을 듣고서야 호스트는 정신을 차렸다.

우리는 호스트를 몇 번의 덤핑증후군과 장폐색으로 몰고 가는데 성공했다. 이에 따라 음식물 섭취에 대한 공포로, 극도로 위축된 호스트가 의지를 잃고 시들시들 말라가기 시작했다. 이는 우리의 역할뿐만 아니라 호스트의 장기를 관장하는 자율신경이 제 역할을 하지 못한 탓도 있었다. 교감신경은 지나친 스트레스로 항상 과도한 흥분상태에 있었으며, 이를 조절해야 할 부교감 신경은 수수방관하기 일쑤였기 때문이었다. 하루가 다르게 쇠약해지는 호스트를 지켜보며 우리는 즐거워했다. 호스트가 포기하는 것은 시간문제라 여겼다.

하지만, 호스트는 쉽게 무너지지 않았다. 바짝 정신을 차린 호스트의 대응이 철저했다. 기존의 식습관을 고쳐나갔다. 세끼의 식사를 여섯 번 이상으로 나누어 조금씩 섭취했다. 그리고 걷고 또 걷기 시작했다. 고도비만으로 삐걱거리는 무릎을 질질 끌면서도 걸음을 멈추지 않았다. 이에 따라 딱딱하게 뭉쳐있던 호스트의 장기가 조금씩 살아나기 시작했다. 움직임을 모르던 위장의 찌꺼기들이 서서히 아래로 내려가고 있었다. 덤핑증후군과 장폐색으로 호스트를 궁지에 몰아넣으려던 우리의 시도가 다시 난관에 부딪혀 버린 것이었다.

이제는 다른 방법을 찾아야 했다. 평소 활달하고 낙천적인 성격의 호스트에게 새로운 방법이 통할 수 있을지는 의문이었다. 하지만, 우리의 시도가 계속 실패하고 있는 상황에서는 이것저것 따질 겨를이 아니었다. 우리가 선택할 수 있는 마지막 방법이기도 했다.

호스트의 감정을 자극하는 것이었다. 심리 기저에 숨겨진 아픈 상처 몇 가지는 누구나 가지고 있기 마련이었다. 이를 조금만 건드려 주면, 대부분은 삶에 대한 관심과 흥미를 잃고 심한 우울증에 빠져들었다. 이러한 좌절감이 악성 질병에 노출된 사람들에게 심각한 결과를 가져올 수 있다는 것을 우리는 잘 알고 있었다. 우리가 만들어 낸 악성 신생물로 몸과 마음이 지칠 대로 지쳐있는 호스트에게는 매우 적절한 방법이었다.

이를 불러올 수 있는 사건은 호스트 주변에 널려 있었다. 얼마 전부터 연락이 되지 않는 소셜미디어 여성에 대한 기억이 더할 나위 없이 적절했다. 호스트의 마음 한구석에 오랫동안 사라지지 않을 상처를 남긴 것이기도 했다. 그것으로 호스트의 황폐해진 마음을 건드리는 것은 그다지 어렵지 않았다.

호스트가 위암 진단을 받고 어쩔 줄 몰라 할 때 많은 의지가 된 사람이었다. 당장 무엇이라도 해야 할 것 같은 데 머리만 복잡하고, 허둥대기만 할 때였다. 암에 걸린 이유가 무엇인지, 어느 정도까지 진행되었는지, 어느 병원에 가야 할지 궁금해 미칠 지경이었다. 당장 쓰러져 죽을 것 같은 데도 시원하게 대답해 주는 사람은 아무도 없었다. 호스트가 할 수 있는 것은 인터넷을 뒤지는 수밖에 없었다. 그때 소셜미디어에서 만나게 된 여성이었다.

소셜미디어에서 불리는 이름이 제니라고 했다. '한 떨기 들국화

같은…'으로 시작되는 미국 민요의 주인공이었다. 노랫말 속에서처럼 바람에 금발 날리는 제니가 아니라, 항암치료 때문에 머리카락이 빠져 이제는 맨머리가 되어가는 오십 중반의 여성이라고 했다. 호스트와 비슷한 나이로 같은 시대를 살아왔다는 공감대가 친근감을 느끼게 했다.

태어날 때부터 좋지 않았던 콩팥이 나이가 들면서 만성 신장병으로 진행되어 혈액투석으로까지 갔었다고 했다. 다행히 몇 년 후 신장 이식을 받아 견딜만해지니 이번에는 위암이 찾아왔단다. 폐로 전이되어 말기에 이르렀다는 말에 모든 것을 포기하려다가, 자식들의 성화로 위 전절제 수술을 받고 항암치료 중이라고 했다. 아홉 번으로 예정된 호스트와는 달리 자신의 항암치료는 언제 끝날지 예정도 없다고 투덜대면서도 웃음을 잃지 않았다. 몇 차례나 큰 수술을 하고서도 조금도 흔들리지 않는 굳건한 모습이 눈물겨웠다. 힘든 시간도 결국은 잠시 지나가는 순간의 일부분이라는 글이 호스트에게 큰 힘이 되었다.

아직 젊은 나이로 하고 싶은 것이 너무 많다는 제니의 글에 호스트는 키보드를 두드리면서 눈시울이 붉어졌다. 그것은 호스트의 마음이기도 했다. 제니 앞에서 호스트는 작은 한숨도 조심하였다. 그녀가 겪은 고초는 산과 같아서 호스트와 비교조차 할 수 없었다.

'건강검진에서 위암이라고 하는군요. 자세한 내용을 알려주지도 않으면서, 위를 잘라내는 수술을 받아야 한다네요. 제가 사는 도시의 대학병원에 갈 수도 있지만, 혹시나 하는 우려에서 서울의 대형 병원을 알아보고 있습니다. 그런데 그곳은 수술까지 많이

기다려야 하네요. 어떻게 하는 것이 좋을까요?'

소셜미디어에 올린 호스트의 사연에 많은 댓글이 이어졌다. 모두 자기 경험이 바탕이 된 글이었다. 서울의 대형 병원 몇 곳과 명의라고 알려진 의료진의 이름이 올라왔다. 호스트도 인터넷을 통해 익숙한 이름이었다. 그중에서 가장 눈길을 끈 것이 제니가 올린 글이었다.

'정확한 진행 정도는 수술을 통해서만 알 수 있다고 합니다. 절제 범위, 병기, 항암치료 여부도 그때 결정되고요. 지금은 병원의 의사를 믿고 기다리는 방법밖에 없을 겁니다.'

호스트가 궁금해하는 내용을 꼭 집어 주고 있었다. 이어진 글은 딴 댓글과는 다른 내용이었다.

'지금은 아무 경황이 없을 겁니다. 불안한 마음에 무엇이라도 잡고 싶지만, 막상 아무것도 할 수 없다는 사실에 절망하고 있을지도 모릅니다. 하지만, 당황하지 마시고 차분히 살펴보시면 방법이 보일 겁니다.'

제니의 프로필 배경 사진에 있는 넓은 들판에 지천으로 피어있는 들국화가 마음을 편안하게 했다. 분홍색 털모자를 이마까지 내려쓴 갸름한 얼굴이 하얀 꽃들 사이에 숨어 있었다.

'요즘은 암 치료도 정형화가 될 정도로 발전되어, 어느 병원에서 치료받으셔도 괜찮을 겁니다. 그러나 수술뿐만 아니라, 그 이후의 항암치료 과정도 중요하다는 것은 알아두세요. 저도 주변의 말만 듣고 서울의 대형 병원에서 수술하였으나, 항암치료를 위해 지방에서 서울을 오가는 일이 생각보다 쉽지 않더군요. 이런 점도 충분히 감안해야 할 겁니다.'

호스트의 가슴에 와닿는 말이었다. 그제야 혼란스러웠던 눈에 무엇이 보이는 것 같았다. 제니가 치료받고 있는 병원을 선택한 것은 호스트의 어릴 적 친구가 그 병원에 있다는 이유만은 아니었다. 혹시라도 제니를 만나볼 수 있을까, 하는 막연한 기대감도 한몫했다.

수술 날짜가 잡히고 두 달 이상을 기다리는 동안 호스트의 불안감이 다시 번지기 시작했다. 몸이 이렇게까지 된 것이 모두 식습관의 문제 때문으로 여겨졌다. 위암 진단을 받고 나서 그렇게 즐겨하던 술은 입에도 대지 않았다. 가끔 한 개비씩 태우던 담배는 아예 치워버렸다.

음식물 모두가 위 건강을 악화시킬 것 같았다. 그러나 주변에서 보내준 각종 건강식품은 집안에 흘러넘치고 있었다. 무엇을 먹고, 먹지 말아야 할지 구분이 되지 않았다. 어느새 체중이 10*kg* 가까이 줄어들었다. 하루하루 증세가 악화하는 것 같은데도 수술 날짜는 더디기만 하여 속이 타들어 갔다. 호스트가 의지할 사람은 제니밖에 없었다. 그녀도 이런 혼란을 거쳤을 것이 분명했다.

'다른 사람들은 수술 후에 체중이 빠진다고 하던데, 저는 지금도 많이 줄었어요. 무엇이든 먹어야 할 것 같은데 넘어가지 않아요. 몸에 좋다는 것들이 넘쳐나도 어떻게 해야 할지 모르겠어요. 수술도 하기 전에 쓰러질 것 같아요.'

'입에 당기는 음식은 무엇이든 많이 드세요. 수술 후 항암치료 기간에는 아무것도 먹지 못할 수도 있어요. 항암제의 부작용인 구토나 울렁거림은 생각보다 훨씬 심하더라고요. 그때를 대비해

서라도 체력을 보강해 두는 것이 좋을 겁니다.'

제니의 조언을 그대로 따랐던 것이 많은 도움이 되었다. 수술 이후 몇 차례의 항암치료를 호스트는 무던히 버텨내었다. 힘들지 않은 것은 아니었지만, 다른 사람들이 말하는 것처럼 못 견딜 정도는 아니었다. 어떻게든 움직이고자 노력한 호스트의 노력도 컸다.

정작 호스트에게 닥친 심각한 위기는 다른 곳에 있었다. 위암 진단 이후 호스트가 가장 힘들었던 것은 자신과 사회에 대한 원망이었다.

"그동안 내가 뭘 잘못했어. 사회생활 하면서 그 정도의 술도 마시지 않는 사람이 어디 있어. 술도 업무의 연장일 수밖에 없잖아."

"나도 무리하면 좋지 않다는 것은 알아. 하지만, 먹고 살려면 할 수 없잖아. 그렇게라도 하지 않으면 당장 자리보전도 하기 힘든 것이 현실이잖아."

"운동도 하려고 했어. 평소에는 도저히 힘들어 주말이나마 시간을 내어 열심히 하려고 노력했어. 그런데 왜 나에게만 이런 불행이 닥칠까. 나보다 더 몸을 혹사하는 사람들은 아무렇지도 않은데."

혼잣말을 되뇌다 보면 어느새 가슴이 답답해지곤 했다. 스스로에 대한 실망감에 화가 머리끝까지 치올라 미칠 것만 같았다. 열심히 살아보려고 정말 노력했었다. 자신과 가족의 미래를 위해 최선을 다했다고 자부했었다. 그럼에도 이런 일이 자신을 덮쳐왔다. 지금까지의 삶이 의미를 잃고 있었다.

'저도 비슷한 생각에 빠지곤 했어요. 하지만, 그런 마음은 아무런 도움이 되지 않아요. 지금은 좋은 것만 보고, 즐거운 생각만 하세요. 저는 그런 분심에 빠져들 때면 무조건 몸을 움직였어요. 집에만 있으면 더 힘들어지더라고요.'

제니의 댓글을 보면서도 마음이 안정되지 않았다. 나쁜 생각이 꼬리를 물고 이어졌다. 위암의 완치율이 높다고는 하지만, 재발하는 비율도 만만치 않았다. 이제 완치되었다고 안심하는 사이에 다시 재발하였다는 사람들의 글도 심심찮게 보였다. 그들의 충격은 처음보다 훨씬 클 것이었다. 암이라는 질병은 완치란 불가능한 것인지도 몰랐다. 우울한 감정이 호스트의 머리를 떠나지 않았다.

'저는 지난주에 제주도의 윗세오름을 다녀왔어요. 어리목에서 선작지왓의 넓은 고산 평야를 지나 영실로 내려오면서 몇 번이나 주저앉을 뻔했지만, 포기하지 않았어요. 앞으로도 저는 포기라는 말은 생각조차 하지 않을 거예요. 이러한 제 앞에서 부끄럽지도 않나요?'

매섭게 꾸중하고 있었다. 제니의 마지막 글은 다 읽지도 못했다. 호스트는 고개를 들지 못하고 눈물만 떨구었다. 우울한 생각은 사치에 불과했다. 나쁜 생각은 몸만 힘들게 할 뿐이었다.

그런 제니가 며칠 전부터 모습을 보이지 않고 있었다. 염려를 담은 호스트의 안부가 횟수를 더해도 반응이 없었다. 소셜미디어에 접속하는 호스트의 시간이 길어져도 흔적을 찾을 수 없었다. 제니의 마지막 글이 호스트의 불안감을 증폭시키고 있었다.

'오늘은 너무 힘드네요. 모든 것을 놓아버리고 싶어요. 서울의 병원으로 가서 오후가 되어서야 항암 주사를 맞고 집으로 돌아오니 밤이 늦어 있네요. 새벽부터 서두르느라 몸은 축 늘어져도 잠은 오지 않아요. 새벽이 다가오는데도 눈은 여전히 말똥거리기만 해요.

다시 손발이 저려오기 시작하네요. 억지로 몸을 일으켜 아무리 주물러 보아도 멈추지 않아요. 어제부터 아무것도 먹지 못했는데도 구토는 왜 이렇게 끊이지 않는지 모르겠어요. 어떻게 해서든지 견뎌내야 하는데, 점점 자신이 없어져요. 앞으로도 항암치료가 계속되어야 하는 데 눈앞이 깜깜해지네요. 인제 그만 내려놓고 쉬고 싶어요.'

새벽 4시가 넘어 소셜미디어에 올라온 제니의 글이었다. 새벽에 일어나, 고속열차에서 몇 시간이나 시달렸을 것이었다. 오랜 대기 시간과 두렵기만 한 검사, 결과에 대한 조바심 끝에 항암 주사를 맞을 때면 몸은 지치기 마련이었다. 다시 열차를 타고 집으로 돌아오면 지친 몸은 녹초가 될 것이 분명했다. 지방에 거주하는 환자가 서울의 대형 병원에서 항암치료를 받을 때마다 겪는 고초였다. 제니의 하루가 눈에 보이는 듯했다.

처음이자 마지막이 되었던 제니와의 만남이 생각났다. 몇 달 동안 소셜미디어로만 연락하다 우연한 기회에 만날 일이 생겼다. 두 사람의 항암치료 날짜가 겹쳐 병원에서 보기로 한 것이었다. 그날도 새벽에 고속열차로 왔다는 제니의 얼굴에는 피곤과 실망이 겹겹이 쌓여 있었다. 검사 결과가 좋지 않아 그날로 예정된 항암치료는 받을 수 없다며 실망하는 모습이 안타까웠다. 호스트의 치료 일정에 밀려 몇 마디 말도 나누지 못하고 헤어졌다. 에스컬레이터 난간을 꼭 잡고 서 있는 제니의 창백한 얼굴이 잊히지 않았다.

수십 건의 댓글이 포기하지 말라고 아우성하고 있었다. 그녀와 자주 대화를 나누던 지기들은 호되게 야단을 치기도 했다. 호스트도 마찬가지였다. 나중에는 제니가 호스트에게 보낸 글을 올리면서까지 마음을 돌리려고 했다. 하지만, 그것이 마지막이었다. 그때부터 제니의 글은 찾을 수 없었다.

좌절감에 빠진 호스트를 보면서도 우리는 대수롭지 않게 여겼다. 그러한 감정은 암 치료 과정에서 누구나 느낄 수 있고, 그것이 신체에 반응을 보일 때까지는 시간도 필요했기 때문이었다. 예상치 못한 충격으로 호스트가 절망감에 휩싸이면 암세포에 대한 대응 의지는 무너지기 마련이었다. 우리는 그 틈을 이용하여 간에서의 세력을 확장하고, 뇌에까지 손을 뻗치면 되었다. 호스트의 행동 변화가 제니를 잃은 상실감의 여파라고 여기면서도, 그것이 호스트를 죽음으로 이끌 정도는 아니라고 생각했다.

하지만, 제니는 호스트에게 암 진단 이후의 고통스러운 날들을 견딜 수 있게 해준 등불이었다는 사실을 우리는 잊고 있었다. 위에서 시작된 암이 폐로 전이되어 시한부 선고를 받고도 희망을 버리지 않았던 그녀였다. 그런 제니조차 포기했다는 사실이 호스트의 불안감에 기름을 더한 셈이었다. 그 일로 인해 호스트의 마음에는 완치의 불빛 대신 죽음의 공포만이 남았을 뿐이었다.

우리의 예상과는 달랐지만, 호스트가 이렇게 끝나는 것도 좋았다. 오랫동안의 항암치료로 몸과 마음이 극도로 쇠약해져, 혼미한 상태에서 고통스럽게 가는 것보다 낫다며 우리는 낄낄거렸다.

호스트의 딸아이가 새벽에 깨어나지만 않았더라도 전혀 문제가 없었다.

긴급히 응급실에 실려 갔던 호스트가 집으로 돌아온 것은 며칠 후였다. 그러고서도 호스트는 심한 우울감에서 벗어나지 못했다. 방 밖으로 나올 생각조차 하지 않고, 침대에 누워있는 날들이 대부분이었다. 잠을 이루지 못하고, 음식을 멀리하는 것도 여전했다. 항암치료의 부작용으로 퀭해진 얼굴이 이제는 살점이라고는 보이지 않을 정도로 초췌하게 변해갔다. 이미 초점을 잃은 눈동자는 천장만 향하고 있었다. 무엇이 두려운지 사람들과 눈조차 마주치지 않으려 했다.

올해 대학에 들어간 호스트의 딸아이가 눈물을 보일 때만 해도 우리는 조금도 염려하지 않았다. 막바지에 이른 환자에게 하는 가족들의 안타까운 절규를 우리는 그동안 너무 많이 보아 왔었다. 그들의 바람과는 달리 환자들의 눈은 이미 세상을 떠나 있는 경우가 많았다. 호스트에게 하는 딸아이의 울먹임도 그것과 다를 바 없다고 여겼다.

호스트가 딸아이의 퉁퉁 부은 눈을 외면하며, 고함까지 지르는 것을 보면서 우리는 회심의 미소를 지었다. 딸아이의 마지막 몇 마디에 호스트의 눈빛이 변하는 것을 느끼면서도 우리는 여전했다.

"엄마와 한 약속이 기억나지 않으세요. 저희가 혼자 일어설 수 있을 때까지 지켜주기로 하셨잖아요."

그 소리에 호스트의 눈빛이 순간적으로 멈칫하는 듯 보였다. 그러고는 피하기만 하던 눈이 딸아이를 향했다.

"그랬지, 그렇게 약속했었지. 그것을 어떻게 잊을 수 있겠니. 네 엄마가 저렇게 지켜보고 있는데."

호스트가 침대 머리맡에 놓인 작은 탁자 위로 눈길을 돌렸다. 그곳에는 가족사진이 담긴 작은 액자가 놓여 있었다. 호스트 옆에는 분홍빛 블라우스 차림의 여인이 어린 두 딸과 함께 활짝 웃고 있었다. 몇 년 전 교통사고로 갑자기 세상을 떠난 호스트의 아내였다.

이어지는 딸아이의 눈물을 보면서도 우리는 실망하지 않았다. 바람 앞의 등불처럼 위태로운 호스트의 몸이 눈물 몇 방울로 회복될 수는 없었다. 더구나, 호스트가 절망감에서 벗어나지 못한다면 도무지 불가능한 일이었다.

세상일이 뜻대로 되지 않는 것은 누구나 마찬가지인 것 같다. 금방이라도 무너질 것 같던 호스트가 기력을 되찾기 시작한 것이었다. 우리와 맞서는 호스트의 태도가 바뀌어 있었다. 우리의 갖가지 시도에도 흔들리지 않던 굳건한 예전으로 되돌아가 있었다.

그 때문에 힘을 잃고 비틀거리던 호스트의 면역세포들이 되살아나기 시작했다. 외부에서 투입되는 항암치료제의 힘도 더 강해지고 있었다. 간에서 암세포를 발견하고 투여하기 시작한 표적항암제의 힘은 무시무시할 정도였다. 그 칼날에 우리는 속수무책이었다. 호스트의 몸 곳곳에서 암세포의 사멸이 이어지고 있었다. 장기에서 보이던 장폐색의 기미는 흔적도 없이 사라졌다. 간에서의 우리 세력은 희미한 자국만 남기고 있었다. 뇌에 침투하려던 우리의 선봉은 미처 발을 내딛기도 진에 전멸해 버렸다.

무엇이 그렇게 만들었는지 우리는 이해할 수 없다. 하지만, 호스트 앞에서 그의 딸아이가 눈물을 보인 후부터라는 것은 분명했다. 가족의 눈물로 호스트가 바뀌었다는 사실을 우리는 도무지 믿을 수 없었다. 매 순간 수천수만의 동료들이 사멸되는 것을 보면서도 아무런 감정을 느끼지 못하는 우리로서는 당연할 수도 있다. 사람의 눈물이 왜 그렇게 강력한 힘을 가지는지 우리에게는 짐작조차 할 수 없는 불가사의였다.

그래도 우리는 실망하지 않을 것이다. 우리가 모습을 바꾸어 숨어 지내면 기회는 다시 찾아올 것이다. 대부분의 호스트는 5년 동안 우리가 모습을 보이지 않으면 완치를 확신하고, 방심하게 된다. 하지만, 우리는 절대 사라지지 않는다. 사람들의 몸속에 드러나지 않고 숨어 지낼 뿐이다. 지금의 호스트도 마찬가지일 것이다. 이전처럼 호스트가 흐트러지는 날에 우리는 다시 모습을 보일 것이다. 그때는 더 강력한 힘을 갖추고 나타날 것이다.

※ 호스트(Host) : 생물학에서 숙주의 개념으로 기생물이 살아가는 대상을 의미. 암세포는 신체의 세포 변이로 생성된 신생물이라는 점에서 인간과 기생 관계는 아니지만 문학적으로 이를 빌려옴.

부이를 찾아서

파도가 잔잔했다. 캘리포니아 해안과 하와이섬 중간의, 육지라고는 찾아볼 수 없는 광대한 북태평양의 바다 한가운데가 이렇게 조용하다는 것이 믿기지 않을 정도였다. 며칠 전까지만 해도 주변 해역을 뒤흔들던 산더미 같은 파도는 어디로 사라졌는지 흔적도 없었다. 이곳 바다를 뒤덮고 있는 해양 부유물들도 혼란에서 벗어나 움직임을 멈추고 있었다.

다양한 용도의 낡은 페트병, 화려한 색상을 잃어버린 어업용 부이, 여러 종류의 깨어진 플라스틱 상자, 잠깐 쓰고 버려진 각종 일회용품 등의 헤아릴 수조차 없을 정도로 많은 해양 부유물들이 넓은 바다를 빼곡히 메우고 있었다. 수면 아래에도 찢어진 폐그물과 비닐 조각, 낡은 어망 등의 폐기물들이 수중을 유영하듯이 떠다녔다. 해저의 깊은 바닥에서도 찌그러진 페트병, 녹슨 통조림 캔, 폐타이어 등의 침적물들을 발견하는 것은 어렵지 않았다.

해양 부유물들로 뒤덮인 해역과 조금 떨어진 곳에 낡은 생수병 하나가 물 위에서 파도에 흔들리고 있었다. 일반 편의점이나 마트에서 쉽게 접할 수 있는 사각형의 생수 페트병이었다. 헐거워진 뚜껑이 금방이라도 떨어져 나가버릴 듯 아슬아슬하게 걸린 채 몸통 일부가 물속에 잠겨 바다를 떠다니고 있었다. 오랫동안의 표류 탓인지 파도에 닳고, 햇볕에 녹아내린 모습은 조그만 충격에도 쉽게 부서져 버릴 듯 연약해 보였다.

"생수병, 너도 알고 있지. 우리 같은 플라스틱 부유물 하나가 온통 세상을 시끄럽게 만들고 있다는 소식을 들었지?"

사각형 물통이 생수병에게 다가오며 퉁명스러운 소리를 내었다. 플라스틱 물통의 하얀 몸통은 몇 년 동안 바다를 떠다니는 사이 물때가 끼어 누렇게 변해 있었다. 매끄럽던 사각 모서리 한 곳이 얼마 전 밀어닥친 파도에 찢겨 나간 탓인지 잔뜩 화가 난 모습이었다.

바다거북의 코를 꿰뚫은 물체에 대한 이야기였다. 중남미 코스타리카 해변에서 발견된 바다거북의 코에 박힌 이물질을 빼내었더니, 사람들이 사용하고 버린 일회용 플라스틱 포크였다는 내용이었다.

물통의 불통한 말을 듣고도 생수병은 모르는 체했다. 그러한 소식이 새로운 것도 아니었다. 매년 100만 마리 이상의 바닷새와 10만 마리가 넘는 해양포유류가 바다에 버려진 플라스틱 폐기물로 죽음에 이르고 있었다. 이보다 더 심각한 것은 미세플라스틱이었다. 플라스틱 부유물이 잘게 부서져 만들어진 미세 조각들에 의한 생태계의 피해는 짐작조차 못 하고 있었다.

생수병의 마음은 딴 곳에 있었다. 그와 함께 몇 달 동안 바다를 떠다닌 스티로폼 부이에 대한 소식이었다. 부이는 생수병이 한강 하구를 지나 서해의 덕적군도 인근 해역에 이르렀을 때 만난 친구였다. 오랫동안 꽃게잡이 통발을 지켜오던 부이는 한여름에 불어닥친 태풍으로 몸통을 묶은 로프가 끊어져 바다를 표류하고 있었다. 그들은 서해를 따라 내려가 제주도 인근 해역에 이르렀고, 그곳에서 남하해 마라도 서남쪽의 이어도 해양과학기지까지 갔었다. 그리고 다시 해류를 따라 북상해 쓰시마섬까지 함께 했었다.

부이는 정말 마음이 맞는 친구였다. 이어도의 해양과학기지 구조물에 부딪혀 옆구리의 상당 부분이 파도에 휩쓸려 나가면서도 부이는 생수병만은 놓치지 않으려 안간힘을 다했다. 그때 부서져 나간 부이의 스티로폼 알갱이들이 파도에 쪼개져 더 작은 조각으로 분해되었다고 했다. 부이의 미세 조각들이 떠돌고 있는 바다는 제주도 인근의 고등어 어장이었다. 그 시기의 왕성한 먹이활동을 감안하면, 미세 조각들은 고등어 떼의 먹이가 될 수밖에 없을 것이었다.

"그동안 내가 몇 번이나 물어보았던 스티로폼 부이에 대한 소식은 아직도 듣지 못했니?"

"네가 궁금한 것은 항상 그 친구의 소식뿐이네."

생수병의 엉뚱한 대답에 사각형 물통이 서운했던 모양이었다. 물통의 시큰둥한 울림이 주변에 넓게 번졌다.

그 때문인지 '거대 부유물 지대'의 정적이 깨어지고 있었다. 파도에 몸을 맡기고 있던 원통형 스티로폼 상자가 그들의 대화에 관심을 보이며 다가왔다. 며칠 전 이곳에 도착하여 분위기 파악에 분주하던, 긴 꼬리를 늘어뜨린 찢긴 폐비닐도 지나던 걸음을 되돌렸다. 수면 아래에서 나일론 로프와 뒤엉켜 물결을 타고 있던 폐어망도 아는 체하며 팔을 흔들었다.

그동안 스티로폼 부이와 그에게서 떨어져 나간 조각들에 대한 소식은 생수병뿐만 아니라 '거대 부유물 지대' 해양 부유물 모두가 흥미를 느끼는 것이었다. 특히, 이곳 해역의 대부분을 차지하는 미세플라스틱이 보이는 관심은 엄청났다. 이는 1마이크로미터(㎛)에서부터 5밀리미터(㎜)의 크기에 이르는 모든 미세플라스틱에게 예외가 없을 정도였다. 그들에게 있어 부이의 미세 조각들의 자취는 당장 눈앞에 다가온 현실이기 때문이었다.

생수병이 스티로폼 부이를 처음 보았을 때, 그 모습은 말이 아니었다. 오랫동안 서해에서 꽃게잡이 통발을 지켜오면서 군데군데 상처가 난 데다가, 바다 물때까지 새까맣게 덮인 몸통은 초라하기 짝이 없었다. 몇 해 전 꽃게잡이 철이 막바지에 접어들 무렵 통발에서 떨어져 나간 이후, 오랫동안 바다를 떠돌아다녔기 때문인지 몰골은 더 피폐하게 보였다. 그에 비하면 막 한강을 벗어나 서해에 이른 생수병은 만들어진 때의 멋진 모습을 그대로 유지하고 있었다.

공장에서 출고될 당시의 생수병은 미끈한 외모를 자랑했었다. 원유의 정제 과정에서 나오는 나프타를 소재로 하여 각종 촉매, 보조 재료, 첨가제 등이 더해지고, 성형 과정을 거쳐 페트병으로 태어났을 때의 모양은 정말 날렵했다. 부드러운 사각형의 투명한 몸통에다가 하얀 뚜껑도 산뜻하기만 했다. 더구나 수질 적합성 기준에 문제가 없는 맑고 깨끗한 1.8리터의 생수를 담고, 근사한 상표 라벨까지 부착한 모습은 화려하기까지 했다.

생수 공장을 떠나 편의점에서 봄놀이를 즐기려는 왁자지껄한 여행객들의 손에 들어갈 때까지는 그나마 괜찮았다. 하지만, 서울 근교 유명 사찰 인근의 계곡에 버려진 후에는 생수병도 찬밥 신세였다. 주변에는 그렇게 나뒹구는 음료수병, 캔과 비닐 포장지, 일회용 용기들이 널려 있었고, 한쪽 구석에는 먹다 남긴 음식물 찌꺼기까지 악취를 풍기고 있었다. 한여름의 소나기가 며칠 동안 계속될 때까지 생수병은 그곳에 버려져 있었다.

세찬 비가 계곡을 흘러넘치자, 생수병은 물에 휩쓸려 강으로 흘러갔다. 강물은 어느새 빽빽한 아파트 단지를 지났고, 곧이어 엄청난 높이의 빌딩 숲을 양옆으로 끼고 나아갔다. 생수병은 처음 보는 놀라운 전경에 눈이 휘둥그레지며, 입을 다물지 못했다. 생수병이 낯선 환경에 허둥대고 있을 때 강물은 소금기를 띄고 있었다. 생수병과 함께 계곡에 버려져 있던 음료수병이 옆을 지나가면서 바다에 도착했다고 큰 소리로 외치고 있었다.

바닷물은 계곡과 강을 흐르는 물과는 달랐다. 가벼운 물결에 흔들리던 몸통이 언제부터 엄청난 높이로 솟구쳤다가 깊은 바닥으로 떨어지곤 했다. 짙은 염분이 포함된 물은 생수병의 표면에 작은 상처를 끊임없이 만들어 내었다. 거친 바람도 쉴 새 없이 몰아쳤다. 강풍에 실려 오는 높은 파도에 적응하기까지 생수병은 많은 고통을 견뎌야만 했다.

바다에 도착한 얼마 후, 생수병은 몸통을 화려하게 감싸주었던 상표 라벨을 떠나보내야 했다. 계곡의 물살에 휩쓸리다 날카로운 바위에 찢겨나간 라벨이 세찬 파도에는 버틸 수가 없었던 것이다. 파도에 휩쓸린 비닐의 접합 부분이 너덜너덜해지더니, 갑작스럽게 밀어닥친 큰 파도에 어느 순간 떨어져 나가버렸다. 상표 라벨이 없어지자, 생수병은 온통 발가벗겨진 느낌이었다.

생수병이 바뀐 환경에 적응하자 이번에는 다른 두려움이 밀려왔다. 주변에 아무도 없다는 외로움이었다. 그렇게 많았던 플라스틱 폐기물이 주변에 전혀 보이지 않았다. 다양한 종류의 페트병과 스티로폼 용기는 물론이고, 어디서나 쉽게 볼 수 있었던 일회용 포장 용품조차 찾을 수 없었다.

생수병은 외롭고, 두려웠다. 언제까지 이렇게 거친 바다를 떠돌아다녀야 할지도 몰랐다. 그때 만난 것이 스티로폼 부이였다. 부이의 몸통을 휘감은 낡은 로프가 풀려나가 파도에 너울거리는 모습이 마치 생수병을 부르는 것 같았다. 생수병을 만난 부이도 같은 마음인 듯 로프 가닥으로 생수병의 목을 감싸안았다.

스티로폼 부이를 만나고부터 생수병은 혼자가 아니었다. 부이는 생수병의 든든한 보호자였다. 부이의 큰 몸통이 거친 파도도 막아 주었다. 작은 파도에도 쉽게 움츠러들던 생수병은 강한 태풍도 두려워하지 않게 되었다.

부이는 말벗이 되어주는 친구이기도 했다. 오랫동안 바다에서 통발을 지키면서 많은 것을 보고, 들은 부이는 모르는 것이 없었다. 파도가 잔잔한 날, 밤하늘을 가득 채우는 별 무리를 바라보며 들려주는 부이의 이야기는 끝이 없었다. 생수병은 더 이상 외롭지 않았다.

둘은 홍도와 흑산도 인근 해역을 지나, 추자도를 거쳐 제주도 해역을 함께하면서 많은 대화를 나누었다. 낮에는 멀리 보이는 육지의 푸른 산들과 해안선이 좋았고, 밤에는 조업을 위해 불을 밝혀놓은 어선들의 생동감이 즐거웠다. 여객선의 스크루가 내뿜는 우렁찬 물결에 부이의 로프가 휩쓸릴 때는 떨어지지 않으려 서로를 꼭 껴안기도 했다. 다도해의 수려한 섬들을 지날 때는 자신들의 초라한 모습이 부끄러워 황급히 파도에 몸을 싣기도 했다.

그들이 제주도의 작은 섬 비양도 인근 해역에 이르렀을 때였다. 육지에 가까워졌기 때문인지 파도가 그들을 해안으로 밀어붙이고 있었다. 멀리 아름다운 해안선 너머로 하얀 모래 언덕이 환상적인 모습을 드러내고 있었다. 그런데 갑자기 부이가 비명을 지르며 파도를 벗어나려고 안간힘을 쓰기 시작했다. 오랜만에 느껴지는 육지의 포근함에 취해있던 생수병에게는 뜻밖의 행동이었다.

"저곳에 가면 안 돼. 우리는 당장 사람들에게 수거되어 쓰레기 처리장으로 보내질 거야. 생수병 너야 아직 멀쩡한 모습이니 재활용될 수 있을지 모르지만, 이미 망가질 대로 망가진 나는 폐기물로 소각될 것이 분명해."

제주의 고운 해안을 지키기 위해 사람들은 주기적으로 해변에 밀려온 부유물을 거두어들인다고 했다. 수거물의 최후는 뻔했다. 대부분 쓰레기 처리장에서 소각되거나, 매립되는 신세를 면하지 못했다. 부유물이 재활용되어 다른 제품으로 태어나는 경우는 드물었다.

플라스틱 제품이 분해되는데 걸리는 시간은 엄청났다. 제품의 종류에 따라 다르지만 짧게는 수십 년에서, 길게는 수백 년 동안 분해되지 않고 환경에 영향을 미쳤다. 플라스틱 제품인 생수병도 마찬가지였다. 바다를 떠다니며 이렇게나마 지내는 것이 사람들에게 수거되어 폐기되는 것보다 나을 수 있었다. 이제는 거친 바다 생활에도 적응이 되었다. 거기에다가 부이라는 마음 맞는 친구도 곁에 있었다. 부이가 기겁하는 이유를 알 수 있었다.

"어떻게 해서든 파도에서 빠져나가야 해. 해변에 도착하면 부유물을 수거하는 사람들이 아니라도 우리를 치우려고 할 것이 뻔해."

부이가 필사적으로 몸통을 되돌리며 소리쳤지만, 한번 육지로 향한 바람은 방향을 바꾸지 않았다. 생수병도 안간힘을 썼지만, 부이의 로프에 감긴 목은 더 조여오기만 했다. 다행히 해변의 모래톱은 길지 않았다. 모래 언덕 주변에는 용암이 바닷물에 닿으면서 식어 내린 거친 바위가 곳곳에 틈새를 만들고 있었다. 둘이 숨어들기에 알맞은 곳이었다.

그렇게 조마조마한 시간이 흘렀다. 그동안 부이는 거의 정신을 차리지 못할 정도로 두려움에 싸여 있었다. 사람들이 보이지 않는 밤이 되면 그나마 안정을 되찾곤 했지만, 긴장된 나날은 며칠이나 계속되었다. 바다에서 한라산 쪽으로만 불던 바람이 방향을 바꾸면서 그들은 겨우 그곳을 벗어날 수 있었다. 먼바다까지 나오고서야 부이는 본래의 활기찬 모습으로 돌아왔다.

제주도 남단 이어도의 해양과학기지에 도착한 그들은 뜻밖의 사고를 당했다. 해상 구조물에 부이의 몸통이 부딪혀 옆구리 일부가 찢겨 나간 것이었다. 그 조각들을 보면서 부이는 대수롭지 않다는 듯이 중얼거렸다. 무덤덤한 표정이었지만, 바람에 실려 온 목소리는 비장하게 느껴졌다.

"저 조각들은 눈에 보이지 않을 정도의 작은 미세플라스틱으로 변할 거야. 그렇다고 우리가 영영 헤어지는 것은 아니야. 내 몸통의 일부가 어디에서 무엇을 하던 나는 항상 느끼고 있을 테니까."

제주도 인근 해역을 떠난 그들이 대마 난류를 타고 쓰시마섬에 이르기까지 스티로폼 부이는 잠시도 쉬지 않고 떠들어댔다.

"나도 처음에는 얼마나 멋있었다고, 새하얀 원통형 외관에, 울긋불긋한 색상의 로프로 치장한 몸통은 화려하기까지 했어."

바다 물때로 새카맣게 변한 몸통에, 옆구리까지 잘려 나간 부이에게서는 상상할 수 없는 모습이었다. 하지만, 마냥 무시해 버리기에는 부이의 실망이 너무 클 것 같아 생수병은 맞장구를 쳐줄 수밖에 없었다.

"꽃게를 잡기 위해 던져넣는 통발을 지키는 파수꾼으로 바다에 내려질 때부터 내 꼴은 말이 아니었어. 거친 파도와 짙은 소금기에 시달리다 보니 어느새 예전의 멋진 모습은 사라져 버렸어."

바다에서는 흔히 볼 수 있는 풍경이었다. 육지와 가까운 바다에서는 가두리 양식장의 구조물과 김 양식장의 그물을 지탱해 주는 하얀 스티로폼 부이의 긴 행렬이 끝없이 펼쳐져 있었다. 먼바다에서도 투망과 통발의 위치를 표시하기 위해 던져놓은 스티로폼 부이를 발견하는 것이 어렵지 않았다. 생수병과 함께하는 부이는 이미 오랫동안 꽃게잡이 통발을 지켜왔었다.

"어느 날 거센 파도에 통발과 연결된 로프가 끊어져 버렸지. 사람들은 내가 바닷물에 휩쓸려 가는 것을 뻔히 바라보면서도 꼼짝하지 않았어."

그 이후 몇 년 동안 서해상을 떠돌아다녔다고 했다. 한번은 가두리 양식장 근처로 떠밀려 갔다가 인부에게 수거된 적도 있었다. 하지만, 며칠간 양식장 한쪽 구석에 내팽개쳐져 있다가 다시 파도에 휩쓸렸다고 했다.

"내 몸통도 머지않아 작은 알갱이로 쪼개질 것이야. 그러한 알갱이는 쌀을 튀겨놓은 튀밥과 매우 닮아 보여. 그래서 바다의 물고기들이 쌀알인 줄 알고 냉큼 집어삼키곤 해."

생수병은 스티로폼 부이가 하는 말의 의미를 그때까지 전혀 몰랐다. 부이의 몸통이 산산이 쪼개져 버리면, 거친 바다에 혼자 남게 된다는 두려움만 생각나 부이 곁으로 바짝 다가갈 뿐이었다.

어느 날, 부이와 늦게까지 도란거리다 새벽에야 잠이 든 사이에 생수병은 하얀 모래밭에 얹혀있었다. 잠에서 깨어난 생수병은 낯선 풍경에 깜짝 놀랐다. 제주도 해변에서의 끔찍한 기억이 되살아났기 때문이었다.

주변의 백사장은 해양 부유물들로 뒤죽박죽되어 있었다. 생수병과 같은 여러 종류의 페트병은 물론이고 다양한 형태의 스티로폼 상자, 유실된 어구와 어망, 일회용 용기 등의 부유물들이 서로 뒤섞여 해변을 뒤덮고 있었다. 저쪽에는 반쯤 깨진 대형 전자제품 케이스가 모래 속에서 반쯤 파묻혀 있는 것도 보였다. 지금까지 생수병이 바다를 떠다니면서 보았던 부유물들이 모두 이곳에 모인 듯했다.

"여기가 어디죠. 왜 이렇게 부유물들이 많죠. 사람들이 말하는 폐기물 처리장이 여기인가 보죠?"

생수병이 잠든 사이에 사람들에게 수거되어 부유물 처리장에 와 있는 것 같았다. 언젠가 부이로부터 들었던 적이 있는 곳이었다. 그곳에서는 부유물 종류별로 분류된 후, 소각이나 매립 혹은 재활용 등의 과정을 거친다고 했다. 처리하기 위해 쌓아놓은 폐기물이 산을 이룬다고 했다.

"어디긴 어디야. 쓰시마섬의 한적한 해변이지. 몰골을 보니 너도 어지간히 바다를 떠돌아다닌 모양이네."

저쪽 바위틈 사이 모래톱에 반쯤 묻혀있는 기다란 플라스틱 파이프의 낄낄거리는 소리가 들려왔다. 파이프는 복잡한 모양의 글씨가 새겨진 띠를 몸에 감고 있었다. 지금까지 생수병이 보아왔던 것과는 다른 문자였다.

그 소리에 호응이라도 하듯 주변 부유물들 사이에서 요란한 웅성거림이 들려왔다. 각양각색의 부유물들이 새로 도착한 생수병에게 관심을 보여왔다. 대부분이 귀퉁이가 날아가고 몸통마저 부서진 것이었지만, 방금 공장에서 나온 듯이 보이는 깨끗한 부유물도 많이 보였다. 몸통에 새겨진 글자도 다양했다. 생수병이 처음 보는 글자였다. 그것이 영어, 일어, 중국어 등 여러 나라의 문자라는 것을 안 것은 많은 시간이 지난 후였다.

"며칠만 기다려. 너도 곧 사람들에게 수거되어 재활용될 거야. 그때까지 이곳의 경치나 구경하며 느긋하게 기다려."

그러고 보니 정말 아름다운 해변이었다. 고운 모래를 가득 담은 하얀 백사장이 끝없이 펼쳐져 보였다. 백사장 뒤로는 푸른 숲이 무성하게 우거지고, 그 뒤로 높지 않은 바위산 몇 개가 아래를 내려다보고 있었다. 하지만, 백사장 일부와 이어지는 암석 지대는 각종 부유물로 쓰레기장을 방불케 했다. 생수병도 그 부유물들 사이에 끼어있었다.

"아니야, 저 친구 몰골을 보니 재활용은 어려울 것 같고, 소각장으로 갈 수밖에 없을 거야. 몸에 덕지덕지 붙은 불순물을 처리하려면 비용이 얼마나 드는데. 사람들이 그것을 부담하려고 하겠어?"

그 소리에 주변의 부유물들 사이에서 왁자지껄한 웃음소리가 들려왔다. 언젠가 스티로폼 부이가 말했던 현실이 눈앞에 와 있었다. 그러고 보니 지금까지 함께 했던 부이가 보이지 않았다.

생수병이 부이를 찾아 주변을 두리번거리고 있을 때 어디선가 희미한 소리가 바람에 실려 왔다. 저쪽 바위 아래에 몸통이 반쯤이나 모래에 묻힌 부이가 안간힘을 쓰며 생수병을 부르는 소리였다. 모래 무게로 숨쉬기가 힘든 듯 부이의 소리는 기어들어 가고 있었다.

"나는 여기가 끝인가 봐. 저들이 말하는 것처럼 우리는 사람들에게 수거되어 소각장으로 갈 것이 뻔해. 너와 조금 더 함께했으면 좋았을 텐데."

스티로폼 부이의 말이 끝나기도 전에 불어온 바람이 생수병을 모래사장 한곳의 얕은 물웅덩이 속으로 날려버렸다. 생소한 환경에 어리둥절하여 정신을 차리지 못하는 사이 순식간에 일어난 일이었다. 생수병은 그것이 부이와의 마지막이 될 것이라고는 전혀 생각하지 못했다.

그곳에서 며칠이 지났다. 주변이 온통 해양 부유물들로 가득

차 있어 부이가 없어도 당장은 외롭지 않았다.

"넌 어디서 왔니? 나는 이곳 쓰시마섬 부근 해역을 지나는 선박에서 버려져 며칠 동안 바다를 떠돌다 여기로 왔어."

아직 몸통을 장식하는 상표 라벨이 그대로 붙어있는 원통형 음료수병 하나가 다가와 물었다. 생수병은 자신에게도 있었던 멋진 라벨이 생각났다.

서울 인근의 어느 유원지 계곡에 버려져 한강을 따라 흘러오다 바다를 만났고, 몇 달을 서해에서 떠돌다 제주도 남단 해역을 거쳐 여기까지 왔다는 생수병의 이야기가 이어졌다.

"서울이라니! 여기 있는 해양 부유물들 대부분이 나가사키나 후쿠오카에서 온 것으로 알고 있는데… 그렇게 먼 곳에서도 올 수 있구나."

음료수병의 외침에 호응이라도 하듯 포장용 스티로폼 상자 하나가 그들의 대화에 불쑥 끼어들었다. 뚜껑 없는 상자의 몸통은 군데군데 구멍이 나 금방이라도 깨어질 듯 위태로워 보였다.

"나는 서울보다 더 먼 중국의 톈진에서 왔어. 오랫동안 바다를 떠다니다 이곳에 오니 얼마나 좋은지 모르겠어."

"나는 대만의 타이베이에서 왔어."

"나는 러시아의 블라디보스토크에서 왔어."

주변이 갑자기 시끄러워졌다. 많은 해양 부유물들이 그들의 대화를 가로막고 나서며 소리를 높이고 있었다.

"시끄러워, 모두 이 근처에서 온 것들이 큰 소리는… 나는 저 멀리 유럽에서 오랫동안 배를 타고 왔어."

모두 소리 나는 곳을 쳐다보았다. 날렵한 몸매의 탄산수병 하나가 빼기는 듯 눈을 내리깔고 있었다. 탄산수병은 주변을 두리번거리며 누군가를 찾고 있었다. 그러고는 모두가 들으라는 듯 큰 소리로 물었다.

"너희 중에 혹시 '거대 부유물 지대'에서 온 친구 있어? 나는 말로만 듣던 그곳이 어떻게 생겼는지 매우 궁금해."

생수병은 처음 듣는 곳이었다. 바다에 대해서는 모르는 것이 없는 부이도 그곳에 대해서는 말한 적이 없었다. 모두 탄산수병의 다음 말을 기다렸다.

"그곳에는 우리와 같은 해양 부유물들이 어마어마한 규모로 모여 있데. 부유물들이 워낙 많아 사람들은 하나의 섬으로 여기기도 한데."

"어떻게 하면 그곳에 갈 수 있어?"

스티로폼 상자가 탄산수병에게 말을 건네며 바짝 다가갔다. 주변의 부유물들이 탄산수병에게 시선을 집중했다.

"이곳 바다와는 비교가 되지 않는 넓은 바다를 건너야 한데. 그러나, 그렇게 먼 곳이라도 해류만 잘 타면 얼마든지 갈 수 있다고 했어."

탄산수병이 자신을 뽐내기라고 하는 듯 바람에 몸을 들썩였다. 모두가 믿을 수 없다는 표정이었다.

"그렇게 먼 곳에 있다면 나는 어려울 것 같아. 그곳에 도착하기도 전에 고래나 바다사자의 먹이가 될 거야."

일회용 빨대가 실망한 표정을 감추지 못하고 모래 속으로 모습을 감추었다. 빨대의 낡은 몸통이 반으로 구겨져 너덜거리고 있었다.

생수병도 그곳이 무척 궁금했다. 어떻게 갈 수 있는지 물어보려고 막 말을 꺼내려는 순간 산에서 불어온 세찬 바람이 주변의 부유물들을 흩날려 버렸다. 정신을 차리고 보니 생수병은 어느새 해변 근처 물속에 우뚝 솟아난 바위 벼랑 아래로 밀려와 있었다.

벼랑 아래의 작은 틈새에 끼어 생수병은 한동안 꼼짝 못 했다. 그곳에서 생수병은 사람들이 해변의 해양 부유물들을 수거하는 것을 지켜보았다. 쓰시마섬의 해변을 벗어나 '거대 부유물 지대'로 가겠다고 큰소리치던 탄산수병의 고통스러운 비명도 들었다. 포장용 스티로폼 상자가 바람의 힘을 빌려 달아나려고 했으나 수거하는 사람들의 손아귀를 벗어나지 못했다. 일회용 빨대는 모래 속에서 안도의 한숨을 내쉬고 있었다.

생수병에게도 위기의 순간이 있었다. 한 사람이 긴 장대로 물속의 생수병을 끄집어내려고 하였으나, 파도가 몰아쳐 옷을 적셔오자 그대로 물러서 버렸다. 그 와중에도 생수병은 스티로폼 부이를 잊지 않았다. 하지만, 부이의 모습은 어디에서도 찾을 수 없었다. 부이가 수거하는 사람들의 손길을 피해 안전하게 몸을 감추고 있기만을 바랄 수밖에 없었다.

그렇게 여러 종류의 부유물들로 뒤덮여 있던 쓰시마섬의 해변은 깨끗해졌다. 하지만, 생수병이 그곳에 머물러 있는 며칠 동안 다른 부유물들이 순식간에 다시 해변을 채웠다. 새로운 부유물들이 해변에 도착하는 것을 생수병은 물끄러미 지켜보았다. 그들과 대화라도 나누고 싶었지만, 바위틈에 끼어 꼼짝할 수 없었다. 그리고 강한 태풍이 쓰시마섬을 지나간 어느 날 생수병은 먼바다로 나올 수 있었다.

태평양에는 시계방향으로 형성되는 북태평양 아열대 환류와 남태평양을 순환하여 반시계 방향으로 환류하는 남태평양 환류가 흐르고 있다. 이러한 환류의 중간 지대인 적도를 중심으로 서향의 북적도 해류와 남적도 해류 및 적도무풍대를 따라 흐르는 동향의 적도 반류 등이 넓은 바다를 움직이고 있다.

북태평양 아열대 환류는 다시 구로시오 해류, 북태평양 해류, 캘리포니아 해류, 북적도 해류를 따라 시계방향으로 순환하며, 이 중 구로시오 해류의 한 갈래는 일본 열도 남단에서 한반도와 일본 사이를 흐르는 대마 난류가 된다. 그리고 대마 난류는 쓰시마섬 남단에서 한반도의 동해를 따라 흐르는 한 갈래와 일본 열도를 따라 흐르는 다른 갈래로 나뉘어 흐르다, 북해도 남단의 쓰가루 해협이나 북단의 왓카나이를 돌아 북태평양으로 빠져나간다.

쓰시마섬을 떠난 생수병은 한반도 동해안을 흐르는 난류에 몸을 싣고 동해까지 나왔다. 그리고 동해의 넓은 바다를 가로질러 북해도 남단의 쓰가루 해협을 거쳐 북태평양으로 빠져나갔다. 그곳에서 베링해 남단을 흐르는 오야시오 해류를 만나 북태평양 아열대 환류에 합류될 수 있었던 것은 행운이었다.

오랜 기간 바다를 떠돌면서 생수병은 많은 우여곡절을 겪었다. 한반도의 동해안을 따라 오르다 두만강 하류 해역에서 차가운 한류를 만나 꽁꽁 얼어붙기도 했으며, 속초 해역에서는 잠시 해안가로 밀려가 몰지각한 여행객들이 남긴 해양 부유물들과 만나기도 했다. 동해의 먼바다로 나와서는 러시아의 사할린 해역을 따라 내려오는 한류를 만나 어선들의 활기찬 조업 현장을 지켜보기도 했다.

가장 뜻깊은 일은 알래스카 인근 해역에서 표류하던 금발의 아기인형을 만난 것이었다. 아기인형은 몇 달 전 한국의 속초에서 출항하여 일본의 홋카이도를 방문지로 하는 대형 크루저선 선상에서 바다로 떨어져 표류하고 있었다. 속초로 돌아가는 도중 홋카이도 인근 해역에 떨어진 아기인형은 생수병과 같은 여정을 거쳐 알래스카 해류를 타고 있었다. 차가운 파도가 집어삼키고 남은 몇 가닥 남지 않은 금발이 아기인형의 찢긴 드레스 위에 얼어붙어 있었다. 머리가 몸체에서 빠져나올 것처럼 삐걱거리는 상태에서도 아기인형은 자신을 애지중지하던 여자아이를 잊지 못하고 있었다.

그들이 파도에 밀려 가까워진 순간 차가운 날씨가 둘을 함께 묶어버려 행동을 같이할 수밖에 없었다. 알래스카 해류를 벗어나 북태평양 해류에 편성하고서야 그들은 떨어질 수 있었지만, 그러고서도 서로 앞서거니 뒤서거니 하면서 캘리포니아 해류를 타고 '거대 부유물 지대'까지 함께 했었다. 쓰시마섬에서 스티로폼 부이와 헤어진 이후 혼자였던 생수병에게 새로운 친구가 생긴 것이었다.

생수병이 바닷물의 흐름이 거의 없는 북태평양 아열대 환류 안쪽에 형성된 '거대 부유물 지대'에 도착한 지도 어느덧 한 해가 지나갔다. 이곳은 북태평양 인접 국가의 해양 부유물들이 최종적으로 모이는 곳이었다. 생수병 같은 가벼운 부유물뿐만 아니라 단단한 재질의 사각형 물통, 조업용 어구와 어망, 다양한 크기의 스티로폼 조각과 구조물, 버려진 폐그물 등 각양각색의 부유물들이 주변 해역을 끝도 없이 메우고 있었다. 부유물들은 수면 위뿐만 아니라 수면 아래 상당한 깊이에도 발견되며, 해저 바닥 수 킬로미터 깊이까지 음산한 형태를 드러내고 있었다.

그러나 이곳의 실제 주인은 미세플라스틱이었다. 부유물들의 극히 작은 조각들이나, 눈에 보이지 않을 정도로 미세하게 분해된 조각들이 '거대 부유물 지대'의 바다 대부분을 채우고 있었다. 밤이면 그들이 부르는 노랫소리가 캄캄한 하늘에 울려 퍼지곤 했지만, 누구도 성가시게 여기지 않았다. 언젠가는 자신도 그들과 같은 운명이 될 것임을 알고 있었기 때문이었다.

저쪽 부유물들 사이에서 아기인형이 물속으로 자맥질하는 것이 보였다. 한동안 보이지 않더니, 며칠 전의 세찬 파도에 이곳으로 밀려온 것 같았다. 아기인형의 몇 가닥 남지 않았던 금발은 파도에 쓸려버렸는지 한 올도 보이지 않고, 둥근 맨머리가 햇볕에 반사되고 있었다.

아기인형 주위로 PVC 매트의 조각난 부유물 몇 개가 떠다니는 것이 보였다. 생수병이 처음 보았을 때, 매트는 이미 찢어지기 직전의 피폐한 모습으로 가는 숨결을 헐떡이고 있었다. 중국 남단 해역을 거쳐 오랫동안 바다를 표류한 데다, 이곳에 도착하고서도 몇 년을 따가운 햇볕과 거친 파도에 시달려 왔기에 그럴 수밖에 없었다. 몸통이 부서지기 전에 매트는 말했다.

"너를 보는 것도 며칠 남지 않았어. 거센 파도가 몇 번만 더 몰아치면, 나는 버틸 수 없을 거야. 그렇게 되더라도 외면하지 말아줘."

매트의 작은 조각들이 바로 생수병의 모습이었다. 반가운 마음에 매트의 조각들에게 아는 체를 했으나, 본래의 모습이 사라진 그들은 생수병을 알아보지 못하고 지나쳐 버렸다. 거대한 덩치의 스티로폼 구조물 하나가 파도에 실려 생수병 옆을 지나갔다. 몸통 일부가 잘려 나간 흉한 몰골임에도 구조물은 본래의 웅장한 모습을 잃어버리지 않고 있었다.

별이 유난히도 반짝이고 있었다. 이러한 밤에 스티로폼 부이가 들려주는 이야기는 끝이 없었다. 이야기가 길어져 밤을 꼬박 새우는 날도 적지 않았다. 부이로 인해 힘든 표류도 버틸 수 있었다. 부이가 보고 싶었다. 쓰시마섬을 벗어나 바다로 나왔다면, 부이도 여기에 있을 수 있었다.

언제부터인가 생수병은 주변 해양 부유물들에게 스티로폼 부이의 소식을 묻곤 했다. 다양한 종류의 부유물들이 흘러넘치는 이곳에서 낡은 부이를 찾는다는 것이 쉽지 않았지만, 생수병은 포기하지 않았다. 끝이 보이지 않을 정도로 크고 넓은 북태평양의 바다 한가운데에서 할 일이 있는 것도 아니었다. 생수병의 유별난 행동은 어느새 많은 부유물의 관심사가 되어있었다.

가벼운 파도가 멀리 있던 아기인형을 생수병 옆으로 실어 왔다. 그들이 헤어진 후, 이렇게 가까이한 것은 흔치 않은 일이었다.

"스티로폼 부이를 찾고 있다는 말을 들었어. 네가 언젠가 말했던 쓰시마섬에서 헤어졌다는 그 친구 말이지?"

아기인형과 함께하면서 서로 나눈 이야기도 적지 않았다. 그중에는 스티로폼 부이와의 추억도 빠지지 않았다.

"그렇기는 하지만 이제 포기해야 할 것 같아. 부이가 어마어마하게 먼바다를 건너 여기까지 오기는 어려울 것 같아."

"무슨 소리야. 우리도 이렇게 왔잖아. 주변에는 작은 스티로폼 조각들도 얼마나 많이 보이니. 네 친구 부이도 충분히 가능할 수 있어. 여기에 없다면 다른 '거대 부유물 지대'에 있을 수도 있어."

다른 곳에도 이곳과 같이 넓은 해양 부유물 지대가 있다는 말이었다. 생수병이 깜짝 놀라자, 아기인형은 재미있다는 듯 더 큰 소리를 내었다.

"이곳과는 반대쪽인 하와이섬과 일본 열도 사이에 '거대 부유물 지대'가 하나 더 있다고 해. 여기보다 크지는 않지만, 점점 면적을 넓혀가는 중이래."

그곳이 궁금하면서도 생수병은 실망하지 않을 수 없었다. 그 먼 곳까지 부이를 찾아가기는 너무 힘들 것 같았다.

"그런데 내가 있던 여자아이의 집에서 보았던 친구들이 부이의 몸통에서 떨어져 나간 조각들일지도 몰라. 나도 여기에 와서 주변의 미세플라스틱들을 보고서야 그때 일이 생각났어."

아기인형이 뜻밖의 말을 했다. 여자아이와 함께한 시간이 아직도 그리운 듯 아기인형은 감회에 젖어 말을 이었다.

아기인형이 여섯 번째 생일을 맞은 여자아이의 품에 안긴 것은 공장에서 출고되어 백화점 매장에 진열된 지 며칠 만이었다. 긴 금발과 푸른 눈동자에 어울리는 화려한 드레스로 장식한 아기인형이 생기발랄한 소녀의 눈길을 사로잡은 것은 자연스러운 현상이었다. 사십 대 중반의 중년 부부와 백화점을 방문한 여자아이의 작은 손이 재빨리 아기인형을 집어 들었다.

여자아이의 집으로 자리를 옮긴 아기인형은 그날 밤부터 이상한 소리에 시달려야 했다. 모두 잠이 든 한밤중이 되면 들려오는 소리였다.

"사람들이 모두 잠들었어. 이제부터 우리가 활동을 개시할 시간이야. 먼저 숫자부터 점검하고 시작하기로 하지."

누군가 큰 소리로 확인하는 소리가 들려왔다. 주변의 와글거리는 소음 탓에 뚜렷하지는 않지만, 아기인형이 알아듣기는 어렵지 않았다.

"뇌, 췌장, 간에서는 그대로이고, 여타 다른 장기에서도 변동이 없네. 그런데 위와 장에서는 하루가 다르게 늘어나고 있어."

그러고는 잠시 잠잠해지더니 다른 소리가 들리기 시작했다. 이번에는 거친 억양으로 바뀌어 있었다.

"이 사내는 해산물을 너무 좋아해서 탈이야. 요즘 우리를 먹이로 알고 닥치는 대로 집어삼키는 바다생물이 얼마나 많은데."

"이번에 늘어난 친구들 역시 생선류를 통해 들어왔어. 이전에는 육류를 통해서 많이 유입되었는데."

여자아이의 가족 중 누군가의 몸 안에서 들려오는 소리 같았지만, 아기인형은 그들이 하는 소리를 도무지 이해할 수 없었다.

다음 날도 그리고 그다음 날도 마찬가지였다. 한밤중이면 들려오는 소리는 계속되고 있었다. 어느 날의 소리는 더 뚜렷했다.

"사내의 위와 장에는 제주도 인근에서 잡힌 고등어를 통해 들어온 친구들이 대부분이라고 해. 그 때문에, 우리도 이렇게 함께 하는 것이고."

"맞아. 고등어 떼들이 얼마나 굶주렸는지 그날은 아직 미세 분해되기 전의 작은 플라스틱 조각들도 그대로 삼키곤 했어."

궁금함을 참지 못한 아기인형은 소리쳤다. 그들이 누구며, 밤마다 하는 일이 무엇인지 궁금해서 견딜 수가 없었다.

"당신들은 누구세요? 매일 밤 무슨 일을 하고 있죠?"

"얼마 전 들어온 금발 인형이군. 우리는 여자아이의 아버지 몸 속으로 흘러들어온 미세플라스틱이야. 우리가 하는 일에 대해서는 너무 알려고 하지 마. 얼마 후에는 너도 자연스럽게 겪게 될 것이니까."

세상에 나온 지 얼마 되지 않는 아기인형이 미세플라스틱이 무엇인지, 그들이 하는 일이 무엇인지 이해하기는 어려웠다. 아기인형은 외로운 밤을 혼자 보내지 않는 것만도 좋았다.

여자아이와 헤어지기 며칠 전의 일은 특히 잊히지 않았다. 가족들과 함께 일본의 홋카이도로 크루저 여행을 떠나기 전의 어느 날이었다. 그날은 그들의 소리가 유난히 크게 들렸다.

"드디어 성공했어. 사내의 대장 벽에 폴립을 만들어 내었어. 사내가 대책을 세우기 전에 얼른 크기를 키워야지."

"천천히 해도 돼. 사내가 알아차리려면 대장내시경으로 검사해야 하는데, 건강을 과신하는 사람이 그렇게 할 수 있겠니."

그들의 웅성대는 소리에 묻혀 다른 말은 알아들을 수 없었다. 하지만, 마지막 몇 마디는 잊히지 않았다.

"이번 일은 스티로폼 부이로부터 미세 분해된 친구들의 공이 컸어. 제주도 남단 해역에서 잡힌 고등어를 통해 들어왔다고 했지."

그것을 끝으로 아기인형은 입을 다물어 버렸다. 조급해진 생수병이 다음 말을 재촉했으나 아기인형은 슬픈 표정을 지으며 먼 곳만 바라보았다. 그러고는 이내 울음 섞인 소리를 중얼거렸다.

"그들은 거친 파도에 나를 내팽개쳐 버렸어. 속초항에서 홋카이도로 운항하는 크루즈선에 탈 때까지는 좋았어. 그런데 홋카이도에서 유명 연예인의 인형을 구입하고부터는 전혀 달라지더군. 나는 거들떠보지도 않았어."

"마지막으로 여자아이를 본 것은 속초로 돌아오는 크루즈선 갑판 위였어. 그들은 탁자 위의 내가 바람에 날려 가는 것을 보면서도 구하려고 하지 않았어. 나는 그것만은 절대 잊을 수 없어."

말을 끝내기도 전에 아기인형은 울음을 터트렸다. 사람들에게서 버림받는 심정을 생수병도 이해할 수 있었다. 생수병을 구입한 사람은 내용물이 비워지자, 아무 곳에나 내던져 버렸었다. 잠시의 갈증을 해소한 사람들에게는 빈 생수병은 귀찮은 쓰레기에 불과했다.

아기인형이 울음을 그치면 몇 가지 더 물어보려 했으나, 그럴 수가 없었다. 때마침 불어온 바람이 그들을 멀리 떨어뜨려 버렸다. 생수병과 점점 멀어지면서도 아기인형은 울음을 멈추지 않았다.

"너도 들었지. 이곳 북태평양뿐만 아니라 다른 넓은 바다에도 해양 부유물들로 이루어진 거대 지대가 있다는 거야."

화려한 색상의 원구형 부표 하나가 파도에 밀려 생수병 곁으로 다가오며 수다스럽게 말했다. 부표는 태평양과 접한 일본 동쪽 바다에서 그물을 지키다 태풍에 휩쓸려 여기까지 왔다고 했다. 적황색 원구의 고리에 묶인 로프 가닥이 길게 물 위로 늘어뜨려져 있었다. 파도를 쉽게 탈 수 있는 가벼운 몸통 덕분에 부표는 이곳에서 모르는 것이 없는 소식통이었다.

"이곳만큼 넓지는 않지만, 북대서양, 남대서양, 인도양, 남태평양의 바다에도 여기와 같은 곳이 있다는 거야. 우리가 해류를 잘

타기만 하면 그곳의 부유물들과도 만날 수 있을 거야."

이곳과 반대 방향인 하와이섬과 일본 열도 사이의 '거대 부유물 지대'에 대해서는 아기인형에게서 들은 바 있었다. 하지만, 다른 대양에도 여러 곳의 부유물 지대가 있다는 말은 처음이었다.

"이곳은 이미 포화 상태에 이르렀어. 하루에도 엄청나게 많은 새로운 부유물들이 유입되고 있어. 며칠 전에는 물속에 잠겨있는 폐그물에 갇혔다가 빠져나오느라 얼마나 고생했다고. 이곳이 이젠 지긋지긋해."

생수병도 같은 심정이었다. 그동안 몇 차례나 이곳 '거대 부유물 지대'의 구석구석을 돌아다녀 보았지만, 친구인 스티로폼 부이는 찾을 수 없었다. 부이는 다른 거대 지대에 있을 수도 있었다.

"그곳으로 갈 수 있다면 나도 데려가 줘. 나도 해양 부유물 수거 선박의 그물에 빨려 들어갈 뻔했어. 그때를 생각하면 지금도 아찔해. 언제 그 선박이 다시 들이닥칠지 알 수 없잖아."

얼마 전, 이상한 모양의 선박 몇 척이 이곳에 도착하더니 거대한 그물을 바다 위에 펼치고 부유물들을 쓸어 담기 시작했다. 생수병의 눈앞에서 순식간에 벌어진 일이었다. 그로 인해 많은 친구가 사라졌다. 생수병과 가까웠던 사각형 물통이 끌려가지 않으려고 울부짖는 모습이 아직도 눈에 선했다. 몇 차례만 더 그물을 펼쳤더라면 생수병도 꼼짝없이 수거되었을 것이 분명했다.

"알았어. 먼저 가까운 곳을 둘러보고, 그 후에 다른 곳도 가보기로 하지. 내가 그곳으로 가는 방법을 알아 올 테니 준비하고 있어."

그 말을 하면서 원구형 부표는 저만치 멀어져갔다. 누렇게 바래진 어구의 적황색 몸통이 파도에 실려 조그맣게 사라져갔다.

그 먼 거리를 어떻게 갈 수 있을지 염려스러웠지만, 그것은 나중의 일이었다. 무슨 일이든 시작하기만 하면 언제나 방법은 생기기 마련이었다.

바다 생활이 계속되자, 생수병도 예전의 모습이 아니었다. 공장에서 출고될 당시의 멋진 자태와 생수를 담았을 때의 뿌듯함은 흔적도 없이 사라져 버렸다. 바닷물이 스며든 옆구리는 점점 틈새를 벌려가고, 뚜껑은 당장이라도 떨어져 나갈 듯 위태로웠다. 햇볕과 파도에 시달린 몸통이 다른 부유물의 조각들처럼 부서지는 날도 멀지 않아 보였다.

그러기 전에 해야 할 일이 있었다. 오래전 친구였던 스티로폼 부이를 만나는 것이었다. 아기인형으로부터 여자아이의 집에서 있었던 일을 듣고부터 부이에 대한 그리움은 더욱 간절했다. 여자아이의 아버지 몸속에 있던 미세플라스틱들이 부이로부터 떨어져 나간 조각들일 수 있다는 말도 생각났다. 부이의 모습이 어떻게 변했을지도 궁금했다. 몇 해 전에 부서져 나가 초라해진 몸통이 그동안의 풍파로 더 피폐해졌을 수도 있었다. 그래도 생수병은 부이를 알아볼 수 있을 것 같았다.

생수병은 또 다른 '거대 부유물 지대'로 가는 방법을 알아 오겠다는 원구형 부표가 돌아오기를 간절히 기다렸다.

※ 이 글은 2024년 한국해양재단의 '해양문학상' 수상작으로, 재단의 허락을 받아 수록함.

달여행 안내서

광대한 우주로 나가는 첫 관문인 달여행에 참여하신 여러분을 환영합니다. 달여행은 지구와 달리 준비할 것이 많으니 소홀함이 없도록 당부드립니다. 여행에 대한 문의 사항이 있으면 언제든지 연락해 주십시오. 달빛여행사에서는 여러분의 안전하고 쾌적한 여행을 위해 최선을 다하겠습니다.

1. 여행 기간 및 인원

- 여행 기간 : 2130년 5월(*8박 9일, 자유일정 1일 포함)
- 여행 인원 : 총 20명(*최소 출발 인원 10명, 매월 1회 출발)

2. 여행 일정

- 나로우주센터 발사장(출발) → 어스게이트웨이(1박) → 달 방향 항행(선내 1박) → 루나게이트웨이 환승 → 달 남극 루나S우주센터 → 달 남극 루나S호텔(1박) → 달 앞면 '고요의 바다' 루나K롯지(1박) → 달 남극 루나K호텔(2박) → 루나게이트웨이(1박) → 지구 방향 항행(선내 1박) → 어스게이트웨이(환승) → 나로우주센터(도착)

☞ 자유일정 1일 : 현지 호텔 사정에 따라 숙소 변경 가능

3. 항행 경로

- 나로우주센터와 어스게이트웨이를 오가는 항행은 한국스페이스의 셔틀우주선 K-어스셔틀 이용
  ☞ 항행 시간 20분, 셔틀우주선 탑승 및 대기시간 30분, 어스게이트웨이 착륙 및 하선 시간(*랑데부 비행시간 포함) 30분 감안 총 1시간 20분 소요

- 어스게이트웨이와 루나게이트웨이 왕복 항행은 국제우주항행연맹 소속 지구와 달 왕복우주선 W-루나크루저 이용
  ☞ 항행 시간 24시간, 우주선 탑승 및 대기시간 30분, 루나게이트웨이 착륙 및 하선 시간 30분 감안 총 25시간 소요

- 루나게이트웨이와 루나S우주센터를 오가는 항행은 한국스페이스의 셔틀우주선 K-루나셔틀 이용
  ☞ 항행 시간 20분, 셔틀우주선 탑승 및 대기시간 30분, 루나S우주센터 착륙 및 하선 시간 30분 감안 총 1시간 20분 소요

- 달 남극 루나S호텔과 '고요의 바다' 루나K롯지 및 현지 각 관광지 등의 장거리 이동은 한국스페이스의 달 공간 이동 비행체 K-루나에어 이용
  ☞ 루나S호텔에서 루나K롯지까지 운행 약 2시간 소요

- '고요의 바다' 달착륙 기념공원 등 월면의 단거리 이동은 한국스페이스의 월면 이동 차량 K-루나로버 이용
  ☞ 루나K롯지에서 달착륙 기념공원 운행 약 20분 소요

- 기타 참고 사항

☞ 루나게이트웨이에서의 숙박은 달 남극 루나K호텔에서의 1박으로 변경될 수 있음

☞ 나로우주센터 착륙장이 복잡할 경우 인근 해상의 나로해상우주센터를 이용하여 귀환할 수도 있음

4. 여행을 위한 준비 사항

- 건강검진

☞ 달여행을 위해서는 한국우주의학원이나 일반병원의 최근 3개월 이내 건강검진 필수(*2130년부터 건강검진 대상 병원에 일반병원도 포함되었으나, 종합적인 검진이 가능한 한국우주의학원의 '우주여행을 위한 건강검진 프로그램' 이용 추천)

☞ 지구 내 장거리 여행이 가능할 정도의 건강이면 충분하나, 고혈압 등의 심혈관질환자 및 폐소공포증 환자는 의사와 상담 필요

☞ 일반병원 이용 시 간혹 심리검사 항목을 빠뜨리는 경우가 있음에 유의(*왕복우주선의 좁은 공간에서 장시간 여행 시 발생할 수 있는 우울증 등 유발 가능성에 대비)

- 무중력(저중력) 적응

☞ 한국우주의학원 부설 우주여행 훈련센터의 무중력(저중력) 환경 적응 과정 이수 필요

☞ NASA가 운영하던 대형 수영장 형태의 무중력 환경 시설을 개선한 무중력 체험실 개설로 여행객의 편의 도모

☞ 어스게이트웨이, 지구와 달 왕복우주선, 루나게이트웨이, 루나호텔 등의 무중력(저중력) 공간 활동 시 발생할 수 있는 부상 예방

- 중력가속도(G-Force) 적응
  - ☞ 한국우주의학원 부설 우주여행 훈련센터의 중력가속도 적응 과정(G-Test) 이수 필요
  - ☞ 나로우주센터와 어스게이트웨이를 왕복하는 K-어스셔틀의 발사 및 재진입 시의 급격한 압력 변화에 대응하기 위한 것으로, 셔틀우주선 탑승 시 제공되는 여압복의 개량으로 많은 부담을 느낄 필요 없음
  - ☞ 중력가속도에 두려움을 가지는 여행객은 건강검진 시 의사와 상담하여 충격완화 약품(*G-Force 프리정)을 처방받도록 함

- 의복
  - ☞ 셔틀우주선 K-어스셔틀 탑승 시에는 우주선사(한국스페이스)에서 제공하는 여압복 착용, 왕복우주선 W-루나크루저 및 셔틀우주선 K-루나셔틀 탑승 시에는 선내우주복 착용, 비상사태 등의 긴급 상황 발생 시에는 특수우주복 착용
  - ☞ 루나S시티 내의 각종 시설 방문 및 '고요의 바다' 루나K롯지 내의 실내 활동 시에는 관광객 개인이 준비한 일상복 착용(*지구와는 다른 저중력의 월면 환경을 고려하여 단순한 형태의 활동복 권장)
  - ☞ 달 표면의 관광지나 크레이터, 산, 계곡 등의 자연환경 탐방 시에는 여행사에서 제공하는 월면복(*생명유지장치 포함) 착용

- 세면, 샤워 등
  - ☞ 무중력(저중력) 환경으로 인해 세수, 샤워, 양치, 면도 및 사우나(건식) 이용 시 분무기나 흡입기를 사용하며, 수세식이 아닌 흡입기로 빨아들이는 구조의 화장실 사용에 따른 불편

함은 또 다른 여행의 재미

☞ 여행 기간 중 사용할 화장품은 관광 당국의 승인을 받은 제품(*튜브 용기에 담긴 젤 타입)만 반입할 수 있으며, 기타 세면 용품 및 드라이어 등은 준비 불필요

☞ 우주공간(*어스게이트웨이, 루나게이트웨이 및 지구와 달 왕복 우주선)이나 달 표면의 루나호텔 등에서 사용할 개인용품은 유해 바이러스 유입 방지를 위해 사전에 승인된 제품만 반입 가능

- 의약품 등

☞ 감기약, 진통제, 멀미약, 소화제, 변비약, 지사제 등의 비상약품은 우주선이나 루나호텔 의무실에 비치

☞ 개인적으로 특별히 복용하는 약품은 만일의 사태를 감안하여 여행 기간+7일 이상의 여유분을 준비하고, 여행사를 통해 사전에 신고하여 우주선 탑승 시 문제가 없도록 조치

☞ 여행 중 부상, 호흡 곤란 등의 응급 상황이 발생하거나, 무중력(저중력) 환경에 대한 적응 문제로 심각한 불편을 느끼는 경우 루나S의학센터 응급실이나 중력치료실 이용 가능

- AI봇 충전용품(혹은 예비 배터리)

☞ 휴대형 AI봇이나 착용형 AI봇의 충전용품이나 예비 배터리 준비(*통화, 사진이나 동영상 촬영, 코스모넷 이용 등)

☞ 지구와의 장거리 통화 시 루나통신기지국의 과부하로 인한 배터리 조기 고갈 사례가 자주 발생함에 유의

☞ 여행 출발 시 코스모넷 사용을 위한 데이터 로밍을 통해 AI봇 사용에 불편함이 없도록 준비

- 루나여행자 보험

☞ 여행사에서 의무적으로 가입. 현지에서 몸이 불편하여 루나S 의학센터 등을 이용한 경우 여행자보험을 통해 보상 가능

☞ AI봇 등의 고가품 분실 시의 보험금 청구를 위해 사전에 사진을 찍어 두면 편리(*루나화 등의 현금 분실 시에는 보상되지 않음에 유의)

☞ 여행자 보험의 보상 범위는 나로우주센터(혹은 나로해상우주센터)로 들어가는 시간부터 발생하고, 이를 벗어나는 시간에 종료됨에 유의(*우주센터 내 이착륙 과정에서의 사고도 보상 범위에 포함)

- 기타 환전 등

☞ 달 현지에서의 식사나 쇼핑에는 AI봇을 통한 루나화 자동 결제가 가능하여 환전 불필요

☞ 달 진출 국가의 공동 화폐인 루나화는 자유일정 진행 시 소액 거래나 비공식 거래 등에 요구되는 경우도 있으나, 불법 거래에 악용될 수 있어 이의 사용은 가급적 지양

5. 여행지 달 개요

- 소속 : 우리은하의 태양계 내에서 지구를 모 천체로 하는 위성
- 주기 : 자전주기 약 27.3일, 공전주기 약 27.3일

☞ 자전과 공전의 주기가 같아 지구에서는 항상 달의 한쪽 면만 보임

- 크기(적도) : 지름 3,476㎞(*극 지름 3,472㎞), 둘레 10,921㎞

☞ 지구의 약 1/4 크기, 화성의 약 1/2 크기

- 지구와의 거리 : 평균 약 384,400㎞(*근지점 363,104㎞, 원지점 405,696㎞)

- 온도(적도, 섭씨) : 평균 -53도, 최고 117도, 최저 -173도
- 표면 중력 : 1.622㎨(*0.1654g)
  ☞ 지구중력의 약 1/6 수준(*우주공간의 무중력 상태와 비교)
- 생성 시기 : 45억 년 전(*지구 형성 2천만 년 후 생성 추정)
  ☞ 지구 생성 : 45억 년 전, 태양 생성 : 46억 년 전, 우주 생성 : 138억 년 전
- 기타 달 협약(Moon Treaty) : 달 기타의 천체 및 그 천연자원은 인류의 공동 유산으로 천명

6. 각국의 달 진출 현황

- 달 앞면
  ☞ 고요의 바다 : 미국의 달착륙 기념공원, 운석 충돌 광산유적지 및 한국의 K-루나자원 등 달 진출 각국의 자원 채취 광산 설치
  ☞ 폭풍의 대양, 풍요의 바다, 그리말디 및 리치올리 크레이터 등 : 미국, 러시아 등 달 진출 각국의 자원 채취 광산 설치
  ☞ 달의 바다(*Mare), 산, 계곡, 크레이터(*운석 충돌구) 등의 유명 관광지 : 관광객을 위한 달 공간 이동 비행체 이착륙장, 월면 이동 차량 주차장, 전망대, 음식점 및 기념품 판매장 등 설치(*티코 크레이터 등 유명 관광지 몇 곳은 숙박도 가능하나 장기 체류는 불가)
  ☞ 달은 밤과 낮이 각각 2주간이나 지속되는 특성으로 여행 시 많은 제약이 따른다는 점에 유의

- 달 남극
  ☞ 루나S시티 : 미국과 유럽 위주의 달 개발 중심도시로, 남극의 아이트켄 분지 내 섀클턴 크레이터 주변에 설치. 루나S컨

벤션센터를 중심으로 루나S호텔, 루나S쇼핑센터, 각국의 거점시설 등이 배치되어 있으며, 외곽의 루나S우주센터 및 각국의 우주 탐사기지와는 튜브 도로망으로 연결

☞ 루나S우주센터 : 달 궤도를 선회하는 루나게이트웨이와의 상업적 왕래를 위한 국제 셔틀우주선의 거점기지. 심우주 탐사를 위한 우주선의 거점기지인 달 뒷면 루나R우주센터와 비교

☞ 우주탐사기지 : 미국을 중심으로 한 태평양 연합기지, 영국을 주축으로 한 유럽 연합기지, 인도의 탐사기지 등이 루나S시티와 튜브 도로망으로 연결(*한국은 태평양 연합기지를 벗어나 독자 기지 구축)

☞ 섀클턴 크레이터 내 다량의 물 확보, 아이트켄 분지 고원지대의 연중 80% 이상 발전 가능한 태양광 설비 설치 및 지구와의 통신 편의 등으로 달 개발 초기부터 중심도시로 부각

- 달 북극

☞ 루나N시티 : 루나S시티에 대응하여 개발된 러시아와 중국 위주의 달 개발 중심도시로, 피어리 크레이터 주변에 설치

☞ 루나N시티 외곽에 루나게이트웨이와의 셔틀우주선 왕래를 위한 루나N우주센터 및 러시아와 중국의 우주탐사기지가 있으나, 관광객을 위한 호텔, 쇼핑센터 등의 상업적 인프라는 부족

☞ 달 북극 피어리 크레이터와 주변에서의 물 확보, 태양광 전력 생산 및 통신 편의 등으로 최근 급속한 발전을 보이고 있으며, 자체적인 루나N게이트웨이 건설도 추진

- 달 뒷면

☞ 루나R우주센터 : '지혜의 바다' 내에 설치된 심우주 탐사를 위한 우주발사체의 다국적 이착륙기지(*달 진출 국가 공동

사용)로 상업용 우주선 이용은 제한

☞ 천문대(전파망원경) : 심우주 관측을 위해 한국, 미국, 유럽, 러시아, 중국, 인도 등이 설치·운영하고 있으며, 달 남극과 북극의 각국 우주탐사기지와 긴밀히 연결

☞ '지혜의 바다' 인근 남쪽 고원에 있는 직경 4㎞의 작은 크레이터를 활용한 미국 천문대의 전파망원경은 관측 자료의 상업적 제공으로 유명하며, 천문대 탐방도 가능하도록 개방

☞ 라이프니츠 크레이터 서쪽 인근 고원에 설치된 한국의 세종우주천문대의 전파망원경은 직경 5㎞의 크레이터를 이용한 것으로, 관측 자료의 선명도에서 비약적인 발전을 보임

7. 주요 관광지별 여행 정보

- 달착륙 기념공원

☞ 달 앞면 '고요의 바다'에 위치. 1969년 7월 21일 닐 암스트롱이 인류 최초로 지구 이외의 천체에 발을 디딘 것을 기념하기 위하여 설치된 공원

☞ 인류의 달 탐사 역사와 우주개발의 원대한 꿈을 담은 우주박물관, 최초의 달 유인 착륙선 아폴로 11호 형상 기념탑 및 달 표면에 찍은 버즈 올드린의 발자국 조형물 등이 인기

☞ '여기 행성 지구로부터 온 인간들이 달에 첫발을 내디뎠다. 우리는 모든 인류를 위해 평화의 목적으로 왔다.'는 유명 문구가 새겨진 기념탑은 모든 여행객이 즐겨 찾는 명소

☞ 기념 공원 인근에 한국 관광객과 달 자원 채취 광산 종사자들을 위한 루나K롯지와 기념품 판매점이 있어 이용 편리

- 훔볼트 지구전망대

☞ 달 북극 근처 '훔볼트의 바다'에 있는 돔형 전망대로, 이곳에

서는 한 달에 한 번(*만지구는 육 개월) 달 지평선을 떠오르는 영롱한 푸른 빛의 환상적인 지구 모습을 볼 수 있는 곳으로 유명

☞ 인근의 아리스토텔레스 크레이터와 헤라클레스 크레이터와 연계하여 최근 관광객들의 관심 지역으로 부각

☞ 어스라이징(Earth Rising) 날짜의 제한 및 달 북극 루나N시티의 호텔, 쇼핑센터 등 관광인프라 부족으로 접근에 많은 어려움 따름

- 운석 충돌 광산유적지

☞ 달 앞면 '고요의 바다' 북서쪽에서 헬륨-3 등의 자원을 채취하던 초기 광산개발지로, 운석 낙하로 파괴되어 폐쇄된 유적지

☞ 무분별한 달 자원 개발에 대한 경종을 위해 유엔의 공동 결의를 통해 피해 당시의 흔적을 그대로 보존

☞ 지구에는 희귀한 고가의 자원인 헬륨-3 추출을 위한 달 표토 포집 장비, 운반 차량 및 이를 정제하기 위한 설비가 운석에 파괴되어 나뒹구는 처참한 현장이 전율을 느끼게 할 정도

- 슈뢰터 계곡

☞ 달 앞면 '폭풍의 대양'에 있는 사행 계곡으로, 지구에서도 관측 가능할 정도의 길이를 자랑. 달에서 손꼽히는 명소 중의 하나로 관광객을 위한 간이 숙소, 기념품 판매점, 편의시설 등이 완비

☞ 계곡 내에 용암 활동으로 생성된 많은 동굴이 발견되고 있으며, 탐사가 완료된 용암동굴 중 일부가 관광객을 위해 개방

☞ 인근의 아리스타르쿠스 크레이터와 고원지대 및 헤로도투스

크레이터 등과 연계한 관광지로 인기

- 슈뢰터 용암동굴
  ☞ 슈뢰터 계곡에 있는 용암동굴 중의 하나가 관광객들에게 개방된 곳으로, 확인된 총길이 23㎞ 중 입구로부터 3㎞ 정도만 개방. 유네스코의 달 자연유산으로 등재
  ☞ 달의 화산 활동에 따른 용암이 식으면서 굳어진 기묘한 자연 형상이 지구의 용암동굴과는 또 다른 아름다움을 느끼게 함
  ☞ 달 남극과 북극의 전진기지 개발 당시의 무분별한 용암동굴 훼손을 되풀이하지 않도록 사전에 허가받은 사람만 입장 허용

- 아리스타르쿠스 크레이터
  ☞ 달 앞면 광대한 '폭풍의 대양' 한가운데에 있는 아리스타르쿠스 고원에 위치하는 직경 약 40㎞, 깊이 약 3.2㎞ 규모의 크레이터
  ☞ 인근의 슈뢰터 계곡 및 슈뢰터 용암동굴과 연계하여 K-루나에어를 이용하여 탐방 가능하며, 유명 관광지답게 전망대, 식당, 기념품 판매점 등이 완비
  ☞ 인근에 카르파티아산맥 및 케플러 크레이터 등이 있으나, 관광지로 개발이 완료되지 않아 접근에 어려움 따름

- 티코 크레이터, 센트럴 피크 및 정상 바위
  ☞ 달 남극 근처에 있는 직경 약 85㎞에 달하는 티코 크레이터는 지구에서 볼 때 방사상으로 뻗어나간 흰색의 선들이 뚜렷하게 나타나는 특징으로, 달 개발 초기부터 관심의 대상으로 주목

☞ 크레이터 내의 센트럴 피크(직경 약 15㎞, 바닥에서 정상까지 높이 약 2㎞)와 센트럴 피크 정상에 우뚝 솟아 있는 약 100m 내외의 정상 바위는 모든 여행객의 눈길을 사로잡는 명소로 각광

☞ 달의 최대 거점도시 루나S시티와 가까워 접근이 용이하고, 달 공간 이동 비행체 K-루나에어 수시 운행

- 슈뢰딩거 계곡

☞ 달 뒷면의 슈뢰딩거 크레이터 주변에 있는 길이 약 320㎞, 폭 8~10㎞의 계곡으로, 한국의 달 탐사 초기에 다누리호가 치올콥스키 크레이터 등과 함께 전송해 온 영상으로 주목

☞ 여러 개로 쪼개진 작은 운석 무리가 줄지어 동시에 충돌하면서 생긴 사슬형 크레이터로 유명

☞ 달 남극 근처에 위치하여 접근은 용이(*루나S시티에서 30여 분 거리)하나, 달 뒷면 관광의 위험성과 불편함으로 방문객은 거의 없음

- 몬스 호이겐스

☞ 달의 앞면 '비의 바다'에 있는 아펜니누스산맥의 가장 높은 봉우리로, 달 표면 기준 5.3㎞ 높이에 달함

☞ 지질 활동에 의한 조산운동으로 융기된 지구의 산과 달리 소행성과의 충돌로 세 겹으로 형성된 '비의 바다' 가장 바깥쪽 테두리에 위치

☞ 달의 최고봉에 대한 논란(*남파사이드산, 셀레네 서밋 등)에도 불구하고 오랫동안 사랑받은 산으로, '비의 바다' 전망대, 산 중턱의 호이겐스 산장, 간이대피소 설치 등으로 편의 제공

- 지구와 달의 전경

☞ 어스게이트웨이에서 바라보는 지구 : 어스게이트웨이에서의 1박(캡슐) 시 볼 수 있는 푸른 지구는 이번 달여행의 백미 중의 하나. 둥근 지구를 감싸는 바다의 넓이가 경이롭게 다가옴

☞ 루나게이트웨이에서 바라보는 달 : 루나게이트웨이에서의 1박 (캡슐) 시 볼 수 있는 달의 바다, 협곡, 크레이터 등은 우리의 눈을 우주로 돌리게 하며, 달 뒷면은 무한한 상상과 두려움까지 느끼게 할 것임

☞ 달의 지평선 위로 떠오르는 지구

달 북극 인근의 '훔볼트의 바다'(*지구전망대 참조)에서 보는, 지구가 달의 지평선을 떠오르는 환상적인 모습은 루나게이트웨이에서 느끼는 지구와는 또 다른 감흥을 불러일으킬 것임

8. 기타 여행 정보

- 루나S컨벤션센터

☞ 달 남극의 루나S시티 중심지에 건립. 달 진출 국가의 국제회의 및 세미나, 토론회 등의 행사, 달 진출 기업의 현지 생산 물품 전시 등

☞ 컨퍼런스룸은 달 진출 국가 및 자원 채취 기업의 국제 공동 행사를 위한 회의실로 사용되나, 대부분의 회의가 화상으로 열려 실제 사용되는 횟수는 연중 몇 차례 되지 않음

☞ 지구에 비해 규모는 크지 않지만, 달 개발 초기의 생생한 역사 자료와 전시된 현지 생산 제품은 호기심을 불러일으키기에 충분

- 루나S호텔

☞ 달 남극 중심지에 건립된 다국적기업이 운영하는 호텔(*숙박시설). 국제행사 참석자를 위한 현지 숙소로 건립되었으나, 달 여행객을 위한 민간 시설로 주로 사용

☞ 달 관광객 증가에 따른 객실 부족으로, 각국은 거점시설 내에 별도의 숙박 시설(*한국의 루나K호텔 등)을 마련

☞ 호텔 객실은 트윈베드를 기본으로 하며, 저중력 상태에서의 수면 안전을 위해 몸을 고정하는 벨크로 장치(*벨트 복합 사용)와 공기 필터링이 장착된 특수 침대 사용

☞ 운석 피해 방지를 위한 호텔 건물 대부분의 지하화에 따라 우주 조망을 위해서는 돔 형태의 외부 전망대를 이용해야 함(*이번 여행 옵션 포함으로 별도 입장료 없음)

- 루나S코리아

☞ 루나S시티 내에 구축된 한국의 달 진출 거점시설로 대사관, 민간기업 사무소, 숙박시설(*루나K호텔) 등으로 구성되어 있으며, 한국 고유의 기념품 구입과 한식도 즐길 수 있음

☞ 자유일정 1일에 따른 숙박은 현지 사정에 따라 루나S호텔이나 루나K호텔 또는 '고요의 바다'에서 한국이 운영하는 루나K롯지로 조정될 수 있음

☞ 한국은 루나S시티 내에 건립 중인 루나S중력호텔(*지구와 같은 중력 유지가 가능한 호텔) 지분 참여, 달 자원 확보를 위한 광산 개발 확대 및 심우주 탐사를 위한 천문대(*전파망원경) 설치 등 달 현지 적극 진출

- 루나S의학센터

☞ 달 진출 국가의 증가에 따라 달 장기 체류 인원의 건강관리, 달 탐사 관광객 응급 치료 등을 위해 루나S시티 내에 설치된 국제 종합병원

☞ 부속기관인 루나S의학연구소는 무중력(저중력) 상태에서의 의약품 개발 관련 서점 연구시실로 발전

☞ 부속시설로 설치된 중력치료실은 오랫동안 저중력 환경에 노출된 사람의 질병 예방 및 치료에 큰 기여(*달 장기 체류

인원은 3개월마다 1주일의 중력치료실 안정 권장)

- 루나N호텔

☞ 달 북극의 루나N시티 중심지에 건립된 러시아 운영 호텔로, 남극의 루나S호텔에 비해 컨벤션센터, 쇼핑센터, 병원 등의 인프라가 부족하여 일반 관광객의 이용에는 불편

☞ 달 북극 근처의 관광자원(*아리스타르쿠스 크레이터, 훔볼트 지구전망대, 슈뢰터 계곡 및 용암동굴 등) 활성화를 위한 각종 인프라 확장 추진

☞ 자유일정 하루를 이곳 방문으로 선택하려면 관련 당국의 방문 허가를 위해 여행 신청 시 사전 통지 필수(*현지에서의 신청은 특별한 사정이 없는 한 불가함에 유의)

- 루나 푸드

☞ 달여행 시의 식사(간식)는 무중력(저중력)의 특성상 국물 음식(음료수 포함)과 부스러지기 쉬운 식품이 제한되며, 음료수 등은 잠금장치가 부착된 흡입기(빨대)를 통해 섭취

☞ 루나S호텔 각국 분관에서는 달 진출 여러 나라의 다양한 음식(요리)을 판매(*한국의 루나K호텔에서는 한식 이용 가능)하고 있으며, 유명 관광지에서도 특수 포장된 간편 음식 이용 가능

☞ 무중력(저중력) 상태에서의 주류 음용은 제한되며, 저알코올 주류로 사전 승인된 제품만 허용(*우주선 탑승 시 주류 제품 반입은 엄격히 통제)

※ 참고(달여행 시 제공 식사)

여행 기간 중 우주선(*게이트웨이 포함)에서는 특수 포장된 음식 위주의 기내식, 호텔에서는 다양한 종류의 뷔페식(*루나K호텔에

서는 한식 제공), 각 관광지 탐방 시에는 지역 고유의 현지식 제공(*세부 여행 일정 참조)

※ 특식 제공

여행 일정 중 하루(저녁)는 한국에서 가져온 지리산 흑돼지 삼겹살에, 달 현지 재배 버섯, 상추, 고추, 깻잎 등의 채소를 곁들인 특식 제공(*세포증식을 통해 생산된 삼겹살보다 훨씬 자연의 맛을 즐길 수 있음)

- 루나 쇼핑

☞ 달 남극의 루나S쇼핑센터, 루나S호텔, 루나K호텔 및 현지 관광지의 기념품 판매점 등에서 쇼핑 가능

☞ 우주패션 의복, 진공 상태 생산 의약품과 건강보조식품 및 달 현지 생산 원석을 가공한 장식품 등이 특히 인기

☞ 루나 관광 관련 기관의 인증을 받은 제품 이외의 현지 구매 물품 지구 반입은 통제됨에 유의. 특히, 유해 바이러스 유입이 가능한 현지 생산 농산물, 식품 등은 엄격히 금지되며, 허용되지 않은 월석 등의 광물 자원 반입은 형사처벌로까지 이어질 수 있음에 유의

- 기타 여행 시 유의 사항

☞ 달 뒷면은 예기치 못한 운석 낙하가 많아 위험할 수 있으니, 자유일정 동안 현지인들의 유혹에 현혹되어 무분별하게 행동하지 않도록 유의(*달 뒷면 방문 시 사전 승인 필수)

☞ 공식적으로 방문이 허가되지 않는 산이나 계곡, 크레이터 등의 탐사는 많은 위험이 따를 수 있으니 특히 조심

☞ 월면차의 운행에 따른 사고 발생이 증가하는 실정이니, 현지 안내인이 운행하는 차량 이외에는 탑승 금지

〈세부 여행 일정〉

일자	여행지	여행일정
1일차	나로우주센터 ~ 어스게이트웨이	– 나로우주센터 여행자 대기실 도착(08:00) – 셔틀우주선 K-어스셔틀 탑승(09:30) 및 출발(10:00) ☞ 중력가속도의 충격은 탑승 시 착용한 여압복으로 거의 느낄 수 없을 정도 – 어스게이트웨이 도착 (10:50, 지구시간 기준, 이하 동일) ☞ 여행자 객실에서 무중력 상태 적응 – 점심 식사(12:00) – 휴식하며 무중력 상태 적응(13:00~17:00) ☞ 계속 멀미를 느끼는 사람은 약물 처방 가능 – 저녁 식사(17:00) – 지구 및 우주공간 감상 후 취침 (18:00~22:00)
		〈식사〉 아침: 불포함, 점심: 기내식, 저녁: 기내식
2일차	어스게이트웨이 ~ W-루나크루저	– 아침 식사(07:00) – 어스게이트웨이 환승대기실 집합(09:00) ☞ 우주선 탑승 시 주의 사항 등 교육 – 왕복우주선 W-루나크루저 탑승(09:30) 및 출발(10:00)
		〈식사〉 아침: 기내식, 점심: 기내식, 저녁: 기내식

3일차	루나게이트웨이 ~ 루나S우주센터 ~ 루나S호텔	– 루나게이트웨이 도착(익일 10:00) 및 셔틀우주선 K-루나셔틀 환승(10:30) – 셔틀우주선 출발(11:00) 및 루나S우주센터 도착(11:50) – 루나S호텔 체크인 후 점심 식사(13:00) – 달 환경 적응 및 자유시간(14:00~18:00) ☞ 루나S컨벤션센터, 루나S쇼핑센터 등 방문 가능 – 저녁 식사(18:00) – 자유시간 후 취침(19:00~22:00)
		〈식사〉 아침: 기내식, 점심: 호텔식, 저녁: 호텔식
4일차	루나K롯지 ~ 고요의 바다	– 아침 식사(07:00) – 루나S우주센터를 출발(08:30)하여 '고요의 바다' 루나K롯지 도착(10:30, *K-루나에어 약 2시간 소요) – 체크인 후 K-루나로버로 달착륙 기념공원으로 이동(*약 20분 소요) – 기념공원 관람(11:00~13:00) ☞ 우주박물관, 아폴로 11호 기념탑, 발자국 조형물 등 – 현지 식당에서 점심 식사(13:00) – 운석 충돌 광산유적지 관람(14:00~16:00) ☞ 달 자원 채취 광산이 운석 낙하로 파괴된 처참한 현장이 그대로 보존 – 루나K롯지로 돌아와 저녁 식사(17:00) – 자유시간 후 취침(18:00~22:00)
		〈식사〉 아침: 호텔식, 점심: 현지식, 저녁: 호텔식

5일차	폭풍의 대양 ~ 루나K호텔	– 아침 식사(07:00) – 루나K롯지에서 '폭풍의 대양'으로 출발(08:30, *K-루나에어 약 2시간 소요) – 슈뢰터 계곡 및 용암동굴 관람(10:30~12:30) ☞ 전망대에서 계곡 원경 감상 및 월면복을 착용하고 용암동굴 직접 관람 – 용암동굴 입구에서 현지식으로 점심 식사(12:30) – 아리스타르쿠스 크레이터 감상(13:30~15:30) ☞ 고원의 전망대에서 바라보는 충돌구 전경에 매혹 – 달 남극의 루나K호텔로 이동(15:30, *K-루나에어 약 2시간 30분 소요) – 저녁 식사(18:00) : 특식(삼겹살)으로 지친 입맛 달램 – 자유시간 후 취침(19:00~20:00)
		〈식사〉 아침: 호텔식, 점심: 현지식, 저녁: 호텔식(특식)
6일차 (자유일정)	루나K호텔 ~ 티코 크레이터	– 아침 식사(07:00) – (1)루나S시티 내 각종 시설 방문 및 쇼핑 ☞ 루나S컨벤션센터, 루나S쇼핑센터 등을 방문하여 월면 도시 문화와 쇼핑 즐김 ☞ 루나K호텔 객실에서 휴식을 취하거나, 루나S의학센터 중력치료실에서 피로를 풀 수도 있음 – (2)티코 크레이터 탐방 ☞ 크레이터 내의 센트럴 피크 및 정상 바위는 달여행 최고 백미 ☞ 달 공간 이동 비행체 K-루나에어 수시 운행 (*운행 시간 약 20분) ☞ 100m 너비의 정상 바위 아래 카페에서 마시는 커피 한잔은 달여행의 색다른 묘미 – 점심 및 저녁 식사는 현지에서 개인별로 해결 – 호텔로 돌아와 취침(20:00)
		〈식사〉 아침: 호텔식(한식), 점심: 불포함, 저녁: 불포함

<table>
<tr><td rowspan="2">7일차</td><td rowspan="2">루나K호텔
～
루나게이트웨이</td><td>– 아침 식사(07:00)
– 호텔 로비에 집합하여 루나S우주센터로 이동(09:00)
– 셔틀우주선 K-루나셔틀에 탑승하여 루나게이트웨이로 출발(11:00)
– 루나게이트웨이 도착 및 여행자 객실 입실(11:50)
– 점심 식사(13:00)
– 달 및 암흑에 쌓인 우주 전경 감상(13:00~18:00)
– 저녁 식사(18:00)
– 자유시간 후 취침(19:00~20:00)</td></tr>
<tr><td>〈식사〉 아침: 호텔식, 점심: 기내식, 저녁: 기내식</td></tr>
<tr><td rowspan="2">8일차</td><td rowspan="2">루나게이트웨이
～
어스게이트웨이</td><td>– 아침 식사(07:00)
– 루나게이트웨이 환승 대기실 집합(09:00)
☞ 우주선 탑승 시 주의 사항 등 교육
– W-루나크루저 탑승 및 출발(10:00)</td></tr>
<tr><td>〈식사〉 아침: 기내식, 점심: 기내식, 저녁: 기내식</td></tr>
<tr><td rowspan="2">9일차</td><td rowspan="2">어스게이트웨이
～
나로우주센터</td><td>– 어스게이트웨이 도착(10:00)
– K-어스셔틀로 환승하여 지구로 출발(11:00)
– 나로우주센터(혹은 나로해상우주센터) 도착(11:50)</td></tr>
<tr><td>〈식사〉 아침: 기내식</td></tr>
</table>

달아, 밝은 달아

리나가 호기심이 가득한 눈으로 치우를 쳐다보았다. 몇 날을 고심하여 내민 후보지 몇 곳에 대해 계속 시큰둥한 반응만 보이던 그녀였다. 나이아가라, 이구아수, 빅토리아 등의 세계 3대 폭포 순방은 이미 다녀온 곳이라며 콧방귀만 뀌었다. 중국 리장에서 출발하여 에베레스트산 베이스캠프를 거쳐 티베트 라싸까지의 일정은 신혼여행지로는 아니라는 듯 고개를 흔들었다. 산티아고 프랑스길 800㎞ 순례는 몇 해 전 두 사람이 함께 다녀와 흥미를 느끼지 못했다. 그런 리나를 놀리려는 속셈으로 "그럼 달은 어때?"라고 장난스레 내뱉은 말이었다. 그런데 리나의 얼굴이 확 바뀌어 있었다. 짙은 눈썹 아래 가는 눈꼬리가 이마에 닿을 듯 치솟아 올라가고, 콧속이 훤히 보일 정도로 콧방울이 쫑긋하니 늘어났다. 리나가 강한 흥미를 느낄 때 어김없이 나타나는 표정이었다.

오랫동안 친구 사이인 양가 부모였다. 둘을 자식처럼 여기며 지켜보던 그들 사이에 결혼 이야기가 나오는 것도 자연스러웠다. 하지만, 리나는 벌레를 씹은 듯한 표정을 감추지 못했다. 어릴 때부터 친구이자, 마음을 주고 있는 치우가 싫다는 의미가 아니었다.

결혼이라는 거추장스러운 형식을 고집하는 양가 부모에 대한 투정이었다. 잠시 좋아 만나 살다가 싫증 나면 언제든지 헤어지는 세대에 결혼이라는 형식은 겉치레에 불과했다.

"지금이 어떤 시대에요. 인류가 달과 화성에 진출하고, 태양계 밖으로까지 나가는 22세기 중반이에요. 이런 때에 옛날처럼 고리타분한 결혼을 고집하는 집은 우리뿐일 거예요."

치우는 리나가 볼멘소리하는 이유를 잘 알고 있었다. 전통을 구실로 강요하는 결혼도 못마땅했지만, 아이에 대한 기대가 더 부담스러운 리나였다. 떠들썩한 결혼식으로 2세 출산을 서두르는 양가 부모의 속셈이 눈에 보였다. 치우 아버지의 욕심에 친구인 리나 아버지가 맞장구를 친 셈이었다. 자손이 귀한 치우 집에서는 그럴만한 이유가 충분했다.

리나는 형제가 많았다. 결혼은 하더라도 아이는 뒷전인 세태에 리나의 부모는 주변이 놀랄 정도로 많은 아이를 낳았다. 리나를 포함해 무려 여섯이었다. 그것도 쌍둥이만 세 쌍이었다. 리나와 3분 차이로 세상에 나온 여동생 밑으로 쌍둥이 남동생 둘과 쌍둥이 여동생 둘을 합한 숫자였다. 게다가 세쌍둥이 모두 연년생이었다. 리나의 엄마가 출산하고는 곧바로 다시 아이를 가졌다는 의미였다. 심우주로 나가는 새로운 시대에 그것은 엄청난 야만이었다. 엄마를 그대로 닮은 리나에게는 심각한 마음의 상처였다.

치우를 마음에 두면서도 손만 잡아도 몸을 움츠린 이유였다. 어쩌다 입술을 허락할 때는 이빨을 덜덜 부딪치며 치우의 혀를 깨물곤 할 정도였다. 신혼 첫날에 임신이 되리라는 걱정이 이만저만이 아니었다. 결혼하더라도 당분간은 리나의 마음 한구석에 아이가 들어설 공간은 조금도 없었다. 대학에서 무용을 전공하고, 국립무용단 스타 무용수를 꿈꾸는 리나에게 임신은 최악이었다. 이 십여 년의 피나는 노력이 한순간에 물거품이 되는 처참한 결과였다.

달 극지의 지하에서 추출된 다량의 물과 크레이터 주변 고원지대를 이용한 태양광 전력 생산으로 각국의 달 표면 도시 건설이 활기를 띠고 있었다. 미국 위주의 루나S시티와 러시아 위주의 루나N시티를 중심으로 루나우주센터, 루나호텔, 우주기지 등이 달 남극과 북극에 자리 잡은 가운데 곳곳에서는 자원 채취를 위한 광산 개발도 끊임없이 이루어지고 있었다. 지난 세기의 국제우주정거장(ISS)을 대신한 어스게이트웨이(Earth Gateway)와 달 궤도의 루나게이트웨이(Lunar Gateway)가 지구와 달 진출입의 관문이 된 지도 오래였고, 라그랑주 포인트의 하나에는 우주 식민도시 건설이라는 인류의 원대한 꿈이 무르익고 있었다.

달 개발이 활발해 짐에 따라 지구 관광에 싫증 난 여행객들의 관심도 월면 도시와 달의 독특한 자연경관으로 옮겨가고 있었다. 망원경으로만 보았던 신비로운 세상을 직접 체험하고자 하는 욕구가 커지는 것도 당연했다. 이에 맞추어 달 표면의 유명 크레이터, 산, 계곡 등에 전망대, 달 공간 이동 비행체 이착륙장 및 월면 이동 차량 주차장 등의 편의시설도 늘어나고 있었다. 달여행 비용이 만만치 않음에도 어스게이트웨이와 루나게이트웨이를 오가는 왕복우주선의 좌석은 몇 달을 기다려야 할 정도로 인기가 많았다. 어느새 달 표면 상주인구도 늘어났고, 관광객 등의 숫자도 눈에 띄게 증가하고 있었다.

달여행은 지구와는 비교할 수 없는 불편이 따르기도 했다. 여행객들이 우주공간에 머무는 어스게이트웨이와 루나게이트웨이의 숙소는 캡슐 형태를 벗어나지 못했고, 이는 한국 관광객들을 위한 달 앞면 '고요의 바다' 숙소인 루나K롯지에서도 마찬가지였다. 달 남극에서 운영되는 다국적기업의 루나S호텔이나 한국의 루나K호텔에는 독립된 객실의 트윈베드가 있으나, 국제행사 때에는 이용에 많은 제약이 따랐다. 열흘 내외로 달여행을 즐기는 관광객들은 무중력이나 저중력 상태에 신체 활동을 적응하는 시간도 부족했다. 지구의 1/6에 불과한 달의 중력에 익숙해질 때면 여행을 끝내고 지구로 돌아가야 할 시간이었다.

인류가 우주공간으로 발길을 넓힌 후부터 무중력 상태에서의 남녀 간 사랑에 대한 관심도 뜨거웠다. 달 표면 곳곳에 거주하는 장기 체류자는 잦은 우울감으로, 여행객들은 지구와는 다른 환경에 따른 호기심으로 이성과의 접촉에 쉽게 노출되곤 했다. 하지만, 무중력이나 저중력 상태에서의 남녀 간의 신체 접촉은 호흡곤란 등의 심각한 상황으로 이어질 수 있었다. 그리고 정자와 난자의 활동이 불안정한 상태에서의 임신은 기형 발생이 상당하다는 연구 결과도 보고되었다. 달 장기 체류자가 출산한 아기의 건강에 문제가 있다는 사례가 알려진 후에는 피임 조치 없는 남녀 간의 사랑에 대한 당국의 섬뜩한 경고도 이어졌다.

당분간은 리나 곁에도 가지 않겠다고 약속한 결혼이었다. 달콤한 분위기에 젖어 긴장의 끈이 풀어지면 그동안의 공든 탑이 순식간에 무너질 수 있었다. 한번 시작하면 스스로 활활 타오르는 자신을 알기에 더 조심하는 리나였다. 달여행은 어떠냐는 치우의 농담에 솔깃해하는 리나의 속셈을 알아차렸을 때는 이미 엎질러진 물이었다.

"G-Test(중력가속도 내성 강화 훈련)에서 6G를 겪고도 웃을 수 있는 사람은 지금까지 처음입니다."

한국우주의학원 부설 우주여행훈련센터의 G-Test 운용자는 치우가 들으라는 듯이 혀를 찼다. 테스트 장비가 속도를 높이자, 하체에 힘을 모으며 호흡에 집중하는 리나가 보였다. 7G 이상이 넘어가면 순간적으로 의식을 잃을 수도 있었다. 6G를 넘어가자, 리나는 얼굴이 약간 일그러지는 듯하다 이내 미소를 되찾았다. 치우가 잘 못 보지 않았는지 눈을 의심할 정도였다.

"금방 끝나버리네. 나는 이제 시작되는가 싶어, 이를 악물고 통제실에서 시키는 대로 하고 있는데 끝났다고 하네."

훈련실을 나서며 엉뚱한 소리를 지껄이는 리나의 얼굴이 생뚱맞았다. 몇 년 전 비행조종사 면허를 준비하면서 이 과정을 겪은 치우로서도 쉽지 않은 훈련이었다. 이번에는 그나마 나았지만 힘들기는 마찬가지였다. 그런데 처음 G-Test에 임한 리나는 전혀 달랐다. 아예 중력가속도의 고통을 느끼지 못하는 것 같았다. 어릴 때부터 무용으로 단련된 몸이라고 하지만 자기 몸무게의 6배나 되는 무게를 견뎌내기는 쉽지 않을 것이었다.

우주여행을 위해서는 G-Test를 통과해야 한다는 여행사의 안내에 치우는 회심의 미소를 지었다. G-Test의 고통에 대한 사전 주지만으로도 리나가 달여행을 포기할 거라 여겼다. 우주탐사가 심우주까지 진전을 보이자, 우주인의 안전을 위해 개량을 거듭

한 우주복 덕분에 전투기 조종사 수준(9G)까지는 아니더라도 지구와 어스게이트웨이를 왕복하는 셔틀우주선이 대기를 벗어날 때의 중력가속도는 견뎌내어야 했다. 정신을 잃거나 구토로 괴로움을 겪는다면 즐거워야 할 여행이 고통만 따를 뿐이었다. 리나가 G-Test를 통과하지 못할 거로 생각지는 않았지만, 이 정도로 쉽게 적응하리라고는 상상조차 못 했다.

그러한 리나에게 무중력이나 저중력 상태에서의 신체 적응 훈련은 가벼운 놀이에 불과했다. 인공으로 조성된 무중력 체험실에서 리나는 물속을 유영하는 인어같이 우아한 동작으로 온 방 안을 돌아다녀 모두를 놀라게 했다. 이어진 튜브 음식 섭취, 캡슐에서 잠자기, 달 남극 호텔 침대에서의 신체 고정, 샤워나 화장실 이용 시의 유의 사항 등은 리나에게 신비한 체험활동에 불과했다. 여성 한 명이 여행을 포기할 정도로 힘든 훈련이었지만 리나는 모든 과정을 신나게 즐겼다.

여행의 출발이 결혼식 다음 날 오전이며, 모든 여행객은 출발 2시간 전까지 여행자 대기실에 도착해야 한다는 안내를 본 리나의 얼굴에 일순간 당혹감이 묻어나오는 듯했다. 어스게이트웨이를 오가는 셔틀우주선의 발사 예정 시간이 오전 10:00니 최소한 08:00까지는 도착해야 했다. 발사 장소가 나로해상우주센터로 변경되는 경우에는 한 시간 더 앞으로 당겨질 수도 있었다. 하지만, 먼 곳에서 오는 여행객을 위해 여행자 대기실에 간이 숙소를 운영한다는 내용을 확인한 리나의 입이 벌어졌다. 남녀가 구분된 공간에 간이침대와 샤워실 정도만 갖추어진 곳이었다. 그런 리나를 바라보는 치우의 마음이 착잡했다. 나로우주센터 인근 도시의 호텔에서 신혼의 첫날밤을 보낼 계획이 날아가 버린 것이다. 투덜대는 치우를 애써 외면하는 리나의 뒷모습이 얄미웠다. 하긴 우주공간이나 달에서 리나를 안아보는 것도 나쁘지만은 않을 것 같았다.

피로연을 마치고 늦은 시간 나로우주센터로 출발하면서 치우는 캐리어 안쪽에 던져둔 여행안내서를 읽어 보았다. 휴대용 AI 봇 하나로 필요한 정보를 얻는 시대에 상당한 두께의 종이 인쇄물이 생뚱맞게 느껴졌다. 서울에서 출발하면 다음 날 새벽이 되어야 도착할 테니 무료함도 달래야 했다. 자율차량 기사가 있음에도 굳이 호위무사를 자처하며 운전석에 앉은 친구 녀석의 수다를 건성으로 받아넘기며 책자에 눈길을 가져갔다. 광대한 우주로 나가기 위한 첫 관문인 '달여행 안내서'라고 적힌 표지가 피식 웃음을 자아내게 했다.

나로우주센터 발사장에서 셔틀우주선으로 어스게이트웨이에 도착하여 그곳에서 하루를 보내고, 다음 날 왕복우주선으로 루나게이트웨이를 거쳐 달 남극의 루나S우주센터에 착륙하여 숙소인 루나S호텔로 가는 여정이었다. 달에서의 첫날은 달 남극 루나S시티의 도심을 방문하여 지구와는 다른 이질적인 달 문화를 체험하는 것에서 시작했다. 달 앞면의 '고요의 바다'에 있는 달착륙 기념공원과 운석 충돌 광산유적지가 눈길을 끌었으며, '폭풍의 대양'에 있는 슈뢰터 계곡과 용암동굴, 인근의 아리스타르쿠스 크레이터도 흥미로웠다. 마지막 날에는 달에서 가장 인기 있는 티코 크레이터와 그 중앙에 우뚝 솟은 정상석을 방문한 후 지구로 귀환하는 일정이었다. 사전 계획 없이 무작정 떠나는 여행을 즐기는 치우로서는 눈길이 가지 않았던 내용이었다.

대학 시절 학기가 끝나기도 전에 낡은 배낭 하나만 둘러메고 혼자 지구 곳곳을 누비던 치우였다. 초음속 여객기로 한국에서 파리까지 3시간이면 날아갔고, 직항 노선의 개설로 지구 반대편의 부에노스아이레스조차도 오전에 출발하여 늦은 저녁을 먹곤 했었다. 여행사의 이러한 틀에 박힌 일정이 치우에게는 낯설기만 했다. 우주여행의 특수성으로 철저한 관리가 필요하다는 설명이지만, 자유분방한 치우로서는 답답하지 않을 수 없었다. 그러나 리나와 함께하는 여행이었다. 어떠한 불편이 있어도 리나만 있으면 좋았다.

호텔 객실에 들어선 순간 치우는 화가 치밀어 올랐다. 당초 여행사에서 예약한 남극의 루나S호텔이 갑작스럽게 잡힌 국제행사로 취소되어 한국의 루나K호텔로 변경되었다고 할 때는 그러려니 했었다. 이번 회의가 예측되지 않은 거대 운석의 달 접근에 따른 위험 방지 대책을 논의하기 위한 긴급 국제행사라는 설명에 고개를 끄덕일 수밖에 없었다. 하지만, 객실에 들어선 순간 치우는 당황하지 않을 수 없었다. 그들이 묵어야 할 숙소가 루나S호텔에서 기대했던 트윈룸은 고사하고 여섯 명이 공동으로 사용하는 방에 캡슐형 침대만 나란히 놓여 있었기 때문이었다. 더구나 휴게실, 화장실, 세면장 등도 하나뿐이라 불편함이 이만저만이 아니었다. 그토록 기대했던 리나와의 첫날밤이 산산조각 나 버린 것이었다.

어스게이트웨이에서 하루를 캡슐형 침대에서 지낼 때는 사전에 안내되었기에 그나마 견딜 수 있었다. 그리고 왕복우주선 W-루나크루져의 딱딱한 의자에 갇혀 24시간을 버틸 때는 옆자리에 앉은 리나의 손이라도 잡고, 다른 승객 모르게 슬쩍 입술이라도 훔칠 수 있는 재미도 있었다. 하지만, 이번에는 달랐다. 신혼부부가 함께 보낼 공간 자체조차 없었다. 아무리 달이라는 특수성을 감안하더라도 명색이 호텔의 객실이었다. 그것도 하루 숙박비도 만만찮은 호텔 객실이 캡슐형 침대를 사용하는 다인실이라니 기가 막혔다. 갑작스러운 국제회의 때문에 몇 개 되지 않는 트윈룸을 사용할 수 없다며 고개를 숙이는 여행사 직원을 나무랄 수도 없었다. 어쩔 줄 모르는 치우와는 달리, 리나는 무엇이 그렇게 좋은지 얼굴에 미소가 떠나지 않았다. 이런 리나의 모습은 루나S컨벤션센터와 루나S쇼핑센터를 방문한 달에서의 첫날 오후 일정 내내 이어졌다. 저녁 식사를 마치고 여성용 객실로 들어가며 "잘 쉬어요."라고 삐쭉대는 입술에 장난기가 가득했다.

다음 날, '고요의 바다'에 있는 달착륙 기념공원으로 가기 위해 달 공간 장거리 이동 비행체 K-루나에어를 타면서 느꼈던 치우의 불안이 여지없이 맞아떨어졌다. 한국의 달 자원 채취 기업 K-루나자원의 직원 숙소를 확장하여 관광객에게 제공하고 있다는 루나K롯지의 환경은 더 형편없었다. 남녀 구분된 공간에 공동 편의시설, 구형의 캡슐형 침대는 도무지 호텔급 숙소라는 이름이 무색할 지경이었다. '고요의 바다'에 있는 유명 관광지를 방문하는 한국 여행객을 위한 숙소 제공 명분이었지만, 정부의 K-루나자원 광산 개발을 지원하기 위한 간접 시설인 것은 누가 보아도 분명했다.

이런 곳에서 신혼을 즐길 수 있는 안락한 객실을 기대한 것은 애초부터 무리였다. 지구와는 다른 환경에 쉽게 지치는 여행객들이 하룻밤 쉴 수 있는 공간으로 사용하는 것만으로도 만족해야 했다. 달여행 초기라 아직 관광인프라가 부족하다는 여행사 직원의 변명을 어쩔 수 없이 받아들여야 했다. 미리 알아보지 않은 불찰을 자책했지만, 리나는 아무렇지도 않은 표정으로 생글거리기만 했다.

이른 시간부터 2시간에 걸친 비행과 달착륙 기념공원 내의 우주박물관, 아폴로 11호 기념탑 및 최초 달 착륙인 발자국 조형물 등의 관람과 오후의 달 개발 초기 운석 낙하로 파괴된 처참한 광산 잔해 등을 둘러보느라 치우는 많이 지쳐 있었다. 그럼에도 낡은 캡슐형 침대에서 몸을 뒤척였고, 나중에는 그곳을 빠져나와 벽에 비스듬히 기대서야 겨우 잠들 수 있었다. 무중력 상태에서는 눕지 않고 서서 자는 것이 편할 수도 있다는 우주공간 종사자들의 일상이 이해되었다.

조식으로 나온 음식도 손이 가지 않았다. 루나K호텔의 뷔페식과는 비교할 수 없었다. 밥과 국, 김치 등의 한식과 토스트와 삶은 달걀 그리고 몇 가지 과일과 음료수가 보였으나 입맛을 느끼지 못했다. 쓰린 속을 달래려 따듯한 국이라도 마시려 했으나 내용물을 알 수 없는 포장 용기에 거부감이 앞섰다. 하지만, 리나는 달랐다. 토스트 사이에 두꺼운 햄을 듬뿍 끼워 사과 몇 조각과 맛있게 먹었다. 흩날림 방지를 위해 특수 포장된 주스도 소리 나게 쪽쪽 빨아 넘겼다.

달 앞면 '폭풍의 바다'에 있는 유명 관광지 슈뢰터 계곡과 최근에 개발을 마치고 관광객에게 개방된 용암동굴로 가기 위해 숙소를 나설 때도 리나는 활기가 넘쳤다. 달 앞면의 낮과 밤이 보름 간격으로 교체되는 조석 고정으로 잠을 이루지 못하는 치우와는 달리, 리나는 지구의 어느 곳을 여행하는 것과 다름없는 가벼운 걸음을 사뿐히 내딛고 있었다.

하루 일정을 마치고 달 남극의 루나K호텔로 돌아와 저녁 식사를 마주한 리나의 표정은 황홀하게 빛났다. 여행사에서 특식으로 제공하는 지리산 흑돼지 삼겹살과 현지에서 재배되었다는 버섯, 상추, 고추 등에 리나는 무용수라는 직업이 무색할 정도로 눈을 반짝였다. 간단한 차 한 잔으로 저녁을 때우던 리나로서는 상상할 수 없는 식탐이었다. 그런 모습에 놀라는 치우에게는 세포증식에 의하지 않은 삼겹살을 먹어본 지가 언제냐는 듯이 호들갑을 떨었다. 그러면서 달 현지 생산 채소는 지구에서보다 더 입맛을 당기게 한다며 연신 쌈 위에 특수그릴로 구운 고기를 올려놓았다. 사랑하는 사람과의 여행이었다. 그것도 일생에 한 번밖에 없을 신혼여행이었다. 스타 무용수의 꿈은 잠시 접어 두어도 되었다.

그들의 달콤한 여행을 방해한 것은 또다시 호텔이었다. 달에 도착한 날에 시작된 운석 낙하 위험은 시간이 흐를수록 늘어갔다. 당초 달 뒷면으로 예상되었던 낙하지점이 정확한 경로 추적 결과 달 남극 근처로 바뀌자, 각국 정부에서는 비상이 걸렸다. 남극은 초기부터 달 개발의 중심 기능이 집중된 핵심지역이었다. 아이트켄 분지 내 섀클턴 크레이터 주변에는 달 개발의 중심도시인 루나S시티 뿐만 아니라 지구와의 왕래를 위한 우주선 이착륙장인 루나S우주센터와 각국의 우주탐사기지가 자리 잡고 있었다. 이러한 사태를 예상하여 대부분의 시설을 지하화했지만, 지구와 같은 대기권이 없는 달 남극의 도시와 시설은 치명적인 타격을 입을 것이 분명했다. 지구에서 보이는 달 표면이 곰보딱지처럼 울퉁불퉁 패인 이유가 운석 낙하 때문이란 것은 자명한 사실이었다. 대책을 논의하기 위한 국제회의가 길어졌고, 이에 따라 루나S호텔의 일반 관광객 예약은 모두 취소될 수밖에 없었다. 그러고도 부족한 부분은 한국의 루나K호텔의 객실을 확보하여 회의 참가자들에게 우선 제공할 수밖에 없는 실정이었다.

'폭풍의 대양' 관광을 마치고 루나S시티로 돌아오는 K-루나에어 기내에서 이 소식을 들은 치우는 참담한 심정을 감출 수 없었다. 다시 루나K호텔의 다인실을 이용해야 한다는 의미였다. 그들이 달에 머무는 시간도 다음 날이 마지막이었다. 내일 하루 티코 크레이터 관광을 마치고, 지긋지긋한 루나K호텔에서 하루를 더 보내면 지구로 돌아가야 하는 날이었다. 이번에는 리나도 실망한 표정을 감추지 못했다. 난감한 얼굴로 여성용 객실로 들어가는 리나의 걸음이 무거워 보였다.

달에서의 마지막 날이었다. 그날은 자유일정으로 여행객들을 두 그룹으로 나누어 원하는 곳을 개별적으로 선택하게 했다. 하나는 루나S시티 내 컨벤션센터, 쇼핑센터, 우주탐사기지 등을 방문한 후 호텔에서 휴식을 취할 수 있게 하였고, 다른 하나는 달을 방문하는 여행객들이 가장 선호하는 명소인 티코 크레이터를 방문하는 일정이었다. 인류가 달을 개발하기 이전부터 망원경으로 관측할 정도로 유명한 티코 크레이터는 루나S시티 당국이 달 공간 이동 비행체를 수시로 운행하여 관광객들의 편의를 도모하고 있었다.

호텔의 야채죽으로 간단히 아침을 때우고, 그들은 K-루나에어를 타기 위해 서둘러 인근의 비행장으로 갔다. 월면의 저고도 수직 이착륙 비행체인 K-루나에어의 첫 운행에 맞추기 위해서는 이른 시간부터 움직여야 했다. 티코 크레이터의 정상석 아래에 있는 카페에서 커피를 마시는 영상을 코스모넷을 통해 실시간으로 친구들에게 전해주어야 했다. 크레이터 내의 센트럴 피크 관광을 마치고, 정상석에 올랐다가 카페에 앉을 때면 서울의 친구들도 잠에서 깨어날 시간이었다. 그간 '고요의 바다'와 '폭풍의 대양' 등을 여행하면서 찍은 영상을 코스모넷에 올려놓긴 했지만, 이처럼 달에서의 여행 모습을 곧바로 전해주기는 쉽지 않았다. 그들의 여행 동선, 서울의 시간대 및 코스모넷 가능 지역 등의 모든 조건이 일치해야만 했다. 달여행 기간 중 티코 크레이터 근처에서만 가능한 행사였기에 리나가 친구들을 위해 준비한 깜짝 이벤트였다. 거기에 치우도 말썽꾸러기 친구 몇 명의 자리를 끼워 넣었다.

"안돼~, 안돼~, 안돼~~~. 난 몰라~~~."

코스모넷의 채팅방이 열렸을 때 갑자기 비명이 들리며, 막 잠에서 깨어나 부스스한 얼굴 몇 개가 화면에서 사라졌다. 리나의 친구들이었다. 그녀들만의 공간인 줄 알고 들어왔다가 치우의 친구들이 눈을 휘둥그레 뜨고 지켜보는 것을 알아차리고는 야단법석이었다. 채팅방을 닫았다가 다시 열었을 때 두 사람에 대한 안부보다는 리나를 원망하는 목소리가 더 컸다. 아직 젊은 청춘들이었다. 이성이 있는 자리에는 항상 멋진 모습만 보여주고 싶은 것은 누구나 마찬가지였다.

다시 돌아온 얼굴들은 다른 모습이 되어있었다. 10여 분의 짧은 시간에 그렇게 변신할 수 있다는 것이 신기했다. 요란스러운 만남이 오히려 더 기억에 남는 법이다. 리나가 준비한 티코 크레이터의 전경과 이색적인 카페 모습, 탁자에 놓인 특수한 모양의 커피잔에 모두 감탄의 소리를 질러대었다.

"그런데 달에서도 커피가 나니?"

치우 친구 중 한 녀석의 엉뚱한 농담에 채팅방은 온통 왁자지껄한 웃음소리로 채워졌다. 아직 지구에서 가져온 원두를 가공하여 커피 원액을 추출하고 있지만, 일부에서는 커피나무 재배도 계획하고 있었다. 커피나 과일 등의 현지 재배는 기술의 차원이 아닌 비용의 문제였다. 십여 분 동안의 깜찍하고, 즐거운 시간이었지만 치우는 신혼여행을 왔으면서도 아직 리나와 첫날밤조차 보내지 못했다는 말은 꺼낼 수 없었다.

지구와 달의 거리로 인한 레이저 광통신 영상의 지연과 잦은 끊어짐이 짜증스러웠지만, 그날의 깜짝 이벤트로 리나의 기분이 돌아온 것은 분명했다. 루나S시티로 돌아오는 K-루나에어 좌석에서 치우에게 몸을 붙이며 보내는 웃음이 싱그러웠다. 치우의 팔을 가슴으로 끌어당기며 조그맣게 콧노래까지 흥얼거리는 모습이 흥겨워 보였다. 그렇다면 치우가 잠을 설치며 고심한 계획을 행동으로 옮겨도 될 것 같았다. 리나가 알면 펄쩍 뛸 것이 분명하여 조용히 움직이기로 했다.

이른 시간부터 움직인 까닭에 오후 시간에 여유가 있어 루나S시티의 쇼핑센터를 둘러보기로 했다. 달에 처음 도착한 날 잠깐

둘러본 곳이라 흥미는 줄었지만, 달여행을 인증하는 기념품 몇 개는 챙겨야 했다. 지구에서도 달 현지 생산 특산품 판매점이 없는 것은 아니지만 현지에서 가져온 제품과는 다를 것이다.

리나가 달 현지 원석을 가공하여 만든 여성용 액세서리 몇 개를 구입하고, 우주패션 의복매장에서 특이한 무늬의 실내 우주복에 눈길을 주고 있을 때였다. 지구에서도 백화점이나 쇼핑센터에 가면 몸을 비틀고 지겨워하던 치우가 그날은 유별나게 티를 내기 시작했다. 리나가 물건을 고르는 동안 매장 의자에 털썩 주저앉아 다리를 주물러거나, 저중력 환경에 적응하지 못해 방향감각을 상실한 사람처럼 기둥에 부딪히곤 했다. 루나가 화려한 문양의 실내 우주복 몇 개를 살펴보고, 그중의 하나를 입어보기 위해 피팅룸에 들어갈 때였다. 매장의 작은 의자에 엉덩이를 걸치고 있던 치우의 몸이 슬며시 무너져 내렸다. 깜짝 놀란 직원이 달려오니 치우의 눈은 이미 감기어 있었다. 구급차로 루나S의학센터 응급실로 이송된 치우를 살펴보던 당직 의사는 수상한 웃음을 띠며 '저중력 상태 부적응으로 인한 일시적 쇼크'로 진단하고, 중력치료실에서 안정을 권했다.

루나S의학센터는 달 개발에 따른 장기 체류 인원의 건강관리 등을 위해 설치된 국제 종합병원으로, 인공적인 중력을 조성하여 지구와 같은 환경이 가능하게 만든 중력치료실을 설치하여 달 장기 체류 인원은 3개월마다 1주일의 치료실 안정을 권장하고 있었다. 정기적인 중력치료실 치료 여부는 그들이 귀환할 때 지구 환경 적응에 많은 차이를 보였다. 이를 위해 중력치료실에는 호텔급 이상 수준의 개인 병실과 각종 편의시설을 마련하여 입원 환자들이 조기에 안정될 수 있도록 도움을 주고 있었다.

응급실에 있던 치우가 옮겨간 곳은 중력치료실의 특실이었다. 일반병실은 자리가 없어 배정했다고 하지만, 보통 사람들은 엄두를 낼 수 없는 곳이었다. 루나S컨벤션센터 국제회의 참석을 위한 각국 VIP의 긴급 상황에 대비해서 마련해 둔 방을 치우에게 제공한 것이었다. 고가의 비용 대부분은 우주여행자보험에서 지급된다는 여행사 직원의 말조차 귀에 들어오지 않을 정도로 리나는 경황이 없었다. 다음 날이 지구로 귀환하는 날이라 그때까지 치우가 회복될 수 있을지만이 염려되었다. 그러나 평소 운동광이며, 비행사 면허를 위한 극한 훈련까지 거뜬히 통과한 치우가 저중력 환경에서 그렇게 무너졌다는 사실에 고개가 갸우뚱거려지기도 했다.

병실에는 독립된 공간에 널찍한 침대와 별도의 보호자용 보조 침대도 마련되어 있었다. 링거를 꽂고 있는 치우를 바라보며 리나가 한숨을 돌리고 있을 때 병실 문이 열리며 저녁 식사가 담긴 로봇 운반차가 들어왔다. 그 뒤에는 엉거주춤한 자세로 웃음을 머금고 있는 응급실 의사도 보였다. 치우가 병원으로 이송되었을 때 밖으로 쫓아 나와 맞이하고, 진료하던 사람이었다. 리나에게 고개를 숙이며, 침대로 다가간 의사가 치우의 뺨을 가볍게 두드리며 말했다.

"그만 일어나. 여기서는 나이롱환자 노릇 하지 않아도 돼. 이제 아무도 보는 사람 없어."

그 말에 죽은 듯이 누워있넌 치우가 벌떡 몸을 일으키며, 의사에게 짓궂은 농담으로 맞받았다.

"아, 그래요. 꼼짝하지 않고 누워있으려니 죽는 줄 알았네. 그런데 링거 바늘 꽂을 때 왜 몇 번이나 찔렀어요? 국제적으로 명성 있는 루나S의학센터 과장님이 아직 인턴 수준도 벗어나지 못한 거 아니에요."

"일부러 그런 줄 알고는 있구나. 너무 능청스럽게 연기를 하는 네가 우스워서 조금 장난을 친 거지. 그런데 그렇게 해서라도 제수씨와 하룻밤을 보내고 싶었니. 앞으로 같이 지낼 날이 얼마나 많을 건데."

두 사람의 대화에 영문도 모른 채 눈을 똥그랗게 뜨고 있는 리나를 보고 의사는 장난스러운 웃음을 멈추지 않았다.

"오죽하면 제가 선배님에게 부탁했겠어요. 우리는 신혼이라고요. 아무리 달여행이라지만 신혼여행에서 부부가 같은 방도 못 쓰는 경우가 어디 있어요. 그런데 나중에 문제는 없겠어요? 저는 둘이 지낼 작은 방 하나만 부탁드렸는데 이렇게 호화로운 특실까지 내주시다니."

"나는 엄청난 비용 때문에 오랫동안 비어 있는 방을 우주여행자보험이 가능한 긴급 환자에게 제공한 것뿐이야. 의학센터에서도 경영수지에 도움이 된다고 입이 벌어지던데."

며칠 동안 치우가 고심하여 만들어 낸 결과물이었다. 음식 운반 로봇차에는 의학센터에서 제공하는 저녁 식사 외에도 큼지막한 크기의 케이크와 포도주 한 병이 놓여있었다. 치우의 식사 권유를 뿌리치며 병실을 나서는 의사 뒤로는 유쾌한 웃음소리가 길게 이어졌다.

달에서 지구로 돌아올 때는 루나게이트웨이에서 하루를 보냈다. 어스게이트웨이와 다름없이 남녀가 구분된 공간의 캡슐형 숙소에 대한 아쉬움은 푸른색으로 압도하는 지구와 신비로운 지형의 달을 감상하는 것으로 달래야 했다. 가까이에서 보는 달의 크레이터, 산, 계곡들이 잊을 수 없는 추억을 만들었음에도 리나는 달 북극 인근 '훔볼트의 바다'에 있는 지구전망대에서 달의 지평선 위로 떠오르는 지구를 보지 못해 아쉬워했다. 지구가 달의 지평선을 떠오르는 환상적인 전경을 볼 수 있는 기회는 한 달에 한 번뿐으로, 그것에 여행 일정을 맞추기는 대단히 어려웠다. 루나게이트웨이 전망대에서 리나의 탄성이 이어지는 것을 보면서도 치우는 어젯밤 리나와의 짜릿한 첫날 밤의 여운을 잊지 못하고 있었다. 임신의 두려움으로 주저하던 리나도 한번 불이 붙기 시작하자 끝을 몰랐다. 달의 저중력 환경을 벗어난 두 사람의 젊은 몸이 밤새 활활 타올랐다. 몇 년 동안 지켜만 보던 리나가 전혀 새롭게 느껴진 날이었다.

리나가 몸이 이상하다고 전화한 것은 달여행을 다녀온 후 삼 개월이 가까워지는 어느 날이었다. 한여름의 무더위에 굵은 땀을 흘리며 연습에 집중하고 있을 리나의 갑작스러운 영상 호출에 치우는 깜짝 놀랐다. 가을맞이 창작무용극의 공연 준비로 극단 인근에 숙소를 마련하고 늦은 시간까지 연습실에 살다시피 하는 리나를 본 지도 오래였다. 국립무용단의 인턴 무용수에 불과한 리나가 이번 공연에서 꿈도 꿀 수 없는 배역에 캐스팅된 것은 모두 달여행 덕분이었다. 땅에 기반을 둔 인류가 하늘로 올라서고, 우주를 향해 나아간다는 무용극의 핵심은 무중력 상태에서의 춤

사워 장면이었다. 극단에서 무중력 환경을 경험한 무용수는 이번에 달여행을 다녀온 리나가 유일하였다. 얼떨결에 쟁쟁한 선배 무용수들과 무대 맨 앞줄에 서게 된 리나는 밤낮없이 연습에 몰두하여도 모자랄 지경이었다.

AI봇 화면에 비치는 리나의 얼굴이 새파랗게 질려 있었다. 생기 넘치고 시원스럽던 음성은 풀이 죽어 기어들어 갔다. 누가 들으면 곤란하다는 듯 숨죽인 목소리에 치우는 귀를 바짝 기울여야 했다.

"처음 생리가 없을 때는 그럴 수 있다고 여겼어. 그동안 결혼 준비로 예민해져 있었고, 지구와는 다른 환경 노출에 따른 신체 리듬 변화로 생리주기가 변할 수도 있다고 들었거든. 두 번째는 사실 신경 쓸 여유도 없었어. 이번 공연이 내게는 엄청난 기회라 다른 생각을 할 겨를이 없었거든…."

땀으로 범벅된 얼굴이 화면에서 잠시 멀어졌다가 돌아왔다. 잠시 숨을 가다듬는 리나의 붉은 볼이 더 짙게 변하고 있었다.

"그런데 이번 달에도 없는 것을 보니…."

상상할 수조차 없다는 당혹감이 얼굴에 나타났다. 이런 중요한 시점에서의 임신이란 하늘의 날벼락이나 다름없었다.

임신에 대한 불안으로 신혼여행도 달을 선택한 리나였다. 여행에서 돌아와서도 공연 준비로 치우와 떨어져 지낸 날이 대부분이었다. 몇 번 되지 않는 잠자리에서도 리나의 사전 준비는 지나칠 정도로 철저하였다. 문제가 생길 여지는 달여행에서 보낸 하룻밤뿐이었다. 다음날 병원의 검진 결과도 정확히 그날을 반영하였다. 바로 달에서 가진 허니문 베이비였다.

노랗게 변한 얼굴로 진료실을 나서는 리나를 보면서도 치우는 하마터면 기쁨의 함성을 지를 뻔했다. 병원 복도 대기실 의자에 주저앉아 닭똥 같은 눈물을 흘리는 리나의 어깨를 감싸안으면서도 터져 나오는 웃음을 감추느라 애써야 했다. 리나의 임신은 이미 돌이킬 수 없는 사실이었다. 건강한 몸에서 쌍둥이 두 놈이 무럭무럭 자라고 있었다. 리나의 몸이 육 남매를 낳은 엄마를 똑 빼닮았다는 사실은 바뀔 수 없었다.

자신의 오랜 꿈이 날아갔다는 실망감에 리나는 한동안 충격에서 벗어나지 못하는 듯했다. 집안을 온통 눈물의 바다로 만들고 있었지만, 그대로 내버려두는 수밖에 없었다. 달에서 엉뚱한 사건을 만들어 낸 치우를 잡아먹을 듯 노려보지만, 이렇게 된 것이 그만의 잘못도 아니었다. 처음 불씨를 일으킨 것은 치우였지만 마른 장작을 더한 것은 리나가 틀림없었다. 마지막 하루를 참지 못한 자신을 원망하며 한숨을 푹푹 쉬는 리나가 치우에게는 귀엽게만 보였다. 하지만, 행복한 충격에 빠져 정신없는 리나를 깨어나게 한 사건은 엉뚱한 곳에서 터졌다.

리나를 진료한 병원의 간호사 한 명의 절친이 코스모넷의 유명한 인플루언서인 모양이었다. 그녀들의 저녁 식사 대화 가운데 리나의 임신 사실이 화제가 된 것은 전혀 우연이었다. 잠시 끊어진 대화를 잇기 위한 방편으로 간호사의 입에서 불쑥 나온 '달 아이'가 먹잇감을 찾아 헤매는 인플루언서의 날카로운 촉감을 건드렸다. 잘못 꺼낸 말이라는 간호사의 변명에도 불구하고 다음 날 이 사실은 코스모넷의 한 모퉁이에 모습을 드러내었다.

무중력이나 저중력 환경에서의 임신에 대한 기형아 발생 우려로, 허니문 기간 달에서 가진 쌍둥이는 이제 둘만의 문제가 아니었다. 인플루언서의 부풀려진 추측 기사를 한 대중매체가 인용하여 보도하자 세계적인 관심사로까지 떠올랐다. 그 이후, 상업적 가십거리 발굴에 혈안이 되어있는 각종 매체의 과장된 기사가 지구를 뜨겁게 달구었고, 월면 도시로까지 번져나가게 되었다. 이에 따라 우주의학 연구의 핵심 기관인 한국우주의학원 산하 우주생명연구소에서도 관심을 보여, 연구원이 직접 리나를 방문하여 쌍둥이의 건강을 확인하기도 했다.

일련의 사태에서도 치우는 담담하기만 했다. 태아의 건강에 대해 모두가 염려하고 있어도 치우는 자신이 있었다. 리나의 임신 사실을 알고 루나S의학센터 의사인 선배와 통화한 후에는 더 그랬다.

"그날 두 사람은 중력치료실에 있었잖아. 그곳은 지구와 똑같은 환경이 갖추어진 곳이야. 그런 일은 없을 거야."

그러고는 목소리를 낮추어 말했다. 평소와는 다른 조심스러운 목소리가 오히려 우스꽝스럽게 들렸다.

"그렇다고 중력치료실에 있었다는 사실이 알려지면 안 돼. 네 부탁을 들어준다고 긴급 국제회의에 참석한 VIP의 이름을 빌렸거든. 그러면 우리 둘뿐만 아니라 그 양반도 곤란해져."

지구에서 만날 때는 한잔 거나하게 사야 한다는 선배의 넉살에 치우는 밤을 새워도 좋다며 맞장구를 쳤다.

리나의 얼굴에도 웃음기가 돌아오기 시작했다. 세간의 잡다한 관심은 아무렇지도 않다는 듯 쌍둥이 녀석들은 태평스럽게 자라고 있었다. 그놈들의 요란한 발길질에 마음이 녹아버린 리나의 입에서는 콧노래가 흘러나왔다. 얼마 전 성황리에 끝난 가을맞이 공연에서 자신의 자리를 대신한 무용수를 지켜보며 박수를 보낼 여유도 되찾았다. 다음 달여행에서는 '훔볼트의 바다'에 있는 지구전망대를 찾아보자는 치우의 농담에 "달의 뒷면에는 아직 중력 치료실이 없잖아?"라고 맞받으며 짓궂게 눈을 흘기기도 했다.

몬스 호이겐스

원형의 중앙통제실로 들어서며 부루는 AI비서와 인사를 나눌 새도 없이 한쪽 벽 전면을 가득 채운 스크린으로 눈을 가져갔다. 전 근무자로부터 아무 문제가 없다는 말은 들었으나 직접 확인해야 마음이 놓였다. 스크린에는 달 자전주기와 같이 움직이는 위성으로부터 수신받는 광산의 모든 현장이 선명하게 나타났다. 광산 전면을 한꺼번에 비추는 중앙의 대형 스크린을 힐끗 살펴보고, 각 작업 현장별 세부 상태를 정밀하게 반영하는 주변 스크린으로 옮겨갔다.

운석의 위험을 피하고자 건물 대부분을 지하화한 중앙통제실 건물이 있는 나지막한 언덕을 비추는 스크린을 먼저 살펴보았다. 위성으로부터 자료를 송수신하기 위한 지붕의 회색 안테나가 눈에 띄었다. 중앙통제실 저편 광활한 평지에는 로봇에 의해 움직이는 레골리스 포집기가 달 표면을 덮고 있는 흙, 모래, 돌조각 등을 샅샅이 흡입하고 있었다. 그 곁에는 이를 정제공장으로 운반하는 차량 몇 대가 커다란 덮개를 활짝 펼치고 있었다. 다른 스크린에는 대형 사각형 레골리스 정제공장과 크고 작은 원통형 저장 탱크 몇 개가 하늘로 솟아 있었다. 멀리 보이는 언덕 위에는 넓은 구릉을 가득 채운 태양광 패널이 엄청난 규모로 펼쳐져 있었다.

여러 개의 스크린을 빠르게 스쳐 가던 부루의 시선이 한곳에 머물렀다. 스크린에 비치는 태양광 패널 한곳이 이상해 보였다. 얼마 전처럼 우주에서 쏟아진 작은 운석이 패널을 찢어 놓았을 수도 있었다. 부루가 컨터롤러로 한 곳을 가리키자 여러 개로 나누어져 있던 스크린이 하나의 대형 화면으로 바뀌며, 태양광 패널이 순식간에 눈에 잡힐 듯 다가왔다. 태양광 패널에는 아무 이상이 없었다. 문제가 있었으면 벌써 긴급 상황벨이 요란하게 울렸을 터였다. 이제 열흘째로 접어드는 달의 한낮 열기로 자료전송에 문제가 있었던 모양이었다.

그제야 부루는 커피 팩에 꽂힌 흡입기를 입으로 가져갔다. 목을 넘어가는 액체가 코끝으로 진한 향을 전해왔지만 어딘지 씁쓸한 느낌을 감출 수 없었다. 하루를 시작하면서 마시는 커피는 하얀 도자기 잔을 손바닥으로 감싸고, 따듯한 온기를 목 안쪽 구석까지 느낄 수 있어야 제격이었다. 고소하면서도 시큼한 액체가 목을 넘어가는 순간 새벽잠을 설친 머리에 전율이 느껴지면서 순식간에 정신이 깨어나곤 했다. 달에서의 일상은 그런 멋이 없었다. 달 근무를 시작한 지 얼마 되지 않을 때, 흩날림 방지용 팩의 커피를 머그잔에 옮겨 담아 마시다가 낭패를 당한 적이 있었다. 급히 들이켠 액체가 목에 걸려 재채기가 나오는 바람에 공중으로 흩어진 작은 방울들을 잡아내느라 혼이 났었다. 그 후로 커피잔의 따듯한 온기는 생각도 할 수 없었다.

달 근무를 시작한 지 벌써 육 개월이 지나고 있었다. 지구와는 다른 새로운 환경에 대한 기대감으로 대학 졸업 후 곧바로 달 현장 근무가 가능한 K-루나자원에 지원했었다. 6개월에 걸친 인턴 기간에도 이색적인 달 표면 도시에 대한 기대뿐이었다. 보름 간격으로 바뀌는 밤낮과 영하 180도에서 영상 120도까지 오르내리는 기온 적응에 대한 염려는 뒷전이었다. 달 근무를 자원하고 3개월에 걸친 현지 적응훈련 기간도 지루하지 않았다. 달의 저중력 환경 적응과 지구와 어스게이트웨이를 오가는 셔틀우주선이 대기를 벗어날 때 느끼는 중력가속도의 고통도 아무런 문제가 되지 않았다. 지구와 달의 관문인 어스게이트웨이와 루나게이트웨이를 정기적으로 운항하는 왕복우주선의 지루함도 깜깜한 우주공간에 펼쳐지는 별들의 향연으로 황홀하게 느껴질 정도였다.

달 앞면 '고요의 바다' 북동쪽에 있는 K-루나자원 현장 근무에 대한 자부심도 대단했다. 인류의 숙원이었던 방사능 오염의 위험이 없는 고효율의 청정에너지를 사용하는 핵융합 발전이 본격적인 상용화 단계에 들어서고 있었다. K-루나자원의 달 현지 광산은 핵융합 발전의 주원료가 되는 헬륨-3를 채취하는 곳이었다. 지구에는 희박한 헬륨-3가 대기가 없는 달의 표토에는 엄청난 양이 태양풍에 의해 차곡차곡 쌓여 있었다. 광산이라고 해야 이전처럼 지층을 뚫고 들어가서 필요한 광석을 캐어내는 작업이 아니었다. 달 표면층의 흙, 먼지, 암석 조각들로 이루어진 레골리스를 포집기로 모은 후, 이를 정제공장으로 가져와 헬륨-3를 추출하는 것이었다. 대부분의 생산공정이 자동화되고, 외부 환경에서의 작업은 로봇에 의해 이루어져 직원들은 이 과정을 실내에서 스크린으로 통제하면 되었다.

K-루나자원이 위치한 곳도 부루가 꿈에 그리던 곳이었다. 인류가 맨 처음으로 달에 발을 디딘 '고요의 바다' 외곽이었다. 달 개발 초기부터 헬륨-3 밀집도가 가장 높은 곳으로 알려져 모두 탐을 내던 곳을 먼저 선점한 것이었다. 더구나, 미국이 인류 최초의 달착륙을 기념하기 위해 조성한 기념공원이 가까운 곳에 있어 지구로부터의 관광객들로 붐비는 곳이기도 했다. K-루나자원 직원들이 한국의 달 관광객들을 위해 마련된 숙박시설 루나K롯지를 이용할 수 있는 이점도 있었다. 루나K롯지의 편의시설이 아직 많이 부족했지만, 단조로운 K-루나자원 내부의 직원 숙소보다는 훨씬 나았다.

그동안 주 4일 근무에 따른 휴일을 이용하여 월면 여러 곳의 유명 관광지를 방문하곤 했었다. 달 장기 근무자의 건강을 위해 3개월에 7일간 주어지는 루나S의학센터 중력치료실 안정 기간을 활용하기도 했다. 그중 일부를 빼먹어도 젊은 부루가 달의 저중력 환경 부적응에 따른 문제는 발생할 수 없었다. 며칠 후로 예정된 기간에는 달 표면의 산 중에서 가장 유명한 몬스 호이겐스(Mons Huygens)를 오를 계획이었다. 몬스 호이겐스 등정은 부루가 K-루나자원 달 현장 근무를 지원한 이유 중의 하나이기도 했다.

달 앞면 북극 인근의 '비의 바다'는 서쪽의 '폭풍의 대양'에 이어 달에서 두 번째로 큰 현무암 구릉으로, 세 겹의 동심원으로 이루어진 외벽 중 가장 바깥쪽의 직경이 무려 1,300㎞에 달하는 엄청난 크기의 크레이터다. 표면에서 약 5㎞에서 12㎞ 깊이로 파인

바닥의 바깥 테두리에는 거대 운석 충돌 당시 밀려나 형성된 아펜니누스산맥(Montes Apenninus)이 길게 자취를 늘어뜨리고 있다. 이 산맥의 꼬리를 따라가다 보면 몇 개의 봉우리와 만나고, 그 마지막에 높이 5,274m에 달하는 몬스 호이겐스가 위엄을 드러내고 있다.

산 정상에서 내려다보면 광활한 '비의 바다' 외곽 곳곳에 월러스 크레이터, 헉슬리 크레이터 등이 깊은 상처의 딱지처럼 모습을 보인다. 반대편에는 3.2㎞ 높이로 낮아진 산 중턱 고원지대에 직경 5㎞ 크기의 작은 크레이터가 웅크리고 있다. '비의 바다'를 접한 산의 사면이 크레이터 상단과 직접 맞물려 급격한 경사를 보이는 반면, 산허리의 크레이터와 접한 사면은 비교적 완만한 경사를 형성한다. 지구의 킬리만자로산과 비슷한 높이로 한때 달의 최고봉으로 알려졌으나, 달 표면 개발에 따라 남극 인근의 남파사이드산(Southern Farside Mountain)과 몬스 무튼(Mons Mouton)에도 못 미치는 것으로 확인되었다. 산의 형태도 아프리카 대륙에서 우뚝 솟아난 킬리만자로산에 비해 히말라야산맥의 고봉 중 가장 높은 에베레스트산과 비슷한 구조이다.

부루가 근무하는 K-루나자원이 위치하는 달 앞면 '고요의 바다'에서 몬스 호이겐스로 가는 길은 2가지가 있었다. 가장 손쉬운 방법이 달 북극의 중심도시 루나N시티로 가서 몬스 호이겐스가 있는 '비의 바다'까지 루나에어를 이용하는 것이었다. 달 북서면 아래쪽에 있는 '비의 바다'는 루나N시티에서 루나에어로 삼십여 분의 거리에 불과했다. 그러나, 러시아와 중국 위주로 개발된 루나N시티의 관광인프라는 매우 부족한 실정이었다. 달 표면 도시 개발 확대로 관광객들의 관심도 남극의 루나S시티에서 북극의 루나N시티 인근 지역으로 넓혀지고 있었으나, 루나N시티에서 그나마 쓸만한 숙박시설인 루나N호텔은 관광객들의 눈높이를 충족시키기에는 턱없이 부족했다. 주요 이동 수단인 루나에어는 관광객들이 자주 찾는 달 북극 인근의 '훔볼트의 바다' 지구전망대 정도만 운행되고, '폭풍의 대양'이나 '비의 바다'로 가는 비행편은 결항하기 일쑤였다. 러시아에서 운영하는 달 현지 이동 차량 R-루나로버의 사고로 인명피해가 발생한 적도 있었다. 달을 찾는 관광객들이 남극의 루나S시티를 출발선으로 삼는 주된 이유였다.

다음으로 달 남극의 루나S시티에서 '비의 바다'로 직항하는 루나에어를 이용할 수도 있지만, 장시간의 비행이 문제였다. 루나S시티에서의 4시간 비행은 루나N시티에서의 30분 비행과 비교가 되지 않았다. 달의 저중력 환경에서 이에 따른 피로는 상당히 크게 느껴졌고, 비용도 만만치 않았다.

다행스러운 점은 부루가 근무하는 K-루나자원이 '고요의 바다' 남쪽 외곽에 위치한다는 것이었다. '고요의 바다'는 달 남극의 루나S시티에 숙소를 잡은 한국 관광객들이 반드시 거쳐 가는 여행지 중의 하나였다. 그곳에 있는 달착륙 기념공원과 운석 충돌 광산유적지를 거쳐 '폭풍의 대양'에 있는 슈뢰터 계곡을 방문하는 것이 한국 관광객들의 일반적인 여정이었다. 그리고 '폭풍의 대양'에서 몬스 호이겐스를 품고 있는 '비의 바다'까지는 루나에어로 십십여 분 정도의 거리에 불과했다.

"괜찮아? 간이대피소까지는 아직 절반 정도 밖에 못 왔는데. 정말 견디기 힘들면 폐기물 처리기라도 사용해야지."

큰 덩치의 산악용 월면복을 입은 사내가 얼마 전부터 불편한 숨소리를 내는 여성에게 다가가며 물었다. 그 소리에 앞서가던 다른 남성도 걸음을 멈추고 뒤를 돌아보았다. 그들이 착용한 흰색 월면복의 어깨와 무릎에는 대인 식별용 빨간, 주황, 초록의 원색 줄무늬가 선명했다.

"킬리만자로에서는 며칠이나 산을 올라도 괜찮았는데, 지구와는 다른 저중력 환경에 적응하지 못해 탈이 난 모양이야."

헬멧에 연결된 통신망을 통해 들려오는 대화 내용이 심상치 않았다. 대기가 없는 달 표면에 여과 없이 내리꽂히는 강한 햇빛이 세 사람의 헬멧 유리막에 반사되어 번쩍이고 있었다.

산장을 출발하면서부터 신경을 거슬리게 하는 삑삑거림이 성가셔서 통신망을 끊어 버리자, 산악관리센터의 성화가 말이 아니었다. 등반객들은 비상시 이외에는 항상 통신망을 열어두어야 했기에 그럴 만도 했다. 부루의 헬멧에 연결된 비상 알람이 쉬지 않고 경고음을 울리기 시작했다. 어쩔 수 없이 차단을 해제하자 기다렸다는 듯이 들려오는 소리였다.

몬스 호이겐스 등반에 동행이 된 삼십 대 중반의 여성 한 명과 남성 두 명이었다. 달에서의 나홀로 등반은 작은 사고에도 목숨까지 위태로운 위험이 따를 수 있어 어쩔 수 없이 함께 한 사람들이었다. 산악관리센터에서는 등반 사고 예방을 위해 일정 시간의 '월면 외부 환경적응 훈련'을 통과한 세 명 이상의 인원만 등정을 허락했다. 푸른색 줄무늬 월면복을 착용한 작은 체구의 남성이 약간의 거리를 두고 소리 없이 걸음을 옮기는 반면, 그들은 처음 하는 달여행과 월면 자연환경에 대한 탄성으로 일행의 통신망을 수시로 흔들곤 했다.

달 북극 인근 '비의 바다' 표면에 있는 산악관리센터 대기실에서 등반 신고를 할 때였다. 예약 사항을 확인하기 위해 신분증과 건강증명서를 제출하고, 차례를 기다리던 부루의 귀에 갑자기 왁자지껄한 소리가 들려왔다. 조용하던 공간이 한국 남부 지방 특유의 억센 목소리로 채워졌다. 달 남극 루나S시티 쇼핑센터나, 달 앞면 '고요의 바다'의 달착륙 기념공원을 쏜살같이 둘러보고, 다음 일정을 재촉하는 한국 관광객들이 '비의 바다'까지 오는 것도 흔치 않았지만, 몬스 호이겐스 등반은 정말 드물었다.

그들의 목소리는 장시간의 월면 외부 활동을 위한 산악용 월면복을 착용하면서도, 거의 100㎏에 이르는 생명유지장치를 등에 메고서도 이어졌다. 하루 전의 12시간에 걸친 '월면 외부 환경적응 훈련'보다 어렵지 않다는 소리에, 이 정도면 몬스 호이겐스 제2코스 등정도 문제없다는 맞장구가 요란했다. 그들의 유별난 행동은 산악관리센터에서 호이겐스 산장으로 이동하는 10여 분 동안의 루나에어 기내에서도 그칠 줄을 몰랐다. 그리고, 산장 인근의 루나에어 이착륙장에서 등반로 입구까지 운행하는 루나로버 차내에서도 계속되었다. 공동 통신망을 통해 다른 사람도 듣고 있다는 사실은 까맣게 잊은 듯했다. 그들은 차량 운행 직원이 헬멧을 가리키고서야 이를 알아차린 듯 목소리를 낮추었다.

기준 시간 09:30에 산장을 출발한 그들이 3시간여에 걸친 등반을 마친 후, 점심을 먹고 다시 움직이기 시작한 지 30여 분이 지난 때였다. 산악용 월면복을 벗을 수 없는 월면 외부 환경에서의 식품은 끈끈한 액체 상태의 행동식이 될 수밖에 없었다. 생명유지장치의 식품 저장장치에 보관된 물과 음식은 헬멧과 연결된 튜브를 통해서만 섭취할 수 있었다. 장시간 산행으로 허기진 사람들이 목 넘김이 수월한 유동식을 급하게 들이키면 문제가 생기기 마련이었다. 아직 월면 환경에 적응하지 못한 여성의 위장이 고열량의 음식에 놀란 모양이었다.

첫날 등정 거리인 산장에서 10.8㎞ 지점에 있는 간이대피소까지는 아직 5㎞ 정도를 더 가야 했다. 그곳에 이르는 마지막 구간은 상당한 깊이의 계곡과 구릉이 연속으로 이어져 더 힘든 구간이기도 했다. 화장실이 마련된 간이대피소에 도착할 때까지는 월면복에 부착된 폐기물(대소변) 처리기를 이용할 수밖에 없었다. 탈부착이 가능한 처리 용기의 개발로 이전 우주인들이 사용했던 기저귀 형태는 벗어났지만 불편하기는 마찬가지였다. 달 공간 이동 비행체 루나에어나, 달 표면 이동 차량 루나로버 내부에 반드시 위생 설비가 필요한 이유이기도 했다.

"월면복의 온도조절장치를 수동으로 바꾸어 배를 따듯하게 해주면 조금 나아질 겁니다. K-루나자원 외부 근무자들이 가끔 사용하는 방법이죠."

헬멧의 유리막을 통해 보이는 여성의 붉게 상기된 뺨이 더 짙어지고 있었다. 달의 저중력 환경으로 온몸의 피가 머리로 몰린 탓인지 얼굴이 퉁퉁 부어 보였다. 외부 환경을 자동으로 반영하는 헬멧의 햇빛 차단용 검은 유리막은 산자락의 그림자 아래에서 투명하게 바뀌어 있었다.

"그런 방법이 있나요. 그런데 어떻게 해야 하죠?"

그러면서 작은 스크린이 부착된 팔을 앞으로 쑥 내밀었다. 패널을 조작하는 부루를 바라보는 여성의 눈길에 어색한 웃음이 어렸다. 달 현지 광산에서 근무 중이라는 소개에 구세기 지하 갱도에서 석탄을 캐는 광부를 보는 듯하던 이전의 표정이 아니었다.

"이제 한 시간 정도만 더 가면 간이대피소에 도착합니다. 그곳에서 답답한 월면복을 벗어버리고, 휴식을 취하면 괜찮아질 겁니다."

산장에서 간이대피소까지 10.8㎞ 구간은 5시간이면 충분한 거리였다. 등반로 입구를 출발하여 점심을 전후로 두세 시간을 나누어 걸으면 여유 있게 도착할 수 있었다. 하지만, 지구에 비해 훨씬 가벼운 걸음(*부루의 체중 80㎏과 생명유지장치 무게 100㎏을 합한 중량에 지구의 1/6인 달 중력 감안)도 시간이 흐를수록 점점 무게를 더해갔다. 가파른 산길과 몸에 적응되지 않은 월면복도 달 외부 환경에 익숙하지 않은 등반객들에게는 대단한 부담이었다.

우주 먼지나 유해 광선으로부터 신체를 보호하기 위한 헬멧, 덧신에 가까운 두툼한 월면화, 움직임이 쉽지 않은 둔탁한 월면장갑 등도 걸림돌이 되었다. 등반객의 안전을 위한 생체 신호 감지장치와 항상 열어놓아야 하는 통신망의 잡음 등도 모두의 신경을 날카롭게 만들었다. 달 현지에서 근무하는 부루에게도 쉽지 않았지만, 달 외부 환경에 익숙하지 않은 일행이 힘들어하는 것은 당연했다.

그나마 달의 저중력 환경에 힘들어하던 여성이 잠시의 휴식으로 안정을 되찾은 것이 다행이었다. 간이대피소에 이르는 마지막 구간은 깊은 계곡이 이어지다 수직에 가까운 암벽 사이로 난 길을 돌아가야 했다. 길게 패인 지형의 바닥은 겹겹이 쌓인 먼지가 작은 발걸음에도 큰 자국을 만들어 위험하기조차 했으나, 그녀는 아랑곳하지 않았다. 급경사의 암벽을 돌아가는 길이 숨을 막히게 하여도 힘든 기색이 아니었다. 지금까지는 몰랐던 저중력의 가벼움을 그제야 느끼는 듯 가뿐한 걸음을 옮겼다. 달의 고산지대에서 흔히 보이는 회백색 사장석의 날카로운 모서리에 여성의 월면복이 찢기지 않을까 염려될 정도였다.

걸음을 서둘렀음에도 일행은 예정 시간을 1시간이나 넘어서야 간이대피소에 도착할 수 있었다. 오랜 시간 온몸을 옥죄었던 월면복을 벗어던지고, 실내의 산소로 바꾸어 마시자 모두 살 것 같다는 표정이었다. 똑같은 산소생성장치로 만들어진 것이지만 간이대피소에서 마시는 산소는 훨씬 신선하게 느껴졌다. 그날은 다른 등반객이 없어 비좁은 공간을 그들만이 사용할 수 있는 것도 좋았다.

산장과 정상의 중간지점에 마련된 간이대피소 없이는 많은 시간이 소요되는 몬스 호이겐스 등정은 어려웠다. 월면 외부 활동에 필수적인 생명유지장치의 산소를 보충하고, 통신장비의 배터리를 충전하는 한편 불편하기만 한 폐기물 처리기의 도움 없이도 생리를 해결할 수 있었다. 산악용 월면복의 생명유지장치로 가져갈 수 있는 압축 산소로는 12시간 이상의 외부 활동이 불가능했고, 비상시의 예비 산소 용량도 1시간이 한계였다.

보름 동안의 낮시간이 절반 정도에도 미치지 않은 탓인지, 지구의 저녁 시간임에도 한낮의 뜨거운 열기는 거의 100도에 이르고 있었다. 밤하늘의 초롱초롱한 별빛은 찾을 수 없었지만, 고산 산장에서 느끼는 아늑함은 지친 몸을 회복시키기에 부족함이 없었다. 유동식 농축액을 억지로 넘긴 점심과는 달리 간이대피소에서는 제대로 된 음식도 먹을 수 있었다. 생명유지장치의 식품저장장치에 나뒹군 딱딱한 가공식품에 불과했으나, 월면 도시의 유명 맛집 메뉴에 절대 뒤지지 않았다. 다음날의 산행 준비를 마친 후, 일행은 이른 시간에 취침 모드로 맞추어진 캡슐형 침대에서 벨크로의 도움 없이 그대로 곯아떨어졌다. 간이대피소에 도착한 후부터는 헬멧에 부착된 통신망으로 온종일 소란스럽던 귓가의 소음에서도 벗어날 수 있었다.

그동안 휴일을 이용하여 월면의 여러 도시와 유명 관광지를 다녀온 부루였다. 대부분의 관광지가 반지하 형태로 지어진 관광안내소 건물에 마련된 전망대를 통해 조망하는 정도에 불과하여 아쉬움이 많았다. 외부 활동 월면복을 착용하고 달의 거친 환경을 직접 경험해 보는 것은 기존의 여행과는 차원이 달랐다. 얼마 전에는 '폭풍의 대양'에 있는 슈뢰터 계곡의 용암동굴을 방문하여 몇 시간 동안 월면 외부 환경을 직접 체험하기도 했다. 그 이후, 부루는 기회만 되면 근무지인 K-루나자원 중앙통제실을 벗어나 외부 작업장으로 나갔다. 자신의 업무가 아닌데도 태양광 패널 점검을 핑계로 광산 외곽의 구릉지대로 올라가곤 했다.

이러한 부루에게도 몬스 호이겐스 등정은 많은 용기가 필요했다. 한때 달의 최고봉으로 알려져 유명 관광지로 개발된 몬스 호이겐스지만, 일반 여행객의 접근은 쉽지 않았다. '비의 바다' 표면 기준 3.2㎞ 높이에 있는 호이겐스 산장에서 시작하는 제1코스만 하더라도 정상까지는 2.1㎞의 높이에, 18.9㎞에 이르는 험한 산길이 놓여 있었다. 총 사흘로 예정된 등정 기간 중 이틀은 간이대피소에서 숙박까지 해야 했다. 정상을 오른 후 다시 간이대피소까지 내려와야 하는 둘째 날은 8시간 이상을 걸어야 하는 어려움도 따랐다. 등정 구간 중간에는 거의 수직에 가까운 암벽을 300m나 올라야 하는 두려움도 극복해야 했다.

제2코스는 전문 산악인에게만 개방되고 있었다. '비의 바다' 표면 기준 5.3㎞ 높이에 있는 정상까지는 등정 거리만 26.5㎞로 제1코스와는 비교가 될 수 없었다. 등정 거리도 짧고, 비교적 완만한 제1코스에 비해 '비의 바다'와 접한 산의 사면에 마련된 제2코스는 거의 60도에 이르는 암벽의 연속이었다. 정상 등반을 위해서는 나흘 이상의 기간이 필요했으나, 제1코스의 간이대피소와 같은 피난 장소도 없었다. 세 번에 걸친 월면 외부 숙박을 위해서는 충분한 식품 외에도 이글루 형태의 비바크 장비와 액화 산소, 연료 전지 등의 준비도 필수적이었다.

이러한 이유로 산악관리센터에서는 현지 안내인을 동반하지 않는 제2코스 등정은 허락하지 않았다. 며칠간의 휴가를 이용하여 몬스 호이겐스를 등정하고자 하는 부루가 제1코스를 선택할 수밖에 없는 이유였다.

이튿날은 몬스 호이겐스 정상을 오르는 날이었다. 간이대피소를 출발하는 일행의 얼굴이 좋아 보였다. 처음부터 가파른 암벽길이 이어졌지만, 통신망을 통해 들려오는 숨소리가 힘들게 느껴지지는 않았다. 험난한 구간 몇 곳에는 우회로를 만들어 놓아 등반객이 자신의 체력에 맞게 선택할 수 있게 하였고, 등반로를 조금만 벗어나도 산악관리센터의 요란한 경고음에 길을 잃을 염려도 없었다. 지구 중력의 1/6에 불과한 월면 환경에 대한 적응이 완료된 듯 일행은 자기 체중의 3배에 가까운 장비를 메고서도 급경사의 산길을 오르는 발걸음이 느려지지 않았다.

달 상공의 위성을 통한 산악관리센터의 등반객 관리는 철저했다. 위치추적을 통한 등반로 안내, 생명유지장치의 원격 관리뿐만 아니라 생체신호 감지기를 통해 등반객의 건강 상태를 실시간으로 확인했다. 등반객의 호흡이 거칠어지거나, 심장 박동이 일정 수준 이상으로 빨라지는 등의 이상 신호 감지 시 휴식 권유는 지나칠 정도였다.

등반 구간 중간의 깎아지른 벼랑은 두려움보다는 짜릿한 쾌감을 느끼게 했다. 수직에 가까운 300m에 달하는 암벽에는 두 가닥의 금속케이블 사이에 발판을 놓은 줄사다리를 설치하여 등반객들의 안전을 지켜주고 있었다. 산악용 월면복에 부착된 안전고리가 등반객의 몸을 지탱하여 발을 헛디뎌도 위험하지 않았다. 일행은 1m 높이의 간격으로 설치된 발판 300여 개를 저중력의 도움으로 성큼성큼 올랐다.

허공에 걸린 줄사다리 아래에는 회색 사장석의 암벽 사이에 용암의 작용으로 생성된 동굴이 시꺼먼 아가리를 드러내 보였다. 달의 크레이터 바닥 지층을 이루는 용암이 산 정상 부근에서 보인다는 것이 신기했다. 지층 내부의 들끓는 마그마가 거대 운석의 충돌로 밀려나 아펜니누스산맥을 형성하고, 그 산맥의 마지막 부분에 우뚝 솟아오른 몬스 호이겐스의 어깨에 깊은 상처를 만드는 과정을 상상하는 것만으로도 즐거웠다.

정상에서 바라보는 전경은 엄숙 그 자체였다. 남서쪽으로 아펜니누스산맥이 길게 꼬리를 늘어뜨리는 중간중간에 고봉 몇 개가 고개를 내밀고 있었다. 몬스 암페르(Mons Ampere), 몬스 호이겐스A 등의 이름으로 불리는 봉우리였다. 불과 몇 미터 차이로 몬스 호이겐스에게 아펜니누스산맥 최고봉의 자리를 내주었지만, 그 장대한 모습은 절대 뒤지지 않았다. 지구에서는 짙은 운해로 뒤덮여 신선이 사는 별천지로 보일 산맥이 태양의 복사열로 이글거리는 활화산처럼 눈 아래에 다가왔다. 몬스 호이겐스의 남동쪽으로는 아펜니누스산맥의 등줄기에서 뻗어 나온 고원지대가 크고 작은 봉우리를 품고, 넓게 펼쳐져 있었다. 그 고원의 가장자리에 있는 작은 크레이터 주변에 일행이 산행을 시작한 호이겐스 산장이 있었다. 달 북극 관광자원 개발로 한창 유명세를 치르는 곳이었다.

결코 잊을 수 없는 장관은 북서쪽으로 펼쳐진 광대한 '비의 바다'였다. 지구에서 보면 '폭풍의 대양'과 함께 달 북극에서 서쪽까지의 사분면의 상당 부분을 검게 물들이는 곳이다. 정상에서 보이는 전경은 광활한 평원 위에 끝없이 펼쳐지는 검은 바다의 물결이었다. 일행 중 누군가가 검은 파도의 한 곳을 가리키며 헉슬리 크레이터라고 했으나, 부루의 눈에는 검은 물결 속에 드러나는 희미한 점으로만 보였다. 그럼에도 크레이터 안의 또 다른 크레이터라는 사실에 전율이 느껴졌다. 우주를 떠돌던 운석이 달 표면에 낙하하여 커다란 흔적을 낸 곳에, 다른 운석이 다시 작은 상처를 남긴 것이었다. 달을 방문하는 관광객들이 몬스 호이겐스를 찾는 이유를 알 것 같았다. 달 표면 개발로 최고봉의 자리는 넘겨주었지만, 최고의 존엄은 산의 높이만으로 평가해서는 안 되었다. 정상에서 바라보는 황홀한 전경만으로도 그 가치는 충분했다.

"선생님, 사진 몇 장 부탁드릴게요. 우리가 정상에 오른 인증샷은 남겨야 하지 않겠어요."

첫날 소란을 떨던 여성이 부루의 헬멧 상단에 부착된 카메라를 가리키며 부탁했다. 나머지 두 사람은 정상의 바위를 배경으로 미리 준비한 플래카드의 양 끝을 길게 펼쳐 잡고 자세를 취하고 있었다. 산행을 시작하면서부터 부루는 사진을 찍어 코스모넷의 상대방 SNS계정으로 보내주곤 했었다. 필요한 곳에서는 부루도 그들에게 촬영을 부탁했었다.

정상에 오른 감격 때문인지 이번에는 너무 요란했던 것 같았다. 그들의 행동이 사진 몇 장을 찍는 것에 그치지 않고, 정상을 배경으로 한 동영상 촬영으로까지 이어지는 사이에 통신망에는 세 사람의 요란한 웃음소리와 감탄이 한동안 계속되었다. 산 아래 산악관리센터 대기실에서와 루나에어로 산장으로 이동하는 동안의 요란스러운 상황이 되살아나고 있었다. 아스라한 '비의 바다' 지평선을 바라보며 침묵에 잠겨있던 부루가 짜증스러워 고개를 돌릴 때였다. 몇 마디 고성이 일행의 통신망을 뒤흔들었다.

"이제 그만하지 못해. 이렇게 신성한 곳에서 무슨 짓이야."

그동안 있는 듯 없는 듯 소리 없이 움직이던 작은 체구의 월면복에서 들리는 소리였다. 호통을 치면서도 멀리 '비의 바다'를 바라보며 꼿꼿이 앉은 자세는 변함이 없었다. 간이대피소에서 산악용 월면복을 벗고 있을 때 백발의 헝클어진 머리카락 아래로 푸른 눈이 번쩍이던 모습이 선명했다. 간혹 들리는 혼자만의 입속말이 알아들을 수는 없었지만, 유럽 쪽의 백인으로 짐작했었다. 그런 노인의 입에서 나온 한국어가 뜻밖이었다.

"여러분에게는 잠시의 흥미 거리에 불과하지만, 저 아래 넓은 평원은 수십억 년에 이르는 시간의 흔적을 고스란히 간직하고 있어요. 그 억겁의 자취를 조금이라도 느껴보세요."

헬멧의 검은 유리막에 가려져 확인할 수는 없지만, 불쾌한 표정이 눈앞에 보이는 듯했다. 부루가 곁으로 다가가며 고개를 숙이자, 노인은 말없이 먼 곳을 두터운 월면 장갑으로 가리킬 뿐이었다. 머쓱해진 일행이 한동안 침묵에 잠기어 있다가 하산을 서두를 때까지 노인은 먼 지평선만 바라보고 있었다.

하산길은 생각보다 힘들지 않았다. 달 궤도의 루나게이트웨이서 본 느낌과는 다른 생동감으로 정상에 머문 시간이 길어졌음에도 간이대피소로 되돌아온 일정은 여유로웠다. 달 외부 환경에 적응한 탓도 있지만, 몬스 호이겐스 정상을 올랐다는 만족감이 그들의 발길을 가볍게 만든 모양이었다. 그렇게 요란스럽던 사람들의 행동이 노인의 호통으로 잠잠해진 탓도 있었다.

일행은 가파른 산길을 한 마리 새처럼 사뿐히 내려왔다. 간이대피소로 내려가는 중간 구간에 있는 1m 높이의 줄사다리 발판을 저중력의 힘으로 두 개씩 건너뛰어 내려가면서도 어려움을 몰랐다. 간혹 발을 헛디뎌 금속케이블에 걸린 안전고리 연결 로프가 팽팽히 당겨지기도 했으나 위험은 느끼지 못했다. 고공에서의 추락 시 산악용 월면복에 비치된 비상 낙하산이 자동으로 펼쳐진다는 사실을 알고부터는 두려움이 사라진 것 같았다. 하산 시간의 여유로 간이대피소에서 하루를 더 머물지 않아도 되었으나, 산악관리센터에서 허락하지 않아 아쉬워할 정도였다.

간이대피소에서 머무는 시간과 다음날의 호이겐스 산장까지의 하산길에서도 백발노인은 아무 말이 없었다. 산을 오를 때와 마찬가지로 일행에 포함되지 않은 유령처럼 조용하기만 했다. 부루가 가까이 다가가려 애를 써도, 두 사람의 간격은 어느새 멀어져 있었다. 그리고 다음날 일정으로 잡힌 '비의 바다' 바닥과 주변의 크레이터 관광에서 그 노인의 모습은 보이지 않았다.

부루는 산악관리센터에서 운영하는 여행자 숙소에 하루를 더 머물 수밖에 없었다. 달 북극 인근의 '비의 바다'에서 '고요의 바다'로 가는 비행편이 없었기 때문이었다. 그곳으로 운행하는 미국 광산 종사자들의 비정기편 루나에어는 다음 날로 예정되어 있었다. 부루의 여정은 관광객들의 일반적인 여행 순로인 '비의 바다'에서 달 남극의 루나S시티로 가는 일정과 다른 방향이었다. 배낭 하나만 둘러메고 떠났던 지구에서의 여행과 같이 현지에 가면 무슨 방법이 있을 거라는 생각으로 무작정 출발한 것이 오산이었다. 그렇다고 관광객들에게 편승하여 달 남극을 거쳐 '고요의 바다'로 돌아가기에는 비용이 만만치 않았다.

'비의 바다'에 온 지도 나흘이 지났지만, 아직도 달의 낮 길이는 보름의 절반을 조금 지나고 있을 뿐이었다. 기준 시간 16:00로 예정된 루나에어 탑승까지는 시간적 여유가 많았다. 산악관리센터 전망대의 둥근 창으로 몬스 호이겐스의 깍아지른 사면을 보는 즐거움도 줄어갔다. 산악관리센터 관광 안내 사이트에 소개된 몬스 호이겐스 제2코스가 눈길을 끌었다. 달 표면 단거리 이동차량인 루나로버를 빌려 제2코스로 오르는 등반로 입구에 내렸다.

제2코스 입구에서 보는 몬스 호이겐스는 정상에서 보았던 전경과는 또 다른 감흥을 불러일으켰다. 저쪽 가파른 암벽 사이로 구불구불 이어지는 등반로가 한동안 눈에 들어오다 사라지고 있었다. 전문적인 등반 장비를 갖추고, 현지 산악 전문가의 도움이 있어야만 허락되는 길이었다.

등반로 입구를 떠나 거무스름한 색의 현무암이 작은 구릉을 이루는 사잇길을 천천히 걸어갔다. 크고 작은 암석 조각 몇 개가 나뒹굴고 있었고, 사람의 발길이 닿지 않은 저편에는 푸석푸석한 레골리스가 겹겹이 쌓인 것이 보였다. 돌 하나를 집어 손바닥에 올려놓자, 한국의 제주도에서 볼 수 있는 용암과는 달리 상당한 무게가 느껴졌다. 우주에서 태양계가 형성될 때 지구와 거의 같은 시기에 생겨났다는 달도 초창기에는 진득한 마그마로 펄펄 끓었을 것이다. 암석 조각을 조심스럽게 내려놓고, 다른 곳으로 이동하려고 월면화를 몇 걸음 뗄 때였다. 현무암의 작은 언덕 너머로 희미한 실루엣이 느껴졌다. 저편 제2코스로 오르는 등반로 입구에 푸른 식별용 줄무늬의 월면복이 눈에 들어왔다.

산에서 내려온 후, 흔적도 없이 사라졌던 그 노인이었다. 몬스 호이겐스 제2코스를 등반하려는 듯 등에는 생명유지장치도 얹혀 있었다. 저런 장비로 제2코스를 등정하기는 불가능했다. 깜짝 놀란 부루가 팔을 흔들며 다가가자, 그 노인도 알아본 듯 발길을 멈추었다.

"산을 오르시려고요? 정상에 가지는 않더라도 그런 장비로는 어림없습니다. 더구나, 혼자서는 위험하기도 하고요."

반가운 인사보다 우려의 말이 먼저 나왔다. 노인의 얼굴에 웃음이 돌며, 도무지 이해할 수 없는 목소리가 흘러나왔다.

"138억 년 전에 태어난 이 우주조차 거대 공간의 한 점에 불과한데, 여러 우주를 넘나드는 존재가 한낱 티끌인 달에서 무슨 어려움이 있겠습니까. 어리석은 인간들이 고요를 깨트릴까 염려될 뿐이죠."

그러면서 팔을 들어 몬스 호이겐스 정상을 가리켰다. 며칠 전 그곳에서의 소란이 선명한 화질의 동영상처럼 부루의 눈앞에 펼쳐졌다. 부루가 시선을 거두었을 때는 저만치 멀어져 버린 노인의 뒷모습만 보였다. 그러고 보니 이렇게 강한 햇빛 아래에서도 노인의 헬멧 유리막은 매우 투명했던 것 같았다.

제2코스 입구에서 전문 장비도 없이 혼자 산을 오르는 노인을 보았다는 부루의 말에 산악관리센터 직원은 요란한 웃음을 터트렸다. 주변의 감시 카메라와 위성 자료에는 무엇도 발견할 수 없었기 때문이었다.

"우리 승인 없이는 제2코스를 오를 수 없습니다. 지금 등반로 입구에서부터 상당 구간을 살펴보아도 아무런 자취도 찾을 수 없습니다. 아마도 뜨거운 복사열 때문에 환영을 보았겠지요."

그럴 리가 없었다. 사흘 동안이나 등반을 함께 한 다섯 명 중의 한 사람이 틀림없었다. 다시 확인을 요청하는 부루에게 들려오는 직원의 대답은 뜻밖이었다.

"다섯 분이 제1코스로 올랐다고요. 선생님과 남성 두 분, 여성 한 분을 합쳐 모두 네 분만 가셨잖아요."

산악관리센터를 떠나 루나에어 수직 이착륙장으로 가는 부루의 발길이 허공에 뜬 것 같았다. 두터운 월면화가 움푹진 곳을 밟은 듯 레골리스가 발끝에 흩어져도 부루의 눈에는 아무것도 보이지 않았다.

※ Mons Huygens: 외래어표기법에 의해 몬스 하위헌스로 표기되어야 하나, 관례상 많이 쓰여 익숙한 몬스 호이겐스를 사용.